考試分數大躍進
累積實力
百萬考生見證
應考秘訣

2

根據日本國際交流基金考試相關概要

精修 **重音版**

絕對合格
日檢必背單字

N2
新制對應！

吉松由美・西村惠子・
山田社日檢題庫小組◎合著

山田社

前言
preface

交叉學習！

| N2 | 2808 個單字標記重音 ✕ | N2 | 所有 128 文法 ✕ **實戰光碟** |

全新三合一學習法，霸氣登場！

單字背起來就是鑽石，與文法珍珠相串成鍊，再用聽力鑲金加倍，
史上最貪婪的學習法！讓您快速取證、搶百萬年薪！

《精修版 新制對應 絕對合格！日檢必背單字 N2》再進化出重音版了，精修內容有：

1. 所有單字標示「重音」，讓您會聽、會用，考場拿出真本事！

2. 例句內容包括時事、職場、生活等貼近 N2 所需程度。

3. 例句加入 N2 所有文法 128 項，單字・文法交叉訓練，得到黃金的相乘學習效果。

4. 單字豆知識，補充説明等，讓單字學習更多元，加強記憶力道。例句主要單字上色，單字活用變化，一看就記住！

5. 搭配舊新制考古題，補充類義詞、對義詞學習，單字全面攻破，內容最紮實！

　　史上最強的新日檢 N2 單字集《精修重音版 新制對應 絕對合格！日檢必背單字 N2》，是根據日本國際交流基金（JAPAN FOUNDATION）舊制考試基準及新發表的「新日本語能力試驗相關概要」，加以編寫彙整而成的。除此之外，精心分析從 2010 年開始的最新日檢考試內容，增加了過去未收錄的 N2 程度常用單字，接近 400 字，也據此調整了單字的程度，可説是內容最紮實 N2 單字書。無論是累積應考實力，或是考前迅速總複習，都是您高分合格最佳利器。

內容包括：

1. **單字王**—高出題率單字全面強化記憶：根據新制規格，由日籍金牌教師群所精選高出題率單字。每個單字所包含的詞性、意義、解釋、類・對義詞、中譯、用法、語源、補充資料等等，讓您不只能精確瞭解單字各層面的字義，還能讓您一眼就知道單字該怎麼念，活用的領域更加廣泛，也能全面強化記憶，幫助學習。

2. **重音王**—線式重音標記法縮短合格距離：突破日檢考試第一鐵則，會聽、會用才是真本事！「きれいな はな」是「花很漂亮」還是「鼻子很漂亮」？小心別上當，搞懂重音，會聽才會用！本書每個單字都標上重音，讓您一開始就打好正確的發音基礎，大幅提升日檢聽力實力，縮短日檢合格距離！

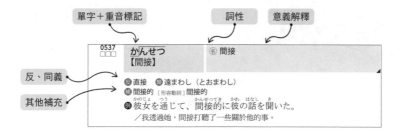

3. **文法王**—單字・文法交叉相乘黃金雙效學習：書中單字所帶出的例句，還搭配日籍金牌教師群精選 N2 所有文法，並補充近似文法，幫助您單字・文法交叉訓練，得到黃金的相乘學習效果！建議搭配《精修版 新制對應 絕對合格！日檢必背文法 N2》，以達到最完整的學習！

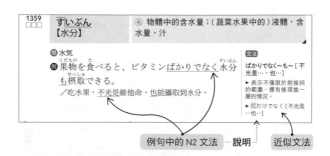

4. 得分王—貼近新制考試題型學習最完整：新制單字考題中的「替換類義詞」題型，是測驗考生在發現自己「詞不達意」時，是否具備「換句話說」的能力，以及對字義的瞭解度。此題型除了須明白考題的字義外，更需要知道其他替換的語彙及說法。為此，書中精闢點出該單字的類義詞，對應新制內容最紮實。

5. 例句王—活用單字的勝者學習法：活用單字才是勝者的學習法，怎麼活用呢？書中每個單字下面帶出一個例句，例句精選該單字常接續的詞彙、常使用的場合、常見的表現、配合 N2 所有文法，還有時事、職場、生活等內容貼近 N2 所需程度等等。從例句來記單字，加深了對單字的理解，對根據上下文選擇適切語彙的題型，更是大有幫助，同時也紮實了文法及聽說讀寫的超強實力。

例句單字套色

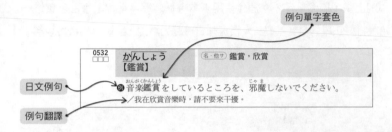

日文例句

例句翻譯

6. 測驗王—全真新制模試密集訓練：本書最後附三回模擬考題（文字、語彙部份），將按照不同的題型，告訴您不同的解題訣竅，讓您在演練之後，不僅能立即得知學習效果，並充份掌握考試方向，以提升考試臨場反應。就像上過合格保證班一樣，成為新制日檢測驗王！如果您想挑戰綜合模擬試題，推薦完全遵照日檢規格的《合格全攻略！新日檢 6 回全真模擬試題 N2》進行練習喔！

問題說明
應試訣竅

考題

7. **聽力王**—合格最短距離：新制日檢考試，把聽力的分數提高了，合格最短
   距離就是加強聽力學習。為此，書中還附贈光碟，幫助您熟悉日籍教師的
   標準發音及語調，循序漸進累積聽解實力。為打下堅實的基礎，建議您搭
   配《精修版 新制對應 絕對合格！日檢必背聽力 N2》來進一步加強練習。

光碟軌數

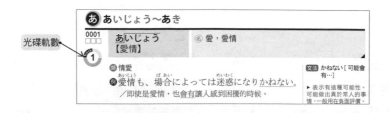

8. **計畫王**—讓進度、進步完全看得到：每個單字旁都標示有編號及小方格，
   可以讓您立即了解自己的學習量。每個對頁並精心設計讀書計畫小方格，
   您可以配合自己的學習進度填上日期，建立自己專屬讀書計畫表！

背過一次，就打一個勾吧！

讀書計劃

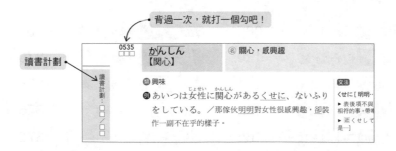

　　《精修重音版 新制對應 絕對合格！日檢必背單字 N2》本著利用「喝咖啡
時間」，也能「倍增單字量」「通過新日檢」的意旨，搭配文法與例句快
速理解、學習，附贈日語朗讀光碟，還能讓您隨時隨地聽 MP3，無時無刻
增進日語單字能力，走到哪，學到哪！怎麼考，怎麼過！

目録
contents

符號說明

1 品詞略語

呈現	詞性	呈現	詞性
名	名詞	副	副詞
形	形容詞	副助	副助詞
形動	形容動詞	終助	終助詞
連體	連體詞	接助	接續助詞
自	自動詞	接續	接續詞
他	他動詞	接頭	接頭詞
四	四段活用	接尾	接尾語
五	五段活用	造語	造語成分（新創詞語）
上一	上一段活用	漢造	漢語造語成分（和製漢語）
上二	上二段活用	連語	連語
下一	下一段活用	感	感動詞
下二	下二段活用	慣	慣用語
サ・サ變	サ行變格活用	寒暄	寒暄用語
變	變格活用		

2 其他略語

呈現	詞性	呈現	詞性
反	反義詞	比	比較
類	類義詞	補	補充説明
近	文法部分的相近文法補充	敬	敬語

日檢單字

N2

新制對應！

一、什麼是新日本語能力試驗呢

1. 新制「日語能力測驗」

2. 認證基準

3. 測驗科目

4. 測驗成績

二、新日本語能力試驗的考試內容

N2 題型分析

＊以上內容摘譯自「國際交流基金日本國際教育支援協會」的
「新しい『日本語能力試験』ガイドブック」。

一、什麼是新日本語能力試驗呢

1. 新制「日語能力測驗」

從2010年起實施的新制「日語能力測驗」（以下簡稱為新制測驗）。

1－1 實施對象與目的

　　新制測驗與舊制測驗相同，原則上，實施對象為非以日語作為母語者。其目的在於，為廣泛階層的學習與使用日語者舉行測驗，以及認證其日語能力。

1－2 改制的重點

改制的重點有以下四項：

1 測驗解決各種問題所需的語言溝通能力

　　新制測驗重視的是結合日語的相關知識，以及實際活用的日語能力。因此，擬針對以下兩項舉行測驗：一是文字、語彙、文法這三項語言知識；二是活用這些語言知識解決各種溝通問題的能力。

2 由四個級數增為五個級數

　　新制測驗由舊制測驗的四個級數（1級、2級、3級、4級），增加為五個級數（N1、N2、N3、N4、N5）。新制測驗與舊制測驗的級數對照，如下所示。最大的不同是在舊制測驗的2級與3級之間，新增了N3級數。

N1	難易度比舊制測驗的1級稍難。合格基準與舊制測驗幾乎相同。
N2	難易度與舊制測驗的2級幾乎相同。
N3	難易度介於舊制測驗的2級與3級之間。（新增）
N4	難易度與舊制測驗的3級幾乎相同。
N5	難易度與舊制測驗的4級幾乎相同。

＊「N」代表「Nihongo（日語）」以及「New（新的）」。

3 施行「得分等化」

由於在不同時期實施的測驗，其試題均不相同，無論如何慎重出題，每次測驗的難易度總會有或多或少的差異。因此在新制測驗中，導入「等化」的計分方式後，便能將不同時期的測驗分數，於共同量尺上相互比較。因此，無論是在什麼時候接受測驗，只要是相同級數的測驗，其得分均可予以比較。目前全球幾種主要的語言測驗，均廣泛採用這種「得分等化」的計分方式。

4 提供「日本語能力試驗Can-do 自我評量表」（簡稱JPT Can-do）

為了瞭解通過各級數測驗者的實際日語能力，新制測驗經過調查後，提供「日本語能力試驗Can-do 自我評量表」。該表列載通過測驗認證者的實際日語能力範例。希望通過測驗認證者本人以及其他人，皆可藉由該表格，更加具體明瞭測驗成績代表的意義。

1-3 所謂「解決各種問題所需的語言溝通能力」

我們在生活中會面對各式各樣的「問題」。例如，「看著地圖前往目的地」或是「讀著說明書使用電器用品」等等。種種問題有時需要語言的協助，有時候不需要。

為了順利完成需要語言協助的問題，我們必須具備「語言知識」，例如文字、發音、語彙的相關知識、組合語詞成為文章段落的文法知識、判斷串連文句的順序以便清楚說明的知識等等。此外，亦必須能配合當前的問題，擁有實際運用自己所具備的語言知識的能力。

舉個例子，我們來想一想關於「聽了氣象預報以後，得知東京明天的天氣」這個課題。想要「知道東京明天的天氣」，必須具備以下的知識：「晴れ（晴天）、くもり（陰天）、雨（雨天）」等代表天氣的語彙；「東京は明日は晴れでしょう（東京明日應是晴天）」的文句結構；還有，也要知道氣象預報的播報順序等。除此以外，尚須能從播報的各地氣象中，分辨出哪一則是東京的天氣。

如上所述的「運用包含文字、語彙、文法的語言知識做語言溝通，進而具備解決各種問題所需的語言溝通能力」，在新制測驗中稱為「解決各種問題所需的語言溝通能力」。

新制測驗將「解決各種問題所需的語言溝通能力」分成以下「語言知識」、「讀解」、「聽解」等三個項目做測驗。

語言知識	各種問題所需之日語的文字、語彙、文法的相關知識。
讀　解	運用語言知識以理解文字內容，具備解決各種問題所需的能力。
聽　解	運用語言知識以理解口語內容，具備解決各種問題所需的能力。

作答方式與舊制測驗相同，將多重選項的答案劃記於答案卡上。此外，並沒有直接測驗口語或書寫能力的科目。

2. 認證基準

新制測驗共分為N1、N2、N3、N4、N5五個級數。最容易的級數為N5，最困難的級數為N1。

與舊制測驗最大的不同，在於由四個級數增加為五個級數。以往有許多通過3級認證者常抱怨「遲遲無法取得2級認證」。為因應這種情況，於舊制測驗的2級與3級之間，新增了N3級數。

新制測驗級數的認證基準，如表1的「讀」與「聽」的語言動作所示。該表雖未明載，但應試者也必須具備為表現各語言動作所需的語言知識。

N4與N2主要是測驗應試者在教室習得的基礎日語的理解程度；N1與N2是測驗應試者於現實生活的廣泛情境下，對日語理解程度；至於新增的N3，則是介於N1與N2，以及N4與N5之間的「過渡」級數。關於各級數的「讀」與「聽」的具體題材（內容），請參照表1。

級數	認證基準 各級數的認證基準，如以下【讀】與【聽】的語言動作所示。各級數亦必須具備為表現各語言動作所需的語言知識。
N1	能理解在廣泛情境下所使用的日語 【讀】・可閱讀話題廣泛的報紙社論與評論等論述性較複雜及較抽象的文章，且能理解其文章結構與內容。 ・可閱讀各種話題內容較具深度的讀物，且能理解其脈絡及詳細的表達意涵。 【聽】・在廣泛情境下，可聽懂常速且連貫的對話、新聞報導及講課，且能充分理解話題走向、內容、人物關係、以及說話內容的論述結構等，並確實掌握其大意。
N2	除日常生活所使用的日語之外，也能大致理解較廣泛情境下的日語 【讀】・可看懂報紙與雜誌所刊載的各類報導、解說、簡易評論等主旨明確的文章。 ・可閱讀一般話題的讀物，並能理解其脈絡及表達意涵。 【聽】・除日常生活情境外，在大部分的情境下，可聽懂接近常速且連貫的對話與新聞報導，亦能理解其話題走向、內容、以及人物關係，並可掌握其大意。
N3	能大致理解日常生活所使用的日語 【讀】・可看懂與日常生活相關的具體內容的文章。 ・可由報紙標題等，掌握概要的資訊。 ・於日常生活情境下接觸難度稍高的文章，經換個方式敘述，即可理解其大意。 【聽】・在日常生活情境下，面對稍微接近常速且連貫的對話，經彙整談話的具體內容與人物關係等資訊後，即可大致理解。

困
難
＊

* 容 易 ↓	N4	能理解基礎日語 【讀】・可看懂以基本語彙及漢字描述的貼近日常生活相關話題的 　　　　文章。 【聽】・可大致聽懂速度較慢的日常會話。
	N5	能大致理解基礎日語 【讀】・可看懂以平假名、片假名或一般日常生活使用的基本漢字 　　　　所書寫的固定詞句、短文、以及文章。 【聽】・在課堂上或周遭等日常生活中常接觸的情境下，如為速度 　　　　較慢的簡短對話，可從中聽取必要資訊。

＊N1最難，N5最簡單。

3. 測驗科目

新制測驗的測驗科目與測驗時間如表2所示。

■ 表2 測驗科目與測驗時間 ＊①

級數	測驗科目 （測驗時間）			
N1	語言知識（文字、語彙、文法）、讀解 （110分）		聽解 （60分）	→	測驗科目為「語言知識（文字、語彙、文法）、讀解」；以及「聽解」共2科目。
N2	語言知識（文字、語彙、文法）、讀解 （105分）		聽解 （50分）	→	
N3	語言知識（文字、語彙） （30分）	語言知識（文法）、讀解 （70分）	聽解 （40分）	→	測驗科目為「語言知識（文字、語彙）」；「語言知識（文法）、讀解」；以及「聽解」共3科目。
N4	語言知識（文字、語彙） （30分）	語言知識（文法）、讀解 （60分）	聽解 （35分）	→	
N5	語言知識（文字、語彙） （25分）	語言知識（文法）、讀解 （50分）	聽解 （30分）	→	

N1與N2的測驗科目為「語言知識（文字、語彙、文法）、讀解」以及「聽解」共2科目；N3、N4、N5的測驗科目為「語言知識（文字、語彙）」、「語言知識（文法）、讀解」、「聽解」共3科目。

由於N3、N4、N5的試題中，包含較少的漢字、語彙、以及文法項目，因此當與N1、N2測驗相同的「語言知識（文字、語彙、文法）、讀解」科目時，有時會使某幾道試題成為其他題目的提示。為避免這個情況，因此將「語言知識（文字、語彙、文法）、讀解」，分成「語言知識（文字、語彙）」和「語言知識（文法）、讀解」施測。

＊①：聽解因測驗試題的錄音長度不同，致使測驗時間會有些許差異。

4. 測驗成績

4-1 量尺得分

舊制測驗的得分，答對的題數以「原始得分」呈現；相對的，新制測驗的得分以「量尺得分」呈現。

「量尺得分」是經過「等化」轉換後所得的分數。以下，本手冊將新制測驗的「量尺得分」，簡稱為「得分」。

4-2 測驗成績的呈現

新制測驗的測驗成績，如表3的計分科目所示。N1、N2、N3的計分科目分為「語言知識（文字、語彙、文法）」、「讀解」、以及「聽解」3項；N4、N5的計分科目分為「語言知識（文字、語彙、文法）、讀解」以及「聽解」2項。

會將N4、N5的「語言知識（文字、語彙、文法）」和「讀解」合併成一項，是因為在學習日語的基礎階段，「語言知識」與「讀解」方面的重疊性高，所以將「語言知識」與「讀解」合併計分，比較符合學習者於該階段的日語能力特徵。

■ 表3 各級數的計分科目及得分範圍

級數	計分科目	得分範圍
N1	語言知識（文字、語彙、文法）	0～60
	讀解	0～60
	聽解	0～60
	總分	0～180
N2	語言知識（文字、語彙、文法）	0～60
	讀解	0～60
	聽解	0～60
	總分	0～180
N3	語言知識（文字、語彙、文法）	0～60
	讀解	0～60
	聽解	0～60
	總分	0～180

N4	語言知識（文字、語彙、文法）、讀解	0～120
	聽解	0～60
	總分	0～180
N5	語言知識（文字、語彙、文法）、讀解	0～120
	聽解	0～60
	總分	0～180

　　各級數的得分範圍，如表3所示。N1、N2、N3的「語言知識（文字、語彙、文法）」、「讀解」、「聽解」的得分範圍各為0～60分，三項合計的總分範圍是0～180分。「語言知識（文字、語彙、文法）」、「讀解」、「聽解」各占總分的比例是1：1：1。

　　N4、N5的「語言知識（文字、語彙、文法）、讀解」的得分範圍為0～120分，「聽解」的得分範圍為0～60分，二項合計的總分範圍是0～180分。「語言知識（文字、語彙、文法）、讀解」與「聽解」各占總分的比例是2：1。還有，「語言知識（文字、語彙、文法）、讀解」的得分，不能拆解成「語言知識（文字、語彙、文法）」與「讀解」二項。

　　除此之外，在所有的級數中，「聽解」均占總分的三分之一，較舊制測驗的四分之一為高。

4－3　合格基準

　　舊制測驗是以總分作為合格基準；相對的，新制測驗是以總分與分項成績的門檻二者作為合格基準。所謂的門檻，是指各分項成績至少必須高於該分數。假如有一科分項成績未達門檻，無論總分有多高，都不合格。

新制測驗設定各分項成績門檻的目的，在於綜合評定學習者的日語能力，須符合以下二項條件才能判定為合格：①總分達合格分數（=通過標準）以上；②各分項成績達各分項合格分數（＝通過門檻）以上。如有一科分項成績未達門檻，無論總分多高，也會判定為不合格。

　　N1~N3及N4、N5之分項成績有所不同，各級總分通過標準及各分項成績通過門檻如下所示：

級數	總分		分項成績					
			言語知識 （文字・語彙・文法）		讀解		聽解	
	得分範圍	通過標準	得分範圍	通過門檻	得分範圍	通過門檻	得分範圍	通過門檻
N1	0～180分	100分	0～60分	19分	0～60分	19分	0～60分	19分
N2	0～180分	90分	0～60分	19分	0～60分	19分	0～60分	19分
N3	0～180分	95分	0～60分	19分	0～60分	19分	0～60分	19分

級數	總分		分項成績					
			言語知識 （文字・語彙・文法）		讀解		聽解	
	得分範圍	通過標準	得分範圍	通過門檻	得分範圍	通過門檻	得分範圍	通過門檻
N4	0～180分	90分	0～120分	38分	0～60分	19分	0～60分	19分
N5	0～180分	80分	0～120分	38分	0～60分	19分	0～60分	19分

※上列通過標準自2010年第1回(7月)【N4、N5為2010年第2回(12月)】起適用。

　　缺考其中任一測驗科目者，即判定為不合格。寄發「合否結果通知書」時，含已應考之測驗科目在內，成績均不計分亦不告知。

4－4 測驗結果通知

依級數判定是否合格後，寄發「合否結果通知書」予應試者；合格者同時寄發「日本語能力認定書」。

■ N1, N2, N3

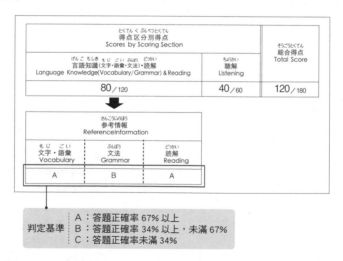

■ N4, N5

	とくてん く ぶんべつとくてん 得点区分別得点 Scores by Scoring Section		そうごうとくてん 総合得点 Total Score
げんごちしき もじ ごい ぶんぽう どっかい 言語知識(文字・語彙・文法)・読解 Language Knowledge(Vocabulary/Grammar) & Reading	ちょうかい 聴解 Listening	
80/120	40/60	120/180

さんこうじょうほう
参考情報
ReferenceInformation

もじ ごい 文字・語彙 Vocabulary	ぶんぽう 文法 Grammar	どっかい 読解 Reading
A	B	A

判定基準
A：答題正確率 67% 以上
B：答題正確率 34% 以上，未滿 67%
C：答題正確率未滿 34%

※ 各節測驗如有一節缺考就不予計分，即判定為不合格。雖會寄發「合否結果通知書」但所有分項成績，含已出席科目在內，均不予計分。各欄成績以「＊」表示，如「＊＊/60」。

※ 所有科目皆缺席者，不寄發「合否結果通知書」。

二、新日本語能力試驗的考試內容

N2 題型分析

測驗科目 （測驗時間）			試題內容		
			題型	小題 題數 *	分析
語言知識、讀解 （105分）	文字、語彙	1	漢字讀音 ◇	5	測驗漢字語彙的讀音。
		2	假名漢字寫法 ◇	5	測驗平假名語彙的漢字寫法。
		3	複合語彙 ◇	5	測驗關於衍生語彙及複合語彙的知識。
		4	選擇文脈語彙 ○	7	測驗根據文脈選擇適切語彙。
		5	替換類義詞 ○	5	測驗根據試題的語彙或說法，選擇類義詞或類義說法。
		6	語彙用法 ○	5	測驗試題的語彙在文句裡的用法。
	文法	7	文句的文法1 （文法形式判斷）○	12	測驗辨別哪種文法形式符合文句內容。
		8	文句的文法2 （文句組構）◆	5	測驗是否能夠組織文法正確且文義通順的句子。
		9	文章段落的文法 ◆	5	測驗辨別該文句有無符合文脈。
	讀解*	10	理解內容 （短文）○	5	於讀完包含生活與工作之各種題材的說明文或指示文等，約200字左右的文章段落之後，測驗是否能夠理解其內容。
		11	理解內容 （中文）○	9	於讀完包含內容較為平易的評論、解說、散文等，約500字左右的文章段落之後，測驗是否能夠理解其因果關係或理由、概要或作者的想法等等。

語言知識、讀解 （105分）	讀解＊	12	綜合理解	◆	2	於讀完幾段文章（合計600字左右）之後，測驗是否能夠將之綜合比較並且理解其內容。
		13	理解想法（長文）	◇	3	於讀完論理展開較為明快的評論等，約900字左右的文章段落之後，測驗是否能夠掌握全文欲表達的想法或意見。
		14	釐整資訊	◆	2	測驗是否能夠從廣告、傳單、提供訊息的各類雜誌、商業文書等資訊題材（700字左右）中，找出所需的訊息。
聽解 （50分）		1	課題理解	◇	5	於聽取完整的會話段落之後，測驗是否能夠理解其內容（於聽完解決問題所需的具體訊息之後，測驗是否能夠理解應當採取的下一個適切步驟）。
		2	要點理解	◇	6	於聽取完整的會話段落之後，測驗是否能夠理解其內容（依據剛才已聽過的提示，測驗是否能夠抓住應當聽取的重點）。
		3	概要理解	◇	5	於聽取完整的會話段落之後，測驗是否能夠理解其內容（測驗是否能夠從整段會話中理解說話者的用意與想法）。
		4	即時應答	◆	12	於聽完簡短的詢問之後，測驗是否能夠選擇適切的應答。
		5	綜合理解	◇	4	於聽完較長的會話段落之後，測驗是否能夠將之綜合比較並且理解其內容。

＊「小題題數」為每次測驗的約略題數，與實際測驗時的題數可能未盡相同。此外，亦有可能會變更小題題數。

＊有時在「讀解」科目中，同一段文章可能會有數道小題。

資料來源：《日本語能力試驗JLPT官方網站：分項成績‧合格判定‧合否結果通知》。2016年1月11日，取自：http://www.jlpt.jp/tw/guideline/results.html

MEMO

N2
vocabulary

JLPT

0001 □□□

あいじょう
【愛情】

(名) 愛，愛情

(類) 情愛

(例) 愛情も、場合によっては迷惑になりかねない。
／即使是愛情，也會有讓人感到困擾的時候。

(文法) かねない [可能會有…]
▶ 表示有這種可能性。可能做出異於常人的事情，一般用於負面評價。

0002 □□□

あいする
【愛する】

(他サ) 愛，愛慕；喜愛，有愛情，疼愛，愛護；喜好

(反) 憎む (類) 可愛がる

(例) 愛する人に手紙を書いた。／我寫了封信給我所愛的人。

0003 □□□

あいにく
【生憎】

(副・形動) 不巧，偏偏

(反) 都合良く (類) 折悪しく（おりあしく）

(例)「今日の帰り、1杯どう。」「あいにく、今日は都合が悪いんです。明日なら」
／「今天下班後，要不要一起喝一杯？」「不好意思，今天不方便，明天倒是可以。」

0004 □□□

あう
【遭う】

(自五) 遭遇，碰上

(例) 交通事故に遭ったにもかかわらず、幸い軽いけがで済んだ。
／雖然遇上了交通意外，所幸只受到了輕傷。

(文法) にもかかわらず [雖然…]
▶ 表示逆接。後項事情常跟前項相反或相矛盾。

0005 □□□

あいまい
【曖昧】

(形動) 含糊，不明確，曖昧，模稜兩可；可疑，不正經

(反) 明確 (類) はっきりしない

(例) 物事を曖昧にするべきではない。
／事情不該交代得含糊不清。

(文法) べきではない [不該…]
▶ 表示禁止，從某種規範來看不能做某件事。

0006 □□□

アウト
【out】

(名) 外，外邊；出界；出局

(反) セーフ

(例) アウトだなんて、そんなはずがあるものか。絶対セーフだ。
／怎麼可能是出局呢？絕對是安全上壘呀！

0007 □□□
あおぐ
【扇ぐ】
〔自・他五〕(用扇子)扇(風)

例 暑いので、うちわであおいでいる。／因為很熱，所以拿圓扇搧風。

0008 □□□
あおじろい
【青白い】
〔形〕(臉色)蒼白的；青白色的

類 青い

例 彼はうちの中にばかりいるから、顔色が青白いわけだ。
／他老是窩在家裡，臉色當然蒼白啦！

0009 □□□
あかり
【明かり】
〔名〕燈，燈火；光，光亮；消除嫌疑的證據，證明清白的證據

類 灯

例 明かりがついていると思ったら、息子が先に帰っていた。
／我還在想燈怎麼是開著的，原來是兒子先回到家了。

文法 とおもったら [原以為…原來是]
▶ 表示本來預料會有某種狀況，下文結果有兩種：一種是相反結果，一種是與預料的一致。

0010 □□□
あがる
【上がる】
〔自五・他五・接尾〕(效果，地位，價格等)上升，提高；上，登，進入；上漲；提高；加薪；吃，喝，吸(煙)；表示完了

反 下がる、降りる　類 上昇（じょうしょう）

例 ピアノの発表会で上がってしまって、思うように弾けなかった。
／在鋼琴發表會時緊張了，沒能彈得如預期中那麼好。

0011 □□□
あかるい
【明るい】
〔形〕明亮的，光明的；開朗的，快活的；精通，熟悉

反 暗い　類 明々

例 年齢を問わず、明るい人が好きです。
／年紀大小都沒關係，只要個性開朗我都喜歡。

文法 をとわず [不分…]
▶ 表示沒有把前接的詞當作問題，跟前接的詞沒有關係。

0012 □□□
あき
【空き】
〔名〕空隙，空白；閒暇；空額

類 スペース

例 時間に空きがあるときに限って、誰も誘ってくれない。／偏偏有空時，就是沒人來約我。

文法
にかぎって [偏偏…就…]
▶ 表示特殊限定的事物或範圍，說明唯獨某事物特別不一樣。

あ
か
さ
た
な
は
ま
や
ら
わ
練習

JLPT
25

0013
□□□

あきらか
【明らか】

形動 顯然，清楚，明確；明亮

類 鮮やか（あざやか）

例 統計に基づいて、問題点を明らかにする。
／根據統計的結果，來瞭解問題點所在。

0014
□□□

あきらめる
【諦める】

他下一 死心，放棄；想開

類 思い切る

例 彼は、諦めたかのようにため息をついた。
／他彷彿死心了似的嘆了一口氣。

> 文法
> かのように［仿彿…似的］
> ▶ 將表示比喻。實際上不是這樣，但行動或感覺卻像是那樣。也表示不確定的判斷。

0015
□□□

あきれる
【呆れる】

自下一 吃驚，愕然，嚇呆，發愣

類 呆然（ぼうぜん）

例 あきれて物が言えない。 ／我嚇到話都說不出來了。

0016
□□□

あく
【開く】

自五 開，打開；（店舖）開始營業

反 閉まる
類 開く（ひらく）

例 店が 10 時に開くとしても、まだ 2 時間もある。
／就算商店十點開始營業，也還有兩個小時呢。

0017
□□□

アクセント
【accent】

名 重音；重點，強調之點；語調；（服裝或圖案設計上）突出點，著眼點

類 発音

例 アクセントからして、彼女は大阪人のようだ。
／從口音看來，她應該是大阪人。

> 文法
> からして［從…來看…］
> ▶ 表示判斷的依據。

0018
□□□

あくび
【欠伸】

名・自サ 哈欠

例 仕事の最中なのに、あくびばかり出て困る。
／工作中卻一直打哈欠，真是傷腦筋。

0019
□□□

あくま
【悪魔】

(名) 惡魔，魔鬼

(反) 神　(類) 魔物（まもの）

(例) あの人は、悪魔のような許しがたい男です。

／那個男人，像魔鬼一樣不可原諒。

文法

がたい [不可…]

▶ 表示做該動作幾乎是不可能的，或者即使想這樣做也難以實現。

0020
□□□

あくまで（も）
【飽くまで（も）】

(副) 徹底，到底

(類) どこまでも

(例) マンガとしてはおもしろいけど、あくまでマンガはマンガだよ。

／把這個當成漫畫來看雖有趣，但漫畫畢竟只是漫畫呀。

0021
□□□

あくる
【明くる】

(連體) 次，翌，明，第二

(類) 次

(例) ホテルに着いたのは夜遅くだった。明くる日も、朝早く出発した。

／抵達飯店的時候已經是深夜時分了，結果隔天也是一大早就出發了。

0022
□□□

あけがた
【明け方】

(名) 黎明，拂曉

(反) 夕　(類) 朝

(例) 明け方で、まだよく寝ていたところを、電話で起こされた。

／黎明時分，還在睡夢中，就被電話聲吵醒。

0023
□□□

あげる
【上げる】

(他下一・自下一) 舉起，抬起，揚起，懸掛；（從船上）卸貨；增加；升遷；送入；表示做完；表示自謙

(反) 下げる　(類) 高める

(例) 分からない人は、手を上げてください。

／有不懂的人，麻煩請舉手。

0024
□□□
あこがれる
【憧れる】
　自下一　嚮往，憧憬，愛慕；眷戀

類 慕う（したう）
例 田舎でののんびりした生活に憧れています。
　／很嚮往鄉下悠閒自在的生活。

0025
□□□
あしあと
【足跡】
　名　腳印；（逃走的）蹤跡；事蹟，業績

類 跡
例 家の中は、泥棒の足跡だらけだった。
　／家裡都是小偷的腳印。

0026
□□□
Track **2**
あしもと
【足元】
　名　腳下；腳步；身旁，附近

例 足元に注意するとともに、頭上にも気をつけてください。
　／請注意腳下的路，同時也要注意頭上。

0027
□□□
あじわう
【味わう】
　他五　品嚐；體驗，玩味，鑑賞

類 楽しむ
例 1枚5,000円もしたお肉だよ。よく味わって食べてね。
　／這可是一片五千圓的肉呢！要仔細品嚐喔！

0028
□□□
あしをはこぶ
【足を運ぶ】
　慣　去，前往拜訪

類 徒労（とろう）
例 劉備は、諸葛亮を軍師として迎えるために、何度も足を運んだという。
　／劉備為了要邀得諸葛亮當軍師，不惜三顧茅廬。

文法
を～として [視為…]
▶ 表示把一種事物視為另一內容，「として」前接地位或名分。

0029
□□□
あせ
【汗】
　名　汗

例 テニスにしろ、サッカーにしろ、汗をかくスポーツは爽快だ。
　／不論是網球或足球都好，只要是會流汗的運動，都令人神清氣爽。

讀書計劃：□□/□□/□□

| 0030 □□□ | あそこ | ㈹ 那裡；那種程度；那種地步 |

㈣ あちら
㉁ あそこまで褒められたら、いやとは言えなかったです。
　／如此被讚美，實在讓人難以拒絕。

| 0031 □□□ | あたたかい 【暖かい】 | ㈢ 溫暖，暖和；熱情，熱心；和睦；充裕，手頭寬裕 |

㈫ 寒い
㈣ 温暖
㉁ 子供たちに優しくて心の暖かい人になってほしい。
　／希望小孩能成為有愛心、熱於助人的人。

| 0032 □□□ | あたり 【当（た）り】 | ㈤ 命中，打中；感覺，觸感；味道；猜中；中獎；待人態度；如願，成功；（接尾）每，平均 |

㈫ はずれ
㈣ 的中（てきちゅう）
㉁「飴、どっちの手に入ってると思う。」「こっち。」「当たり。」
　／「你猜，糖果握在哪一隻手裡？」「這隻！」「猜對了！」

| 0033 □□□ | あちこち | ㈹ 這兒那兒，到處 |

㈣ ところどころ
㉁ おかしいなあ。あちこち探したんだけど、見つからない。
　／好奇怪喔，東找西找老半天，就是找不到。

| 0034 □□□ | あちらこちら | ㈹ 到處，四處；相反，顛倒 |

㈣ あちこち
㉁ 君に会いたくて、あちらこちらどれだけ探したことか。
　／為了想見你一面，我可是四處找得很辛苦呢！

| 0035 □□□ | あつい 【熱い】 | ㊡ 熱的，燙的；熱情的，熱烈的 |

㊠ 冷たい
㊡ ホット
例 選手たちの心には、熱いものがある。
／選手的內心深處，總有顆熾熱的心。

文法
ものがある [總有… （的一面）]
▶ 表示肯定某人或事物的優點。由於說話者看到了某些特徵，而發自內心的肯定，是種強烈斷定。

| 0036 □□□ | あつかう 【扱う】 | ㊗ 操作，使用；對待，待遇；調停，仲裁 |

㊡ 取り扱う（とりあつかう）
例 この商品を扱うに際しては、十分気をつけてください。／在使用這個商品時，請特別小心。

文法
にさいしては [在…時]
▶ 表示以某事為契機，也就是動作的時間或場合。

| 0037 □□□ | あつかましい 【厚かましい】 | ㊡ 厚臉皮的，無恥 |

㊡ 図々しい（ずうずうしい）
例 あまり厚かましいことを言うべきではない。
／不該說些丟人現眼的話。

文法
べきではない [不該…]
▶ 表示禁止，從某種規範來看不能做某件事。

| 0038 □□□ | あっしゅく 【圧縮】 | ㊡・㊗ 壓縮；（把文章等）縮短 |

㊡ 縮める
例 こんなに大きなものを小さく圧縮するのは、無理というものだ。
／要把那麼龐大的東西壓縮成那麼小，那根本就不可能。

文法
というものだ [就是…]
▶ 表示對事物做一種結論性的判斷。

| 0039 □□□ | あてはまる 【当てはまる】 | ㊟ 適用，適合，合適，恰當 |

㊡ 適する（てきする）
例 結婚したいけど、私が求める条件に当てはまる人が見つからない。
／我雖然想結婚，但是還沒有找到符合條件的人選。

讀書計劃：□□／□□

0040 □□□	**あてはめる** 【当てはめる】	他下一 適用；應用

類 適用

例 その方法はすべての場合に当てはめることはできない。
　　／那個方法並不適用於所有情況。

0041 □□□	**あと** 【後】	名（地點、位置）後面，後方；（時間上）以後；（距現在）以前；（次序）之後，其後；以後的事；結果，後果；其餘，此外；子孫，後人

反 前　類 後ろ

例 後から行く。／我隨後就去。

0042 □□□	**あと** 【跡】	名 印，痕跡；遺跡；跡象；行蹤下落；家業；後任，後繼者

類 遺跡

例 山の中で、熊の足跡を見つけた。／在山裡發現了熊的腳印。

0043 □□□	**あばれる** 【暴れる】	自下一 胡鬧；放蕩，橫衝直撞

類 乱暴

例 彼は酒を飲むと、周りのことも<u>かまわず</u>に暴れる。
　　／他只要一喝酒，就會<u>不顧</u>周遭一切地胡鬧一番。

文法
もかまわず［不顧…］
▶ 表示不顧慮前項事物的現況，以後項為優先的意思。

0044 □□□	**あびる** 【浴びる】	他上一 洗，浴；曬，照；遭受，蒙受

類 受ける

例 シャワーを浴びるついでに、頭も洗った。
　　／在沖澡的同時，也順便洗了頭。

0045 □□□	**あぶる** 【炙る・焙る】	他五 烤；烘乾；取暖

類 焙じる（ほうじる）

例 魚をあぶる。／烤魚。

0046
□□□

あ**ふれる**
【溢れる】

（自下一）溢出，漾出，充滿

（類）零れる（こぼれる）

（例）道に人が溢れているので、通り抜けようがない。

／道路擠滿了人，沒辦法通過。

0047
□□□

あ**まい**
【甘い】

（形）甜的；淡的；寬鬆，好說話；鈍，鬆動；藐視；天真的；樂觀的；淺薄的；愚蠢的

（反）辛い　（類）甘ったるい

（例）そんな甘い考えが通用するか。

／那種膚淺的想法行得通嗎？

0048
□□□

あ**まど**
【雨戸】

（名）（為防風防雨而罩在窗外的）木板套窗，滑窗

（類）戸

（例）力をこめて、雨戸を閉めた。

／用力將滑窗關起來。

0049
□□□

あ**まやかす**
【甘やかす】

（他五）嬌生慣養，縱容放任；嬌養，嬌寵

（例）子どもを甘やかすなといっても、どうしたらいいかわからない。

／雖說不要寵小孩，但也不知道該如何是好。

0050
□□□

あ**まる**
【余る】

（自五）剩餘；超過，過分，承擔不了

（反）足りない　（類）有り余る（ありあまる）

（例）時間が余りぎみだったので、喫茶店に行った。

／看來還有時間，所以去了咖啡廳。

0051
□□□

あ**みもの**
【編み物】

（名）編織；編織品

（類）手芸（しゅげい）

（例）おばあちゃんが編み物をしているところへ、孫がやってきた。

／老奶奶在打毛線的時候，小孫子來了。

0052
☐☐☐

あむ
【編む】

(他五) 編，織；編輯，編纂

類 織る

例 お父さんのためにセーターを編んでいる。／為了爸爸在織毛衣。

0053
☐☐☐

あめ
【飴】

(名) 糖，麥芽糖

類 キャンデー

例 子どもたちに一つずつ飴をあげた。／給了小朋友一人一顆糖果。

0054
☐☐☐

あやうい
【危うい】

(形) 危險的；令人擔憂，靠不住

類 危ない

例 彼は見通しが甘い。計画の実現には危ういものがある。

／他的預測太樂觀了。執行計畫時總會伴隨著風險。

> 文法
> ものがある[總會（伴隨著）…]
> ▶ 表示說話者看到了某些特徵，而發自內心的肯定，是種強烈斷定。

0055
☐☐☐

あやしい
【怪しい】

(形) 奇怪的，可疑的；靠不住的，難以置信；奇異，特別；笨拙；關係曖昧的

類 疑わしい（うたがわしい）

例 外を怪しい人が歩いているよ。／有可疑的人物在外面徘徊呢。

0056
☐☐☐

あやまり
【誤り】

(名) 錯誤

類 違い

例 誤りを認めてこそ、立派な指導者と言える。
／唯有承認自己過失，才稱得上是偉大的領導者。

> 文法
> てこそ[只有…才…]
> ▶ 表示只有做了前項有意義的事，才能得到後項好的結果。

0057
☐☐☐

あやまる
【誤る】

(自五・他五) 錯誤，弄錯；耽誤

例 誤って違う薬を飲んでしまった。／不小心搞錯吃錯藥了。

0058 あら □□□

㊙（女性用語）（出乎意料或驚訝時發出的聲音）
唉呀！唉唷

例 あら、小林さん、久しぶり。元気。
／咦，可不是小林先生嗎？好久不見，過得好嗎？

文法
ぶり[好久…]
▶ 表示時間相隔的情況或狀態。

0059 あらい 【荒い】 □□□

㊙ 凶猛的；粗野的，粗暴的；濫用

類 荒っぽい（あらっぽい）
例 彼は言葉が荒い反面、心は優しい。
／他雖然講話粗暴，但另一面，內心卻很善良。

0060 あらい 【粗い】 □□□

㊙ 大；粗糙

例 パソコンの画面がなんだか粗いんだけど、どうにかならないかな。
／電腦螢幕的畫面好像很模糊，能不能想個辦法調整呢？

文法
どうにか[能不能…]
▶ 表示說話者有某個問題或困擾，希望能得到解決辦法。

0061 あらし 【嵐】 □□□

㊙ 風暴，暴風雨

例 嵐が来ないうちに、家に帰りましょう。
／趁暴風雨還沒來之前，快回家吧！

文法
ないうちに[趁還沒…之前，…]
▶ 表示在前面的環境、狀態還沒有產生變化的情況下，做後面的動作。

0062 あらすじ 【粗筋】 □□□

㊙ 概略，梗概，概要

類 概容（がいよう）
例 彼の書いた粗筋に基づいて、脚本を書いた。
／我根據他寫的故事大綱，來寫腳本。

0063 □□□
あらた
【新た】

形動 重新；新的，新鮮的

反 古い 類 新しい 補 只有「新たな」・「新たに」兩種活用方式。

例 今回のセミナーは、新たな試みの一つにほかなりません。
／這次的課堂討論，可說是一個全新的嘗試。

0064 □□□
あらためて
【改めて】

副 重新；再

類 再び

例 詳しいことは、後日改めてお知らせします。／詳細事項容我日後另行通知。

0065 □□□
あらためる
【改める】

他下一 改正，修正，革新；檢查

類 改正

例 酒で失敗して以来、私は行動を改めることにした。
／自從飲酒誤事以後，我就決定檢討改進自己的行為。

0066 □□□
あらゆる
【有らゆる】

連體 一切，所有

類 ある限り

例 資料を分析するのみならず、あらゆる角度から検討す

べきだ。／不單只是分析資料，也必須從各個角度去探討才行。

文法 のみならず［不單…，也…］
▶ 表添加，用在不僅限於前接詞的範圍，還有後項進一層的情況。

0067 □□□
あらわれ
【現れ・表れ】

名（為「あらわれる」的名詞形）表現；現象；結果

例 上司の言葉が厳しかったにしろ、それはあな
たへの期待の表れなのです。／就算上司講話嚴
屬了些，那也是一種對你有所期待的表現。

文法 にしろ［就算…，也］
▶ 表示退一步，承認前項，並在後項中提出跟前面相反或矛盾的意見。

0068 □□□
ありがたい
【有り難い】

形 難得，少有；值得感謝，感激，值得慶幸

類 謝する（しゃする）

例 手伝ってくれるとは、なんとありがたいことか。
／你願意幫忙，是多麼令我感激啊！

0069
□□□

（どうも）**あり**がとう ⦅感⦆謝謝

⦅類⦆お世話様

例 私たちにかわって、彼に「ありがとう」と伝えてください。
／請替我們向他說聲謝謝。

0070
□□□

ある
【或る】

⦅連體⦆（動詞「あり」的連體形轉變，表示不明確、不肯定）某，有

例 ある意味ではそれは正しい。
／就某意義而言，那是對的。

0071
□□□

ある
【有る・在る】

⦅自五⦆有；持有，具有；舉行，發生；有過；在

⦅反⦆無い
⦅類⦆存する

例 あなたのうちに、コンピューターはありますか。
／你家裡有電腦嗎？

0072
□□□

ある**いは**
【或いは】

⦅接・副⦆或者，或是，也許；有的，有時

⦅類⦆又は（または）
例 受験資格は、2016 年 3 月までに高等学校を卒業した方、あるいは卒業する見込みの方です。
／應考資格為 2016 年 3 月前自高中畢業者或預計畢業者。

0073
□□□

あれ**これ** ⦅名⦆這個那個，種種

⦅類⦆いろいろ
例 あれこれ考えたあげく、行くのをやめました。
／經過種種的考慮，最後決定不去了。

文法

あげく[最後]
▶表示事物最終的結果，大都因前句造成精神上的負擔或麻煩，多用在消極的場合。

0074 □□□

あれ(っ)

感（驚訝、恐怖、出乎意料等場合發出的聲音）呀！唉呀？

例 あれっ、今日どうしたの。
／唉呀！今天怎麼了？

0075 □□□

あれる
【荒れる】

自下一 天氣變壞；（皮膚）變粗糙；荒廢，荒蕪；暴戾，胡鬧；秩序混亂

類 波立つ（なみだつ）

例 天気が荒れても、明日は出かけざるを得ない。
／儘管天氣很差，明天還是非出門不可。

文法
ざるをえない［不得不…］
▶ 表示除此之外，沒有其他的選擇。

0076 □□□

あわ
【泡】

名 泡，沫，水花

類 泡（あぶく）

例 泡があんまり立ってないね。洗剤もっと入れよう。
／泡沫不太夠耶。再多倒些洗衣精吧！

0077 □□□

あわただしい
【慌ただしい】

形 匆匆忙忙的，慌慌張張的

類 落ち着かない

例 田中さんは電話を切ると、慌ただしく部屋を出て行った。
／田中小姐一掛上電話，立刻匆匆忙忙地出了房間。

0078 □□□

あわれ
【哀れ】

名・形動 可憐，憐憫；悲哀，哀愁；情趣，風韻

類 かわいそう

例 捨てられていた子犬の鳴き声が哀れで、拾ってきた。
／被丟掉的小狗吠得好可憐，所以就把牠撿回來了。

0079 □□□

あん
【案】

名 計畫，提案，意見；預想，意料

類 考え

例 その案には、賛成しかねます。
／我難以贊同那份提案。

0080 □□□
あんい
【安易】
(名・形動) 容易，輕而易舉；安逸，舒適，遊手好閒

(反) 至難（しなん）
(類) 容易
(例) 安易な方法に頼るべきではない。
／不應該光是靠著省事的作法。

文法
べきではない［不該…］
▶ 表示禁止，從某種規範來看不能做某件事。

0081 □□□
あんき
【暗記】
(名・他サ) 記住，背誦，熟記

(類) 暗唱
(例) こんな長い文章は、すぐには暗記できっこないです。
／那麼冗長的文章，我不可能馬上記住的。

文法
っこない［不可能…］
▶ 表示強烈否定，某事發生的可能性。

0082 □□□
あんてい
【安定】
(名・自サ) 安定，穩定；(物體) 安穩

(反) 不安定
(類) 落ち着く
(例) 結婚したせいか、精神的に安定した。
／不知道是不是結了婚的關係，精神上感到很穩定。

0083 □□□
アンテナ
【antenna】
(名) 天線

(類) 空中線（くうちゅうせん）
(例) 屋根の上にアンテナが立っている。
／天線豎立在屋頂上。

0084 □□□
あんなに
(副) 那麼地，那樣地

(例) あんなに遠足を楽しみにしていたのに、雨が降ってしまった。
／人家那麼期待去遠足，天公不作美卻下起雨了。

0085 □□□

あんまり

(形動・副) 太，過於，過火

類 それほど

補 口語：あまり的口語說法，但並不是任何情況都適用。例如：
あんまり好きじゃない（○）；あまりすきじゃない（○）
ひどい！あんまりだ！（○）；ひどい！あまりだ！（×）

例 あの喫茶店はあんまりきれいではない反面、コーヒーはおいしい。
／那家咖啡廳裝潢不怎麼美，但咖啡卻很好喝。

い

0086 □□□

い
【位】

(漢造) 位；身分，地位；（對人的敬稱）位

例 高い地位に就く。
／坐上高位。

0087 □□□

い
【胃】

(名) 胃

類 胃腸

例 あるものを全部食べきったら、胃が痛くなった。
／吃完了所有東西以後，胃就痛了起來。

0088 □□□

いいだす
【言い出す】

(他五) 開始說，說出口

類 発言

例 余計なことを言い出したばかりに、私が全部やることになった。
／都是因為我多嘴，所以現在所有事情都要我做了。

文法
ばかりに [就因為…，結果…]
▶ 表示就是因為某事的緣故，造成後項不良結果或發生不好的事情，說話者含有後悔或遺憾的心情。

0089 □□□

いいつける
【言い付ける】

(他下一) 命令；告狀；說慣，常說

類 命令

例 あーっ。先生に言いつけてやる。
／啊！我要去向老師告狀！

0090 いいん【委員】
名 委員

類 役員
例 委員になってお忙しいところをすみませんが、お願いがあります。
／真不好意思，在您當上委員的百忙之中打擾，我有一事想拜託您。

0091 いき【息】
名 呼吸，氣息；步調

類 呼吸（こきゅう）
例 息を全部吐ききってください。／請將氣全部吐出來。

0092 いき【意気】
名 意氣，氣概，氣勢，氣魄

類 気勢（きせい）
例 試合に勝ったので、みんな意気が上がっています。
／因為贏了比賽，所以大家的氣勢都提升了。

0093 いぎ【意義】
名 意義，意思；價值

類 意味
例 自分でやらなければ、練習するという意義がなくなるというものだ。／如果不親自做，所謂的練習就毫無意義了。

文法 というものだ［就…］
▶ 表示對事物做一種結論性的判斷。

0094 いきいき【生き生き】
副・自サ 活潑，生氣勃勃，栩栩如生

類 活発
例 結婚して以来、彼女はいつも生き生きしているね。
／自從結婚以後，她總是一副風采煥發的樣子呢！

0095 いきおい【勢い】
名 勢，勢力；氣勢，氣焰

類 気勢
例 その話を聞いたとたんに、彼はすごい勢いで部屋を出て行った。
／他聽到那番話，就氣沖沖地離開了房間。

讀書計劃：□□／□□／□□

0096 □□□ いきなり

（副）突然，冷不防，馬上就…

🈯 突然

🈸 いきなり声をかけられてびっくりした。
／冷不防被叫住，嚇了我一跳。

0097 □□□ いきもの【生き物】

（名）生物，動物；有生命力的東西，活的東西

🈯 生物

🈸 こんな環境の悪いところに、生き物がいるわけない。
／在這麼惡劣的環境下，怎麼可能會有生物存在。

0098 □□□ いく【幾】

（接頭）表數量不定，幾，多少，如「幾日」（幾天）；表數量、程度很大，如「幾千万」（幾千萬）

🈸 幾多の困難を切り抜ける。／克服了重重的困難。

0099 □□□ いくじ【育児】

（名）養育兒女

🈸 主婦は、家事の上に育児もしなければなりません。
／家庭主婦不僅要做家事，還得帶孩子。

文法

うえに［不僅…，還得…］
▶ 表示追加、補充同類的內容。在本來就有的某種情況之外，另外還有比前面更甚的情況。

0100 □□□ いくぶん【幾分】

（副・名）一點，少許，多少；（分成）幾分；（分成幾分中的）一部分

🈯 少し

🈸 体調は幾分よくなってきたにしろ、まだ出勤はできません。／就算身體好些了，也還是沒辦法去上班。

文法

にしろ［就算…，也］
▶ 表示退一步，承認前項，並在後項中提出跟前面相反或矛盾的意見。

0101 □□□ いけない

（形・連語）不好，糟糕；沒希望，不行；不能喝酒，不能喝酒的人；不許，不可以

🈯 良くない

🈸 病気だって。それはいけないね。／生病了！那可不得了了。

0102
□□□

い<u>け</u>ば<u>な</u>
【生け花】

㊂ 生花，插花

㊝ 挿し花
㊇ 智子さん<u>といえば</u>、生け花を習い始めたらしいですよ。
／說到智子小姐，聽說她開始學插花了！

文法
といえば [說到…]
▶ 用在承接某個話題，從這個話題引起自己的聯想，或對這個話題進行說明或聯想。

0103
□□□

い<u>けん</u>
【異見】

(名・他サ) 不同的意見，不同的見解，異議

㊝ 異議（いぎ）
㊇ 異見を唱える。
／唱反調。

0104
□□□

い<u>こう</u>
【以降】

㊂ 以後，之後

㊉ 以前
㊝ 以後
㊇ 5時以降は不在につき、また明日いらしてください。
／五點以後大家都不在，所以請你明天再來。

0105
□□□

い<u>さまし</u>い
【勇ましい】

(形) 勇敢的，振奮人心的；活潑的；(俗) 有勇無謀

㊝ 雄々しい（おおしい）
㊇ 兵士たちは勇ましく戦った。
／當時士兵們英勇地作戰。

0106
□□□

い<u>し</u>
【意志】

㊂ 意志，志向，心意

㊝ 意図（いと）
㊇ 本人の意志に反して、社長に選ばれた。
／與當事人的意願相反，他被選為社長。

0107 ☐☐☐

いじ
【維持】

(名・他サ) 維持，維護

(類) 保持

(例) 政府が助けてくれない<u>かぎり</u>、この組織は維持できない。
／只要政府<u>不</u>支援，這組織<u>就</u>不能維持下去。

文法

ないかぎり[只要不…，就…]
▶ 表示只要某狀態不發生變化，結果就不會有變化。含有如果狀態發生變化了，結果也會有變化的可能性。

0108 ☐☐☐

いしがき
【石垣】

(名) 石牆

(例) この辺りは昔<u>ながら</u>の石垣のある家が多い。
／這一帶有很多<u>保有</u>傳統的石牆住宅。

文法 ながら[保有…]
▶ 表示毫無變化而持續的狀態。

0109 ☐☐☐

いしき
【意識】

(名・他サ) (哲學的)意識；知覺，神智；自覺，意識到

(類) 知覚

(例) 患者の意識が回復するまで、油断できない。
／在患者恢復意識之前，不能大意。

0110 ☐☐☐

いじょう
【異常】

(名・形動) 異常，反常，不尋常

(反) 正常
(類) 格外（かくがい）

(例) システムはもちろん、プログラムも異常はありません。
／不用說是系統，程式上也有沒任何異常。

0111 ☐☐☐

いしょくじゅう
【衣食住】

(名) 衣食住

(類) 生計

(例) 衣食住に困らなければ<u>こそ</u>、安心して生活できる。
／衣食只要不缺，就可以安心過活了。

0112 □□□

（Track **5**）

いずみ
【泉】

名 泉，泉水；泉源；話題

類 湧き水（わきみず）

例 泉を中心にして、いくつかの家が建っている。
／圍繞著泉水，周圍有幾棟房子在蓋。

0113 □□□

いずれ
【何れ】

代・副 哪個，哪方；反正，早晚，歸根到底；不久，最近，改日

類 どれ

例 いずれやらなければならないと思いつつ、今日もできなかった。
／儘管知道這事早晚都要做，但今天仍然沒有完成。

文法
つつ［儘管…但…］
▶ 表示逆接，用於連接 2 個相反的事物。

0114 □□□

いた
【板】

名 木板；薄板；舞台

類 盤

例 板に釘を打った。／把釘子敲進木板。

0115 □□□

いたい
【遺体】

名 遺體

例 遺体を埋葬する。／埋葬遺體。

0116 □□□

いだい
【偉大】

形動 偉大的，魁梧的

類 偉い

例 ベートーベンは偉大な作曲家だ。
／貝多芬是位偉大的作曲家。

0117 □□□

いだく
【抱く】

他五 抱；懷有，懷抱

類 抱える（かかえる）

例 彼は彼女に対して、憎しみさえ抱いている。
／他對她甚至懷恨在心。

0118 ☐☐☐ **い た み**
【痛み】

㊌ 痛，疼；悲傷，難過；損壞；（水果因碰撞而）腐爛

類 苦しみ

㊐ あいつは冷たいやつだから、人の心の痛みなんか感じっこない。
／那傢伙很冷酷，絕不可能懂得別人的痛苦。

文法
っこない [絕不可能…]
▶ 表示強烈否定，某事發生的可能性。

0119 ☐☐☐ **い た む**
【痛む】

㊐五 疼痛；苦惱；損壞

類 傷つく（きずつく）

㊐ 傷が痛まないこともないが、まあ大丈夫です。
／傷口並不是不會痛，不過沒什麼大礙。

0120 ☐☐☐ **い た る**
【至る】

㊐五 到，來臨；達到；周到

類 まで

㊐ 国道1号は、東京から名古屋、京都を経て大阪へ至る。
／國道一號是從東京經過名古屋和京都，最後連結到大阪。

0121 ☐☐☐ **い ち**
【位置】

㊌・㊐サ 位置，場所；立場，遭遇；位於

類 地点

㊐ 机は、どの位置に置いたらいいですか。／書桌放在哪個地方好呢？

0122 ☐☐☐ **い ち お う**
【一応】

㊐ 大略做了一次，暫，先，姑且

類 大体

㊐ 一応、息子にかわって、私が謝っておきました。
／我先代替我兒子去致歉。

0123 ☐☐☐ **い ち ご**
【苺】

㊌ 草莓

類 ストロベリー

㊐ いちごを栽培する。／種植草莓。

0124 いちじ【一時】
□□□
（造語・副）某時期，一段時間；那時；暫時；一點鐘；同時，一下子

反 常時　類 暫く（しばらく）

例 山で道に迷った上に嵐が来て、一時は死を覚悟した。
／不但在山裡迷了路，甚至遇上了暴風雨，一時之間還以為自己死定了。

文法 うえに［不僅…，還…］
▶ 表追加、補充同類內容。在本來就有的情況外，另外還有更甚的情況。

0125 いちだんと【一段と】
□□□
副 更加，越發

類 一層（いっそう）

例 彼女が一段ときれいになったと思ったら、結婚するんだそうです。
／覺得她變漂亮了，原來聽說是要結婚了。

文法 とおもったら［原以為…原來是］
▶ 本來預料會有某狀況，結果有兩種：為相反結果，或與預料的一致。

0126 いちば【市場】
□□□
名 市場，商場

類 市

例 市場で、魚や果物などを売っています。／市場裡有賣魚、水果…等等。

0127 いちぶ【一部】
□□□
名 一部分，（書籍、印刷物等）一冊，一份，一套

反 全部　類 一部分

例 この案に反対なのは、一部の人間にほかならない。
／反對這方案的，只不過是一部分的人。

文法 にほかならない［無非是…］
▶ 表斷定的說事情發生的理由，是對事物的原因、結果的肯定語氣。

0128 いちりゅう【一流】
□□□
名 一流，頭等；一個流派；獨特

反 二、三流　類 最高

例 一流の音楽家になれるかどうかは、才能次第だ。
／是否能成為一流的音樂家，全憑個人的才能。

文法 しだいだ［就要看…而定］
▶ 表行為動作要實現，全憑前面名詞的情況而定。
▶ 近 しだいです［由於…］

0129 □□□
いつか
【何時か】
副 未來的不定時間，改天；過去的不定時間，以前；不知不覺

類 そのうちに

例 またいつかお会いしましょう。／改天再見吧！

0130 □□□
いっか
【一家】
名 一所房子；一家人；一個團體；一派

類 家族

例 田中さん一家のことだから、正月は旅行に
行っているでしょう。
／田中先生一家人的話，新年大概又去旅行了吧！

文法
ことだから[因為是…，所以…]
▶ 主要接表示人物的詞後面，根據熟知的人物性格、行為習慣等，做出判斷。

0131 □□□
いっしゅ
【一種】
名 一種；獨特的；（說不出的）某種，稍許

類 同類（どうるい）

例 これは、虫の一種ですか。／這是屬昆蟲類的一種嗎？

0132 □□□
いっしゅん
【一瞬】
名 一瞬間，一剎那

反 永遠　類 瞬間（しゅんかん）

例 花火は、一瞬だからこそ美しい。
／煙火就因那一瞬間才美麗。

文法
からこそ[就因…才]
▶ 表示說話者主觀地認為事物的原因出在何處，並強調該理由是最正確的。

0133 □□□
いっせいに
【一斉に】
副 一齊，一同

類 一度に

例 彼らは一斉に立ち上がった。／他們一起站了起來。

0134 □□□
いっそう
【一層】
副 更，越發

類 更に

例 大会で優勝できるように、一層努力します。
／為了比賽能得冠軍，我要比平時更加努力。

0135 □□□
いったん 【一旦】
(副) 一旦，既然；暫且，姑且

(類) 一度

(例) いったんうちに帰って、着替えてからまた出かけます。
／我先回家一趟，換過衣服之後再出門。

0136 □□□
いっち 【一致】
(名・自サ) 一致，相符

(反) 相違
(類) 合致（がっち）
(例) 意見が一致した上は、早速プロジェクトを始めましょう。
／既然看法一致了，就快點進行企畫吧！

文法
うえは [既然…就…]
▶ 表示某種決心、責任等行為，後續採取跟前面相對應的動作。後句是說話者的判斷、決定或勸告。

0137 □□□
いってい 【一定】
(名・自他サ) 一定；規定，固定

(反) 不定
(類) 一様
(例) 一定の条件を満たせば、奨学金を申請することができる。
／只要符合某些條件，就可以申請獎學金。

0138 □□□
いつでも 【何時でも】
(副) 無論什麼時候，隨時，經常，總是

(類) 随時（ずいじ）
(例) 彼はいつでも勉強している。
／他無論什麼時候都在看書。

0139 □□□
いっぽう 【一方】
(名・副助・接) 一個方向；一個角度；一面，同時；(兩個中的) 一個；只顧，愈來愈…；從另一方面說

(反) 相互
(類) 片方
(例) 勉強する一方で、仕事もしている。
／我一邊唸書，也一邊工作。

文法
いっぽうで [另一方面]
▶ 前句說明在做某件事的同時，後句為補充做另一件事。

0140 □□□
いつまでも
【何時までも】
(副) 到什麼時候也…，始終，永遠

例 今日のことは、いつまでも忘れません。
／今日所發生的，我永生難忘。

0141 □□□
いてん
【移転】
(名・自他サ) 轉移位置；搬家；（權力等）轉交，轉移

(類) 引っ越す

例 会社の移転で大変なところを、お邪魔してすみません。
／在貴社遷移而繁忙之時前來打擾您，真是不好意思。

0142 □□□
いでん
【遺伝】
(名・自サ) 遺傳

例 身体能力、知力、容姿などは遺伝によるところが多いと聞きました。
／據說體力、智力及容貌等多半是來自遺傳。

0143 □□□
いでんし
【遺伝子】
(名) 基因

例 この製品は、原料に遺伝子組み換えのない大豆が使われています。
／這個產品使用的原料是非基因改造黃豆。

0144 □□□
いど
【井戸】
(名) 井

例 井戸で水をくんでいるところへ、隣のおばさんが来た。
／我在井邊打水時，隔壁的伯母就來了。

0145 □□□
いど
【緯度】
(名) 緯度

(反) 経度

例 緯度が高いわりに暖かいです。
／雖然緯度很高，氣候卻很暖和。

0146 ☐☐☐
いどう
【移動】
名・自他サ 移動，轉移

反 固定
類 移る
例 雨が降ってきたので、屋内に移動せざるを得ませんね。
／因為下起雨了，所以不得不搬到屋內去呀。

文法
ざるをえない [不得不…]
▶ 表示除此之外，沒有其他的選擇。

0147 ☐☐☐
いね
【稲】
名 水稻，稻子

類 水稲（すいとう）
例 太陽の光のもとで、稲が豊かに実っています。
／稻子在陽光之下，結實累累。

文法
のもとで [在…之下]
▶ 表示在受到某影響的範圍內，而有後項的情況。

0148 ☐☐☐
いねむり
【居眠り】
名・自サ 打瞌睡，打盹兒

類 仮寝（かりね）
例 あいつのことだから、仕事中に居眠りをしているんじゃないかな。
／那傢伙的話，一定又是在工作時間打瞌睡吧！

文法
ことだから [因為是…，所以…]
▶ 主要接表示人物的詞後面，根據說話熟知的人物的性格、行為習慣等，做出自己判斷的依據。

0149 ☐☐☐
いばる
【威張る】
自五 誇耀，逞威風

類 驕る（おごる）
例 上司にはぺこぺこし、部下にはいばる。
／對上司畢恭畢敬，對下屬盛氣凌人。

0150 ☐☐☐
いはん
【違反】
名・自サ 違反，違犯

反 遵守
類 反する
例 スピード違反をした上に、駐車違反までしました。／不僅超速，甚至還違規停車。

文法
うえに [不僅…，甚至…]
▶ 表示追加、補充同類的內容。在本來就有的某種情況之外，另外還有比前面更甚的情況。

0151 □□□

いふく
【衣服】

名 衣服

類 衣装

例 季節に応じて、衣服を選びましょう。
/依季節來挑衣服吧！

文法 におうじて［依據…］
▶ 表示按照、根據。前項作為依據，後項根據前項的情況而發生變化。

0152 □□□

いまに
【今に】

副 就要，即將，馬上；至今，直到現在

類 そのうちに

例 彼は、現在は無名にしろ、今に有名になるに違いない。
/儘管他現在只是個無名小卒，但他一定很快會成名的。

文法
にしろ［就算…，也］
▶ 表示退一步，承認前項，並在後項中提出跟前面相反或矛盾的意見。

0153 □□□

いまにも
【今にも】

副 馬上，不久，眼看就要

類 すぐ

例 その子どもは、今にも泣き出しそうになった。
/那個小朋友眼看就要哭了。

0154 □□□

いやがる
【嫌がる】

他五 討厭，不願意，逃避

類 嫌う

例 彼女が嫌がるのもかまわず、何度もデートに誘う。
/不顧她的不願，一直要約她出去。

文法
もかまわず［不顧…］
▶ 表示不顧慮前項事物的現況，以後項為優先的意思。

0155 □□□

いよいよ
【愈々】

副 愈發；果真；終於；即將要；緊要關頭

類 遂に

例 いよいよ留学に出発する日がやってきた。
/出國留學的日子終於來到了。

0156 いらい【以来】
□□□

名 以來，以後；今後，將來

反 以降
類 以前
例 去年以来、交通事故による死者が減りました。
／從去年開始，車禍死亡的人口減少了。

0157 いらい【依頼】
□□□

名・自他サ 委託，請求，依靠

類 頼み
例 仕事を依頼する上は、ちゃんと報酬を払わなければなりません。
／既然要委託他人做事，就得付出相對的酬勞。

文法
うえは [既然…就…]
▶ 表示某種決心、責任等行為，後續採取跟前面相對應的動作。後句是說話者的判斷、決定或勸告。

0158 いりょう【医療】
□□□

名 醫療

類 治療
例 高い医療水準のもとで、国民は健康に生活しています。
／在高醫療水準之下，國民過著健康的生活。

文法
のもとで [在…之下]
▶ 表示在受到某影響的範圍內，而有後項的情況。

0159 いりょうひん【衣料品】
□□□

名 衣料；衣服

例 衣料品店を営む。
／經營服飾店。

0160 いる【煎る・炒る】
□□□

他五 炒，煎

例 ごまを鍋で煎ったら、いい香りがした。
／芝麻在鍋裡一炒，就香味四溢。

0161
□□□
いれもの
【入れ物】

(名) 容器，器皿

(類) 器

(例) 入れ物がなかったばかりに、飲み物をもらえなかった。
／就因為沒有容器了，所以沒能拿到飲料。

文法

ばかりに [就因為…，結果…]

▶ 表示就是因為某事的緣故，造成後項不良結果或發生不好的事情，說話者含有後悔或遺憾的心情。

0162
□□□
いわい
【祝い】

(名) 祝賀，慶祝；賀禮；慶祝活動

(類) おめでた

(例) 祝いの品として、ネクタイを贈った。
／我送了條領帶作為賀禮。

0163
□□□
いわば
【言わば】

(副) 譬如，打個比方，說起來，打個比方說

(例) このペンダントは、言わばお守りのようなものです。
／這對耳墜，說起來就像是我的護身符一般。

0164
□□□
いわゆる
【所謂】

(連體) 所謂，一般來說，大家所說的，常說的

(例) いわゆる健康食品が、私はあまり好きではない。
／我不大喜歡那些所謂的健康食品。

0165
□□□
いんさつ
【印刷】

(名・自他サ) 印刷

(類) プリント

(例) 原稿ができたら、すぐ印刷に回すことになっています。
／稿一完成，就要馬上送去印刷。

0166
□□□
いんたい
【引退】
（名・自サ）隱退，退職

- 類 辞める
- 例 彼は、サッカー選手を引退するかしないかのうちに、タレントになった。
  ／他才從足球選手隱退，就當起了藝人。

0167
□□□
いんよう
【引用】
（名・自他サ）引用

- 例 引用による説明が、分かりやすかったです。
  ／引用典故來做說明，讓人淺顯易懂。

0168
□□□
ウィスキー
【whisky】
（名）威士忌（酒）

- 類 酒
- 例 ウィスキーにしろ、ワインにしろ、お酒は絶対飲まないでください。
  ／不論是威士忌，還是葡萄酒，請千萬不要喝酒。

0169
□□□
ウーマン
【woman】
（名）婦女，女人

- 反 マン
- 類 女
- 例 ウーマンリブがはやった時代もあった。
  ／過去女性解放運動也曾有過全盛時代。

0170
□□□

うえき
【植木】
（名）植種的樹；盆景

- 例 植木の世話をしているところへ、友だちが遊びに来ました。
  ／當我在修剪盆栽時，朋友就跑來拜訪。

0171 □□□
うえる
【飢える】
自下一 飢餓，渴望

類 飢える（かつえる）

例 生活に困っても、飢えることはないでしょう。
／就算為生活而苦，也不會挨餓吧！

0172 □□□
うお
【魚】
名 魚

類 魚類

比 うお：在水中生活，用鰓呼吸，用鰭游水的動物的總稱。
　　　說法較古老。現在多用在專有名詞上。
さかな：最早是指下酒菜或經烹調過的魚。現在被廣泛使用。

例 魚市場でバイトしたのをきっかけに、魚に興味を持った。
／在漁市場裡打工的那段日子為契機，開始對魚類產生了興趣。

文法
をきっかけに [以…為契機]
▶表示某事產生的原因、機會、動機等。

0173 □□□
うがい
【嗽】
名・自サ 漱口

類 漱ぐ

例 うちの子は外から帰ってきて、うがいどころか手も洗わない。
／我家孩子從外面回來，別說是漱口，就連手也不洗。

文法
どころか [別說是…就連…]
▶表示從根本上推翻前項，並且在後項提出跟前項程度相差很遠。

0174 □□□
うかぶ
【浮かぶ】
自五 漂，浮起；想起，浮現，露出；（佛）超度；出頭，擺脫困難

反 沈む（しずむ）　類 浮き上がる（うきあがる）

例 そのとき、すばらしいアイデアが浮かんだ。
／就在那時，靈光一現，腦中浮現了好點子。

0175 □□□
うかべる
【浮かべる】
他下一 浮，泛；露出；想起

反 沈める（しずめる）　類 浮かす（うかす）

例 子供のとき、笹で作った小舟を川に浮かべて遊んだものです。
／小時候會用竹葉折小船，放到河上隨水漂流當作遊戲。

0176 □□□
うく
【浮く】

(自五) 飄浮；動搖，鬆動；高興，愉快；結餘，剩餘；輕薄

(反) 沈む　(類) 浮かぶ

(例) 面白い形の雲が、空に浮いている。

／天空裡飄著一朵形狀有趣的雲。

0177 □□□
うけたまわる
【承る】

(他五) 聽取；遵從，接受；知道，知悉；傳聞

(類) 受け入れる

(例) 担当者にかわって、私が用件を承ります。

／由我來代替負責的人來承接這件事情。

0178 □□□
うけとり
【受け取り】

(名) 收領；收據；計件工作（的工錢）

(例) 留守がちな人は、コンビニでも宅配便の受け取りができる。

／可能無法在家等貨的人們，也可以利用便利商店領取宅配物件。

0179 □□□
うけとる
【受け取る】

(他五) 領，接收，理解，領會

(反) 差し出す
(類) 受け入れる

(例) 好きな人にラブレターを書いたけれど、受け取ってくれなかった。

／雖然寫了情書送給喜歡的人，但是對方不願意收下。

0180 □□□
うけもつ
【受け持つ】

(他五) 擔任，擔當，掌管

(類) 担当する

(例) 1年生のクラスを受け持っています。

／我擔任一年級的班導。

0181 □□□
うさぎ
【兎】

(名) 兔子

(例) 動物園には、象やライオンばかりでなく、兎などもいます。

／動物園裡，不單有大象和獅子，也有兔子等等的動物。

0182
□□□
うしなう
【失う】

他五 失去，喪失；改變常態；喪，亡；迷失；錯過

類 無くす

例 事故のせいで、財産を失いました。／都是因為事故的關係，而賠光了財產。

0183
□□□
うすぐらい
【薄暗い】

形 微暗的，陰暗的

類 薄明かり

例 目に悪いから、薄暗いところで本を読むものではない。

／因為對眼睛不好，所以不該在陰暗的地方看書。

文法
ものではない [不該…]
▶ 表示不應如此。

0184
□□□
うすめる
【薄める】

他下一 稀釋，弄淡

例 この飲み物は、水で5倍に薄めて飲んでください。

／這種飲品請用水稀釋五倍以後飲用。

0185
□□□
うたがう
【疑う】

他五 懷疑，疑惑，不相信，猜測

反 信じる 類 訝る（いぶかる）

例 彼のことは、友人でさえ疑っている。／他的事情，就連朋友也都在懷疑。

0186
□□□
うちあわせ
【打ち合わせ】

名・他サ 事先商量，碰頭

類 相談

例 特別に変更がないかぎり、打ち合わせは来
週の月曜に行われる。

／只要沒有特別的變更，會議將在下禮拜一舉行。

文法
ないかぎり[只要不…，
就…]
▶ 表示只要某狀態不發
生變化，結果就不會有
變化。含有如果狀態發
生變化了，結果也會有
變化的可能性。

0187
□□□
うちあわせる
【打ち合わせる】

他下一 使…相碰，（預先）商量

類 相談する

例 あ、ついでに明日のことも打ち合わせておきましょう。

／啊！順便先商討一下明天的事情吧！

| 0188 □□□ | **うちけす**
【打ち消す】 | (他五) 否定，否認；熄滅，消除 |

(類) 取り消す

(例) 夫は打ち消したけれど、私はまだ浮気を疑っている。
／丈夫雖然否認，但我還是懷疑他出軌了。

| 0189 □□□ | **うちゅう**
【宇宙】 | (名) 宇宙；（哲）天地空間；天地古今 |

(例) 宇宙飛行士の話を聞いたのをきっかけにして、宇宙に興味を持った。／自從聽了太空人的故事後，就對宇宙產生了興趣。

(文法) **をきっかけに**［以…為契機］
▶ 表示某事產生的原因、機會、動機等。

| 0190 □□□ | **うつす**
【映す】 | (他五) 映，照；放映 |

(例) 鏡に姿を映して、おかしくないかどうか見た。
／我照鏡子，看看樣子奇不奇怪。

| 0191 □□□ | **うったえる**
【訴える】 | (他下一) 控告，控訴，申訴；求助於；使…感動，打動 |

(例) 彼が犯人と知った上は、警察に訴えるつもりです。
／既然知道他是犯人，我就打算向警察報案。

(文法) **うえは**［既然…就…］
▶ 表某種決心、責任等行為，後續採取對應的動作。後句是說話者的判斷、決定或勸告。

| 0192 □□□ | **うなずく**
【頷く】 | (自五) 點頭同意，首肯 |

(類) 承知する

(例) 私が意見を言うと、彼は黙ってうなずいた。
／我一說出意見，他就默默地點了頭。

| 0193 □□□ | **うなる**
【唸る】 | (自五) 呻吟；（野獸）吼叫；發出鳴聲；吟，哼；贊同，喝彩 |

(類) 鳴く

(例) ブルドッグがウーウー唸っている。／哈巴狗嗚嗚地叫著。

0194 □□□	**うばう** 【奪う】	他五 剝奪；強烈吸引；除去

反 与える　類 奪い取る
例 戦争で家族も財産もすべて奪われてしまった。
　　／戰爭把我的家人和財產全都奪走了。

0195 □□□ (Track 8)	**うまれ** 【生まれ】	名 出生；出生地；門第，出生

例 生まれは北海道ですが、千葉で育ちました。
　　／雖是在北海道出生的，不過是在千葉縣長大的。

0196 □□□	**うむ** 【有無】	名 有無；可否，願意與否

類 生い立ち
例 鎌田君に彼氏の有無を確認された。これって、私に気があるっ
　　てことだよね。
　　／鎌田問了我有沒有男朋友。他這樣問，就表示對我有意思囉？

0197 □□□	**うめ** 【梅】	名 梅花，梅樹；梅子

例 梅の花が、なんと美しかったことか。
　　／梅花是多麼地美麗啊！

0198 □□□	**うやまう** 【敬う】	他五 尊敬

反 侮る（あなどる）
類 敬する（けいする）
例 年長者を敬うことは大切だ。
　　／尊敬年長長輩是很重要的。

0199 □□□	**うらがえす** 【裏返す】	他五 翻過來；通敵，叛變

類 折り返す
例 靴下を裏返して洗った。　／我把襪子翻過來洗。

0200
□□□

うらぎる
【裏切る】

他五 背叛，出賣，通敵；辜負，違背

類 背信する

例 私というものがありながら、ほかの子とデートするなんて、裏切ったも同然だよ。

／他明明都已經有我這個女友了，卻居然和別的女生約會，簡直就是背叛嘛！

文法
ながら [明明…卻]
▶ 連接兩個矛盾的事物，表示後項與前項所預想的不同。

0201
□□□

うらぐち
【裏口】

名 後門，便門；走後門

反 表口

例「ごめんください。お届け物です」「あ、すみませんが、裏口に回ってください」

／「打擾一下，有您的包裹。」「啊，不好意思，麻煩繞到後門那邊。」

0202
□□□

うらなう
【占う】

他五 占卜，占卦，算命

類 占卜（せんぼく）

例 恋愛と仕事について占ってもらった。

／我請他幫我算愛情和工作的運勢。

0203
□□□

うらみ
【恨み】

名 恨，怨，怨恨

類 怨恨（えんこん）

例 私に恨みを持つなんて、それは誤解というものです。

／說什麼跟我有深仇大怨，那可真是個天大誤會啊。

0204
□□□

うらむ
【恨む】

他五 抱怨，恨；感到遺憾，可惜；雪恨，報仇

類 残念（ざんねん）

例 仕事の報酬をめぐって、同僚に恨まれた。

／因為工作的報酬一事，被同事懷恨在心。

文法
をめぐって [因為…一事]
▶ 表示後項的行為動作，是針對前項的某一事情、問題進行的。

0205
□□□

うらやむ
【羨む】

(他五) 羨慕，嫉妒

類 妬む（ねたむ）
例 彼女はきれいでお金持ちなので、みんなが羨んでいる。
　／她人既漂亮又富有，大家都很羨慕她。

0206
□□□

うりあげ
【売り上げ】

(名)（一定期間的）銷售額，營業額

類 売上高
例 売り上げの計算をしているところへ、社長がのぞきに来た。
　／在我結算營業額時，社長跑來看了一下。

0207
□□□

うりきれ
【売り切れ】

(名) 賣完

例 売り切れにならないうちに、早く買いに行かな
くてはなりません。／我們得在賣光之前去買才行。

文法 ないうちに [在…
還沒…前，…]
▶ 在前面狀態還未產生變
化的情況，做後面動作。

0208
□□□

うりきれる
【売り切れる】

(自下一) 賣完，賣光

例 コンサートのチケットはすぐに売り切れた。／演唱會的票馬上就賣完了。

0209
□□□

うれゆき
【売れ行き】

(名)（商品的）銷售狀況，銷路

例 その商品は売れ行きがよい。／那個產品銷路很好。

0210
□□□

うれる
【売れる】

(自下一) 商品賣出，暢銷；變得廣為人知，出名，
聞名

例 この新製品はよく売れている。／這個新產品賣況奇佳。

0211
□□□

うろうろ

(副・自サ) 徘徊；不知所措，張慌失措

類 まごまご
例 彼は今ごろ、渋谷あたりをうろうろしている
に相違ない。／現在，他人一定是在澀谷一帶徘徊。

文法
にそういない [一定是…]
▶ 表説話者根據經驗或
直覺，做出肯定的判斷。

0212
□□□
うわ
【上】

(漢造)（位置的）上邊，上面，表面；（價值、程度）高；輕率，隨便

例 上着を脱いで仕事をする。
／脱掉上衣工作。

0213
□□□
うわる
【植わる】

(自五) 栽上，栽植

比 植える：表行為。
植わる：表結果或狀態，較常使用「植わっている」的形式。
例 庭にはいろいろのばらが植わっていた。 ／庭院種植了各種野玫瑰。

0214
□□□
うん
【運】

(名) 命運，運氣

類 運命
例 宝くじが当たるとは、なんと運がいいことか。
／竟然中了彩卷，運氣還真好啊！

0215
□□□
うんが
【運河】

(名) 運河

類 堀（ほり）
例 真冬の運河に飛び込むとは、無茶というものだ。
／在寒冬跳入運河裡，真是件荒唐的事。

文法 というものだ［真是…］
▶ 表示對事物做一種結論性的判斷。

0216
□□□
うんと

(副) 多，大大地；用力，使勁地

類 たくさん
例 うんとおしゃれをして出かけた。 ／她費心打扮出門去了。

0217
□□□
うんぬん
【云々】

(名・他サ) 云云，等等；說長道短

類 あれこれ
例 他人のすることについて云々したくはない。
／對於他人所作的事，我不想多說什麼。

0218
□□□

うんぱん
【運搬】

(名・他サ) 搬運，運輸

類 運ぶ
例 ピアノの運搬を業者に頼んだ。／拜託了業者搬運鋼琴。

0219
□□□

うんよう
【運用】

(名・他サ) 運用，活用

類 応用
例 目的にそって、資金を運用する。
／按目的來運用資金。

文法
にそって [按照…]
▶ 接在目的、操作流程等名詞後，表示按照某方針或程序進行。

え

0220
Track 9

えっ

(感)（表示驚訝、懷疑）啊！；怎麼？

例 えっ、あれが彼のお父さん。／咦？那是他父親嗎？

0221
□□□

えいえん
【永遠】

(名) 永遠，永恆，永久

類 いつまでも
例 神のもとで、永遠の愛を誓います。
／在神面前，發誓相愛至永遠。

文法
のもとで [在…之下]
▶ 表示在受到某影響的範圍內，而有後項的情況。

0222
□□□

えいきゅう
【永久】

(名) 永遠，永久

類 いつまでも
例 私は、永久にここには戻ってこない。／我永遠不會再回來這裡。

0223
□□□

えいぎょう
【営業】

(名・自他サ) 營業，經商

類 商い（あきない）
例 営業開始に際して、店長から挨拶があります。
／開始營業時，店長會致詞。

文法
にさいして [在…時]
▶ 表示以某事為契機，也就是動作的時間或場合。

0224 □□□

え<u>いせい</u>
【衛生】

名 衛生

類 保健

例 この店は、味やサービスのみならず、衛生上も問題がある。
／這家店不僅滋味和服務欠佳，連衛生方面也有問題。

文法
のみならず［不僅…，連…］
▶ 表示添加，用在不僅限於前接詞的範圍，還有後項進一層的情況。

じょうも［方面］
▶ 表示就此觀點而言。

0225 □□□

え<u>いぶん</u>
【英文】

名 用英語寫的文章；「英文學」、「英文學科」的簡稱

例 この英文は、難しくてしようがない。
／這英文，實在是難得不得了。

文法
てしようがない［…得不得了］
▶ 表示某種感情或事情呈現某種極端的狀態。

0226 □□□

え<u>いわ</u>
【英和】

名 英日辭典

例 兄の部屋には、英和辞典ばかりでなく、仏和辞典もある。
／哥哥的房裡，不僅有英日辭典，也有法日辭典。

0227 □□□

え<u>がお</u>
【笑顔】

名 笑臉，笑容

反 泣き顔
類 笑い顔

例 売り上げを上げるには、笑顔でサービスするよりほかない。／想要提高營業額，沒有比用笑臉來服務客人更好的辦法。

文法
よりほかない［沒有比…］
▶ 問題處於某狀態，只有一種辦法，沒有其他辦法。

0228 □□□

え<u>がく</u>
【描く】

他五 畫，描繪；以…為形式，描寫；想像

類 写す

例 この絵は、心に浮かんだものを描いたにすぎません。
／這幅畫只是將內心所想像的東西，畫出來的而已。

0229 □□□
えきたい
【液体】
（名）液體

類 液状

例 気体から液体になったかと思うと、たちまち固体になった。
／才剛在想它從氣體變成了液體，現在又瞬間變成了固體。

文法 かとおもうと［才正…就（馬上）…］

▶ 表示前後兩個對比的事情，在短時間內幾乎同時相繼發生，後面接的大多是説話者意外和驚訝的表達。

▶ 近とおもうと［原以為…，誰知是…]

0230 □□□
えさ
【餌】
（名）飼料，飼食

例 野良猫たちは、餌をめぐっていつも争っている。
／野貓們總是圍繞著飼料互相爭奪。

文法 をめぐって［圍繞著…]

▶ 表示後項的行為動作，是針對前項的某一事情、問題進行的。

0231 □□□
エチケット
【etiquette】
（名）禮節，禮儀，（社交）規矩

類 礼儀

例 バスや電車の中でうるさくするのは、エチケットに反する。
／在巴士或電車上發出噪音是缺乏公德心的表現。

0232 □□□
えのぐ
【絵の具】
（名）顏料

類 顏料

例 絵の具で絵を描いています。／我用水彩作畫。

0233 □□□
えはがき
【絵葉書】
（名）圖畫明信片，照片明信片

例 旅先から友達に絵はがきを出した。／在旅遊地寄了明信片給朋友。

0234 □□□
エプロン
【apron】
（名）圍裙

類 前掛け（まえかけ）

例 彼女は、エプロン姿が似合います。／她很適合穿圍裙呢！

0235 ☐☐☐

えらい
【偉い】

形 偉大，卓越，了不起；（地位）高，（身分）高貴；（出乎意料）嚴重

類 偉大

例 だんなさんが偉いからって、奥さんまでいばっている。
／就因為丈夫很了不起，連太太也跟著趾高氣昂。

0236 ☐☐☐

えん
【円】

名 （幾何）圓，圓形；（明治後日本貨幣單位）日元

例 以下の図の円の面積を求めよ。
／求下圖之圓形面積。

0237 ☐☐☐

えんき
【延期】

名・他サ 延期

類 日延べ（ひのべ）

例 スケジュールを発表した以上、延期するわけにはいかない。
／既然已經公布了時間表，就絕不能延期。

文法
いじょう[既然…，就…]
▶ 由於前句某種決心或責任，後句便根據前項表達相對應的決心、義務或奉勸。

0238 ☐☐☐

えんぎ
【演技】

名・自サ （演員的）演技，表演；做戲

例 いくら顔がよくても、あんな演技じゃ見ちゃいられない。
／就算臉蛋長得漂亮，那種蹩腳的演技實在慘不忍睹。

0239 ☐☐☐

えんげい
【園芸】

名 園藝

例 趣味として、園芸をやっています。
／我把從事園藝當作一種興趣。

0240 ☐☐☐

えんじ
【園児】

名 幼園童

例 少子化で園児が減っており、経営が苦しい。
／少子化造成園生減少，使得幼稚園經營十分困難。

0241
□□□

えんしゅう
【円周】

名（數）圓周

例 円周率は、約 3.14 である。 ／圓周率約為 3.14。

0242
□□□

えんしゅう
【演習】

名・自サ 演習，實際練習；（大學內的）課堂討論，共同研究

類 練習

例 計画にそって、演習が行われた。
／按照計畫，進行了演習。

文法
にそって [按照…]
▶ 表按照方針或程序進行。

0243
□□□

えんじょ
【援助】

名・他サ 援助，幫助

類 後援（こうえん）

例 親の援助があれば、生活できないこともない。
／有父母支援的話，也不是不能過活的。

0244
□□□

エンジン
【engine】

名 發動機，引擎

類 発動機（はつどうき）

例 スポーツカー向けのエンジンを作っています。
／我們正在製造適合跑車用的引擎。

0245
□□□

えんぜつ
【演説】

名・自サ 演說

類 講演

例 首相の演説が終わったかと思ったら、外相の演説が始まった。
／首相的演講才剛結束，外務大臣就馬上接著演講了。

文法 かとおもったら [才剛…就馬上…]
▶ 表示前後兩個不同的事情，在短時間內幾乎同時相繼發生，後面接的大多是說話者意外的表達。

0246
□□□

えんそく
【遠足】

名・自サ 遠足，郊遊

類 ピクニック

例 遠足に行くとしたら、富士山に行きたいです。
／如果要去遠足，我想去富士山。

0247 □□□
えんちょう
【延長】
(名・自他サ) 延長，延伸，擴展；全長

(類) 延ばす

(例) 試合を延長するに際して、10分休憩します。
／在延長比賽時，先休息10分鐘。

(文法)
にさいして [在…時]
▶ 表示以某事為契機，也就是動作的時間或場合。

0248 □□□
えんとつ
【煙突】
(名) 煙囪

(例) 煙突から煙が出ている。
／從煙囪裡冒出了煙來。

0249 □□□

おい
【甥】
(名) 姪子，外甥

(反) 姪
(類) 甥御（おいご）

(例) 甥の将来が心配でならない。
／替外甥的未來擔心到不行。

0250 □□□
おいかける
【追い掛ける】
(他下一) 追趕；緊接著

(類) 追う

(例) すぐに追いかけないことには、犯人に逃げられてしまう。
／要是不趕快追上去的話，會被犯人逃走的。

(文法)
ないことには [要是不…]
▶ 表示如果不實現前項，也就不能實現後項。後項一般是消極的、否定的結果。

0251 □□□
おいつく
【追い付く】
(自五) 追上，趕上；達到；來得及

(類) 追い及ぶ

(例) 一生懸命走って、やっと追いついた。
／拼命地跑，終於趕上了。

0252 ☐☐☐
オイル
【oil】
⊛ 油，油類；油畫，油畫顏料；石油

㉚ 石油
㉕ オリーブオイルで炒める。／用橄欖油炒菜。

0253 ☐☐☐
おう
【王】
⊛ 帝王，君王，國王；首領，大王；（象棋）王將

㉚ 国王
㉕ 王も、一人の人間にすぎない。
／國王也不過是普通的人罷了。

文法
にすぎない[也不過是…]
▶ 表示某微不足道的事態，指程度有限。

0254 ☐☐☐
おう
【追う】
㉗ 追；趕走；逼催，忙於；趨趕；追求；遵循，按照

㉚ 追いかける
㉕ 刑事は犯人を追っている。／刑警正在追捕犯人。

0255 ☐☐☐
おうさま
【王様】
⊛ 國王，大王

㉚ 元首
㉕ 王様は、立場上意見を言うことができない。
／就國王的立場上，實在無法發表意見。

文法
じょう[從…來看]
▶ 表示就此觀點而言。

0256 ☐☐☐
おうじ
【王子】
⊛ 王子；王族的男子

㉆ 王女 ㉚ プリンス
㉕ 国王のみならず、王子まで暗殺された。
／不單是國王，就連王子也被暗殺了。

文法 のみならず[不單…，也…]
▶ 表示添加，用在不僅限於前接詞的範圍，還有後項進一層的情況。

0257 ☐☐☐
おうじょ
【王女】
⊛ 公主；王族的女子

㉆ 王子 ㉚ プリンセス
㉕ 王女だから美人だとは限らない。
／就算是公主也不一定長得美麗。

文法 とはかぎらない
[也未必…]
▶ 表示事情不是絕對如此，也是有例外或是其他可能性。

0258
□□□

おうじる・**お**うずる
【応じる・応ずる】

(自上一) 響應；答應；允應，滿足；適應

類 適合する

例 場合に応じて、いろいろなサービスがあります。

／隨著場合的不同，有各種不同的服務。

0259
□□□

おうせい
【旺盛】

(形動) 旺盛

例 病み上がりなのに、食欲が旺盛だ。　／雖然才剛病癒，但食欲很旺盛。

0260
□□□

おうせつ
【応接】

(名・自サ) 接待，應接

類 持てなし（もてなし）

例 会社では、掃除もすれば、来客の応接もする。

／公司裡，要打掃也要接待客人。

0261
□□□

おうたい
【応対】

(名・他サ) 應對，接待，應酬

類 接待（せったい）

例 お客様の応対をしているところに、電話が鳴った。

／電話在我接待客人時響了起來。

0262
□□□

おうだん
【横断】

(名・他サ) 橫斷；橫渡，橫越

類 横切る

例 警官の注意もかまわず、赤信号で道を横断した。

／他不管警察的警告，照樣闖紅燈。

文法

もかまわず［不顧…］

▶ 表示不顧慮前項事物的現況，以後項為優先的意思。

0263
□□□

おうとつ
【凹凸】

(名) 凹凸，高低不平

例 私の顔って凹凸がなくて、欧米人のような彫りの深い顔に憧れちゃいます。

／我的長相很扁平，十分羨慕歐美人那種立體的五官。

0264
□□□

おうふく
【往復】

（名・自サ）往返，來往；通行量

㊣ 行き帰り

㊀ 往復 5 時間もかかる。／來回要花上五個小時。

0265
□□□

おうべい
【欧米】

（名）歐美

㊣ 西洋

㊀ A教授のもとに、たくさんの欧米の学生
が集まっている。
／A教授的門下，聚集著許多來自歐美的學生。

（文法）
のもとで [在…之下]
▶ 表示在受到某影響的範圍內，而有後項的情況。

0266
□□□

おうよう
【応用】

（名・他サ）應用，運用

㊣ 活用

㊀ 基本問題に加えて、応用問題もやってください。
／除了基本題之外，也請做一下應用題。

0267
□□□

おえる
【終える】

（他下一・自下一）做完，完成，結束

㊁ 始める
㊣ 終わらせる

㊀ 太郎は無事任務を終えた。／太郎順利地把任務完成了。

0268
□□□

おお
【大】

（造語）（ 形狀、數量）大，多；（程度）非常，很；
大體，大概

㊁ 小

㊀ 昨日大雨が降った。／昨天下了大雨。

0269
□□□

おおいに
【大いに】

（副）很，頗，大大地，非常地

㊣ 非常に

㊀ 初の海外進出とあって、社長は大いに張り切っている。
／由於這是第一次進軍海外，總經理摩拳擦掌卯足了勁。

JLPT

71

0270 おおう【覆う】
□□□

他五 覆蓋，籠罩；掩飾；籠罩，充滿；包含，蓋擴

類 被せる

例 車をカバーで覆いました。
／用車套蓋住車子。

0271 オーケストラ【orchestra】
□□□

名 管絃樂（團）；樂池，樂隊席

類 管弦楽（団）

例 オーケストラの演奏は、期待に反してひどかった。
／管絃樂團的演奏與期待相反，非常的糟糕。

0272 おおざっぱ【大雑把】
□□□

形動 草率，粗枝大葉；粗略，大致

類 おおまか

例 大雑把に掃除しておいた。／先大略地整理過了。

0273 おおどおり【大通り】
□□□

名 大街，大馬路

類 街

例 大通りとは言っても、田舎だからそんなに大きくない。
／雖說是大馬路，畢竟是鄉下地方，也沒有多寬。

0274 オートメーション【automation】
□□□

名 自動化，自動控制裝置，自動操縱法

類 自動制御装置（じどうせいぎょそうち）

例 オートメーション設備を導入して以来、製造速度が速くなった。
／自從引進自動控制設備後，生產的速度就快了許多。

0275 おおや【大家】
□□□

名 房東；正房，上房，主房

反 店子（たなこ） 類 家主（やぬし）

例 アメリカに住んでいた際は、大家さんにたいへんお世話になった。
／在美國居住的那段期間，受到房東很多的照顧。

0276
☐☐☐

おおよそ
【大凡】

副 大體，大概，一般；大約，差不多

類 大方（おおかた）

例 おおよその事情はわかりました。
／我已經瞭解大概的狀況了。

0277
☐☐☐

おか
【丘】

名 丘陵，山崗，小山

類 丘陵（きゅうりょう）

例 あの丘を越えると、町に出られる。
／越過那座丘陵以後，就來到一座小鎮。

0278
☐☐☐

おかず
【お数・お菜】

名 菜飯，菜餚

類 副食物

例 今日のおかずはハンバーグです。／今天的餐點是漢堡肉。

0279
☐☐☐

おがむ
【拝む】

他五 叩拜；合掌作揖；懇求，央求；瞻仰，見識

類 拝する

例 お寺に行って、仏像を拝んだ。／我到寺廟拜了佛像。

0280
☐☐☐

おかわり
【お代わり】

名・自サ （酒、飯等）再來一杯、一碗

例 ダイエットしているときに限って、ご飯を
お代わりしたくなります。
／偏偏在減肥的時候，就會想再吃一碗。

文法
にかぎって［偏偏…就…］
▶ 表示特殊限定的事物或範圍，說明唯獨某事物特別不一樣。

0281
☐☐☐

おき
【沖】

名 （離岸較遠的）海面，海上；湖心；（日本中部方言）寬闊的田地、原野

類 海

例 船が沖へ出るにつれて、波が高くなった。
／船隻越出海，浪就打得越高。

0282
□□□
おぎなう
【補う】

他五 補償，彌補，貼補

類 補足する

例 ビタミン剤で栄養を補っています。／我吃維他命錠來補充營養。

0283
□□□
おきのどくに
【お気の毒に】

連語・感 令人同情；過意不去，給人添麻煩

類 哀れ（あわれ）

例 泥棒に入られて、お気の毒に。／被小偷闖空門，還真是令人同情。

0284
□□□

おくがい
【屋外】

名 戶外

反 屋内　類 戶外

例 君は、もっと屋外で運動するべきだ。／你應該要多在戶外運動才是。

0285
□□□
おくさま
【奥様】

名 尊夫人，太太

類 夫人

例 社長のかわりに、奥様がいらっしゃいました。

　／社長夫人代替社長大駕光臨了。

0286
□□□
おくりがな
【送り仮名】

名 漢字訓讀時，寫在漢字下的假名；用日語讀漢文時，在漢字右下方寫的假名

類 送り

例 先生に習ったとおりに、送り仮名をつけた。

　／照著老師所教來註上假名。

文法

とおりに［照著…］

▶ 依照，和某種作法、想法相同。

▶ 近おりに［不能…］

0287
□□□
おくる
【贈る】

他五 贈送，餽贈；授與，贈給

類 与える

例 日本には、夏に「お中元」、冬に「お歳暮」を贈る習慣がある。

　／日本人習慣在夏季致送親友「中元禮品」，在冬季餽贈親友「歲暮禮品」。

0288
□□□

おげん**きで**
【お元気で】

(寒暄) 請保重

例 では、お元気で。
／那麼，請您保重。

0289
□□□

おこ**たる**
【怠る】

(他五) 怠慢，懶惰；疏忽，大意

(類) 怠ける（なまける）
例 失敗したのは、努力を怠ったからだ。
／失敗的原因是不夠努力。

0290
□□□

おさ**ない**
【幼い】

(形) 幼小的，年幼的；孩子氣，幼稚的

(類) 幼少（ようしょう）
例 幼い子どもから見れば、私もおじさんなんだろう。
／從年幼的孩童的眼中來看，我也算是個叔叔吧。

(文法)
からみれば[從…來看]
▶ 表示判斷角度，也就是 [從某一立場來判斷的話] 之意。

0291
□□□

おさ**める**
【収める】

(他下一) 接受；取得；收藏，收存；收集，集中；繳納；供應，賣給；結束

(類) 収穫する
例 プロジェクトは成功を収めた。
／計畫成功了。

0292
□□□

おさ**める**
【治める】

(他下一) 治理；鎮壓

例 わが国は、法によって国を治める法治国家である。
／我國是個依法治國的法治國家。

0293
□□□

おし**い**
【惜しい】

(形) 遺憾；可惜的，捨不得；珍惜

(類) もったいない
例 実力を出し切れず、惜しくも試合に負けた。
／可惜沒有充分發揮實力，輸了這場比賽。

0294
□□□
おしらせ
【お知らせ】
名 通知，訊息

類 通知

例 大事なお知らせだからこそ、わざわざ伝えに来たのです。
／正因為有重要的通知事項，所以才特地前來傳達。

文法 からこそ[正因為…才]
▶ 表示說話者主觀地認為某事情的原因為何，並強調該理由是最正確的。

0295
□□□
おせん
【汚染】
名・自他サ 汚染

類 汚れる

例 工場が排水の水質を改善しないかぎり、川の汚染は続く。
／除非改善工廠排放廢水的水質，否則河川會繼續受到汙染。

文法 ないかぎり[只要不…，就…]
▶ 表示只要狀態不發生變化，結果就不會有變化。含有如果狀態發生變化了，結果也會有變化的可能性。

0296
□□□
おそらく
【恐らく】
副 恐怕，或許，很可能

類 多分

例 おそらく彼は、今ごろ勉強の最中でしょう。／他現在恐怕在唸書吧。

0297
□□□
おそれる
【恐れる】
自下一 害怕，恐懼；擔心

類 心配する

例 私は挑戦したい気持ちがある半面、失敗を恐れている。
／在我想挑戰的同時，心裡也害怕會失敗。

0298
□□□
おそろしい
【恐ろしい】
形 可怕；驚人，非常，厲害

類 怖い

例 そんな恐ろしい目で見ないでください。／不要用那種駭人的眼神看我。

0299
□□□
おたがいさま
【お互い様】
名・形動 彼此，互相

例「ありがとう」「困ったときは、お互い様ですよ」
／「謝謝你。」「有困難的時候就該互相幫忙嘛。」

| 0300 □□□ | お<ruby>だ<rt></rt></ruby>やか
【穏やか】 | 形動 平穏；溫和，安詳；穩妥，穩當 |

類 溫和（おんわ）

例 <ruby>思<rt>おも</rt></ruby>っていたのに<ruby>反<rt>はん</rt></ruby>して、<ruby>上司<rt>じょうし</rt></ruby>の<ruby>性格<rt>せいかく</rt></ruby>は<ruby>穏<rt>おだ</rt></ruby>やかだった。
　／與我想像的不一樣，我的上司個性很溫和。

| 0301 □□□ | お<ruby>ち<rt></rt></ruby>つく
【落ち着く】 | 自五 （心神，情緒等）穩靜；鎮靜，安詳；穩坐，穩當；（長時間）定居；有頭緒；淡雅，協調 |

類 安定する

例 <ruby>引<rt>ひ</rt></ruby>っ<ruby>越<rt>こ</rt></ruby>し<ruby>先<rt>さき</rt></ruby>に<ruby>落<rt>お</rt></ruby>ち<ruby>着<rt>つ</rt></ruby>いたら、<ruby>手紙<rt>てがみ</rt></ruby>を<ruby>書<rt>か</rt></ruby>きます。
　／等搬完家安定以後，我就寫信給你。

| 0302 □□□ | お<ruby>で<rt></rt></ruby>かけ
【お出掛け】 | 名 出門，正要出門 |

類 外出する

例 ちょうどお<ruby>出掛<rt>でか</rt></ruby>けのところを、<ruby>引<rt>ひ</rt></ruby>き<ruby>止<rt>と</rt></ruby>めてすみません。
　／在您正要出門時叫住您，實在很抱歉。

| 0303 □□□ | お<ruby>て<rt></rt></ruby>つだいさん
【お手伝いさん】 | 名 佣人 |

類 家政婦（かせいふ）

例 お<ruby>手伝<rt>てつだ</rt></ruby>いさんが<ruby>来<rt>き</rt></ruby>てくれるようになって、<ruby>家事<rt>かじ</rt></ruby>から<ruby>解放<rt>かいほう</rt></ruby>された。
　／自從請來一位幫傭以後，就不再飽受家務的折磨了。

| 0304 □□□ | お<ruby>ど<rt></rt></ruby>かす
【脅かす】 | 他五 威脅，逼迫；嚇唬 |

類 驚かす（おどろかす）

例 <ruby>急<rt>きゅう</rt></ruby>に<ruby>飛<rt>と</rt></ruby>び<ruby>出<rt>だ</rt></ruby>してきて、<ruby>脅<rt>おど</rt></ruby>かさないでください。／不要突然跳出來嚇人好不好！

| 0305 □□□ | お<ruby>と<rt></rt></ruby>このひと
【男の人】 | 名 男人，男性 |

反 女の人　類 男性

例 この<ruby>映画<rt>えいが</rt></ruby>は、<ruby>男<rt>おとこ</rt></ruby>の<ruby>人<rt>ひと</rt></ruby><ruby>向<rt>む</rt></ruby>けだと<ruby>思<rt>おも</rt></ruby>います。
　／這部電影，我認為很適合男生看。

0306 ☐☐☐	**お**としもの 【落とし物】	名 不慎遺失的東西

類 遺失物
例 落とし物を交番に届けた。
　／我將撿到的遺失物品，送到了派出所。

0307 ☐☐☐	**お**どり**で**る 【躍り出る】	自下一 躍進到，跳到

例 新製品がヒットし、わが社の売り上げは一躍業界トップに躍り出た。
　／新產品大受歡迎，使得本公司的銷售額一躍而成業界第一。

0308 ☐☐☐	**お**とる 【劣る】	自五 劣，不如，不及，比不上

反 優れる
類 及ばない（およばない）
例 弟と比べて、英語力は私の方が劣っているが、国語力は私の方が勝っている。
　／和弟弟比較起來，我的英文能力較差，但是國文能力則是我比較好。

0309 ☐☐☐	**お**どろ**かす** 【驚かす】	他五 使吃驚，驚動；嚇唬；驚喜；使驚覺

類 びっくりさせる
例 プレゼントを買っておいて驚かそう。
　／事先買好禮物，讓他驚喜一下！

0310 ☐☐☐	**お**に 【鬼】	名・接頭 鬼：人們想像中的怪物，具有人的形狀，有角和獠牙。也指沒有人的感情的冷酷的人。熱中於一件事的人。也引申為大型的，突出的意思。

補 幽霊（ゆうれい）：指死者的靈魂、幽靈、魂魄。
例 あなたは鬼のような人だ。
　／你真是個無血無淚的人！

0311
□□□

おのおの
【各々】

（名・副）各自，各，諸位

類 それぞれ

例 おのおの、作業を進めてください。／請各自進行作業

0312
□□□

おばけ
【お化け】

（名）鬼；怪物

補 お化け屋敷：指鬼屋，也指凶宅。

例 お化け屋敷に入る。／進到鬼屋。

0313
□□□

おび
【帯】

（名）（和服裝飾用的）衣帶，腰帶；「帶紙」的簡稱

類 腰帯

例 この帯は、西陣織だけあって高い。
／這條腰帶不愧是西陣織品，價錢格外昂貴。

文法
だけあって［不愧是…］
▶ 表示名實相符，一般用在積極讚美的時候。

0314
□□□

おひる
【お昼】

（名）白天；中飯，午餐

類 昼

例 さっきお昼を食べたかと思ったら、もう晩ご飯の時間です。
／剛剛才吃過中餐，馬上又已經到吃晚餐的時間了。

文法
かとおもったら［才正…就（馬上）…］
▶ 表示前後兩個對比的事情，幾乎同時相繼發生。
▶ 近とおもうと［原以為…，誰知是…］

0315
□□□

おぼれる
【溺れる】

（自下一）溺水，淹死；沉溺於，迷戀於

例 川でおぼれているところを助けてもらった。／我溺水的時候，他救了我。

0316
□□□

おまいり
【お参り】

（名・自サ）參拜神佛或祖墳

類 参拝

例 祖父母をはじめとする家族全員で、お墓にお参りをしました。
／祖父母等一同全家人，一起去墳前參拜。

0317
☐☐☐

おまえ
【お前】

代・名 你（用在交情好的對象或同輩以下。較為高姿態說話）；神前，佛前

類 あなた

例 おまえは、いつも病気がちだなあ。
／你總是一副病懨懨的樣子啊。

0318
☐☐☐

（12）

おみこし
【お神輿・お御輿】

名 神轎；（俗）腰

類 神輿（しんよ）

例 おみこしが近づくにしたがって、賑やかになってきた。
／隨著神轎的接近，附近也就熱鬧了起來。

文法
にしたがって［隨著…也］
▶ 表示某事物隨著其他事物而變化。

0319
☐☐☐

おめでたい
【お目出度い】

形 恭喜，可賀

類 喜ばしい（よろこばしい）

例 このおめでたい時にあたって、一言お祝いを言いたい。／在這可喜可賀之際，我想說幾句祝福的話。

文法
にあたって［在…之際］
▶ 表示某一行動，已經到了事情重要的階段。

0320
☐☐☐

おもいがけない
【思い掛けない】

形 意想不到的，偶然的，意外的

類 意外に

例 思いがけない妊娠で、一人で悩んだ。
／自己一個人苦惱著這突如其來的懷孕。

0321
☐☐☐

おもいこむ
【思い込む】

自五 確信不疑，深信；下決心

類 信じる

例 彼女は、失敗したと思い込んだに違いありません。
／她一定是認為任務失敗了。

0322
☐☐☐

おもいっきり
【思いっ切り】

副 死心；下決心；狠狠地，徹底的

例 思いっきり悪口を言う。／痛罵一番。

讀書計劃：☐☐／☐☐

0323
☐☐☐

おもいやり
【思い遣り】

名 同情心，體貼

例 孫の思いやりのある言葉を聞いて、実にうれしかった。
／聽到了孫兒關懷的問候，真是高興極了。

0324
☐☐☐

おもたい
【重たい】

形（份量）重的，沉的；心情沉重

類 重い

例 何なの、この重たい荷物は。石でも入ってるみたい。
／這個看起來很重的行李是什麼啊？裡面好像裝了石頭似的。

0325
☐☐☐

おもなが
【面長】

名・形動 長臉，橢圓臉

例 一口に面長と言っても、馬面もいれば瓜実顔もいる。
／所謂的長型臉，其實包括馬臉和瓜子臉。

文法
も～ば～も［也…也…］
▶ 把類似的事物並列起來，用意在強調，或表示還有很多情況。

0326
☐☐☐

おもに
【主に】

副 主要，重要；（轉）大部分，多半

類 主として

例 大学では主に物理を学んだ。／在大學主修物理。

0327
☐☐☐

おやこ
【親子】

名 父母和子女

例 姉妹かと思ったら、なんと親子だった。
／原本以為是姐妹，沒有想到居然是母女。

文法 かとおもったら［以為是…，原來是…］
▶ 表示前後兩個對比的事情，後面接的大多是説話者意外和驚訝的表達。

0328
☐☐☐

おやつ

名（特指下午二到四點給兒童吃的）點心，零食

類 間食（かんしょく）

例 子ども向きのおやつを作ってあげる。／我做適合小孩子吃的糕點給你。

0329
☐☐☐

およぎ
【泳ぎ】

(名) 游泳

類 水泳

例 泳ぎが上手になるには、練習するしかありません。

／泳技要變好，就只有多加練習這個方法。

0330
☐☐☐

およそ
【凡そ】

(名・形動・副) 大概，概略；（一句話之開頭）凡是，所有；大概，大約；完全，全然

類 大体

例 田中さんを中心にして、およそ50人のグループを作った。

／以田中小姐為中心，組成了大約50人的團體。

0331
☐☐☐

およぼす
【及ぼす】

(他五) 波及到，影響到，使遭到，帶來

類 与える

例 この事件は、精神面において彼に影響を及ぼした。

／他因這個案件在精神上受到了影響。

0332
☐☐☐

オルガン
【organ】

(名) 風琴

類 風琴（ふうきん）

例 教会で、心をこめてオルガンを弾いた。

／在教堂裡用真誠的心彈奏了風琴。

0333
☐☐☐

おろす
【卸す】

(他五) 批發，批售，批賣

類 納品（のうひん）

例 定価の五掛けで卸す。

／以定價的五折批售。

0334
☐☐☐

おわび
【お詫び】

(名・自サ) 道歉

例 お詫びを言う。

／道歉。

0335 □□□	**おわる** 【終わる】	自五・他五 完畢，結束，告終；做完，完結；（接於其他動詞連用形下）…完

反 始まる
類 済む（すむ）
例 レポートを書き終わった。／報告寫完了。

0336 □□□	**おん** 【音】	名 聲音，響聲；發音

類 音（おと）
例 「新しい」という漢字は、音読みでは「しん」と読みます。
／「新」這漢字的音讀讀作「SIN」。

0337 □□□	**おん** 【恩】	名 恩情，恩

類 恩恵（おんけい）

文法 ながら［儘管…］
▶ 連接兩個矛盾的事物，表示後項與前項所預想的不同。

例 先生に恩を感じながら、最後には裏切ってしまった。／儘管受到老師的恩情，但最後還是選擇了背叛。

0338 □□□	**おんけい** 【恩恵】	名 恩惠，好處，恩賜

例 我々は、インターネットや携帯の恩恵を受けている。
／我們因為網路和手機而受惠良多。

0339 □□□	**おんしつ** 【温室】	名 溫室，暖房

文法 よりほかない［沒有比…］
▶ 處某狀態，只有一解決辦法。

例 熱帯の植物だから、温室で育てるよりほかはない。／因為是熱帶植物，所以只能培育在溫室中。

0340 □□□	**おんせん** 【温泉】	名 溫泉

反 鉱泉（こうせん） 類 出で湯（いでゆ）
例 このあたりは、名所旧跡ばかりでなく、温泉もあります。
／這地帶不僅有名勝古蹟，也有溫泉。

0341 □□□
おんたい
【温帯】
㊀ 温帯

例 このあたりは温帯につき、非常に過ごしやすいです。
／由於這一帶是屬於溫帶，所以住起來很舒適。

0342 □□□
おんだん
【温暖】
㊀・形動 溫暖

㊂ 寒冷
㊃ 暖かい
例 気候は温暖ながら、雨が多いのが欠点です。
／氣候雖溫暖但卻常下雨，真是一大缺點。

文法 ながら [儘管…]
▶ 連接兩個矛盾的事物，表示後項與前項所預想的不同。
▶ 近 ながらも [雖然…，但是…]

0343 □□□
おんちゅう
【御中】
㊀（用於寫給公司、學校、機關團體等的書信）公啟

㊃ 様
例 山田商会御中。
／山田商會公啟。

0344 □□□
おんなのひと
【女の人】
㊀ 女人

㊂ 男の人
㊃ 女性
例 かわいげのない女の人は嫌いです。
／我討厭不可愛的女人。

文法
げ […的]
▶ 表示帶有某種樣子、傾向、心情及感覺。

0345 ☐☐☐
🔊**13**

か
【可】

名 可，可以；及格

類 よい

例 一般の人も、入場可です。／一般觀眾也可進場。

0346 ☐☐☐

か
【蚊】

名 蚊子

例 山の中は、蚊が多いですね。／山中蚊子真是多啊！

0347 ☐☐☐

か
【課】

名・漢造 （教材的）課；課業；（公司等）科

例 第三課を予習する。／預習第三課。

0348 ☐☐☐

か
【日】

漢造 表示日期或天數

例 二日かかる。／需要兩天。

0349 ☐☐☐

か
【家】

漢造 專家

例 専門家だからといって、何でも知っているとは限らない。
／即便是專家，也未必無所不知。

文法
からといって [即便是
…也（不能）…]

▶ 表示不能僅僅因為前
面這一點理由，就做後
面的動作，後面常接否
定的說法。

0350 ☐☐☐

か
【歌】

漢造 唱歌；歌詞

例 和歌を一首詠んだ。／咏作了一首和歌。

0351 ☐☐☐

カー
【car】

名 車，車的總稱，狹義指汽車

類 自動車

例 スポーツカーがほしくてたまらない。／想要跑車想得不得了。

0352 □□□	**カーブ** 【curve】	名・自サ 轉彎處；彎曲；（棒球、曲棍球）曲線球

類 曲がる

例 カーブを曲がるたびに、新しい景色が展開します。
　　／每一轉個彎，眼簾便映入嶄新的景色。

0353 □□□	**ガールフレンド** 【girl friend】	名 女友

例 ガールフレンドとデートに行く。
　　／和女友去約會。

0354 □□□	**かい** 【貝】	名 貝類

例 海辺で貝を拾いました。
　　／我在海邊撿了貝殼。

0355 □□□	**がい** 【害】	名・漢造 為害，損害；災害；妨礙

反 利
類 害悪

例 煙草は、健康上の害が大きいです。
　　／香菸對健康而言，是個大傷害。

文法
じょう[從…來看]
▶ 表示就此觀點而言。

0356 □□□	**がい** 【外】	接尾・漢造 以外，之外；外側，外面，外部；妻方 親戚；除外

反 内

例 そんなやり方は、問題外です。
　　／那樣的作法，根本就是搞不清楚狀況。

0357 □□□	**かいいん** 【会員】	名 會員

類 メンバー

例 この図書館を利用したい人は、会員になるしかない。
　　／想要使用這圖書館，只有成為會員這個辦法。

0358 □□□
かいえん
【開演】
（名・自他サ）開演

例 七時に開演する。
／七點開演。

0359 □□□
かいが
【絵画】
（名）繪畫，畫

類 絵
例 フランスの絵画について、研究しようと思います。
／我想研究關於法國畫的種種。

0360 □□□
かいかい
【開会】
（名・自他サ）開會

反 閉会（へいかい）
例 開会に際して、乾杯しましょう。
／讓我們在開會之際，舉杯乾杯吧！

文法
にさいして［在…時］
▶ 表示以某事為契機，也就是動作的時間或場合。

0361 □□□
かいがい
【海外】
（名）海外，國外

類 外国
例 彼女のことだから、海外に行っても大活躍でしょう。
／如果是她的話，到國外也一定很活躍吧。

文法
ことだから［因為是…，所以…］
▶ 主要接表示人物的詞後面，根據說話熟知的人物的性格、行為習慣等，做出自己判斷的依據。

0362 □□□
かいかく
【改革】
（名・他サ）改革

類 変革（へんかく）
例 大統領にかわって、私が改革を進めます。／由我代替總統進行改革。

0363 □□□
かいかん
【会館】
（名）會館

例 区長をはじめ、たくさんの人々が区民会館に集まった。
／由區長帶頭，大批人馬聚集在區公所。

0364
☐☐☐
かいけい
【会計】
(副・自サ) 會計；付款，結帳

(類) 勘定（かんじょう）

(例) 会計が間違っていたばかりに、残業することになった。
／只因為帳務有誤，所以落得了加班的下場。

(文法) ばかりに [就因為…，結果…]
▶ 表示就是因為某事的緣故，造成後項不良結果或發生不好的事情，說話者含有後悔或遺憾的心情。

0365
☐☐☐
かいごう
【会合】
(名・自サ) 聚會，聚餐

(類) 集まり

(例) 父にかわって、地域の会合に出た。
／代替父親出席了社區的聚會。

0366
☐☐☐
がいこう
【外交】
(名) 外交；對外事務，外勤人員

(類) ディプロマシー

(例) 外交上は、両国の関係は非常に良好である。
／從外交上來看，兩國的關係相當良好。

(文法) じょうは [從…來看]
▶ 表示就此觀點而言。

0367
☐☐☐
かいさつ
【改札】
(名・自サ)（車站等）的驗票

(類) 改札口

(例) 改札を出たとたんに、友達にばったり会った。
／才剛出了剪票口，就碰到了朋友。

0368
☐☐☐
かいさん
【解散】
(名・自他サ) 散開，解散，（集合等）散會

(類) 散会

(例) グループの解散に際して、一言申し上げます。
／在團體解散之際，容我說一句話。

(文法) にさいして [在…時]
▶ 表示以某事為契機，也就是動作的時間或場合。

0369
□□□
かいし
【開始】
(名・自他サ) 開始

反 終了　類 始め

例 試合が開始するかしないかのうちに、1点取られてしまった。
　　／比賽才剛開始，就被得了一分。

文法
か～ないかのうちに
[才剛…就…]
▶ 表示前一個動作才剛開始，在似完非完間，第二個動作緊接著又開始了。

0370
□□□
かいしゃく
【解釈】
(名・他サ) 解釋，理解，說明

例 この法律は、解釈上、二つの問題がある。
　　／這條法律，就解釋來看有兩個問題點。

文法
じょう[從…來看]

0371
□□□
がいしゅつ
【外出】
(名・自サ) 出門，外出

類 出かける

例 銀行と美容院に行くため外出した。／為了去銀行和髮廊而出門了。

0372
□□□
かいすいよく
【海水浴】
(名) 海水浴場

例 海水浴に加えて、山登りも計画しています。
　　／除了要去海水浴場之外，也計畫要去爬山。

0373
□□□
かいすう
【回数】
(名) 次數，回數

類 度数（どすう）

例 優勝回数が10回になったのを契機に、新しいラケットを買った。／趁著獲勝次數累積到了10次的機會，我買了新的球拍。

文法
をけいきに[趁著…的機會]
▶ 表示某事產生或發生的原因、動機、機會、轉折點。

0374
□□□
かいせい
【快晴】
(名) 晴朗，晴朗無雲

類 好晴（こうせい）

例 開会式当日は快晴に恵まれた。／天公作美，開會典禮當天晴空萬里。

0375 □□□
かいせい
【改正】
（名・他サ）修正，改正

（類）訂正
（例）法律の改正に際しては、十分話し合わなければならない。
／於修正法條之際，需要充分的商討才行。

（文法）にさいしては [在…時]
▶ 以某事為契機，也就是動作的時間或場合。

0376 □□□
かいせつ
【解説】
（名・他サ）解說，說明

（類）説明
（例）とても分かりやすくて、専門家の解説を聞いただけのことはありました。
／非常的簡單明瞭，不愧是專家的解說，真有一聽的價值啊！

（文法）だけのことはある [不愧是…]
▶ 表與其努力、地位、經歷等名實相符，對後項結果、能力給予讚美。

0377 □□□
かいぜん
【改善】
（名・他サ）改善，改良，改進

（反）改悪 （類）改正
（例）彼の生活は、改善し得ると思います。
／我認為他的生活，可以得到改善。

（文法）うる [可以]
▶ 表可採取這動作，有發生這事情的可能性。

0378 □□□
かいぞう
【改造】
（名・他サ）改造，改組，改建

（例）経営の観点からいうと、会社の組織を改造した方がいい。
／就經營角度來看，最好重組一下公司的組織。

0379 □□□
かいつう
【開通】
（名・自他サ）（鐵路、電話線等）開通，通車，通話

（例）道路が開通したばかりに、周辺の大気汚染がひどくなった。
／都是因為道路開始通車，所以導致周遭的空氣嚴重受到污染。

（文法）ばかりに [就因為…，結果…]
▶ 因某緣故，造成不良結果，含後悔或遺憾心情。

0380 □□□
かいてき
【快適】
形動 舒適，暢快，愉快

類 快い（こころよい）

例 快適とは言いかねる、狭いアパートです。
／它實在是一間稱不上舒適的狹隘公寓。

文法 かねる［無法］
▶ 心理等主觀原因，或道義等客觀原因，而難以做到。

0381 □□□
かいてん
【回転】
名・自サ 旋轉，轉動，迴轉；轉彎，轉換（方向）；（表次數）周，圏；（資金）週轉

例 遊園地で、回転木馬に乗った。／我在遊樂園坐了旋轉木馬。

0382 □□□
かいとう
【回答】
名・自サ 回答，答覆

類 返事

例 補償金を受け取るかどうかは、会社の回答しだいだ。
／是否要接受賠償金，就要看公司的答覆而定了。

文法 しだいだ［就要看…而定］
▶ 表示行為動作要實現，全憑前面的名詞的情況而定。
▶ 近 しだいです［由於…］

0383 □□□
かいとう
【解答】
名・自サ 解答

類 答え

例 問題の解答は、本の後ろについています。／題目的解答 附在這本書的後面。

0384 □□□
がいぶ
【外部】

名 外面，外部

反 内部　類 外側

例 会員はもちろん、外部の人も参加できます。
／會員當然不用說，非會員的人也可以參加。

0385 □□□
かいふく
【回復】
名・自他サ 恢復，康復；挽回，收復

類 復旧（ふっきゅう）

例 少し回復したからといって、薬を飲むのをやめてはいけません。
／雖說身體狀況好轉些了，也不能不吃藥啊！

文法 からといって［雖說…，也（不能）…］
▶ 表示不能僅僅因為前面這一點理由，就做後面的動作，後面常接否定的說法。

0386
□□□

かいほう
【開放】

（名・他サ）打開，敞開；開放，公開

（反）束縛（そくばく）

（例）大学のプールは、学生ばかりでなく、一般の人にも開放されている。

／大學內的泳池，不單是學生，也開放給一般人。

0387
□□□

かいほう
【解放】

（名・他サ）解放，解除，擺脫

（例）武装集団は、人質のうち老人と病人の解放に応じた。

／持械集團答應了釋放人質中的老年人和病患。

0388
□□□

かいよう
【海洋】

（名）海洋

（例）海洋開発を中心に、討論を進めました。

／以開發海洋為核心議題來進行了討論。

0389
□□□

がいろじゅ
【街路樹】

（名）行道樹

（例）秋になって、街路樹が色づききれいだ。

／時序入秋，路樹都染上了橘紅。

0390
□□□

がいろん
【概論】

（名）概論

（類）概説

（例）資料に基づいて、経済概論の講義をした。

／我就資料內容上了一堂經濟概論的課。

0391
□□□

かえす
【帰す】

（他五）讓…回去，打發回家

（類）帰らせる

（例）もう遅いから、女性を一人で家に帰すわけにはいかない。

／已經太晚了，不能就這樣讓女性一人單獨回家。

| 0392 □□□ | **かえって**
【却って】 | 圖 反倒，相反地，反而 |

類 逆に（ぎゃくに）

例 私が手伝うと、かえって邪魔になるみたいです。

／看來我反而越幫越忙的樣子。

| 0393 □□□ | **かおく**
【家屋】 | 名 房屋，住房 |

例 この地域には、木造家屋が多い。

／在這一地帶有很多木造房屋。

| 0394 □□□ | **かおり**
【香り】 | 名 芳香，香氣 |

類 匂い（におい）

例 歩いていくにつれて、花の香りが強くなった。

／隨著腳步的邁進，花香便越濃郁。

| 0395 □□□ | **かかえる**
【抱える】 | 他下一 （雙手）抱著，夾（在腋下）；擔當，負擔；
雇佣 |

類 引き受ける

例 彼は、多くの問題を抱えつつも、がんばって
勉強を続けています。

／他雖然有許多問題，但也還是奮力地繼續念書。

文法

つつも [雖然…但也還是…]

▶ 表示逆接，用於連接兩個相反的事物，表示同一主體，在進行某一動作的同時，也進行另一個動作。

| 0396 □□□ | **かかく**
【価格】 | 名 價格 |

類 値段

例 このバッグは、価格が高い上に品質も悪いです。

／這包包不僅昂貴，品質又很差。

文法

うえに [不僅…，又…]

▶ 表示在本來就有的某種情況之外，另外還有比前面更甚的情況。

| 0397 □□□ | **かがやく**
【輝く】 | 自五 閃光，閃耀；洋溢；光榮，顯赫 |

類 きらめく

例 空に星が輝いています。／星星在夜空中閃閃發亮。

| 0398 □□□ | **かかり**
【係・係り】 | 名 負責擔任某工作的人；關聯，牽聯 |

類 担当

例 係りの人が忙しいところを、呼び止めて質問した。

／我叫住正在忙的相關職員，找他問了些問題。

| 0399 □□□ | **かかわる**
【係わる】 | 自五 關係到，涉及到；有牽連，有瓜葛；拘泥 |

類 関連する

例 私は環境問題に係わっています。／我有涉及到環境問題。

| 0400 □□□ | **かきね**
【垣根】 | 名 籬笆，柵欄，圍牆 |

類 垣（かき）

例 垣根にそって、歩いていった。

／我沿著圍牆走。

文法 にそって [沿著…]
▶ 接在河川等長長延續的東西，或操作流程等名詞後，表示沿著河流、街道。

| 0401 □□□ | **かぎり**
【限り】 | 名 限度，極限；(接在表示時間、範圍等名詞下) 只限於…，以…為限，在…範圍內 |

類 だけ

例 社長として、会社のためにできる限り努力します。

／身為社長，為了公司必定盡我所能。

| 0402 □□□ | **かぎる**
【限る】 | 自他五 限定，限制；限於；以…為限；不限，不一定，未必 |

類 限定する

例 この仕事は、二十歳以上の人に限ります。

／這份工作只限定 20 歲以上的成人才能做。

0403 □□□	**がく**【学】	名・漢造 學校；知識，學問，學識

類 学問
例 政治学に加えて、経済学も勉強しました。
　/除了政治學之外，也學過經濟學。

0404 □□□	**がく**【額】	名・漢造 名額，數額；匾額，畫框（或唸：がく）

類 金額
例 所得額に基づいて、税金を払う。
　/根據所得額度來繳納稅金。

0405 □□□	**かくう**【架空】	名 空中架設；虛構的，空想的

類 虚構（きょこう）
例 架空の話にしては、よくできているね。
　/就虛構的故事來講，寫得還真不錯呀。

0406 □□□	**かくご**【覚悟】	名・自他サ 精神準備，決心；覺悟

類 決意
例 最後までがんばると覚悟した上は、今日から
しっかりやります。
　/既然決心要努力撐到最後，今天開始就要好好地做。

文法

うえは [既然…就…]

▶ 表示某種決心、責任等行為，後續採取跟前面相對應的動作。後句是說話者的判斷、決定或勸告。

0407 □□□	**かくじ**【各自】	名 每個人，各自

類 各人
例 各自の興味に基づいて、テーマを決めてください。
　/請依照各自的興趣，來決定主題。

0408
□□□
かくじつ
【確実】
形動 確實，準確；可靠

類 確か

例 もう少し待ちましょう。彼が来るのは確実だもの。

／再等一下吧！因為他會來是千真萬確的事。

0409
□□□
がくしゃ
【学者】
名 學者；科學家

類 物知り（ものしり）

例 学者の意見に基づいて、計画を決めていった。

／依學者給的意見來決定計畫。

0410
□□□
かくじゅう
【拡充】
名・他サ 擴充

例 図書館の設備を拡充するにしたがって、利用者が増えた。

／隨著圖書館設備的擴充，使用者也變多了。

> 文法
> にしたがって[隨著…也]
> ▶ 表示某事物隨著其他事物而變化。

0411
□□□
がくしゅう
【学習】
名・他サ 學習

類 勉強

例 語学の学習に際しては、復習が重要です。

／在學語言時，複習是很重要的。

> 文法
> にさいしては[在…時]
> ▶ 表示以某事為契機，也就是動作的時間或場合。

0412
□□□
がくじゅつ
【学術】
名 學術

類 学問

例 彼は、小説も書けば、学術論文も書く。／他既寫小說，也寫學術論文。

0413
□□□
かくだい
【拡大】
名・自他サ 擴大，放大

反 縮小

例 商売を拡大したとたんに、景気が悪くなった。

／才剛一擴大事業，景氣就惡化了。

0414
□□□

か|く|ち
【各地】

⒩ 各地

⓪ 予想に反して、各地で大雨が降りました。

／與預料的相反，各地下起了大雨。

0415
□□□

か|く|ちょう
【拡張】

⒩・他サ 擴大，擴張

⓪ 家の拡張には、お金がかかってしようがないです。

／屋子要改大，得花大錢，那也是沒辦法的事。

0416
□□□

track
15

か|く|ど
【角度】

⒩（數學）角度；（觀察事物的）立場

⓪ 視点

⓪ 別の角度からいうと、その考えも悪くはない。

／從另外一個角度來說，那個想法其實也不壞。

0417
□□□

が|く|ねん
【学年】

⒩ 學年（度）；年級

⓪ 彼は学年は同じだが、クラスが同じというわけではない。

／他雖是同一年級的，但並不代表就是同一個班級。

0418
□□□

か|く|べつ
【格別】

⒫ 特別，顯著，格外；姑且不論

⓪ とりわけ

⓪ 神戸のステーキは、格別においしい。

／神戶的牛排，格外的美味。

0419
□□□

が|く|もん
【学問】

⒩・自サ 學業，學問；科學，學術；見識，知識

⓪ 学問の神様と言ったら、菅原道真でしょう。

／一提到學問之神，就是那位菅原道真了。

0420
□□□

かくりつ
【確率】

名 機率，概率

例 今までの確率<u>からして</u>、くじに当たるのは難しそうです。
／<u>從</u>至今的獲獎機率<u>來看</u>，要中彩券似乎是件困難的事情。

文法

からして [從…來看…]
▶ 表示判斷的依據。後面多是消極、不利的評價。

0421
□□□

がくりょく
【学力】

名 學習實力

例 その学生は、学力が上がった<u>上に</u>、性格も明るくなりました。
／那學生<u>不僅</u>學習力提升了，<u>就連</u>個性也變得開朗許多了。

文法

うえに [不僅…，還…]
▶ 表示追加、補充同類的內容。在本來就有的某種情況之外，另外還有比前面更甚的情況。

0422
□□□

かげ
【陰】

名 日陰，背影處；背面；背地裡，暗中

例 木の陰で、お弁当を食べた。
／在樹蔭下吃便當。

0423
□□□

かげ
【影】

名 影子；倒影；蹤影，形跡

反 陽
例 二人の影が、仲良く並んでいる。
／兩人的形影，肩並肩要好的並排著。

0424
□□□

かけつ
【可決】

名・他サ （提案等）通過

反 否決
例 税金問題を中心に、いくつかの案が可決した。
／針對稅金問題一案，通過了一些方案。

0425
□□□

かけまわる
【駆け回る】

自五 到處亂跑

例 子犬が駆け回る。／小狗到處亂跑。

讀書計劃：□□／□□

0426 □□□	かげん 【加減】	名・他サ 加法與減法；調整，斟酌；程度，狀態；（天氣等）影響；身體狀況；偶然的因素

類 具合

例 病気と聞きましたが、お加減はいかがですか。

／聽說您生病了，身體狀況還好嗎？

0427 □□□	かこ 【過去】	名 過去，往昔；（佛）前生，前世

反 未来　類 昔

例 過去のことを言うかわりに、未来のことを考えましょう。

／與其述說過去的事，不如大家來想想未來的計畫吧！

0428 □□□	かご 【籠】	名 籠子，筐，籃

例 籠にりんごがいっぱい入っている。／籃子裡裝滿了許多蘋果。

0429 □□□	かこう 【下降】	名・自サ 下降，下沉

反 上昇　類 降下（こうか）

例 飛行機は着陸態勢に入り、下降を始めた。

／飛機開始下降，準備著陸了。

0430 □□□	かこう 【火口】	名（火山）噴火口；（爐灶等）爐口

類 噴火口

例 火口が近くなるにしたがって、暑くなってきました。／離火山口越近，也就變得越熱。

文法
にしたがって[隨著…也]
▶ 表示某事物隨著其他事物而變化。

0431 □□□	かさい 【火災】	名 火災

類 火事

例 火災が起こったかと思ったら、あっという間に広がった。

／才剛發現失火，火便瞬間就蔓延開來了。

文法
かとおもったら[才剛…就…]
▶ 表示前後兩個不同的事情，在短時間內幾乎同時相繼發生，後面接的大多是説話者意外的表達。

0432 かさなる 【重なる】
□□□

(自五) 重疊，重複；(事情、日子) 趕在一起

例 いろいろな仕事が重なって、休むどころでは
ありません。
／同時有許多工作，哪能休息。

文法 どころではない [哪能…]
▶ 表示沒有餘裕做某事。

0433 かざん 【火山】
□□□

(名) 火山

例 2014 年、御嶽山が噴火し、戦後最悪の火山災害となった。
／ 2014 年的御嶽山火山爆發是二戰以後最嚴重的火山災難。

0434 かし 【菓子】
□□□

(名) 點心，糕點，糖果

類 間食

例 お菓子が焼けたのをきっかけに、お茶の時間
にした。 ／趁著點心剛烤好，就當作是喝茶的時間。

文法 をきっかけに [以
…為契機]
▶ 表示某事產生的原因、
機會、動機等。

0435 かじ 【家事】
□□□

(名) 家事，家務；家裡 (發生) 的事

例 出産をきっかけにして、夫が家事を手伝って
くれるようになった。 ／自從我生產之後，丈夫便
開始自動幫起家事了。

文法
をきっかけに [以…為
契機]

0436 かしこい 【賢い】
□□□

(形) 聰明的，周到，賢明的

類 賢明

例 その子がどんなに賢いとしても、この問題は解けないだろう。
／即使那孩子再怎麼聰明，也沒辦法解開這難題吧！

0437 かしだし 【貸し出し】
□□□

(名) (物品的) 出借，出租；(金錢的) 貸放，借出

反 借り入れ

例 この本は貸し出し中につき、来週まで読めません。
／由於這本書被借走了，所以到下週前是看不到的。

0438
☐☐☐
かしつ
【過失】
㊅ 過錯，過失

㊣ 過ち（あやまち）
㋐ これはわが社の過失につき、全額負担します。
／由於這是敝社的過失，所以由我們全額賠償。

0439
☐☐☐
かじつ
【果実】
㊅ 果實，水果

㊣ 果物
㋐ 秋になると、いろいろな果実が実ります。
／一到秋天，各式各樣的果實都結實纍纍。

0440
☐☐☐
かしま
【貸間】
㊅ 出租的房間

㋐ 貸間によって、収入を得ています。
／我以出租房間取得收入。

0441
☐☐☐
かしや
【貸家】
㊅ 出租的房子

㊣ 貸し家（かしいえ）
㋐ 学生向きの貸家を探しています。
／我在找適合學生租的出租房屋。

0442
☐☐☐
かしょ
【箇所】
㊅・接尾 （特定的）地方；（助數詞）處

㋐ 故障の箇所を特定する。
／找出故障的部位。

0443
☐☐☐
かじょう
【過剰】
㊅・形動 過剰，過量

㋐ 私の感覚からすれば、このホテルはサービス
過剰です。
／從我的感覺來看，這間飯店實在是服務過度了。

文法
からすれば[從…來看]
▶ 表示判斷的觀點，根據。

0444
□□□
かじる
【齧る】
他五 咬，啃；一知半解

例 一口かじったものの、あまりまずいので吐き出した。
／雖然咬了一口，但實在是太難吃了，所以就吐了出來。

文法 ものの［雖然…但…］
▶ 表前項成立，但後項不能順其所預期方向發展。

0445
□□□
かす
【貸す】
他五 借出，出借；出租；提出策劃

反 借りる 類 貸与（たいよ）
例 伯父にかわって、伯母がお金を貸してくれた。／嬸嬸代替叔叔，借了錢給我。

0446
□□□
かぜい
【課税】
名・自サ 課税

例 課税率が高くなるにしたがって、国民の不満が高まった。／伴隨著課稅率的上揚，國民的不滿情緒也高漲了起來。

文法
にしたがって［隨著…也］
▶ 表隨著其他事物而變化。

0447
□□□
かせぐ
【稼ぐ】
名・他五（為賺錢而）拼命的勞動；（靠工作、勞動）賺錢；爭取，獲得

例 生活費を稼ぐ。／賺取生活費。

0448
□□□
かぜぐすり
【風邪薬】
名 感冒藥

例 風邪薬を飲む。／吃感冒藥。

0449
□□□
かせん
【下線】
名 下線，字下畫的線，底線

類 アンダーライン
例 わからない言葉に、下線を引いてください。／請在不懂的字下面畫線。

0450
□□□
かそく
【加速】
名・自他サ 加速

反 減速 類 速める
例 首相が発言したのを契機に、経済改革が加速した。
／自從首相發言後，便加快了經濟改革的腳步。

文法
をけいきに［自從…後］
▶ 表發生的原因、動機、轉折。

0451
□□□
か｜そく｜ど
【加速度】
(名) 加速度；加速

例 加速度がついて、車はどんどん速くなった。
／隨著油門的加速，車子越跑越快了。

0452
□□□
か｜たがた
【方々】
(名・代・副)（敬）大家；您們；這個那個，種種；各處；
總之

類 人々
例 集まった方々に、スピーチをしていただこう
ではないか。
／就讓聚集此地的各位，上來講個話吧！

文法
うではないか［就讓…吧］
▶ 表示提議或邀請對方
跟自己共同做某事，或
是一種委婉的命令，常
用在演講上，是稍微拘
泥於形式的說法。

0453
□□□
か｜たな
【刀】
(名) 刀的總稱

類 刃物（はもの）
例 私は、昔の刀を集めています。
／我在收集古董刀。

0454
□□□
(16)
か｜たまり
【塊】
(名・接尾) 塊狀，疙瘩；集團；極端…的人

例 小麦粉を、塊ができないようにして水に溶きました。
／為了盡量不讓麵粉結塊，加水進去調勻。

0455
□□□
か｜たまる
【固まる】
(自五)（粉末、顆粒、黏液等）變硬，凝固；固定，
成形；集在一起，成群；熱中，篤信（宗教等）

類 寄り集まる
例 魚の煮汁が冷えて固まった。
／魚湯冷卻以後凝結了。

0456
□□□
か｜たむ｜く
【傾く】
(自五) 傾斜；有…的傾向；（日月）偏西；衰弱，衰微

類 傾斜（けいしゃ）
例 地震で、家が傾いた。／房屋由於地震而傾斜了。

か
行單字

0457
□□□
かたよる
【偏る・片寄る】
(自五) 偏於，不公正，偏袒；失去平衡

例 ケーキが、箱の中で片寄ってしまった。
／蛋糕偏到盒子的一邊去了。

0458
□□□
かたる
【語る】
(他五) 說，陳述；演唱，朗讀

(類) 話す
例 戦争についてみんなで語った。／大家一起在說戰爭的事。

0459
□□□
かち
【価値】
(名) 價值

例 あのドラマは見る価値がある。／那齣連續劇有一看的價值。

0460
□□□
がち
【勝ち】
(接尾) 往往，容易，動輒；大部分是

(反) 負け (類) 勝利
例 彼女は病気がちだが、出かけられないこともない。
／她雖然多病，但並不是不能出門。

0461
□□□
がっか
【学科】
(名) 科系

(類) 科目
例 大学に、新しい専攻学科ができたのを契機に、学生数も増加した。／自從大學增加了新的專門科系之後，學生人數也增加了許多。

文法
をけいきに[自從…後]
▶ 表示某事產生或發生的原因、動機、機會、轉折點。

0462
□□□
がっかい
【学会】
(名) 學會，學社

例 雑誌に論文を出す一方で、学会でも発表する予定です。
／除了將論文投稿給雜誌社之外，另一方面也預定要在學會中發表。

文法
いっぽうで[另一方面]
▶ 前句說明在做某件事的同時，後句為補充做另一件事。

讀書計劃：□□/□□ □□

0463 □□□

がっかり　(副・自サ) 失望，灰心喪氣；筋疲力盡

例 何も言わないことからして、すごくがっかりしているみたいだ。
／從他不發一語的樣子看來，應該是相當地氣餒。

文法
からして [從…看來…]
▶ 表示判斷的依據。後面多是消極、不利的評價。

0464 □□□

かっき【活気】　(名) 活力，生氣；興旺

類 元気

例 うちの店は、表面上は活気があるが、実はもうかっていない。
／我們店表面上看起來很興旺，但其實並沒賺錢。

文法
じょうは [從…來看]
▶ 表示就此觀點而言。

0465 □□□

がっき【学期】　(名) 學期

例 学期が始まるか始まらないかのうちに、彼は転校してしまいました。
／就在學期快要開始的時候，他便轉學了。

文法
か～ないかのうちに
[快要…便…]
▶ 表示前一個動作才剛開始，在似完非完之間，第二個動作緊接著又開始了。

0466 □□□

がっき【楽器】　(名) 樂器

例 何か楽器を習うとしたら、何を習いたいですか。
／如果要學樂器，你想學什麼？

0467 □□□

がっきゅう【学級】　(名) 班級，學級

類 クラス

例 学級委員を中心に、話し合ってください。／請以班長為中心來討論。

0468 □□□

かつぐ【担ぐ】　(他五) 扛，挑；推舉，擁戴；受騙

例 重い荷物を担いで、駅まで行った。／背著沈重的行李，來到車站。

JLPT

105

0469
□□□
かっこ
【括弧】
(名) 括號；括起來

例 括弧の中から、正しい答えを選んでください。

／請從括號裡，選出正確答案。

0470
□□□
かっこく
【各国】
(名) 各國

例 各国の代表が集まる。

／各國代表齊聚。

0471
□□□
かつじ
【活字】
(名) 鉛字，活字

例 彼女は活字中毒で、本ばかり読んでいる。

／她已經是鉛字中毒了，一天到晚都在看書。

0472
□□□
がっしょう
【合唱】
(名・他サ) 合唱，一齊唱；同聲高呼

(反) 独唱（どくしょう）

(類) コーラス

例 合唱の練習をしているところに、急に邪魔が入った。

／在練習合唱的時候，突然有人進來打擾。

0473
□□□
かって
【勝手】
(形動) 任意，任性，隨便

(類) わがまま

例 誰も見ていないからといって、勝手に持って

いってはだめですよ。

／即使沒人在看，也不能隨便就拿走呀！

文法
からといって [即使…，也（不能）…]
▶ 表示不能僅僅因為前面這一點理由，就做後面的動作，後面常接否定的説法。

0474
□□□
かつどう
【活動】
(名・自サ) 活動，行動

例 一緒に活動するにつれて、みんな仲良くなりました。

／隨著共同參與活動，大家都變成好朋友了。

讀書計劃：□□／□□

0475 ☐☐☐

かつよう
【活用】

(名・他サ) 活用，利用，使用

例 若い人材を活用するよりほかはない。
／就只有活用年輕人材這個方法可行了。

文法 **よりほかない**［就
只有（只好）…］
▶ 表示問題處於某種狀
態，只有一種辦法，沒
有其他解決辦法。

0476 ☐☐☐

かつりょく
【活力】

(名) 活力，精力

類 エネルギー

例 子どもが減ると、社会の活力が失われる。
／如果孩童減少，那社會也就會失去活力。

0477 ☐☐☐

かてい
【仮定】

(名・字サ) 假定，假設

類 仮想

例 あなたが億万長者だと仮定してください。／請假設你是億萬富翁。

0478 ☐☐☐

かてい
【過程】

(名) 過程

類 プロセス

例 過程はともかく、結果がよかったからいいじゃ
ないですか。
／姑且不論過程如何，結果好的話，不就行了嗎？

文法
はともかく［姑且不論…］
▶ 表示提出兩個事項，
前項暫且不作為議論的
對象，先談後項。暗示
後項是更重要的。

0479 ☐☐☐

かてい
【課程】

(名) 課程

類 コース

例 大学には、教職課程をはじめとするいろいろな課程がある。
／大學裡，有教育課程以及各種不同的課程。

0480 ☐☐☐

かなしむ
【悲しむ】

(他五) 感到悲傷，痛心，可歎

例 それを聞いたら、お母さんがどんなに悲しむことか。
／如果媽媽聽到這話，會多麼傷心呀！

| 0481 ☐☐☐ | **かなづかい**
【仮名遣い】 | 名 假名的拼寫方法 |

例 仮名遣いをきちんと覚えましょう。／要確實地記住假名的用法。

| 0482 ☐☐☐ | **かならずしも**
【必ずしも】 | 副 不一定，未必 |

例 この方法が、必ずしもうまくいくとは限らない。
／這個方法也不一定能順利進行。

文法 とはかぎらない
[但未必…]
▶ 表事情不是絕對如此，
也有例外或其他可能性。

| 0483 ☐☐☐ | **かね**
【鐘】 | 名 鐘，吊鐘 |

類 釣鐘（つりがね）

例 みんなの幸せのために、願いをこめて鐘を鳴らした。
／為了大家的幸福，以虔誠之心來鳴鐘許願。

| 0484 ☐☐☐ | **かねそなえる**
【兼ね備える】 | 他下一 兩者兼備 |

例 知性と美貌を兼ね備える。／兼具智慧與美貌。

| 0485 ☐☐☐ | **かねつ**
【加熱】 | 名・他サ 加熱，高溫處理 |

例 製品を加熱するにしたがって、色が変わってきた。
／隨著溫度的提升，產品的顏色也起了變化。

文法
にしたがって[隨著…也]
▶ 事物隨其他事物變化。

| 0486 ☐☐☐ | **かねる**
【兼ねる】 | 他下一・接尾 兼備；不能，無法 |

例 趣味と実益を兼ねて、庭で野菜を育てています。
／為了兼顧興趣和現實利益，目前在院子裡種植蔬菜。

| 0487 ☐☐☐ | **カバー**
【cover】 | 名・他サ 罩，套；補償，補充；覆蓋 |

類 覆い（おおい）

例 枕カバーを洗濯した。／我洗了枕頭套。

讀書計劃：
☐☐／
☐☐

0488 □□□

か**はんすう**
【過半数】

名 過半數，半數以上

例 過半数がとれなかったばかりに、議案は否決
された。
／都是因為沒過半數，所以議案才會被駁回。

文法 ばかりに [就因為
…，結果…]
▶ 表示就是因為某事的緣
故，造成後項不良結果或
發生不好的事情，説話者
含有後悔或遺憾的心情。

0489 □□□

か**ぶ**
【株】

名・接尾 株，顆；(樹的) 殘株；股票；(職業等上)
特權；擅長；地位

類 株券

例 彼はA社の株を買ったかと思うと、もう売っ
てしまった。
／他剛買了A公司的股票，就馬上轉手賣出去了。

文法
かとおもうと [剛…就…]
▶ 表示前後兩個對比的
事情，在短時間內幾乎
同時相繼發生，後面接
的大多是説話者意外和
驚訝的表達。

0490 □□□
17

か**ぶせる**
【被せる】

他下一 蓋上；(用水) 澆沖；戴上 (帽子等)；推卸

例 機械の上に布をかぶせておいた。 ／我在機器上面蓋了布。

0491 □□□

か**ま**
【釜】

名 窯，爐；鍋爐

例 炊飯器がなかったころ、お釜でおいしくご飯を炊くのは難しいことだっ
た。／在還沒有發明電鍋的那個年代，想用鐵鍋炊煮出美味的米飯是件難事。

0492 □□□

か**まいません**
【構いません】

寒暄 沒關係，不在乎

例 私は構いません。 ／我沒關係。

0493 □□□

か**み**
【上】

名・漢造 上邊，上方，上游，上半身；以前，過去；開始，
起源於；統治者，主人；京都；上座；(從觀眾看) 舞台右側

反 下 (しも)

例 おばあさんが洗濯をしていると、川上から大きな桃がどんぶら
こ、どんぶらこと流れてきました。
／奶奶在河裡洗衣服的時候，一顆好大的桃子載沉載浮地從上游漂了過來。

| 0494 □□□ | **かみ**
【神】 | 名 神，神明，上帝，造物主；（死者的）靈魂 |

類 神様
例 世界平和を、神に祈りました。／我向神祈禱世界和平。

| 0495 □□□ | **かみくず**
【紙くず】 | 名 廢紙，沒用的紙 |

例 道に紙くずを捨てないでください。／請不要在街上亂丟紙屑。

| 0496 □□□ | **かみさま**
【神様】 | 名 （神的敬稱）上帝，神；（某方面的）專家，活神仙，（接在某方面技能後）…之神 |

類 神
例 日本には、猿の神様や狐の神様をはじめ、たくさんの神様がいます。／在日本，有猴神、狐狸神以及各種神明。

| 0497 □□□ | **かみそり**
【剃刀】 | 名 剃刀，刮鬍刀；頭腦敏銳（的人） |

例 ひげをそるために、かみそりを買った。
／我為了刮鬍子，去買了把刮鬍刀。

| 0498 □□□ | **かみなり**
【雷】 | 名 雷；雷神；大發雷霆的人 |

例 雷が鳴っているなと思ったら、やはり雨が降ってきました。
／才剛打雷，這會兒果然下起雨來了。

文法 とおもったら［才剛…就］
▶ 表示前後兩個不同的事情，在短時間內幾乎同時相繼發生，後面接的大多是說話者意外的表達。

| 0499 □□□ | **かもく**
【科目】 | 名 科目，項目；（學校的）學科，課程 |

例 興味に応じて、科目を選択した。
／依自己的興趣，來選擇課程。

文法 におうじて［依據…］
▶ 表示按照，根據。前項作為依據，後項根據前項的情況而發生變化。

0500
□□□
か‖もつ
【貨物】

名 貨物；貨車

例 コンテナで貨物を輸送した。
／我用貨櫃車來運貨。

0501
□□□
か‖よう
【歌謡】

名 歌謡，歌曲

類 歌

例 クラシックピアノも弾けば、歌謡曲も歌う。
／他既會彈古典鋼琴，也會唱歌謠。

文法
も～ば～も［也…也…]
▶ 把類似的事物並列起
來，用意在強調，或表
示還有很多情況。

0502
□□□
か‖ら
【空】

名 空的；空，假，虛

類 空っぽ

例 通帳はもとより、財布の中もまったく空です。
／別說是存摺，就連錢包裡也空空如也。

0503
□□□
か‖ら
【殻】

名 外皮，外殼

例 卵の殻をむきました。
／我剝開了蛋殼。

0504
□□□
が‖ら
【柄】

名・接尾 身材；花紋，花樣；性格，人品，身分；
表示性格，身分，適合性

類 模様

例 あのスカーフは、柄が気に入っていただけに、
なくしてしまって残念です。
／正因我喜歡那條圍巾的花色，所以弄丟它才更覺得
可惜。

文法
だけに［正因…，所以
…才更…]
▶ 表示原因。正因為前
項，理所當然有相對應
的後項。
▶ 近てとうぜんだ［…也
是理所當然的]

0505
□□□
カ‖ラー
【color】

名 色，彩色；（繪畫用）顏料

例 カラーコピーをとる。／彩色影印。

0506
☐☐☐ **からかう** 　　　　(他五) 逗弄，調戲

例 そんなにからかわないでください。
　　／請不要這樣開我玩笑。

0507
☐☐☐ **からから** 　　　　(副・自サ) 乾的、硬的東西相碰的聲音（擬音）

補「からから」也是擬態語。例：喉がカラカラ（喉嚨很乾，口渴）。
例 風車_{かざぐるま}がからから回_{まわ}る。
　　／風車咻咻地旋轉。

0508
☐☐☐ **がらがら** 　　　　(名・副・自サ・形動) 手搖鈴玩具；硬物相撞聲；直爽；
　　　　　　　　　　　　　　很空

例 雨戸_{あまど}をがらがらと開_あける。
　　／推開防雨門板時發出咔啦咔啦的聲響。

0509
☐☐☐ **からっぽ**
　　【空っぽ】 　　　　(名・形動) 空，空洞無一物

類 空（から）
例 お金_{かね}が足_たりないどころか、財布_{さいふ}は空_{から}っぽだよ。
　　／錢豈止不夠，連錢包裡也空空如也！

文法
どころか [豈止…連…]
▶ 表示從根本上推翻前項，並且在後項提出跟前項程度相差很遠。

0510
☐☐☐ **からて**
　　【空手】 　　　　(名) 空手道

例 空手_{からて}を始_{はじ}めた以上_{いじょう}、黒帯_{くろおび}を目指_{めざ}す。
　　／既然開始練空手道了，目標就是晉升到黑帶。

文法
いじょう[既然…，就…]
▶ 由於前句某種決心或責任，後句便根據前項表達相對應的決心、義務或奉勸。

0511
☐☐☐ **かる**
　　【刈る】 　　　　(他五) 割，剪，剃

例 両親_{りょうしん}が草_{くさ}を刈_かっているところへ、手伝_{てつだ}いに行_いきました。
　　／當爸媽正在割草時過去幫忙。

0512
□□□
かれる
【枯れる】
(自上一) 枯萎，乾枯；老練，造詣精深；(身材) 枯瘦

例 庭の木が枯れてしまった。
／庭院的樹木枯了。

0513
□□□
カロリー
【calorie】
(名) (熱量單位) 卡，卡路里；(食品營養價值單位)
卡，大卡

(類) 熱量 (ねつりょう)
例 カロリーをとりすぎたせいで、太った。
／因為攝取過多的卡路里，才胖了起來。

0514
□□□
かわいがる
【可愛がる】
(他五) 喜愛，疼愛；嚴加管教，教訓

(反) いじめる
例 死んだ妹にかわって、叔母の私がこの子をかわいがります。
／由我這阿姨，代替往生的妹妹疼愛這個小孩。

0515
□□□
かわいそう
【可哀相・可哀想】
(形動) 可憐

(類) 気の毒
例 お母さんが病気になって、子どもたちがかわいそうでならない。
／母親生了病，孩子們真是可憐得叫人鼻酸！

0516
□□□
かわいらしい
【可愛らしい】
(形) 可愛的，討人喜歡；小巧玲瓏

(類) 愛らしい
例 かわいらしいお嬢さんですね。
／真是個討人喜歡的姑娘呀！

0517
□□□
かわせ
【為替】
(名) 匯款，匯兌

例 このところ、為替相場は円安が続いている。
／最近的日圓匯率持續貶值。

0518
□□□
かわら
【瓦】
名 瓦

例 赤い瓦の家に住みたい。
／我想住紅色磚瓦的房子。

0519
□□□
かん
【勘】
名 直覺，第六感；領悟力

類 第六感（だいろっかん）
例 答えを知っていたのではなく、勘で言ったにすぎません。
／我並不是知道答案，只是憑直覺回答而已。

0520
□□□
かん
【感】
名・漢造 感覺，感動；感

例 ダイエットのため、こんにゃくや海藻などで満腹感を得るように工夫している。
／目前為了減重，運用蒟蒻和海藻之類的食材讓自己得到飽足感。

0521
□□□
かんかく
【間隔】
名 間隔，距離

類 隔たり（へだたり）
例 バスは、20分の間隔で運行しています。
／公車每隔20分鐘來一班。

0522
□□□
かんかく
【感覚】
名・他サ 感覺

例 彼は、音に対する感覚が優れている。
／他的音感很棒。

0523
□□□
かんき
【換気】
名・自他サ 換氣，通風，使空氣流通

例 煙草臭いから、換気をしましょう。
／煙味實在是太臭了，讓空氣流通一下吧！

讀書計劃：□□／□□／□□

0524
□□□

かんきゃく
【観客】

名 観眾

類 見物人（けんぶつにん）

例 観客が減少ぎみなので、宣伝しなくてはなりません。
／因為觀眾有減少的傾向，所以不得不做宣傳。

0525
□□□

かんげい
【歓迎】

名・他サ 歡迎

反 歓送

例 故郷に帰った際には、とても歓迎された。／回到家鄉時，受到熱烈的歡迎。

0526
□□□

かんげき
【感激】

名・自サ 感激，感動

類 感動

例 こんなつまらない芝居に感激するなんて、おおげさというものだ。
／對這種無聊的戲劇還如此感動，真是太誇張了。

文法 というものだ[真是…]
▶ 表示對事物做一種結論性的判斷。

0527
□□□

かんさい
【関西】

名 日本關西地區（以京都、大阪為中心的地帶）

反 関東

例 関西旅行をきっかけに、歴史に興味を持ちました。
／自從去關西旅行之後，就開始對歷史產生了興趣。

文法 をきっかけに[以…為契機]
▶ 表示某事產生的原因、機會、動機等。

0528
□□□

かんさつ
【観察】

名・他サ 觀察

例 一口に雲と言っても、観察するといろいろな形があるものだ。
／如果加以觀察，所謂的雲其實有各式各樣的形狀。

文法 ものだ[應當…]
▶ 表示理所當然，理應如此。

0529
□□□

かんじ
【感じ】

名 知覺，感覺；印象

類 印象

例 彼女は女優というより、モデルという感じですね。
／與其說她是女演員，倒不如說她更像個模特兒。

| 0530 □□□ | **がんじつ**
【元日】 | 名 元旦 |

例 日本では、元日はもちろん、二日も三日も会社は休みです。
／在日本，不用說是元旦，一月二號和三號，公司也都放假。

| 0531 □□□ | **かんじゃ**
【患者】 | 名 病人，患者 |

例 研究が忙しい上に、患者も診なければならない。
／除了要忙於研究之外，也必須替病人看病。

文法
うえに[不僅…，還…]
▶ 追加、補充同類內容。表示還有更甚的情況。

| 0532 □□□ | **かんしょう**
【鑑賞】 | 名・他サ 鑑賞，欣賞 |

例 音楽鑑賞をしているところを、邪魔しないでください。
／我在欣賞音樂時，請不要來干擾。

| 0533 □□□ | **かんじょう**
【勘定】 | 名・他サ 計算；算帳；（會計上的）帳目，戶頭，結帳；考慮，估計 |

類 計算
例 そろそろお勘定をしましょうか。／差不多該結帳了吧！

| 0534 □□□ | **かんじょう**
【感情】 | 名 感情，情緒 |

類 気持ち 補 感情的[形容動詞] 情緒化的
例 彼にこの話をすると、感情的になりかねない。
／你一跟他談這件事，他可能會很情緒化。

文法
かねない[可能會…]
▶ 做出異於常人事情的可能性。

| 0535 □□□ | **かんしん**
【関心】 | 名 關心，感興趣 |

類 興味
例 あいつは女性に関心があるくせに、ないふりをしている。／那傢伙明明對女性很感興趣，卻裝作一副不在乎的樣子。

文法
くせに[明明…，卻…]
▶ 表後項不與前項身分相符的事。帶嘲諷語氣。
▶ 近 くせして[只不過是…]

0536
□□□

かんする
【関する】

(自サ) 關於，與…有關

類 関係する

例 日本に関する研究をしていたわりに、日本についてよく知らない。

　　/雖然之前從事日本相關的研究，但卻對日本的事物一知半解。

0537
□□□

かんせつ
【間接】

(名) 間接

反 直接　　類 遠まわし（とおまわし）

補 間接的　[形容動詞] 間接的

例 彼女を通じて、間接的に彼の話を聞いた。

　　/我透過她，間接打聽了一些關於他的事。

0538
□□□

かんそう
【乾燥】

(名・自他サ) 乾燥；枯燥無味

類 乾く

例 空気が乾燥しているといっても、砂漠ほどで

はない。

　　/雖說空氣乾燥，但也沒有沙漠那麼乾。

文法
ほど～はない[但也沒有…]
▶ 表示在同類事物中最高的，除了這個之外沒有可以相比的。

0539
□□□

かんそく
【観測】

(名・他サ) 觀察（事物），（天體，天氣等）觀測

類 観察

例 毎日天体の観測をしています。

　　/我每天都在觀察星體的變動。

0540
□□□

かんたい
【寒帯】

(名) 寒帶

例 寒帯の森林には、どんな動物がいますか。

　　/在寒帶的森林裡，住著什麼樣的動物呢？

0541
□□□

がんたん
【元旦】

(名) 元旦

例 元旦に初詣に行く。／元旦去新年參拜。

0542
□□□
かんちがい
【勘違い】
(名・自サ) 想錯，判斷錯誤，誤會

(類) 思い違い（おもいちがい）
(例) 私の勘違いのせいで、あなたに迷惑をかけました。
／都是因為我的誤解，才造成您的不便。

0543
□□□
かんちょう
【官庁】
(名) 政府機關

(類) 役所
(例) 政治家も政治家なら、官庁も官庁で、まった
く頼りにならない。
／政治家有貪污，政府機關也有缺陷，完全不可信任。

文法
も～なら～も［有…也
有缺陷］
▶ 表示雙方都有缺點，帶
有譴責的語氣。

0544
□□□
かんづめ
【缶詰】
(名) 罐頭；不與外界接觸的狀態；擁擠的狀態

(例) 災害に備えて缶詰を用意する。／準備罐頭以備遇到災難時使用。

0545
□□□
かんでんち
【乾電池】
(名) 乾電池

(反) 湿電池
(例) プラスとマイナスを間違えないように、乾電池を入れる。
／裝電池時，正負極請不要擺錯。

0546
□□□
かんとう
【関東】
(名) 日本關東地區（以東京為中心的地帶）

(類) 関西
(例) 関東に加えて、関西でも調査することになりました。
／除了關東以外，關西也要開始進行調查了。

0547
□□□
かんとく
【監督】
(名・他サ) 監督，督促；監督者，管理人；（影劇）
導演；（體育）教練

(類) 取り締まる
(例) 日本の映画監督といえば、やっぱり黒澤明が有名
ですね。／一說到日本的電影導演，還是黒澤明最有名吧！

文法 といえば［一說到…］
▶ 提起某話題，後項對
這個話題進行敘述或聯
想。

讀書計劃：□□／□□／□□

0548
☐☐☐

かんねん
【観念】

名・自他サ 觀念；決心；斷念，不抱希望

類 概念（がいねん）

例 あなたは、固定観念が強すぎますね。

／你的主觀意識實在太強了！

0549
☐☐☐

かんぱい
【乾杯】

名・自サ 乾杯

例 彼女の誕生日を祝って乾杯した。

／祝她生日快樂，大家一起乾杯！

0550
☐☐☐

かんばん
【看板】

名 招牌；牌子，幌子；（店舖）關門，停止營業時間

例 看板の字を書いてもらえますか。

／可以麻煩您替我寫下招牌上的字嗎？

0551
☐☐☐

かんびょう
【看病】

名・他サ 看護，護理病人

例 病気が治ったのは、あなたの看病のおかげにほかなりません。

／疾病能痊癒，都是託你的看護。

0552
☐☐☐

かんむり
【冠】

名 冠，冠冕；字頭，字蓋；有點生氣

例 これは、昔の王様の冠です。

／這是古代國王的王冠。

0553
☐☐☐

かんり
【管理】

名・他サ 管理，管轄；經營，保管

類 取り締まる（とりしまる）

例 面倒を見てもらっているというより、管理されているような気がします。

／與其說是照顧，倒不如說更像是被監控。

0554
□□□

かんりょう
【完了】

(名・自他サ) 完了，完畢；(語法)完了，完成

(類) 終わる

(例) 工事は、長時間の作業のすえ、完了しました。
／工程在經過長時間的施工後，終於大工告成了。

<u>文法</u>

のすえ [在…之後]

▶ 表示 [經過一段時間，最後…] 之意，是動作、行為等的結果，意味著 [某一期間的結束]。

0555
□□□

かんれん
【関連】

(名・自サ) 關聯，有關係

(類) 連関

(例) 教育との関連からいうと、この政策は歓迎できない。
／從和教育相關的層面來看，這個政策實在是不受歡迎。

0556
□□□

かんわ
【漢和】

(名) 漢語和日語；漢日辭典 (用日文解釋古漢語的辭典)

(類) 和漢

(例) 図書館には、英和辞典もあれば、漢和辞典もある。
／圖書館裡，既有英日辭典，也有漢日辭典。

<u>文法</u>

も～ば～も [也…也…]

▶ 把類似的事物並列起來，用意在強調，或表示還有很多情況。

き

0557
□□□
19

き
【期】

(名) 時期；時機；季節；(預定的)時日

(例) 入学の時期が訪れる。／又到開學期了。

0558
□□□

き
【器】

(名・漢造) 有才能，有某種才能的人；器具，器皿；起作用的，才幹

(類) 器 (うつわ)

(例) 食器を洗う。／洗碗盤。

0559
□□□

き
【機】

(名・接尾・漢造) 時機；飛機；(助數詞用法)架；機器

(例) 時機を待つ。／等待時機。

0560 □□□

き|あつ
【気圧】

⊛ 氣壓；（壓力單位）大氣壓

類 圧力（あつりょく）
例 高山では、気圧が低いために体調が悪くなる人もいる。
／有些人在高山上由於低氣壓而導致身體不舒服。

0561 □□□

ぎ|いん
【議員】

⊛ （國會，地方議會的）議員

例 国会議員になるには、選挙で勝つしかない。
／如果要當上國會議員，就只有贏得選舉了。

0562 □□□

き|おく
【記憶】

⊛・他サ 記憶，記憶力；記性

反 忘却
類 暗記
例 最近、記憶が混乱ぎみだ。 ／最近有記憶錯亂的現象。

0563 □□□

き|おん
【気温】

⊛ 氣溫

類 温度
例 気温しだいで、作物の生長はぜんぜん違う。
／因氣溫的不同，農作物的成長也就完全不一樣。

文法

しだいで［因…而定］
▶ 表示行為動作要實現，全憑前面的名詞的情況而定。
▶ 近 しだいです［由於…］

0564 □□□

き|かい
【器械】

⊛ 機械，機器

類 器具
例 彼は、器械体操部で活躍している。 ／他活躍於健身社中。

0565 □□□

ぎ|かい
【議会】

⊛ 議會，國會

類 議院
例 首相は議会で、政策について力をこめて説明した。
／首相在國會中，使勁地解説了他的政策。

0566
□□□
きがえ
【着替え】
名 換衣服；換的衣服

例 着替えをしてから出かけた。
／我換過衣服後就出門了。

0567
□□□
きがする
【気がする】
慣 好像；有心

例 見たことがあるような気がする。
／好像有看過。

0568
□□□
きかん
【機関】
名（組織機構的）機關，單位；（動力裝置）機關

類 機構
例 政府機関では、パソコンによる統計を行っています。
／政府機關都使用電腦來進行統計。

0569
□□□
きかんしゃ
【機関車】
名 機車，火車

例 珍しい機関車だったので、写真を撮った。
／因為那部蒸汽火車很珍貴，所以拍了張照。

0570
□□□
きぎょう
【企業】
名 企業；籌辦事業

類 事業
例 大企業だけあって、立派なビルですね。
／不愧是大企業，好氣派的大廈啊！

文法
だけあって [不愧是…]
▶ 表示名實相符，一般用在積極讚美的時候。

0571
□□□
ききん
【飢饉】
名 飢饉，飢荒；缺乏，…荒

類 凶作（きょうさく）
例 江戸時代以降、飢饉の対策としてサツマイモ栽培が普及した。
／江戸時代之後，為了因應飢荒而大量推廣了蕃薯的種植。

0572
☐☐☐

き|ぐ
【器具】

㊛ 器具，用具，器械

㊣ 器械（きかい）

㋁ この店では、電気器具を扱っています。

／這家店有出售電器用品。

0573
☐☐☐

き|げん
【期限】

㊛ 期限

㋁ 支払いの期限を忘れるなんて、非常識と

いうものだ。

／竟然忘記繳款的期限，真是離譜。

文法 というものだ [真是…]

▶ 表示對事物做一種結論性的判斷。

0574
☐☐☐

き|げん
【機嫌】

㊛ 心情，情緒

㊣ 気持ち

㋁ 彼の機嫌が悪いとしたら、きっと奥さんと喧嘩したんでしょう。

／如果他心情不好，就一定是因為和太太吵架了。

0575
☐☐☐

き|こう
【気候】

㊛ 氣候

㋁ 最近気候が不順なので、風邪ぎみです。

／最近由於氣候不佳，有點要感冒的樣子。

0576
☐☐☐

き|ごう
【記号】

㊛ 符號，記號

㋁ この記号は、どんな意味ですか。

／這符號代表什麼意思？

0577
☐☐☐

き|ざむ
【刻む】

㊟五 切碎；雕刻；分成段；銘記，牢記

㊣ 彫刻する（ちょうこくする）

㋁ 指輪に二人の名前を刻んだ。

／在戒指上刻下了兩人的名字。

0578
□□□
きし
【岸】

⑧ 名 岸，岸邊；崖

類 がけ

例 向こうの岸まで泳いでいくよりほかない。
／就只有游到對岸這個方法可行了。

文法 よりほかない [就
只有（只好）…]
▶ 表示問題處於某種狀
態，只有一種辦法，沒
有其他解決辦法。

0579
□□□
きじ
【生地】

⑧ 名 本色，素質，本來面目；布料；（陶器等）毛坯

例 生地はもとより、デザインもとてもすてきです。
／布料好自不在話下，就連設計也是一等一的。

0580
□□□
ぎし
【技師】

⑧ 名 技師，工程師，專業技術人員

類 エンジニア

例 コンピューター技師として、この会社に就職した。
／我以電腦工程師的身分到這家公司上班。

0581
□□□
ぎしき
【儀式】

⑧ 名 儀式，典禮

類 セレモニー

例 儀式は、1時から2時にかけて行われます。
／儀式從一點舉行到兩點。

0582
□□□
きじゅん
【基準】

⑧ 名 基礎，根基；規格，準則

類 標準

例 この建物は、法律上は基準を満たしています。
／就法律來看，這棟建築物是符合規定的。

文法
じょうは [從…來看]
▶ 表示就此觀點而言。

0583
□□□
きしょう
【起床】

⑧ 名・自サ 起床

反 就寝（しゅうしん） 類 起きる

例 6時の列車に乗るためには、5時に起床するしかありません。
／為了搭6點的列車，只好在5點起床。

0584
☐☐☐

きず
【傷】

㊂ 傷口，創傷；缺陷，瑕疵

㊢ 創傷
㊋ 薬のおかげで、傷はすぐ治りました。
　　／多虧了藥物，傷口馬上就痊癒了。

0585
☐☐☐

きせる
【着せる】

他下一 給穿上 (衣服)；鍍上；嫁禍，加罪

㊋ 夕方、寒くなってきたので娘にもう1枚着せた。
　　／傍晚變冷了，因此讓女兒多加了一件衣服。

0586
☐☐☐

きそ
【基礎】

㊂ 基石，基礎，根基；地基

㊢ 基本
㊋ 英語の基礎は勉強したが、すぐにしゃべれるわけではない。
　　／雖然有學過基礎英語，但也不可能馬上就能開口說的。

0587
☐☐☐

きたい
【期待】

名・他サ 期待，期望，指望

㊭ 待ち望む（まちのぞむ）
㊋ みんな、期待するかのような目で彼を見た。
　　／大家以期待般的眼神看著他。

文法

かのような [以…般的…]
▶ 表示比喻。實際上不是這樣，但行動或感覺卻像是那樣。也表示不確定的判斷。

0588
☐☐☐

きたい
【気体】

㊂ (理) 氣體

㊥ 固体
㊋ いろいろな気体の性質を調べている。
　　／我在調查各種氣體的性質。

0589
☐☐☐

きち
【基地】

㊂ 基地，根據地

㊋ 南極基地で働く夫に、愛をこめて手紙を書きました。
　　／我寫了封充滿愛意的信，給在南極基地工作的丈夫。

| 0590 □□□ track 20 | き ちょう【貴重】 | 形動 貴重，寶貴，珍貴 |

類 大切
例 本日は、貴重なお時間を割いていただき、ありがとうございました。／今天承蒙百忙之中撥冗前來，萬分感激。

| 0591 □□□ | ぎ ちょう【議長】 | 名 會議主席，主持人；（聯合國，國會）主席 |

例 彼は、衆議院の議長を務めている。／他擔任眾議院的院長。

| 0592 □□□ | き つい | 形 嚴厲的，嚴苛的；剛強，要強；緊的，瘦小的；強烈的；累人的，費力的 |

類 厳しい
例 太ったら、スカートがきつくなりました。
／一旦胖起來，裙子就被撐得很緊。

| 0593 □□□ | き っかけ【切っ掛け】 | 名 開端，動機，契機 |

類 機会
例 彼女に話しかけたいときに限って、きっかけがつかめない。
／偏偏就在我想找她說話時，就是找不到機會。

文法
にかぎって [偏偏…就…]
▶ 表示特殊限定的事物或範圍，説明唯獨某事物特別不一樣。

| 0594 □□□ | き づく【気付く】 | 自五 察覺，注意到，意識到；（神志昏迷後）甦醒過來 |

類 感づく（かんづく）
例 自分の間違いに気付いたものの、なかなか謝ることができない。／雖然發現自己不對，但還是很難開口道歉。

文法
ものの [雖然…但…]
▶ 表前項成立，但後項不能順著前項所預期或可能發生的方向發展下去。

| 0595 □□□ | き っさ【喫茶】 | 名 喝茶，喫茶，飲茶 |

類 喫茶（きっちゃ）
例 喫茶店で、ウエイトレスとして働いている。／我在咖啡廳當女服務生。

讀書計劃：□□／□□／□□

0596 □□□

ぎっしり

副（裝或擠的）滿滿的

類 ぎっちり

例 本棚にぎっしり本が詰まっている。
／書櫃排滿了書本。

0597 □□□

きにいる
【気に入る】

連語 稱心如意，喜歡，寵愛

反 気に食わない

例 そのバッグが気に入りましたか。
／您中意那皮包嗎？

0598 □□□

きにする
【気にする】

慣 介意，在乎

例 失敗を気にする。
／對失敗耿耿於懷。

0599 □□□

きになる
【気になる】

慣 擔心，放心不下

例 外の音が気になる。
／在意外面的聲音。

0600 □□□

きにゅう
【記入】

名・他サ 填寫，寫入，記上

類 書き入れる

例 参加される時は、ここに名前を記入してください。
／要參加時，請在這裡寫下名字。

0601 □□□

きねん
【記念】

名・他サ 紀念

例 記念として、この本をあげましょう。
／送你這本書做紀念吧！

0602
□□□

きねんしゃしん
【記念写真】

� 紀念照

例 <ruby>下<rt>した</rt></ruby>の<ruby>娘<rt>むすめ</rt></ruby>の<ruby>七五三<rt>しちごさん</rt></ruby>で、<ruby>写真館<rt>しゃしんかん</rt></ruby>に<ruby>行<rt>い</rt></ruby>って<ruby>家族<rt>かぞく</rt></ruby>みんなで<ruby>記念写真<rt>きねんしゃしん</rt></ruby>を<ruby>撮<rt>と</rt></ruby>った。
／為了慶祝二女兒的「七五三」，全家去照相館拍了紀念相片。

0603
□□□

きのう
【機能】

名・自サ 機能，功能，作用

類 働き

例 <ruby>機械<rt>きかい</rt></ruby>の<ruby>機能<rt>きのう</rt></ruby>が<ruby>増<rt>ふ</rt></ruby>えれば<ruby>増<rt>ふ</rt></ruby>えるほど、<ruby>値段<rt>ねだん</rt></ruby>も<ruby>高<rt>たか</rt></ruby>くなります。
／機器的功能越多，價錢就越昂貴。

0604
□□□

きのせい
【気の所為】

連語 神經過敏；心理作用

例 あれ、<ruby>雨<rt>あめ</rt></ruby><ruby>降<rt>ふ</rt></ruby>ってきた。<ruby>気<rt>き</rt></ruby>のせいかな。
／咦，下雨了哦？還是我的錯覺呢？

0605
□□□

きのどく
【気の毒】

名・形動 可憐的，可悲；可惜，遺憾；過意不去，對不起

類 可哀そう

例 お<ruby>気<rt>き</rt></ruby>の<ruby>毒<rt>どく</rt></ruby>ですが、<ruby>今回<rt>こんかい</rt></ruby>はあきらめていただくしかありませんね。
／雖然很遺憾，但這次也只好先請您放棄了。

0606
□□□

きば
【牙】

名 犬齒，獠牙

例 <ruby>狼<rt>おおかみ</rt></ruby>は<ruby>牙<rt>きば</rt></ruby>をむいて<ruby>羊<rt>ひつじ</rt></ruby>に<ruby>跳<rt>と</rt></ruby>びかかってきた。
／狼張牙舞爪的撲向了羊。

0607
□□□

きばん
【基盤】

名 基礎，底座，底子；基岩

類 基本

例 <ruby>生活<rt>せいかつ</rt></ruby>の<ruby>基盤<rt>きばん</rt></ruby>を<ruby>固<rt>かた</rt></ruby>める。
／穩固生活的基礎。

0608
☐☐☐

きふ
【寄付】

名・他サ 捐贈，捐助，捐款

類 義捐

例 彼はけちだから、たぶん寄付はするまい。
　　／因為他很小氣，所以大概不會捐款吧！

文法
まい [大概不會…]
▶ 表示說話者的推測、想像。

0609
☐☐☐

きぶんてんかん
【気分転換】

連語・名 轉換心情

例 気分転換に散歩に出る。
　　／出門散步換個心情。

0610
☐☐☐

きみ・ぎみ
【気味】

名・接尾 感觸，感受，心情；有一點兒，稍稍

類 気持ち

例 女性社員が気が強くて、なんだか押され気味だ。
　　／公司的女職員太過強勢了，我們覺得被壓得死死的。

0611
☐☐☐

きみがわるい
【気味が悪い】

形 毛骨悚然的；令人不快的

例 何だか気味が悪い家だね。幽霊が出そうだよ。
　　／這屋子怎麼陰森森的，好像會有鬼跑出來哦。

0612
☐☐☐

きみょう
【奇妙】

形動 奇怪，出奇，奇異，奇妙

類 不思議

例 一見奇妙な現象だが、よく調べてみれば心霊現象などではなかった。
　　／乍看之下是個奇妙的現象，仔細調查後發現根本不是什麼鬧鬼的狀況。

0613
☐☐☐

ぎむ
【義務】

名 義務

反 権利

例 我々には、権利もあれば、義務もある。
　　／我們既有權利，也有義務。

文法
も～ば～も [也…也…]
▶ 把類似的事物並列起來，用意在強調，或表示還有很多情況。

0614 □□□ ぎもん【疑問】
（名）疑問，疑惑

類 疑い

例 私からすれば、あなたのやり方には疑問があ
ります。
／就我看來，我對你的做法感到有些疑惑。

文法
からすれば［就…看來］
▶ 表示判斷的觀點，根據。

0615 □□□ ぎゃく【逆】
（名・漢造）反，相反，倒；叛逆

類 反対

例 今度は、逆に私から質問します。
／這次，反過來由我來發問。

0616 □□□ きゃくせき【客席】
（名）觀賞席；宴席，來賓席

類 座席

例 客席には、校長をはじめ、たくさんの先生が来てくれた。
／來賓席上，來了校長以及多位老師。

0617 □□□ ぎゃくたい【虐待】
（名・他サ）虐待

例 児童虐待は深刻な問題だ。
／虐待兒童是很嚴重的問題。

0618 □□□ きゃくま【客間】
（名）客廳

類 客室

例 客間を掃除しておかなければならない。
／我一定得事先打掃好客廳才行。

0619 □□□ キャプテン【captain】
（名）團體的首領；船長；隊長；主任

類 主将（しゅしょう）

例 野球チームのキャプテンをしています。／我是棒球隊的隊長。

讀書計劃：□□／□□

0620 ☐☐☐

ギャング
【gang】

名 持槍強盜團體，盜伙

類 強盗団（ごうとうだん）
例 私は、ギャング映画が好きです。
　／我喜歡看警匪片。

0621 ☐☐☐

キャンパス
【campus】

名（大學）校園，校內

類 校庭
例 大学のキャンパスには、いろいろな学生がいる。
　／大學的校園裡，有各式各樣的學生。

0622 ☐☐☐

キャンプ
【camp】

名・自サ 露營，野營；兵營，軍營；登山隊基地；（棒球等）集訓

類 野宿（のじゅく）
例 今息子は山にキャンプに行っているので、連絡しようがない。
　／現在我兒子到山上露營去了，所以沒辦法聯絡上他。

0623 ☐☐☐
21

きゅう
【旧】

名・漢造 陳舊；往昔，舊日；舊曆，農曆；前任者

反 新
類 古い
例 旧暦では、今日は何月何日ですか。
　／今天是農曆的幾月幾號？

0624 ☐☐☐

きゅう
【級】

名・漢造 等級，階段；班級，年級；頭

類 等級（とうきゅう）
例 英検で1級を取った。／我考過英檢一級了。

0625 ☐☐☐

きゅう
【球】

名・漢造 球；（數）球體，球形

類 ボール
例 この器具は、尖端が球状になっている。／這工具的最前面是呈球狀的。

0626 □□□
きゅうか
【休暇】
(名)(節假日以外的)休假

類 休み

例 休暇になるかならないかのうちに、ハワイに出かけた。
／才剛放假，就跑去夏威夷了。

0627 □□□
きゅうぎょう
【休業】
(名・自サ)停課

類 休み

例 病気になったので、しばらく休業するしかない。
／因為生了病，只好先暫停營業一陣子。

0628 □□□
きゅうげき
【急激】
(形動)急遽

類 激しい

例 車の事故による死亡者は急激に増加している。
／因車禍事故而死亡的人正急遽增加。

0629 □□□
きゅうこう
【休校】
(名・自サ)停課

例 地震で休校になる。／因地震而停課。

0630 □□□
きゅうこう
【休講】
(名・自サ)停課

例 授業が休講になったせいで、暇になってしまいました。
／都因為停課，害我閒得沒事做。

0631 □□□
きゅうしゅう
【吸収】
(名・他サ)吸收

類 吸い取る

例 学生は、勉強していろいろなことを吸収するべきだ。
／學生必須好好學習，以吸收各方面知識。

| 0632 □□□ | きゅうじょ【救助】 | 名・他サ 救助，搭救，救援，救濟 |

類 救う

例 一人でも多くの人が助かるようにと願いなが
ら、救助活動をした。
／為盡量幫助更多的人而展開了救援活動。

文法
ながら
▶ 表示某動作時的狀態
或情景。

| 0633 □□□ | きゅうしん【休診】 | 名・他サ 停診 |

例 日曜・祭日は休診です。 ／例假日休診。

| 0634 □□□ | きゅうせき【旧跡】 | 名 古蹟 |

例 京都の名所旧跡を訪ねる。 ／造訪京都的名勝古蹟。

| 0635 □□□ | きゅうそく【休息】 | 名・自サ 休息 |

類 休み
例 作業の合間に休息する。 ／在工作的空檔休息。

| 0636 □□□ | きゅうそく【急速】 | 名・形動 迅速，快速 |

類 急激（きゅうげき）
例 コンピューターは急速に普及した。
／電腦以驚人的速度大眾化了。

| 0637 □□□ | きゅうよ【給与】 | 名・他サ 供給（品），分發，待遇；工資，津貼 |

類 給料、サラリー
例 会社が給与を支払わないかぎり、私たちはス
トライキを続けます。
／只要公司不發薪資，我們就會繼續罷工。

文法
ないかぎり［只要不…，
就…］
▶ 表示只要某狀態不發
生變化，結果就不會有
變化。含有如果狀態發
生變化了，結果也會有
變化的可能性。

0638
□□□
きゅうよう
【休養】

(名・自サ) 休養

類 保養（ほよう）

例 今週から来週にかけて、休養のために休みます。

／從這個禮拜到下個禮拜，為了休養而請假。

0639
□□□
きよい
【清い】

(形) 清徹的，清潔的；(內心) 暢快的，問心無愧的；正派的，光明磊落；乾脆

反 汚らわしい　類 清らか

例 山道を歩いていたら、清い泉が湧き出ていた。

／當我正走在山路上時，突然發現地面湧出了清澈的泉水。

0640
□□□
きよう
【器用】

(名・形動) 靈巧，精巧；手藝巧妙；精明

類 上手

例 彼は器用で、自分で何でも直してしまう。

／他的手真巧，任何東西都能自己修好。

0641
□□□
きょうか
【強化】

(名・他サ) 強化，加強

反 弱化（じゃっか）

例 事件前に比べて、警備が強化された。

／跟案件發生前比起來，警備森嚴多許多。

0642
□□□
きょうかい
【境界】

(名) 境界，疆界，邊界

類 さかい

例 仕事と趣味の境界が曖昧です。／工作和興趣的界線還真是模糊不清。

0643
□□□
きょうぎ
【競技】

(名・自サ) 競賽，體育比賽

類 試合

例 運動会で、どの競技に出場しますか。／你運動會要出賽哪個項目？

0644 □□□

ぎょうぎ
【行儀】

(名) 禮儀，禮節，舉止

(類) 礼儀
(例) お兄さんに比べて、君は行儀が悪いね。／和你哥哥比起來，你真沒禮貌。

0645 □□□

きょうきゅう
【供給】

(名・他サ) 供給，供應

(反) 需要（じゅよう）
(例) この工場は、24 時間休むことなく製品を供給できます。
／這座工廠，可以 24 小時全日無休地供應產品。

文法
ことなく [無…]
▶ 表示一次也沒發生某狀況的情況下。

0646 □□□

きょうさん
【共産】

(名) 共產；共產主義

(例) 資本主義と共産主義について研究しています。
／我正在研究資本主義和共產主義。

0647 □□□

ぎょうじ
【行事】

(名)（按慣例舉行的）儀式，活動
（或唸：ぎょうじ）

(類) 催し物（もよおしもの）
(例) 行事の準備をしているところへ、校長が見に来た。
／正當準備活動時，校長便前來觀看。

0648 □□□

きょうじゅ
【教授】

(名・他サ) 教授；講授，教

(補) 准教授 [參考：1224]；講師 [參考：0847]；助教 [參考：1277]；助手 [參考：1291]
(例) 教授とは、先週話したきりだ。／自從上週以來，就沒跟教授講過話了。

0649 □□□

きょうしゅく
【恐縮】

(名・自サ)（對對方的厚意感覺）惶恐（表感謝或客氣）;（給對方添麻煩表示）對不起，過意不去;（感覺）不好意思，羞愧，慚愧

(類) 恐れ入る
(例) 恐縮ですが、窓を開けてくださいませんか。
／不好意思，能否請您打開窗戶。

0650 □□□
きょうどう
【共同】
(名・自サ) 共同

(類) 合同（ごうどう）

(例) この仕事は、両国の共同のプロジェクトにほかならない。
／這項作業，不外是兩國的共同的計畫。

文法 にほかならない
[無非是…]
▶ 表示斷定的説事情發生的理由、原因，是對事物的原因、結果的肯定語氣。

0651 □□□

きょうふ
【恐怖】
(名・自サ) 恐怖，害怕

(類) 恐れる

(例) 先日、恐怖の体験をしました。／前幾天我經歴了恐怖的體驗。

0652 □□□
きょうふう
【強風】
(名) 強風

(例) 強風が吹く。／強風吹拂。

0653 □□□
きょうよう
【教養】
(名) 教育，教養，修養；（專業以外的）知識學問

(例) 彼は教養があって、いろいろなことを知っている。
／他很有學問，知道各式各樣的事情。

0654 □□□
きょうりょく
【強力】
(名・形動) 力量大，強力，強大

(類) 強力（ごうりき）

(例) そのとき、強力な味方が現れました。
／就在那時，強大的伙伴出現了！

0655 □□□
ぎょうれつ
【行列】
(名・自サ) 行列，隊伍，列隊；（數）矩陣

(類) 列

(例) この店のラーメンはとてもおいしいので、昼夜を問わず行列ができている。
／這家店的拉麵非常好吃，所以不分白天和晚上都有人排隊等候。

文法 をとわず [不分…]
▶ 表示沒有把前接的詞當作問題、跟前接的詞沒有關係。

0656
□□□
きょか
【許可】

(名・他サ) 許可，批准

類 許す

例 理由があるなら、外出を許可しないこともない。

／如果有理由的話，並不是說不能讓你外出。

0657
□□□
ぎょぎょう
【漁業】

(名) 漁業，水產業

例 その村は、漁業によって生活しています。

／那村莊以漁業維生。

0658
□□□
きょく
【局】

(名・接尾) 房間，屋子；(官署，報社) 局，室；特指郵局，廣播電臺；局面，局勢；(事物的) 結局

例 観光局に行って、地図をもらった。

／我去觀光局索取地圖。

0659
□□□
きょく
【曲】

(名・漢造) 曲調；歌曲；彎曲

例 今年のピアノの発表会では、ショパンの曲を弾く。

／將在今年的鋼琴成果展示會上彈奏蕭邦的曲子。

0660
□□□
きょくせん
【曲線】

(名) 曲線

例 グラフを見ると、なめらかな曲線になっている。

／從圖表來看，則是呈現流暢的曲線。

0661
□□□
きょだい
【巨大】

(形動) 巨大；雄偉

反 直線
類 カーブ

例 その新しいビルは、巨大な上にとても美しいです。

／那棟新大廈，既雄偉又美觀。

文法

うえに [不僅…，還…]

▶ 表示追加、補充同類的內容。在本來就有的某種情況之外，另外還有比前面更甚的情況。

0662 きらう 【嫌う】

☐☐☐

(他五) 嫌惡，厭惡；憎惡；區別

反 好く　類 好まない

例 彼を嫌ってはいるものの、口をきかないわけにはいかない。
／雖說我討厭他，但也不能完全不跟他說話。

文法

ものの [雖然…但…]

▶ 表前項成立，但後項不能順著前項所預期或可能發生的方向發展下去。

0663 きらきら

☐☐☐

(副・自サ) 閃耀

例 星がきらきら光る。
／星光閃耀。

0664 ぎらぎら

☐☐☐

(副・自サ) 閃耀（程度比きらきら還強）

例 太陽がぎらぎら照りつける。
／陽光照得刺眼。

0665 きらく 【気楽】

☐☐☐

(名・形動) 輕鬆，安閒，無所顧慮

類 安楽（あんらく）

例 気楽にスポーツを楽しんでいるところに、厳しいことを言わないでください。
／請不要在我輕鬆享受運動的時候，說些嚴肅的話。

0666 きり 【霧】

☐☐☐

(名) 霧，霧氣；噴霧

例 霧が出てきたせいで、船が欠航になった。
／由於起霧而導致船班行駛了。

0667 きりつ 【規律】

☐☐☐

(名) 規則，紀律，規章

類 決まり

例 言われたとおりに、規律を守ってください。
／請遵守紀律，依指示進行。

0668
□□□
きる
【切る】

接尾（接助詞運用形）表示達到極限；表示完結

類 しおえる

例 小麦粉を全部使い切ってしまいました。
　　／麵粉全都用光了。

0669
□□□
きる
【斬る】

他五 砍；切

例 人を斬る。
　　／砍人。

0670
□□□
きれ
【切れ】

名 衣料，布頭，碎布

例 余ったきれでハンカチを作る。
　　／用剩布做手帕。

0671
□□□
きれい
【綺麗・奇麗】

形 好看，美麗；乾淨；完全徹底；清白，純潔；正派，公正

類 美しい

例 若くてきれいなうちに、写真をたくさん撮りたいです。
　　／趁著還年輕貌美時，想多拍點照片。

0672
□□□
ぎろん
【議論】

名・他サ 爭論，討論，辯論

類 論じる

例 原子力発電所を存続するかどうか、議論を呼んでいる。
　　／核能發電廠的存廢與否，目前引發了輿論的爭議。

0673
□□□
きをつける
【気を付ける】

慣 當心，留意

例 忘れ物をしないように気を付ける。
　　／注意有無遺忘物品。

0674 □□□	**ぎん** 【銀】	(名) 銀，白銀；銀色

(類) 銀色
(例) 銀の食器を買おうと思います。
　　／我打算買銀製的餐具。

0675 □□□	**きんがく** 【金額】	(名) 金額

(類) 値段
(例) 忘れないように、金額を書いておく。
　　／為了不要忘記所以先記下金額。

0676 □□□	**きんぎょ** 【金魚】	(名) 金魚

(例) 水槽の中にたくさん金魚がいます。
　　／水槽裡有許多金魚。

0677 □□□	**きんこ** 【金庫】	(名) 保險櫃；(國家或公共團體的) 金融機關，國庫

(例) 大事なものは、金庫に入れておく。
　　／重要的東西要放到金庫。

0678 □□□	**きんせん** 【金銭】	(名) 錢財，錢款；金幣

(類) お金
(例) 金銭の問題でトラブルになった。
　　／因金錢問題而引起了麻煩。

0679 □□□	**きんぞく** 【金属】	(名) 金屬，五金

(反) 非金属
(例) これはプラスチックではなく、金属製です。
　　／這不是塑膠，它是用金屬製成的。

0680 □□□
きんだい
【近代】

㊇ 近代，現代（日本則意指明治維新之後）

㊣ 現代

㋕ 日本の近代には、夏目漱石をはじめ、いろいろな作家がいます。
　/日本近代，有夏目漱石及許多作家。

0681 □□□
きんにく
【筋肉】

㊇ 肌肉

㊣ 筋（すじ）

㋕ 筋肉を鍛えるとすれば、まず運動をしなければなりません。
　/如果要鍛鍊肌肉，首先就得多運動才行。

0682 □□□
きんゆう
【金融】

㊇・自サ 金融，通融資金

㊣ 経済

㋕ 金融機関の窓口で支払ってください。
　/請到金融機構的窗口付帳。

0683 □□□

くいき
【区域】

㊇ 區域

㊣ 地域（ちいき）

㋕ 困ったことに、この区域では携帯電話が使えない。
　/令人感到傷腦筋的是，這區域手機是無法使用的。

> **文法**
> ことに［令人感到…的是…］
> ▶ 接在表示感情的形容詞或動詞後面，表示説話者在敘述某事之前的心情。

0684 □□□
くう
【食う】

他五 （俗）吃，（蟲）咬

㊣ 食べる

㋕ これ、食ってみなよ。うまいから。
　/要不要吃吃看這個？很好吃喔。

0685 □□□
ぐうすう
【偶数】
(名) 偶數，雙數

例 台湾では、お祝い事のとき、いろいろなものの数を偶数にする。
／在台灣，每逢喜慶之事，都會將各種事物的數目湊成雙數。

0686 □□□
ぐうぜん
【偶然】
(名・形動・副) 偶然，偶而；(哲) 偶然性

反 必然（ひつぜん）
類 思いがけない
例 大きな事故にならなかったのは、偶然に過ぎない。
／之所以沒有釀成重大事故只不過是幸運罷了。

文法
にすぎない [只不過是…]
▶ 表示某事態程度有限。

0687 □□□
くうそう
【空想】
(名・他サ) 空想，幻想

類 想像
例 楽しいことを空想しているところに、話しかけられた。
／當我正在幻想有趣的事情時，有人跟我說話。

0688 □□□
くうちゅう
【空中】
(名) 空中，天空

類 なかぞら
例 サーカスで空中ブランコを見た。／我到馬戲團看空中飛人秀。

0689 □□□
くぎ
【釘】
(名) 釘子

例 くぎを打って、板を固定する。／我用釘子把木板固定起來。

0690 □□□
くぎる
【区切る】
(他四)（把文章）斷句，分段

類 仕切る（しきる）
例 単語を一つずつ区切って読みました。
／我將單字逐一分開來唸。

| 0691 □□□ | く\|さ\|り
【鎖】 | 名 鎖鏈，鎖條；連結，聯繫；(喻)段，段落 |

類 チェーン
例 犬を鎖でつないでおいた。／用狗鍊把狗綁起來了。

| 0692 □□□ | く\|しゃ\|み
【嚔】 | 名 噴嚏 |

例 静かにしていなければならないときに限って、くしゃみが止まらなくなる。
／偏偏在需要保持安靜時，噴嚏就會打個不停。

文法 にかぎって [偏偏…就…]
▶ 表示特殊限定的事物或範圍。

| 0693 □□□ | く\|じょ\|う
【苦情】 | 名 不平，抱怨 |

類 愚痴（ぐち）
例 カラオケパーティーを始めるか始めないかのうちに、近所から苦情を言われた。
／卡拉 OK 派對才剛開始，鄰居就跑來抱怨了。

文法 か～ないかのうちに [才…就…]
▶ 表示前動作才剛發生，第二個動作緊接著開始。

| 0694 □□□ | く\|し\|ん
【苦心】 | 名・自サ 苦心，費心 |

類 苦労
例 10 年にわたる苦心のすえ、新製品が完成した。
／長達 10 年嘔心瀝血的努力，終於完成了新產品。

文法 のすえ [終於]
▶ 表示 [經過一段時間，最後…] 之意，意味著 [某一期間的結束]。

| 0695 □□□ | く\|ず
【屑】 | 名 碎片；廢物，廢料 (人)；(挑選後剩下的) 爛貨 |

例 工場では、板の削りくずがたくさん出る。／工廠有很多鋸木的木屑。

| 0696 □□□ | く\|ず\|す
【崩す】 | 他五 拆毀，粉碎 |

類 砕く（くだく）
例 私も以前体調を崩しただけに、あなたの辛さはよくわかります。／正因為我之前也搞壞過身體，所以特別能了解你的痛苦。

文法 だけに [正因…，所以…才更…]
▶ 表示原因。正因為前項，理所當然有相對應的後項。

0697 □□□ ぐずつく 【愚図つく】
(自五) 陰天；動作遲緩拖延

例 天気が愚図つく。
／天氣總不放晴。

0698 □□□ くずれる 【崩れる】
(自下一) 崩潰；散去；潰敗，粉碎

類 崩壊（ほうかい）
例 雨が降り続けたので、山が崩れた。
／因持續下大雨而山崩了。

0699 □□□ くだ 【管】
(名) 細長的筒，管

類 筒（つつ）
例 管を通して水を送る。
／水透過管子輸送。

0700 □□□ ぐたい 【具体】
(名) 具體

反 抽象
類 具象（ぐしょう）
補 具体的 [形容動詞] 具體的
例 改革を叫びつつも、具体的な案は浮かばない。
／雖在那裡吶喊要改革，卻想不出具體的方案來。

文法 つつも [雖然…但也還是…]

▶ 表示逆接，用於連接兩個相反的事物，表示同一主體，在進行某一動作的同時，也進行另一個動作。

0701 □□□ くだく 【砕く】
(他五) 打碎，弄碎

類 思い悩む（おもいなやむ）
例 家事をきちんとやるとともに、子どもたちのことにも心を砕いている。／在確實做好家事的同時，也為孩子們的事情費心勞力。

0702 □□□ くだける 【砕ける】
(自下一) 破碎，粉碎

例 大きな岩が谷に落ちて砕けた。／巨大的岩石掉入山谷粉碎掉了。

0703
□□□

く|たびれる
【草臥れる】

(自下一) 疲勞，疲乏

(類) 疲れる

(例) 今日はお客さんが来て、掃除<u>やら</u>料理<u>やら</u>ですっかりくたびれた。 ／今天有人要來作客，<u>又是</u>打掃<u>又是</u>做菜的，累得要命。

文法

やら～やら[又是…又是…]

▶ 表示從一些同類事項中，列舉出兩項。多有心情不快的語感。

0704
□□□

く|だらない
【下らない】

(連語・形) 無價值，無聊，不下於…

(類) つまらない

(例) 貧しい国を旅して、自分はなんてくだらないことで悩んでいたんだろうと思った。

／到貧窮的國家旅行時，感受到自己為小事煩惱實在毫無意義。

0705
□□□

く|ち
【口】

(名・接尾) 口，嘴；用嘴說話；口味；人口，人數；出入或存取物品的地方；口，放進口中或動口的次數；股，份

(類) 味覚

(例) 酒は辛口より甘口がよい。

／甜味酒比辣味酒好。

0706
□□□

く|ちべに
【口紅】

(名) 口紅，唇膏

(類) ルージュ

(例) 口紅を塗っているところに子どもが飛びついてきて、はみ出してしまった。

／我在塗口紅時，小孩突然撲了上來，口紅就畫歪了。

0707
□□□

く|つう
【苦痛】

(名) 痛苦

(類) 苦しみ

(例) 会社の飲み会に出るのが正直苦痛だ。

／老實說，參加公司的喝酒聚會很痛苦。

0708 □□□

くっつく
【くっ付く】

(自五) 緊貼在一起，附著

例 ジャムの瓶の蓋がくっ付いてしまって、開かない。
／果醬的瓶蓋太緊了，打不開。

0709 □□□

くっつける
【くっ付ける】

(他下一) 把…粘上，把…貼上，使靠近

類 接合する（せつごうする）
例 部品を接着剤でしっかりくっ付けた。
／我用黏著劑將零件牢牢地黏上。

0710 □□□

くどい

(形) 冗長乏味的，（味道）過於膩的

類 しつこい
例 先生の話はくどいから、あまり聞きたくない。
／老師的話又臭又長，根本就不想聽。

0711 □□□

くとうてん
【句読点】

(名) 句號，逗點；標點符號

類 句点（くてん）
例 作文のときは、句読点をきちんとつけるように。
／寫作文時，要確實標上標點符號。

0712 □□□

くぶん
【区分】

(名・他サ) 區分，分類
（或唸：くぶん）

類 区分け
例 地域ごとに区分した地図がほしい。
／我想要一份以區域劃分的地圖。

0713 □□□

くべつ
【区別】

(名・他サ) 區別，分清

類 区分
例 夢と現実の区別がつかなくなった。
／我已分辨不出幻想與現實的區別了。

0714
□□□

く[ぼむ]
【窪む・凹む】

(自五) 凹下，塌陷

例 山<ruby>山<rt>やま</rt></ruby>に登<ruby>登<rt>のぼ</rt></ruby>ったら、日陰<ruby>日陰<rt>ひかげ</rt></ruby>のくぼんだところにまだ雪<ruby>雪<rt>ゆき</rt></ruby>が残<ruby>残<rt>のこ</rt></ruby>っていた。
／爬到山上以後，看到許多山坳處還有殘雪未融。

0715
□□□

く[み]
【組】

(名) 套，組，隊；班，班級；(黑道) 幫

(類) クラス

例 どちらの組<ruby>組<rt>くみ</rt></ruby>に入<ruby>入<rt>はい</rt></ruby>りますか。／你要編到哪一組？

0716
□□□

く[みあい]
【組合】

(名) (同業) 工會，合作社

例 会社<ruby>会社<rt>かいしゃ</rt></ruby>も会社<ruby>会社<rt>かいしゃ</rt></ruby>なら、組合<ruby>組合<rt>くみあい</rt></ruby>も組合<ruby>組合<rt>くみあい</rt></ruby>だ。
／公司是有不對，但工會也半斤八兩。

文法 も～なら～も [… 有…的問題，… 也有…的不對]
▶ 表示雙方都有缺點，帶有譴責的語氣。

0717
□□□

く[みあわせ]
【組み合わせ】

(名) 組合，配合，編配

(類) コンビネーション
例 試合<ruby>試合<rt>しあい</rt></ruby>の組<ruby>組<rt>く</rt></ruby>み合<ruby>合<rt>あ</rt></ruby>わせが決<ruby>決<rt>き</rt></ruby>まりしだい、連絡<ruby>連絡<rt>れんらく</rt></ruby>してください。
／賽程表一訂好，就請聯絡我。

文法
しだい [一…馬上]
▶ 表示某動作剛一做完，就立即採取下一步的行動。

0718
□□□

く[みたてる]
【組み立てる】

(他下一) 組織，組裝

例 先輩<ruby>先輩<rt>せんぱい</rt></ruby>の指導<ruby>指導<rt>しどう</rt></ruby>をぬきにして、機器<ruby>機器<rt>きき</rt></ruby>を組<ruby>組<rt>く</rt></ruby>み立<ruby>立<rt>た</rt></ruby>てることはできない。
／要是沒有前輩的指導，我就沒辦法組裝好機器。

文法
をぬきにして [要是沒有…就 (沒辦法)…]
▶ 表示沒有前項，後項就很難成立。

0719
□□□

く[む]
【汲む】

(他五) 打水，取水

例 ここは水道<ruby>水道<rt>すいどう</rt></ruby>がないので、毎日川<ruby>毎日川<rt>まいにちかわ</rt></ruby>の水<ruby>水<rt>みず</rt></ruby>を汲<ruby>汲<rt>く</rt></ruby>んでくるということだ。
／這裡沒有自來水，所以每天都從河川打水回來。

0720 □□□
くむ
【組む】
(自五) 聯合，組織起來

(類) 取り組む
(例) 今度のプロジェクトは、他の企業と組んで行います。
／這次的企畫，是和其他企業合作進行的。

0721 □□□
くもる
【曇る】
(自五) 天氣陰，朦朧

(反) 晴れる
(類) 陰る（かげる）
(例) 空がだんだん曇ってきた。／天色漸漸暗了下來。

0722 □□□
くやむ
【悔やむ】
(他五) 懊悔的，後悔的

(類) 後悔する
(例) 失敗を悔やむどころか、ますますやる気が出てきた。
／失敗了不僅不懊惱，反而更有幹勁了。

(文法) どころか [豈止…／連…]
▶ 表示從根本上推翻前項，並且在後項提出跟前項程度相差很遠。

0723 □□□
くらい
【位】
(名) (數) 位數；皇位，王位；官職，地位；(人或藝術作品的) 品味，風格

(類) 地位
(例) 100 の位を四捨五入してください。／請在百位的地方四捨五入。

0724 □□□
くらし
【暮らし】
(名) 度日，生活；生計，家境

(類) 生活
(例) 我々の暮らしは、よくなりつつある。
／我們家境在逐漸改善中。

(文法)
つつある [在逐漸…]
▶ 表示某一動作或作用正向著某一方向持續發展。

0725 □□□
クラブ
【club】
(名) 俱樂部，夜店；(學校) 課外活動，社團活動

(例) どのクラブに入りますか。／你要進哪一個社團？

0726 □□□
グラフ
【graph】

⊛ 圖表，圖解，座標圖；畫報

類 図表（ずひょう）

例 グラフを書く。
　／畫圖表。

0727 □□□
グラウンド
【ground】

造語 運動場，球場，廣場，操場

類 グランド

例 学校のグラウンドでサッカーをした。
　／我在學校的操場上踢足球。

0728 □□□
クリーニング
【cleaning】

名・他サ （洗衣店）洗滌

類 洗濯

例 クリーニングに出したとしても、あまりきれいにならないでしょう。
　／就算拿去洗衣店洗，也沒辦法洗乾淨吧！

0729 □□□
クリーム
【cream】

⊛ 鮮奶油，奶酪；膏狀化妝品；皮鞋油；冰淇淋

例 私が試したかぎりでは、そのクリームを塗ると顔がつるつるになります。
　／就我試過的感覺，擦那個面霜後，臉就會滑滑嫩嫩的。

文法
かぎりでわ[就…來說]
▶ 表示憑著自己的知識、經驗或所聽說之資訊等有限的範圍內做出判斷，或提出看法。

0730 □□□
くるう
【狂う】

自五 發狂，發瘋，失常，不準確，有毛病；落空，錯誤；過度著迷，沉迷

類 発狂（はっきょう）

例 失恋して気が狂った。／因失戀而發狂。

0731 □□□
くるしい
【苦しい】

形 艱苦；困難；難過；勉強

例 家計が苦しい。
　／生活艱苦。

0732 □□□
くるしむ
【苦しむ】
(自五) 感到痛苦，感到難受

例 彼は若い頃、病気で長い間苦しんだ。
／他年輕時因生病而長年受苦。

0733 □□□
くるしめる
【苦しめる】
(他下一) 使痛苦，欺負

例 そんなに私のことを苦しめないでください。
／請不要這樣折騰我。

0734 □□□
くるむ
【包む】
(他五) 包，裏

類 包む（つつむ）
例 赤ちゃんを清潔なタオルでくるんだ。
／我用乾淨的毛巾包住小嬰兒。

0735 □□□
くれぐれも
(副) 反覆，周到

類 どうか
例 風邪を引かないように、くれぐれも気をつけてください。
／請一定要注意身體，千萬不要感冒了。

0736 □□□
くろう
【苦労】
(名・形動・自サ) 辛苦，辛勞

類 労苦
例 苦労したといっても、大したことはないです。
／雖說辛苦，但也沒什麼大不了的。

0737 □□□
くわえる
【加える】
(他下一) 加，加上

類 足す、増す
例 だしに醤油と砂糖を加えます。
／在湯汁裡加上醬油跟砂糖。

讀書計劃：□□／□□／□□

0738
☐☐☐

く｜わえる
【銜える】

(他一) 叼，銜

例 楊枝をくわえる。
　／叼根牙籤。

0739
☐☐☐

く｜わわる
【加わる】

(自五) 加上，添上

(類) 増す

例 メンバーに加わったからは、一生懸命努力します。
　／既然加入了團隊，就會好好努力。

0740
☐☐☐

く｜ん
【訓】

(名)（日語漢字的）訓讀（音）

(反) 音
(類) 和訓（わくん）

例 これは、訓読みでは何と読みますか。
　／這單字用訓讀要怎麼唸？

0741
☐☐☐

ぐ｜ん
【軍】

(名) 軍隊；（軍隊編排單位）軍

(類) 兵士

例 彼は、軍の施設で働いている。
　／他在軍隊的機構中服務。

0742
☐☐☐

ぐ｜ん
【郡】

(名)（地方行政區之一）郡

例 東京都西多摩郡に住んでいます。
　／我住在東京都的西多摩郡。

0743
☐☐☐

ぐ｜んたい
【軍隊】

(名) 軍隊

例 軍隊にいたのは、たった１年にすぎない。
　／我在軍隊的時間，也不過一年罷了。

文法
にすぎない [也不過…]
▶ 表示某微不足道的事態。

0744
□□□
くんれん
【訓練】

(名・他サ) 訓練

(類) 修練
(例) 今訓練の最中で、とても忙しいです。
／因為現在是訓練中所以很忙碌。

け

0745
□□□
Track **25**
げ
【下】

(名) 下等；(書籍的)下卷

(反) 上
(類) 下等
(例) 女性を殴るなんて、下の下というものだ。
／竟然毆打女性，簡直比低級還更低級。

(文法) というものだ [真是…]
▶ 表示對事物做一種結論性的判斷。

0746
□□□
けい
【形・型】

(漢造) 型，模型；樣版，典型，模範；樣式；形成，形容

(類) 形状
(例) 飛行機の模型を作る。
／製作飛機的模型。

0747
□□□
けいき
【景気】

(名) (事物的)活動狀態 活潑 精力旺盛；(經濟的)景氣

(類) 景況
(例) 景気がよくなるにつれて、人々のやる気も出てきている。
／伴隨著景氣的回復，人們的幹勁也上來了。

0748
□□□
けいこ
【稽古】

(名・自他サ) (學問、武藝等的)練習，學習；(演劇、電影、廣播等的)排演，排練

(類) 練習
(例) 踊りは、若いうちに稽古するのが大事です。
／學舞蹈重要的是要趁年輕時打好基礎。

0749
□□□
けいこう
【傾向】

名（事物的）傾向，趨勢

類 成り行き（なりゆき）

例 若者は、厳しい仕事を避ける傾向がある。

／最近的年輕人，有避免從事辛苦工作的傾向。

0750
□□□
けいこく
【警告】

名・他サ 警告

類 忠告

例 ウイルスメールが来た際は、コンピューターの画面で警告され

ます。／收到病毒信件時，電腦的畫面上會出現警告。

0751
□□□
けいじ
【刑事】

名 刑事；刑事警察

例 刑事たちは、たいへんな苦労のすえに犯人

を捕まえた。

／刑警們，在極端辛苦之後，終於逮捕了犯人。

文法

のすえに［在…之後］

▶ 表示［經過一段時間，
最後…］之意，是動作、
行為等的結果，意味著
［某一期間的結束］。

0752
□□□
けいじ
【掲示】

名・他サ 牌示，佈告欄；公佈

例 そのことを掲示したとしても、誰も掲示を見ないだろう。

／就算公佈那件事，也沒有人會看佈告欄吧！

0753
□□□
けいしき
【形式】

名 形式，樣式；方式

反 実質（じっしつ） 類 パターン

例 上司が形式にこだわっているところに、新しい考えを提案した。

／在上司拘泥於形式時，我提出了新方案。

0754
□□□
けいぞく
【継続】

名・自他サ 繼續，繼承

類 続ける

例 継続すればこそ、上達できるのです。／就只有持續下去才會更進步。

0755
□□□
けいと
【毛糸】
名 毛線

例 毛糸でマフラーを編んだ。
／我用毛線織了圍巾。

0756
□□□
けいど
【経度】
名（地）經度

反 緯度
例 その土地の経度はどのぐらいですか。
／那塊土地的經度大約是多少？

0757
□□□
けいとう
【系統】
名 系統，體系

類 血統
例 この王様は、どの家の系統ですか。／這位國王是哪個家系的？

0758
□□□
げいのう
【芸能】
名（戲劇，電影，音樂，舞蹈等的總稱）演藝，文藝，文娛

例 芸能人になりたくてたまらない。／想當藝人想得不得了。

0759
□□□
けいば
【競馬】
名 賽馬

例 彼は競馬に熱中したばかりに、財産を全部失った。
／就因為他沉溺於賽馬，所以賠光了所有財產。

文法 ばかりに［就因為…，結果…］
▶ 表示就是因為某事的緣故，造成後項不良結果或發生不好的事情，說話者含有後悔或遺憾的心情。

0760
□□□
けいび
【警備】
名・他サ 警備，戒備

例 厳しい警備もかまわず、泥棒はビルに忍び込んだ。
／儘管森嚴的警備，小偷還是偷偷地潛進了大廈。

文法 もかまわず［儘管…，還是…］
▶ 表示不顧慮前項事物的現況，以後項為優先的意思。

0761
□□□

け|い|よ|う|し
【形容詞】

名 形容詞

例 形容詞を習っているところに、形容動詞が出てきたら、分からなくなった。

／在學形容詞時，突然冒出了形容動詞，就被搞混了。

0762
□□□

け|い|よ|う|ど|う|し
【形容動詞】

名 形容動詞

例 形容動詞について、教えてください。

／請教我形容動詞。

0763
□□□

ケ|ー|ス
【case】

名 盒，箱，袋；場合，情形，事例

類 かばん

例 バイオリンをケースに入れて運んだ。

／我把小提琴裝到琴箱裡面來搬運。

0764
□□□

げ|か
【外科】

名（醫）外科

反 内科

例 この病院には、内科をはじめ、外科や耳鼻科などがあります。

／這家醫院有內科以及外科、耳鼻喉科等醫療項目。

0765
□□□

け|が|わ
【毛皮】

名 毛皮

例 うちの妻は、毛皮がほしくてならないそうだ。

／我家太太，好像很想要那件皮草大衣。

0766
□□□

げ|き
【劇】

名・接尾 劇，戲劇；引人注意的事件

類 ドラマ

例 その劇は、市役所において行われます。

／那齣戲在市公所上演。

0767 □□□ げきぞう 【激増】

(名・自サ) 激增，劇增

(反) 激減（げきげん）

(例) 韓国ブームだけのことはあって、韓国語を勉強する人が激増した。
／不愧是吹起了哈韓風，學韓語的人暴增了許多。

(文法) だけのことはあって [不愧是…]

▶ 表示與其做的努力、所處的地位、所經歷的事情等名實相符，對其後項的結果、能力等給予高度的讚美。

0768 □□□ げしゃ 【下車】

(名・自サ) 下車

(類) 乗車

(例) 新宿で下車してみたものの、どこで食事をしたらいいかわからない。／我在新宿下了車，但卻不知道在哪裡用餐好。

(文法)

ものの [雖然…但…]

▶ 表前項成立，但後項不能順著前項所預期或可能發生的方向發展下去。

0769 □□□ げしゅく 【下宿】

(名・自サ) 租屋；住宿

(類) 貸間

(例) 東京で下宿を探した。／我在東京找了住宿的地方。

0770 □□□ げすい 【下水】

(名) 污水，髒水，下水；下水道的簡稱

(反) 上水（じょうすい）
(類) 汚水（おすい）

(例) 下水が詰まったので、掃除をした。／因為下水道積水，所以去清理。

0771 □□□ けずる 【削る】

(他五) 削，刨，刮；刪減，削去，削減

(類) 削ぐ（そぐ）

(例) 木の皮を削り取る。／刨去樹皮。

0772 □□□ げた 【下駄】

(名) 木屐

(例) げたをはいて、外出した。／穿木屐出門去。

讀書計劃：□□／□□／□□

0773 ☐☐☐

けつあつ
【血圧】

(名) 血壓

例 血圧が高い上に、心臓も悪いと医者に言われました。
／醫生說我<u>不但</u>血壓高，<u>就連</u>心臟都不好。

文法
うえに [不僅…，還…]
▶ 表示追加、補充同類的內容。在本來就有的某種情況之外，另外還有比前面更甚的情況。

0774 ☐☐☐

けっかん
【欠陥】

(名) 缺陷，致命的缺點

(類) 欠点
例 この商品は、使いにくいというより、ほとんど欠陥品です。
／這個商品，與其說是難用，倒不如說是個瑕疵品。

0775 ☐☐☐

げっきゅう
【月給】

(名) 月薪，工資

(類) 給料
例 高そうなかばんじゃないか。月給が高いだけのことはあるね。
／這包包看起來很貴呢！<u>不愧是</u>領高月薪的！

文法
だけのことはある [不愧是…]

0776 ☐☐☐

けっきょく
【結局】

(名・副) 結果，結局；最後，最終，終究

(類) 終局（しゅうきょく）
例 結局、最後はどうなったんですか。
／結果，事情最後究竟演變成怎樣了？

0777 ☐☐☐

けっさく
【傑作】

(名) 傑作

(類) 大作
例 これは、ピカソの晩年の傑作です。
／這是畢卡索晚年的傑作。

0778 □□□
けっしん
【決心】
（名・自他サ）決心，決意

（類）決意

（例）絶対タバコは吸うまいと、決心した。
/我下定決心<u>不再</u>抽煙。

文法

まい [不…]
► 表示説話者不做某事的意志或決心。

0779 □□□
けつだん
【決断】
（名・自他サ）果斷明確地做出決定，決斷

（類）判断

（例）彼は決断を迫られた。
/他被迫做出決定。

0780 □□□
けってい
【決定】
（名・自他サ）決定，確定

（類）決まる

（例）いろいろ考えたあげく、留学することに決定しました。
/再三考慮後，<u>最後</u>決定出國留學。

文法

あげく [最後]
► 表示事物最終的結果，大都因前句造成精神上的負擔或麻煩，多用在消極的場合。
► <u>抜</u>ぬく [做到最後]

0781 □□□
けってん
【欠点】
（名）缺點，欠缺，毛病

（反）美点（びてん）
（類）弱点

（例）彼は、欠点はあるにせよ、人柄はとてもいい。
/<u>就算</u>他有缺點，<u>但</u>人品是很好的。

文法

にせよ [就算…，但…]
► 表示退一步承認前項，並在後項中提出跟前面相反或相矛盾的意見。

0782 □□□
(26)
けつろん
【結論】
（名・自サ）結論

（類）断定

（例）話し合って結論を出した上で、みんなに説明します。
/等結論出來<u>後</u>，<u>再</u>跟大家說明。

文法

うえで [之後…再…]
► 表示兩動作間時間上的先後關係。先進行前一動作，後面再根據前面的結果，採取下一個動作。

0783 □□□	けはい【気配】	名 跡象，苗頭，氣息

類 様子
例 好転の気配がみえる。
こうてん　けはい
　　／有好轉的跡象。

0784 □□□	げひん【下品】	形動 卑鄙，下流，低俗，低級

反 上品
類 卑俗（ひぞく）
例 そんな下品な言葉を使ってはいけません。
　　げ　ひん　ことば　　つか
　　／不准使用那種下流的話。

0785 □□□	けむい【煙い】	形 煙撲到臉上使人無法呼吸，嗆人

例 部屋が煙い。 ／房間瀰漫著煙很嗆人。
へ　や　けむ

0786 □□□	けわしい【険しい】	形 陡峭，險峻；險惡，危險；(表情等)嚴肅，可怕，粗暴

反 なだらか　類 険峻
例 岩だらけの険しい山道を登った。
いわ　　　　　　けわ　　やまみち　のぼ
　　／我攀登了到處都是岩石的陡峭山路。

0787 □□□	けん【券】	名 票，証，券

類 チケット
例 映画の券を買っておきながら、まだ行く暇がない。
えい　が　けん　か　　　　　　　　　　い　ひま
　　／雖然事先買了電影票，但還是沒有時間去。

文法 ながら [儘管…]
▶ 連接兩矛盾事物，與所預想的不同。
▶ 近 ながらも [雖然…，但是…]

0788 □□□	けん【権】	名・漢造 權力；權限

類 権力
例 私は、まだ選挙権がありません。 ／我還沒有投票權。
わたし　　　　せんきょけん

0789
□□□
げん
【現】
〔名・漢造〕現，現在的

㉑ 現在の

例 現市長も現市長なら、前市長も前市長だ。
／不管是現任市長，還是前任市長，都太不像樣了。

文法
も～なら～も［…有…的問題，…也有…的不對］
▶ 表示雙方都有缺點，帶有譴責的語氣。

0790
□□□
けんかい
【見解】
〔名〕見解，意見

㉑ 考え

例 専門家の見解に基づいて、会議を進めた。
／依專家給的意見來進行會議。

0791
□□□
げんかい
【限界】
〔名〕界限，限度，極限

㉑ 限り

例 練習しても記録が伸びず、年齢的限界を感じるようになってきた。
／就算練習也沒法打破紀錄，這才感覺到年齡的極限。

0792
□□□
けんがく
【見学】
〔名・他サ〕參觀

例 ６年生は出版社を見学に行った。／六年級的學生去參觀出版社。

0793
□□□
けんきょ
【謙虚】
〔形動〕謙虚

㉑ 謙遜（けんそん）

例 いつも謙虚な気持ちでいることが大切です。
／隨時保持謙虛的態度是很重要的。

0794
□□□
げんきん
【現金】
〔名〕（手頭的）現款，現金；（經濟的）現款，現金

㉑ キャッシュ

例 今もっている現金は、これきりです。／現在手邊的現金，就只剩這些了。

| 0795 □□□ | げんご【言語】 | 名 言語 |

類 言葉
例 インドの言語状況について研究している。
／我正在針對印度的語言生態進行研究。

| 0796 □□□ | げんこう【原稿】 | 名 原稿 |

例 原稿ができしだい送ります。
／原稿一完成就寄給您。

文法
しだい [一…就…]
▶ 表示某動作剛一做完，就立即採取下一步的行動。

| 0797 □□□ | げんざい【現在】 | 名 現在，目前，此時 |

類 今
例 現在は、保険会社で働いています。
／我現在在保險公司上班。

| 0798 □□□ | げんさん【原産】 | 名 原產 |

例 この果物は、どこの原産ですか。
／這水果的原產地在哪裡？

| 0799 □□□ | げんし【原始】 | 名 原始；自然 |

例 これは、原始時代の石器です。
／這是原始時代的石器。

| 0800 □□□ | げんじつ【現実】 | 名 現實，實際 |

反 理想 類 実際
例 現実を見るにつけて、人生の厳しさを感じる。
／每當看到現實的一面，就會感受到人生嚴酷。

文法
につけて[每當…就會…]
▶ 表示前項事態總會帶出後項結論。

0801 □□□
けんしゅう【研修】
(名・他サ) 進修，培訓

類 就業

例 入社1年目の人は全員この研修に出ねばならない。
／第一年進入公司工作的全體員工都<u>必須</u>參加這項研習才行。

文法

ねばならない［必須…］
▶ 表示有責任或義務應該要做某件事情。

0802 □□□
げんじゅう【厳重】
(形動) 嚴重的，嚴格的，嚴厲的

類 厳しい

例 会議は、厳重な警戒<u>のもとで</u>行われた。
／會議<u>在</u>森嚴的戒備<u>之下</u>進行。

文法

のもとで［在…之下］
▶ 表示在受到某影響的範圍內，而有後項的情況。

0803 □□□
げんしょう【現象】
(名) 現象

類 出来事

例 なぜこのような現象が起きるのか、不思議でならない。
／為什麼會發生這種現象，實在是不可思議。

0804 □□□
げんじょう【現状】
(名) 現狀

類 現実

例 現状<u>から見れば</u>、わが社にはまだまだ問題が多い。
／<u>從</u>現狀<u>來看</u>，我們公司還存有很多問題。

文法

からみれば［從…來看］
▶ 表示判斷的角度，也就是［從某一立場來判斷的話］之意。

0805 □□□
けんせつ【建設】
(名・他サ) 建設

類 建造

例 ビルの建設が進むにつれて、その形が明らかになってきた。
／隨著大廈建設的進行，它的雛形就慢慢出來了。

0806 ☐☐☐
けんそん
【謙遜】
名・形動・自サ 謙遜，謙虛

反 不遜（ふそん）
類 謙讓

文法 どころか［豈止…
連…]
▶ 表示從根本上推翻前項，並且在後項提出跟前項程度相差很遠。

例 優秀なのに、いばるどころか謙遜ばかりしている。
／他人很優秀，但不僅不自大，反而都很謙虛。

0807 ☐☐☐
けんちく
【建築】
名・他サ 建築，建造

類 建造
例 ヨーロッパの建築について、研究しています。
／我在研究有關歐洲的建築物。

0808 ☐☐☐
げんど
【限度】
名 限度，界限

類 限界
例 我慢するといっても、限度があります。
／雖說要忍耐，但也是有限度的。

0809 ☐☐☐
けんとう
【見当】
名 推想，推測；大體上的方位，方向；（接尾）表示大致數量，大約，左右

類 見通し（みとおし）
例 わたしには見当もつかない。
／我實在是摸不著頭緒。

0810 ☐☐☐
けんとう
【検討】
名・他サ 研討，探討；審核

類 吟味（ぎんみ）
例 どのプロジェクトを始めるにせよ、よく検討しなければならない。
／不管你要從哪個計畫下手，都得好好審核才行。

文法
にせよ［不管…，都得…]
▶ 表示退一步承認前項，並在後項中提出跟前面相反或相矛盾的意見。

| 0811 □□□ | げんに【現に】 | 副 做為不可忽略的事實，實際上，親眼 |

類 実際に
例 この方法なら誰でも痩せられます。現に私は半年で18キロ痩せました。
／只要用這種方法，誰都可以瘦下來，事實上我在半年內已經瘦下十八公斤了。

| 0812 □□□ | げんば【現場】 | 名（事故等的）現場；（工程等的）現場，工地 |

例 現場のようすから見ると、作業は順調のようです。
／從工地的情況來看，施工進行得很順利。

文法
からみると[從…來看]
▶ 表示判斷的角度，也就是[從某一立場來判斷的話]之意。

| 0813 □□□ | けんびきょう【顕微鏡】 | 名 顯微鏡 |

例 顕微鏡で細菌を検査した。／我用顯微鏡觀察了細菌。

| 0814 □□□ | けんぽう【憲法】 | 名 憲法 |

類 法律
例 両国の憲法を比較してみた。／我試著比較了兩國間憲法的差異。

| 0815 □□□ | けんめい【懸命】 | 形動 拼命，奮不顧身，竭盡全力 |

類 精一杯（せいいっぱい）
例 地震の発生現場では、懸命な救出作業が続いている。
／在震災的現場竭盡全力持續救援作業。

| 0816 □□□ | けんり【権利】 | 名 權利 |

反 義務　類 権
例 勉強することは、義務というより権利だと私は思います。
／唸書這件事，與其說是義務，我認為它更是一種權利。

0817 □□□	げんり【原理】	名 原理；原則

類 基本法則

例 勉強（べんきょう）するにつれて、化学（かがく）の原理（げんり）がわかってきた。
　/隨著不斷地學習，便越來越能了解化學的原理了。

0818 □□□	げんりょう【原料】	名 原料

類 材料

例 原料（げんりょう）は、アメリカから輸入（ゆにゅう）しています。
　/原料是從美國進口的。

0819 □□□ 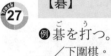	ご【碁】	名 圍棋

例 碁（ご）を打（う）つ。
　/下圍棋。

0820 □□□	こい【恋】	名・自他サ 戀，戀愛；眷戀

類 恋愛

例 二人（ふたり）は、出会（であ）ったとたんに恋（こい）に落（お）ちた。
　/兩人相遇便墜入了愛河。

0821 □□□	こいしい【恋しい】	形 思慕的，眷戀的，懷戀的

類 懐かしい

例 故郷（こきょう）が恋（こい）しくてしようがない。
　/想念家鄉想念得不得了。

0822 □□□	こう【校】	名 學校；校對

例 少子化（しょうしか）のため、男子校（だんしこう）や女子校（じょしこう）が次々（つぎつぎ）と共学（きょうがく）になっている。
　/由於少子化的影響，男校和女校逐漸改制為男女同校。

0823
□□□
こう
【請う】
(他五) 請求，希望

例 許しを請う。／請求原諒。

0824
□□□
こういん
【工員】
(名) 工廠的工人，（產業）工人

類 労働者
例 社長も社長なら、工員も工員だ。
／社長有社長的不是，員工也有員工的不對。

文法 も～なら～も[…有…的問題，…也有…的不對]
▶ 表示雙方都有缺點，帶有譴責的語氣。

0825
□□□
ごういん
【強引】
(形動) 強行，強制，強勢

類 無理矢理（むりやり）
例 彼にしては、ずいぶん強引なやりかたでした。
／就他來講，已經算是很強勢的作法了。

0826
□□□
こううん
【幸運】
(名・形動) 幸運，僥倖

反 不運（ふうん） 類 幸せ、ラッキー
例 この事故で助かるとは、幸運というものだ。
／能在這場事故裡得救，算是幸運的了。

文法 というものだ[真是…]
▶ 表示對事物做一種結論性的判斷。

0827
□□□
こうえん
【講演】
(名・自サ) 演說，講演

類 演説
例 誰に講演を頼むか、私には決めかねる。
／我無法作主要拜託誰來演講。

文法 かねる[無法]
▶ 表示由於心理上的排斥感等主觀原因，或是道義上的責任等客觀原因，而難以做到某事。

0828
□□□
こうか
【高価】
(名・形動) 高價錢

反 安価（あんか）
例 宝石は、高価であればあるほど、買いたくなる。
／寶石越昂貴，就越想買。

0829 □□□	こうか【硬貨】	名 硬幣，金屬貨幣

類 コイン
例 財布の中に硬貨がたくさん入っている。
／我的錢包裝了許多硬幣。

0830 □□□	こうか【校歌】	名 校歌

例 校歌を歌う。
／唱校歌。

0831 □□□	ごうか【豪華】	形動 奢華的，豪華的

類 贅沢（ぜいたく）
例 おばさんたちのことだから、豪華な食事をしているでしょう。
／因為是阿姨她們，所以我想一定是在吃豪華料理吧！

文法
ことだから[因為是…，所以…]
▶ 主要接表示人物的詞後面，根據説話熟知的人物的性格、行為習慣等，做出自己判斷的依據。

0832 □□□	こうがい【公害】	名（污水、噪音等造成的）公害

例 病人が増えたことから、公害のひどさがわかる。
／從病人增加這一現象來看，可見公害的嚴重程度。

文法
ことから[從…來看]
▶ 表示因果關係，根據情況，來判斷出原因、結果或結論。

0833 □□□	こうかてき【効果的】	形動 有效的

例 外国語の学習は、たまに長時間やるよりも、少しでも毎日やる方が効果的だ。
／學習外語有時候比起長時間的研習，每天少量學習的效果比較顯著。

あ
か
さ
た
な
は
ま
や
ら
わ
練習

0834
□□□
こうきあつ
【高気圧】
名 高氣壓

例 南の海上に高気圧が発生した。
／南方海面上形成高氣壓。

0835
□□□
こうきしん
【好奇心】
名 好奇心

例 好奇心が強い。
／好奇心很強。

0836
□□□
こうきゅう
【高級】
名・形動（級別）高，高級；（等級程度）高

類 上等
例 お金がないときに限って、彼女が高級レストランに行きたがる。
／偏偏就在沒錢的時候，女友就想去高級餐廳。

文法
にかぎって［偏偏…就…］
▶ 表示特殊限定的事物或範圍，說明唯獨某事物特別不一樣。

0837
□□□
こうきょう
【公共】
名 公共

例 公共の設備を大切にしましょう。
／一起來愛惜我們的公共設施吧！

0838
□□□
こうくう
【航空】
名 航空；「航空公司」的簡稱

例 航空会社に勤めたい。
／我想到航空公司上班。

0839
□□□
こうけい
【光景】
名 景象，情況，場面，樣子

類 眺め（ながめ）
例 思っていたとおりに美しい光景だった。
／和我預期的一樣，景象很優美。

0840
☐☐☐
こ|うげい
【工芸】

(名) 工藝

例 工芸品はもとより、特産の食品も買うことができる。
／工藝品自不在話下，就連特產的食品也買的到。

0841
☐☐☐
ご|うけい
【合計】

(名・他サ) 共計，合計，總計

類 総計

例 消費税をぬきにして、合計 2000 円です。
／扣除消費稅，一共是 2000 日圓。

文法
をぬきにして [扣除]
▶ 表示去掉某一事項，
做後面的動作。

0842
☐☐☐
こ|うげき
【攻撃】

(名・他サ) 攻擊，進攻；抨擊，指責，責難；(棒球) 擊球

類 攻める（せめる）

例 政府は、野党の攻撃に遭った。
／政府受到在野黨的抨擊。

0843
☐☐☐
こ|うけん
【貢献】

(名・自サ) 貢獻

類 役立つ

例 ちょっと手伝ったにすぎなくて、大した貢献ではありません。
／這只能算是幫點小忙而已，並不是什麼大不了的貢獻。

0844
☐☐☐
こ|うこう
【孝行】

(名・自サ・形動) 孝敬，孝順

類 親孝行（おやこうこう）

例 親孝行のために、田舎に帰ります。
／為了盡孝道，我決定回鄉下。

0845
☐☐☐
こ|うさ
【交差】

(名・自他サ) 交叉

反 平行（へいこう）
類 交わる（まじわる）

例 道が交差しているところまで歩いた。 ／我走到交叉路口。

0846 □□□
こうさい
【交際】
(名・自サ) 交際，交往，應酬

類 付き合い

例 たまたま帰りに同じ電車に乗ったのをきっかけに、交際を始めた。／在剛好搭同一班電車回家的機緣之下，兩人開始交往了。

文法 をきっかけに [以…為契機]
▶ 表示某事產生的原因、機會、動機等。

0847 □□□
こうし
【講師】
(名) (高等院校的) 講師；演講者

例 講師も講師なら、学生も学生で、みんなやる気がない。／不管是講師，還是學生，都實在太不像話了，大家都沒有幹勁。

文法 も～なら～も […有…的問題，…也有…的不對]
▶ 表示雙方都有缺點，帶有譴責的語氣。

0848 □□□
こうしき
【公式】
(名・形動) 正式；(數) 公式

反 非公式

例 数学の公式を覚えなければならない。／數學的公式不背不行。

0849 □□□
こうじつ
【口実】
(名) 藉口，口實

類 言い訳

例 仕事を口実に、飲み会を断った。／我拿工作當藉口 拒絕了喝酒的邀約。

0850 □□□
こうしゃ
【後者】
(名) 後來的人；(兩者中的) 後者

反 前者（ぜんしゃ）

例 私なら、二つのうち後者を選びます。
／如果是我，我會選兩者中的後者。

0851 □□□
こうしゃ
【校舎】
(名) 校舍

例 この学校は、校舎を拡張しつつあります。
／這間學校，正在擴建校區。

文法 つつある [在逐漸…]
▶ 表示某一動作或作用正向著某一方向持續發展。

0852 □□□
こうしゅう
【公衆】
(名) 公眾，公共，一般人

(類) 大衆（たいしゅう）
(例) 公衆トイレはどこですか。
　／請問公廁在哪裡？

0853 □□□
こうすい
【香水】
(名) 香水

(例) パリというと、香水の匂いを思い出す。
　／說到巴黎，就會想到香水的香味。

文法
というと [說到…]
▶ 表示承接話題的聯想，從某個話題引起自己的聯想，或對這個話題進行說明或聯想。

0854 □□□
こうせい
【公正】
(名・形動) 公正，公允，不偏

(類) 公平
(例) 相手にも罰を与えたのは、公正というものだ。
　／也給對方懲罰，這才叫公正。

文法
というものだ [這才叫…]
▶ 表示對事物做出看法或批判，是一種斷定説法。

0855 □□□
こうせい
【構成】
(名・他サ) 構成，組成，結構

(類) 仕組み（しくみ）
(例) 物語の構成を考えてから小説を書く。
　／先想好故事的架構之後，再寫小說。

0856 □□□
こうせき
【功績】
(名) 功績

(類) 手柄（てがら）
(例) 彼の功績には、すばらしいものがある。
　／他所立下的功績，有值得讚賞的地方。

文法
ものがある [有…的地方（價值）]
▶ 表示肯定某人或事物的優點。由於説話者看到了某些特徵，而發自內心的肯定，是種強烈斷定。

0857
□□□
こうせん
【光線】

名 光線

類 光（ひかり）

例 皮膚に光線を当てて治療する方法がある。
　／有種療法是用光線來照射皮膚。

0858
□□□
こうそう
【高層】

名 高空，高氣層；高層

例 高層ビルに上って、街を眺めた。／我爬上高層大廈眺望街道。

0859
□□□
28
こうぞう
【構造】

名 構造，結構

類 仕組み

例 専門家の立場からいうと、この家の構造はよくない。
　／從專家角度來看，這房子的結構不太好。

0860
□□□
こうそく
【高速】

名 高速

反 低速（ていそく）
類 高速度（こうそくど）
例 高速道路の建設をめぐって、議論が行われて
います。
　／圍繞著高速公路的建設一案，正進行討論。

文法
をめぐって［圍繞著…］
▶ 表示後項的行為動作，
是針對前項的某一事情、
問題進行的。

0861
□□□
こうたい
【交替】

名・自サ 換班，輪流，替換，輪換

類 交番
例 担当者が交替したばかりなものだから、まだ慣れていないんです。
　／負責人才交接不久，所以還不大習慣。

0862
□□□
こうち
【耕地】

名 耕地

例 東京にだって耕地がないわけではない。
　／就算在東京也不是沒有耕地。

讀書計劃：
□□／
□□／
□□

0863 □□□
こうつうきかん
【交通機関】
（名）交通機關，交通設施

例 電車やバスをはじめ、すべての交通機関が止まってしまった。
／電車和公車以及所有的交通工具，全都停了下來。

0864 □□□
こうてい
【肯定】
（名・他サ）肯定，承認

反 否定（ひてい）　類 認める（みとめる）

例 上司の言うことを全部肯定すればいいというも
のではない。／贊同上司所說的一切，並不是就是對的。

文法 **というものではない**
　[並不是…]
▶ 表示對某想法或主張，
不完全贊成。

0865 □□□
こうてい
【校庭】
（名）學校的庭園，操場

類 グランド

例 珍しいことに、校庭で誰も遊んでいない。
／令人覺得稀奇的是，沒有一個人在操場上。

文法 **ことに**[令人感到
…的是…]
▶ 接在表示感情的形容詞
或動詞後面，表示說話者
在敘述某事之前的心情。

0866 □□□
こうど
【高度】
（名・形動）（地）高度，海拔；（地平線到天體的）仰
角；（事物的水平）高度，高級

例 この植物は、高度 1000 メートルのあたりにわたって分布して
います。／這一類的植物，分布區域廣達約 1000 公尺高。

0867 □□□
こうとう
【高等】
（名・形動）高等，上等，高級

類 高級

例 高等学校への進学をめぐって、両親と話し合っ
ている。／我跟父母討論關於高中升學的事情。

文法
をめぐって[關於…的
事情]

0868 □□□
こうどう
【行動】
（名・自サ）行動，行為

類 行い（おこない）

例 いつもの行動からして、父は今頃飲み屋にい
るでしょう。／就以往的行動模式來看，爸爸現在應
該是在小酒店吧！

文法 **からして**[從…來
看…]
▶ 表示判斷的依據。後面
多是消極、不利的評價。

0869 □□□
ごうとう
【強盗】
(名) 強盗；行搶

(類) 泥棒（どろぼう）
(例) 昨日、強盗に入られました。
　　／昨天被強盜闖進來行搶了。

0870 □□□
ごうどう
【合同】
(名・自他サ) 合併，聯合；（數）全等

(類) 合併（がっぺい）
(例) 二つの学校が合同で運動会をする。
　　／這兩所學校要聯合舉辦運動會。

0871 □□□
こうば
【工場】
(名) 工廠，作坊

(類) 工場（こうじょう）
(例) 3年間にわたって、町の工場で働いた。
　　／長達三年的時間，都在鎮上的工廠工作。

0872 □□□
こうひょう
【公表】
(名・他サ) 公布，發表，宣布

(類) 発表
(例) この事実は、決して公表するまい。
　　／這個真相，絕對不可對外公開。

文法
まい [不…]
▶ 表示說話者不做某事的意志或決心。

0873 □□□
こうぶつ
【鉱物】
(名) 礦物

(反) 生物
(例) 鉱物の成分を調べました。／我調查了這礦物的成分。

0874 □□□
こうへい
【公平】
(名・形動) 公平，公道

(反) 偏頗（へんぱ）　(類) 公正
(例) 法のもとに、公平な裁判を受ける。
　　／法律之前，人人接受平等的審判。

文法
のもとで [在…之下]
▶ 表示在受到某影響的範圍內，而有後項的情況。

讀書計劃：
□□／
□□

0875
□□□
こうほ
【候補】
名 候補，候補人；候選，候選人

例 相手候補は有力だが、私が勝てないわけでもない。
／對方的候補雖然強，但我也能贏得了他。

0876
□□□
こうむ
【公務】
名 公務，國家及行政機關的事務

例 これは公務なので、休むことはできない。
／因為這是公務，所以沒辦法請假。

0877
□□□
こうもく
【項目】
名 文章項目，財物項目；（字典的）詞條，條目

例 どの項目について言っているのですか。
／你說的是哪一個項目啊？

0878
□□□
こうよう
【紅葉】
名・自サ 紅葉；變成紅葉

類 もみじ
例 今ごろ東北は、紅葉が美しいにきまっている。
／現在東北一帶的楓葉，一定很漂亮。

0879
□□□
ごうり
【合理】
名 合理

補 合理的 [形容動詞] 合理的
例 先生の考え方は、合理的というより冷酷です。
／老師的想法，與其說是合理，倒不如說是冷酷無情。

0880
□□□
こうりゅう
【交流】
名・自サ 交流，往來；交流電

反 直流（ちょくりゅう）
例 国際交流が盛んなだけあって、この大学には
外国人が多い。
／這所大學有很多外國人，不愧是國際交流興盛的學校。

文法
だけあって [不愧是…]
▶ 表示名實相符，一般用在積極讚美的時候。

0881 □□□
ごうりゅう
【合流】
名・自サ（河流）匯合，合流；聯合，合併

例 今忙しいので、7時ごろに飲み会に合流します。
／現在很忙，所以七點左右，我會到飲酒餐會跟你們會合。

0882 □□□
こうりょ
【考慮】
名・他サ 考慮

類 考える
例 福祉という点からいうと、国民の生活をもっと考慮すべきだ。
／從福利的角度來看的話，就必須再多加考慮到國民的生活。

0883 □□□
こうりょく
【効力】
名 效力，效果，效應

類 効き目（ききめ）
例 この薬は、風邪のみならず、肩こりにも効力
がある。
／這劑藥不僅對感冒很有效，對肩膀酸痛也有用。

文法
のみならず [不僅…，
也…]
▶ 表示添加，用在不僅
限於前接詞的範圍，還
有後項進一層的情況。

0884 □□□
こえる
【肥える】
自下一 肥，胖；土地肥沃；豐富；（識別力）提高，
（鑑賞力）強

反 痩せる
類 豊か
例 このあたりの土地はとても肥えている。
／這附近的土地非常的肥沃。

0885 □□□
コーチ
【coach】
名・他サ 教練，技術指導；教練員

類 監督
例 チームが負けたのは、コーチのせいだ。
／球隊之所以會輸掉，都是教練的錯。

0886
□□□

コード
【cord】

(名)（電）軟線

(類) 電線（でんせん）

(例) テレビとビデオをコードでつないだ。
　　／我用電線把電視和錄放影機連接上了。

0887
□□□

コーラス
【chorus】

(名) 合唱；合唱團；合唱曲

(類) 合唱

(例) 彼女たちのコーラスは、すばらしいに相違（そうい）ない。
　　／她們的合唱，一定很棒。

文法	にそういない [一定 是…]
	▶ 表示説話者根據經驗或直覺，做出非常肯定的判斷。

0888
□□□

ゴール
【goal】

(名)（體）決勝點，終點；球門；跑進決勝點，射進球門；奮鬥的目標

(類) 決勝点（けっしょうてん）

(例) ゴールまであと 100 メートルです。／離終點還差 100 公尺。

0889
□□□

こがす
【焦がす】

(他五) 弄糊，烤焦，燒焦；（心情）焦急，焦慮；用香薫

(例) 料理（りょうり）を焦（こ）がしたものだから、部屋（へや）の中（なか）がにおいます。
　　／因為菜燒焦了，所以房間裡會有焦味。

0890
□□□

こきゅう
【呼吸】

(名・自他サ) 呼吸，吐納；（合作時）步調，拍子，節奏；竅門，訣竅

(類) 息（いき）

(例) 緊張（きんちょう）すればするほど、呼吸（こきゅう）が速（はや）くなった。
　　／越是緊張，呼吸就越急促。

0891
□□□

こぐ
【漕ぐ】

(他五) 划船，搖櫓，蕩槳；蹬（自行車），打（鞦韆）

(類) 漕艇（そうてい）

(例) 岸（きし）にそって船（ふね）を漕（こ）いだ。
　　／沿著岸邊划船。

文法	
にそって [沿著…]	
▶ 接在河川或道路等長長延續的東西，或操作流程等名詞後，表示沿著河流、街道。	

0892 □□□
ごく
【極】
副 非常，最，極，至，頂

類 極上（ごくじょう）
例 この秘密は、ごくわずかな人しか知りません。
／這機密只有極少部分的人知道。

0893 □□□
こくおう
【国王】
名 國王，國君

類 君主
例 国王が亡くなられたとは、信じかねる話だ。
／國王去世了，真叫人無法置信。

文法 かねる［無法］
▶ 表示由於心理上的排斥感等主觀原因，而難以做到某事。

0894 □□□
こくふく
【克服】
名・他サ 克服

類 乗り越える
例 病気を克服すれば、まだ働けないこともない。
／只要征服病魔，也不是說不能繼續工作。

0895 □□□
こくみん
【国民】
名 國民

Track **29**

類 人民
例 物価の上昇につれて、国民の生活は苦しくなりました。
／隨著物價的上揚，國民的生活越來越困苦。

0896 □□□
こくもつ
【穀物】
名 五穀，糧食

類 穀類（こくるい）
例 この土地では、穀物は育つまい。
／這樣的土地穀類是無法生長的。

文法
まい［大概不會（無法）…]
▶ 表示說話者的推測、想像。

0897 □□□
こくりつ
【国立】
名 國立

例 中学と高校は私立ですが、大学は国立を出ています。
／國中和高中雖然都是讀私立的，但我大學是畢業於國立的。

0898
□□□
ごくろうさま
【ご苦労様】
（名・形動）（表示感謝慰問）辛苦，受累，勞駕

類 ご苦労

例 厳しく仕事をさせる一方、「ご苦労様。」と言うことも忘れない。
／嚴屬地要下屬做事的同時，也不忘說聲：「辛苦了」。

文法
いっぽう[…的同時]
▶ 前句說明在做某件事的同時，後句為補充做另一件事。

0899
□□□
こげる
【焦げる】
（自下一）烤焦，燒焦，焦，糊；曬褪色

例 変な匂いがしますが、何か焦げていませんか。
／這裡有怪味，是不是什麼東西燒焦了？

0900
□□□
こごえる
【凍える】
（自下一）凍僵

類 悴む（かじかむ）

例 北海道の冬は寒くて、凍えるほどだ。
／北海道的冬天冷得幾乎要凍僵了。

文法
ほどだ[幾乎…（的程度）]
▶ 為了說明前項達到什麼程度，在後項舉出具體的事例來。
▶ 近ほど〜はない[沒有比…更…]

0901
□□□
こころあたり
【心当たり】
（名）想像，（估計、猜想）得到；線索，苗頭

類 見通し（みとおし）

例 彼の行く先について、心当たりがないわけでもない。
／他現在人在哪裡，也不是說完全沒有頭緒。

0902
□□□
こころえる
【心得る】
（他下一）懂得，領會，理解；有體驗；答應，應允記在心上的

類 飲み込む

例 仕事がうまくいったのは、彼女が全て心得ていたからにほかならない。
／工作之所以會順利，全都是因為她懂得要領的關係。

文法
にほかならない[無非是…]
▶ 表示斷定的說事情發生的理由、原因，是對事物的原因、結果的肯定語氣。

0903
□□□
こし
【腰】

名・接尾 腰；（衣服、裙子等的）腰身

例 そんなかっこうで荷物を持つと、腰を痛めるよ。
／用那種姿勢拿東西會造成腰痛喔。

0904
□□□
こしかけ
【腰掛け】

名 凳子；暫時棲身之處，一時落腳處

類 椅子
例 その腰掛けに座ってください。
／請坐到那把凳子上。

0905
□□□
こしかける
【腰掛ける】

自下一 坐下

類 座る
例 ソファーに腰掛けて話をしましょう。
／讓我們坐沙發上聊天吧！

0906
□□□
ごじゅうおん
【五十音】

名 五十音

例 五十音というけれど、実際には五十ない。
／雖說是五十音，實際上並沒有五十個。

0907
□□□
こしらえる
【拵える】

他下一 做，製造；捏造，虛構；化妝，打扮；籌措，填補

類 作る
例 遠足なので、みんなでおにぎりをこしらえた。
／因為遠足，所以大家一起做了飯糰。

0908
□□□
こす
【越す・超す】

自他五 越過，跨越，渡過；超越，勝於；過，度過；遷居，轉移

類 過ごす
例 熊たちは、冬眠して寒い冬を越します。
／熊靠著冬眠來過寒冬。

0909 □□□
こする
【擦る】
(他五) 擦，揉，搓；摩擦

(類) 掠める（かすめる）
(例) 汚れは、布で擦れば落ちます。
／這污漬用布擦就會掉了。

0910 □□□
こたい
【固体】
(名) 固體

(反) 液体
(類) 塊（かたまり）
(例) 液体の温度が下がると固体になる。
／當液體的溫度下降時，就會結成固體。

0911 □□□
ごちそうさま
【ご馳走様】
(連語) 承蒙您的款待了，謝謝

(例) おいしいケーキをご馳走様でした。／謝謝您招待如此美味的蛋糕。

0912 □□□
こっか
【国家】
(名) 國家

(類) 国
(例) 彼は、国家のためと言いながら、自分のことばかり考えている。
／他嘴邊雖掛著：「這都是為了國家」，但其實都只有想到自己的利益。

(文法) ながら [儘管…]
▶ 連接兩個矛盾的事物，表示後項與前項所預想的不同。
▶ (近) ながらも [雖然…，但是…]

0913 □□□
こっかい
【国会】
(名) 國會，議會

(例) この件は、国会で話し合うべきだ。／這件事，應當在國會上討論才是。

0914 □□□
こづかい
【小遣い】
(名) 零用錢

(類) 小遣い銭
(例) ちゃんと勉強したら、お小遣いをあげないこともないわよ。
／只要你好好讀書，也不是不給你零用錢的。

0915
□□□
こっきょう
【国境】

名 國境，邊境，邊界

類 国境（くにざかい）

例 国境をめぐって、二つの国に争いが起きた。
／就邊境的問題，兩國間起了爭執。

文法
をめぐって［就…的問題］
▶ 表示後項的行為動作，
是針對前項的某一事情、
問題進行的。

0916
□□□
コック
【cook】

名 廚師

類 料理人、シェフ

例 彼は、すばらしいコックであるとともに、有名な経営者です。
／他是位出色的廚師，同時也是位有名的經營者。

0917
□□□
こっせつ
【骨折】

名・自サ 骨折

例 骨折ではなく、ちょっと足をひねったにすぎません。
／不是骨折，只是稍微扭傷腳罷了！

0918
□□□
こっそり

副 悄悄地，偷偷地，暗暗地

類 こそこそ

例 両親には黙って、こっそり家を出た。
／沒告知父母，就偷偷從家裡溜出來。

0919
□□□
こてん
【古典】

名 古書，古籍；古典作品

例 古典はもちろん、現代文学にも詳しいです。
／古典文學不用說，對現代文學也透徹瞭解。

0920
□□□
こと
【琴】

名 古琴，箏

例 彼女は、琴を弾くのが上手だ。
／她古箏彈得很好。

0921
☐☐☐
ことづ**ける**
【言付ける】
〔他下一〕託帶口信，託付

類 命令する
例 社長はいなかったので、秘書に言付けておいた。
／社長不在，所以請秘書代替傳話。

0922
☐☐☐
こと**な**る
【異なる】
〔自五〕不同，不一樣

反 同じ　類 違う
例 やり方は異なるにせよ、二人の方針は大体同じだ。
／即使做法不同，<u>不過</u>兩人的方針是大致相同的。

文法
にせよ［即使…，不過…］
▶ 表示退一步承認前項，並在後項中提出跟前面相反或相矛盾的意見。

0923
☐☐☐
ことば**づ**かい
【言葉遣い】
〔名〕說法，措辭，表達

類 言い振り（いいぶり）
例 言葉遣いからして、とても乱暴なやつだと思う。
／<u>從</u>說話措辭<u>來看</u>，我認為他是個粗暴的傢伙。

文法
からして［從…來看…］
▶ 表示判斷的依據。後面多是消極、不利的評價。

0924
☐☐☐
こと**わ**ざ
【諺】
〔名〕諺語，俗語，成語，常言

類 諺語（ことわざ）
例 このことわざの意味をめぐっては、いろいろな説があります。
／<u>就</u>這個成語<u>的意思</u>，有許多不同的說法。

文法
をめぐって［就…的意思］

0925
☐☐☐
こと**わ**る
【断る】
〔他五〕預先通知，事前請示；謝絕

例 借金を断られる。／借錢被拒絕。

0926
☐☐☐
こな
【粉】
〔名〕粉，粉末，麵粉

類 粉末
例 この粉は、小麦粉ですか。／這粉是麵粉嗎？

0927
☐☐☐

このみ
【好み】

名 愛好，喜歡，願意

類 嗜好

例 話によると、社長は食べ物の好みがうるさいようだ。
／聽說社長對吃很挑剔的樣子。

0928
☐☐☐

このむ
【好む】

他五 愛好，喜歡，願意；挑選，希望；流行，時尚

反 嫌う　類 好く

例 ごぼうを好んで食べる民族は少ないそうだ。
／聽說喜歡食用牛蒡的民族並不多。

0929
☐☐☐

ごぶさた
【ご無沙汰】

名・自サ 久疏問候，久未拜訪，久不奉函

例 ご無沙汰していますが、お元気ですか。
／好久不見，近來如何？

0930
☐☐☐

こむぎ
【小麦】

名 小麥

類 小麦粉

例 小麦粉とバターと砂糖だけで作ったお菓子です。
／這是只用了麵粉、奶油和砂糖製成的點心。

0931
☐☐☐

ごめん
【御免】

名・感 原諒；表拒絕

30

例 悪いのはあっちじゃないか。謝るなんてごめんだ。
／錯的是對方啊！我才不要道歉咧！

0932
☐☐☐

こや
【小屋】

名 簡陋的小房，茅舍；（演劇、馬戲等的）棚子；畜舍

類 小舎

例 彼は、山の上の小さな小屋に住んでいます。
／他住在山上的小屋子裡。

0933 □□□
こらえる
【堪える】
(他下一) 忍耐，忍受；忍住，抑制住；容忍，寬恕

(類) 耐える

(例) 歯の痛みを一晩必死にこらえた。
／一整晚拚命忍受了牙痛。

0934 □□□
ごらく
【娯楽】
(名) 娯樂，文娯

(類) 楽しみ

(例) 庶民からすれば、映画は重要な娯楽です。
／對一般老百姓來說，電影是很重要的娯樂。

(文法) からすれば [從…
來看]
▶ 表示判斷的觀點，根據。

0935 □□□
ごらん
【ご覧】
(名) (敬) 看，觀覽；(親切的) 請看；(接動詞連
用形) 試試看

(類) 見る

(例) 窓から見える景色がきれいだから、ご覧なさい。
／從窗戶眺望的景色實在太美了，您也來看看吧！

0936 □□□
こる
【凝る】
(自五) 凝固，凝集；(因血行不周、肌肉僵硬等)
酸痛；狂熱，入迷；講究，精緻

(反) 飽きる　(類) 夢中する

(例) つりに凝っている。
／熱中於釣魚。

0937 □□□
コレクション
【collection】
(名) 蒐集，收藏；收藏品

(類) 収集品

(例) 私は、切手ばかりか、コインのコレクションもしています。
／不光是郵票，我也有收集錢幣。

0938 □□□
これら
(代) 這些

(例) これらとともに、あちらの本も片付けましょう。
／那邊的書也跟這些一起收拾乾淨吧！

| 0939 □□□ | こ\|ろがす 【転がす】 | (他五) 滾動，轉動；開動(車)，推進；轉賣；弄倒，搬倒 |

例 これは、ボールを転がすゲームです。
／這是滾大球競賽。

| 0940 □□□ | こ\|ろがる 【転がる】 | (自五) 滾動，轉動；倒下，躺下；擺著，放著，有 |

類 転げる（ころげる）
例 山の上から、石が転がってきた。
／有石頭從山上滾了下來。

| 0941 □□□ | こ\|ろぶ 【転ぶ】 | (自五) 跌倒，倒下；滾轉；趨勢發展，事態變化 |

類 転倒する（てんとうする）
例 道で転んで、ひざ小僧を怪我した。
／在路上跌了一跤，膝蓋受了傷。

| 0942 □□□ | こ\|わがる 【怖がる】 | (自五) 害怕 |

例 お化けを怖がる。
／懼怕妖怪。

| 0943 □□□ | こ\|ん 【今】 | (漢造) 現在；今天；今年 |

類 現在
例 私が今日あるのは山田さんのお陰です。
／我能有今天都是託山田先生的福。

| 0944 □□□ | こ\|ん 【紺】 | (名) 深藍，深青 |

類 青
例 会社へは、紺のスーツを着ていきます。
／我穿深藍色的西裝去上班。

0945 □□□
こんかい
【今回】
（名）這回，這次，此番

（類）今度

（例）今回の仕事が終わりしだい、国に帰ります。
／這次的工作一完成，就回國去。

【文法】
しだい [─…就…]
▶ 表示某動作剛一做完，就立即採取下一步的行動。

0946 □□□
コンクール
【concours】
（名）競賽會，競演會，會演

（類）競技会（きょうぎかい）

（例）コンクールに出るからには、毎日練習しなければだめですよ。
／既然要參加比賽，就得每天練習唷！

0947 □□□
コンクリート
【concrete】
（名・形動）混凝土；具體的

（類）混凝土（こんくりいと）

（例）コンクリートで作っただけのことはあって、頑丈な建物です。
／不愧是用水泥作成的，真是堅固的建築物啊！

【文法】だけのことはあって [不愧是…]
▶ 表示與其做的努力、所處的地位、所經歷的事情等名實相符，對其後項的結果、能力等給予高度的讚美。

0948 □□□
こんごう
【混合】
（名・自他サ）混合

（類）混和

（例）二つの液体を混合すると危険です。／將這兩種液體混和在一起的話，很危險。

0949 □□□
コンセント
【consent】
（名）電線插座

（例）コンセントがないから、カセットを聞きようがない。
／沒有插座，所以無法聽錄音帶。

0950 □□□
こんだて
【献立】
（名）菜單

（類）メニュー

（例）スーパーで安売りになっているものを見て、夕飯の献立を決める。
／在超市看什麼食材是特價，才決定晚飯的菜色。

0951 □□□

こんなに

<small>副</small> 這樣，如此

例 こんなに夜遅く街をうろついてはいけない。
／不可在這麼晚了還在街上閒蕩。

0952 □□□

こんなん
【困難】

<small>名・形動</small> 困難，困境；窮困

<small>類</small> 難儀（なんぎ）
例 30年代から40年代にかけて、困難な日々が続いた。
／30年代到40年代這段時間，日子一直都很艱困的。

0953 □□□

こんにち
【今日】

<small>名</small> 今天，今日；現在，當今

<small>類</small> 本日
例 このような車は、今日では見られない。
／這樣子的車，現在看不到了。

0954 □□□

こんばんは
【今晩は】

<small>寒暄</small> 晚安，你好

例 こんばんは、寒くなりましたね。
／你好，變冷了呢。

0955 □□□

こんやく
【婚約】

<small>名・自サ</small> 訂婚，婚約

<small>類</small> エンゲージ
例 婚約したので、嬉しくてたまらない。
／因為訂了婚，所以高興極了。

0956 □□□

こんらん
【混乱】

<small>名・自サ</small> 混亂

<small>類</small> 紛乱（ふんらん）
例 この古代国家は、政治の混乱のすえに滅亡した。
／這一古國，由於政治的混亂，結果滅亡了。

<small>文法</small>
のすえに[結果…]
▶ 表示[經過一段時間，最後…]之意，是動作、行為等的結果，意味著[某一期間的結束]。

| 0957 □□□ 31 | **さ** 【差】 | ⑧ 差別，區別，差異；差額，差數 |

⑲ 違い
⑳ 二つの商品の品質には、まったく差がない。
　／這兩個商品的品質上，簡直沒什麼差異。

| 0958 □□□ | **サークル** 【circle】 | ⑧ 伙伴，小組；周圍，範圍 |

⑲ クラブ
⑳ 合唱グループに加えて、英会話のサークルにも入りました。
　／除了合唱團之外，另外也參加了英語會話的小組。

| 0959 □□□ | **サービス** 【service】 | 名・自他サ 售後服務；服務，接待，侍候；(商店) 廉價出售，附帶贈品出售 |

⑲ 奉仕（ほうし）
⑳ サービス次第では、そのホテルに泊まっても
いいですよ。
　／看看服務品質，好的話也可以住那個飯店。

文法 しだいでは [就要看…而定]
▶表示行為動作要實現，全憑前面的名詞的情況而定。
▶ 近 しだいです [由於…]

| 0960 □□□ | **さい** 【際】 | 名・漢造 時候，時機，在…的狀況下；彼此之間，交接；會晤；邊際 |

⑲ 場合
⑳ 入場の際には、切符を提示してください。／入場時，請出示門票。

| 0961 □□□ | **さい** 【再】 | 漢造 再，又一次 |

⑲ 再び
⑳ パソコンの調子が悪いなら、再起動してみてください。
　／如果電腦的運轉狀況不佳，請試著重新開機看看。

| 0962 □□□ | **さいかい** 【再開】 | 名・自他サ 重新進行 |

⑳ 電車が運転を再開する。／電車重新運駛。

0963
□□□
ざいこう
【在校】
(名・自サ) 在校

例 在校生代表が祝辞を述べる。／在校生代表致祝賀詞。

0964
□□□
さいさん
【再三】
(副) 屢次，再三

(類) しばしば

例 餃子の材料やら作り方やら、再三にわたって説明しました。／不論是餃子的材料還是作法，都一而再再而三反覆説明過了。

(文法) やら～やら[又是（有）…啦，又（有）…啦]
▶ 表示從一些同類事項中，列舉出兩項。多有心情不快的語感。

0965
□□□
ざいさん
【財産】
(名) 財産；文化遺産

(類) 資産

例 財産という点からみると、彼は結婚相手として悪くない。／就財産這一點來看，把他當結婚對象其實也不錯。

0966
□□□
さいじつ
【祭日】
(名) 節日；日本神社祭祀日；宮中舉行重要祭祀活動日；祭靈日

例 祭日にもかかわらず、会社で仕事をした。／儘管是假日，卻還要到公司上班。

(文法) にもかかわらず[儘管…，卻還要…]
▶ 表示逆接。後項事情常是跟前項相反或相矛盾的事態。

0967
□□□
さいしゅう
【最終】
(名) 最後，最終，最末；(略)末班車

(反) 最初 (類) 終わり

例 大学は中退したので、最終学歴は高卒です。／由於大學輟學了，因此最高學歷是高中畢業。

0968
□□□
さいしゅうてき
【最終的】
(形動) 最後

例 最終的にやめることにした。／最後決定不做。

0969
□□□

さいそく
【催促】

(名・他サ) 催促，催討

類 督促（とくそく）

例 食事がなかなか来ないから、催促するしかない。

／因為餐點遲遲不來，所以只好催它快來。

0970
□□□

さいちゅう
【最中】

(名) 動作進行中，最頂點，活動中

類 真っ盛り（まっさかり）

例 仕事の最中に、邪魔をするべきではない。

／他人在工作，不該去打擾。

文法 べきではない [不該…]

▶ 表示禁止，從某種規範來看不能做某件事。

0971
□□□

さいてん
【採点】

(名・他サ) 評分數

例 テストを採点するにあたって、合格基準を決めましょう。

／在打考試分數之前，先決定一下及格標準吧！

文法 にあたって [之際]

▶ 表示某一行動，已經到了事情重要的階段。

0972
□□□

さいなん
【災難】

(名) 災難，災禍

類 災い

例 今回の失敗は、失敗というより災難だ。

／這次的失敗，與其說是失敗，倒不如說是災難。

0973
□□□

さいのう
【才能】

(名) 才能，才幹

類 能力

例 才能があれば成功するというものではない。

／並非有才能就能成功。

文法 というものではない [並不是…]

▶ 表示對某想法或主張，不完全贊成。

0974 □□□
さいばん
【裁判】
(名・他サ) 裁判，評斷，判斷；（法）審判，審理

例 彼は、長い裁判のすえに無罪になった。
／他經過長期的訴訟，最後被判無罪。

文法
のすえに［經過…最後］
▶ 表示［經過一段時間，最後…］之意，是動作、行為等的結果，意味著［某一期間的結果］。

0975 □□□
さいほう
【再訪】
(名・他サ) 再訪，重遊

例 大阪を再訪する。／重遊大阪。

0976 □□□
ざいもく
【材木】
(名) 木材，木料

類 木材
例 家を作るための材木が置いてある。／這裡放有蓋房子用的木材。

0977 □□□
ざいりょう
【材料】
(名) 材料，原料；研究資料，數據

類 素材
例 簡単ではないが、材料が手に入らないわけではない。
／雖說不是很容易，但也不是拿不到材料。

0978 □□□
サイレン
【siren】
(名) 警笛，汽笛

類 警笛（けいてき）
例 何か事件があったのね。サイレンが鳴っているもの。
／有什麼事發生吧。因為響笛在響！

0979 □□□
さいわい
【幸い】
(名・形動・副) 幸運，幸福；幸虧，好在；對…有幫助，對…有利，起好影響

類 幸福
例 幸いなことに、死傷者は出なかった。
／令人慶幸的是，沒有人傷亡。

文法 ことに［令人感到…的是…］
▶ 接在表示感情的形容詞或動詞後面，表示說話者在敘述某事之前的心情。

0980 □□□	**サイン** 【sign】	名・自サ 簽名，署名，簽字；記號，暗號，信號，作記號

類 署名

例 そんな書類に、サインする<u>べきではない</u>。
／<u>不該</u>簽下那種文件。

文法
べきではない[不該…]
▶ 表示禁止，從某種規範來看不能做某件事。

0981 □□□	**さかい** 【境】	名 界線，疆界，交界；境界，境地；分界線，分水嶺

類 境界

例 隣町との境に、川が流れています。
／有條河流過我們和鄰鎮間的交界。

0982 □□□	**さかさ** 【逆さ】	名（「さかさま」的略語）逆，倒，顛倒，相反

類 反対

例 袋を逆さにして、中身を全部出した。
／我將口袋倒翻過來，倒出裡面所有東西。

0983 □□□	**さかさま** 【逆様】	名・形動 逆，倒，顛倒，相反

類 逆

例 絵が逆様にかかっている。
／畫掛反了。

0984 □□□	**さかのぼる** 【遡る】	自五 溯，逆流而上；追溯，回溯

類 遡源（さくげん）
例 歴史を遡る。／回溯歷史。

0985 □□□	**さかば** 【酒場】	名 酒館，酒家，酒吧

類 バー
例 酒場で酒を飲むにつけ、彼女のことを思い出す。
／<u>每當</u>在酒館喝酒，<u>就會</u>想起她。

文法
につけて[每當…就會…]
▶ 表示前項事態總會帶出後項結論。

0986 □□□
さからう
【逆らう】

〔自五〕逆，反方向；違背，違抗，抗拒，違拗

類 抵抗する（ていこうする）
例 風に逆らって進む。
／逆風前進。

0987 □□□
さかり
【盛り】

〔名・接尾〕最旺盛時期，全盛狀態；壯年；（動物）發情；（接動詞連用形）表正在最盛的時候

類 最盛期
例 桜の花は、今が盛りだ。／櫻花現在正值綻放時期。

0988 □□□
さきおととい
【一昨昨日】

〔名〕大前天，前三天

類 一昨日（いっさくじつ）
例 さきおとといから、夫と口を聞いていない。
／從大前天起，我就沒跟丈夫講過話。

0989 □□□
さきほど
【先程】

〔副〕剛才，方才

反 後ほど
類 先刻
例 先程、先生から電話がありました。
／剛才老師有來過電話。

0990 □□□
さぎょう
【作業】

〔名・自サ〕工作，操作，作業，勞動

類 仕事
例 作業をやりかけたところなので、今は手が離せません。
／因為現在工作正做到一半，所以沒有辦法離開。

0991 □□□
さく
【裂く】

〔他五〕撕開，切開；扯散；分出，擠出，勻出；破裂，分裂

例 小さな問題が、二人の間を裂いてしまった。
／為了一個問題，使得兩人之間產生了裂痕。

0992 □□□	さくいん 【索引】	名 索引

類 見出し

例 この本の120ページから123ページにわたって、索引があります。

／這本書的第120頁到123頁，附有索引。

0993 □□□	さくしゃ 【作者】	名 作者

例 この部分で作者が言いたいことは何か、60字以内で説明せよ。

／請以至多六十個字說明作者在這個段落中想表達的意思。

0994 □□□	さくせい 【作成】	名・他サ 寫，作，造成（表、件、計畫、文件等）； 製作，擬制

例 こんな見づらい表を、いつもきっちり仕事をする彼が作成したとは信じがたい。

／實在很難相信平常做事完美的他，居然會做出這種不容易辨識的表格。

文法
がたい[很難…]
▶ 表示做該動作幾乎是不可能發生。

0995 □□□	さくせい 【作製】	名・他サ 製造

例 カタログを作製する。

／製作型錄。

0996 □□□ Track 32	さくもつ 【作物】	名 農作物；庄嫁

類 農作物

例 北海道では、どんな作物が育ちますか。

／北海道產什麼樣的農作物？

0997 □□□	さぐる 【探る】	他五 （用手脚等）探，摸；探聽，試探，偵查；探索， 探求，探訪

類 探索

例 事件の原因を探る。

／探究事件的原因。

0998 □□□ さ**さえる**【支える】

（他下一）支撐；維持，支持；阻止，防止

類 支持する

例 私は、資金において彼を支えようと思う。

／在資金方面，我想支援他。

0999 □□□ さ**さやく**【囁く】

（自五）低聲自語，小聲說話，耳語

類 呟く（つぶやく）

例 カッコイイ人に壁ドンされて、耳元であんなことやこんなことをささやかれたい。

／我希望能讓一位型男壁咚，並且在耳邊對我輕聲細訴濃情蜜意。

1000 □□□ さ**じ**【匙】

（名）匙子，小杓子

類 スプーン

例 和食では、基本的におさじは使いません。

／基本上，吃日本料理時不用匙子。

1001 □□□ ざ**しき**【座敷】

（名）日本式客廳；酒席，宴會，應酬；宴客的時間；接待客人

類 客間

例 座敷でゆっくりお茶を飲んだ。

／我在日式客廳，悠哉地喝茶。

1002 □□□ さ**しつかえ**【差し支え】

（名）不方便，障礙，妨礙

類 支障（ししょう）

例 質問しても、差し支えはあるまい。

／就算你問我問題，也不會打擾到我。

文法

まい[大概不會(無法)…]

▶ 表示說話者的推測、想像。

1003 □□□
さしひく
【差し引く】

（他五）扣除，減去；抵補，相抵（的餘額）；（潮水的）漲落，（體溫的）升降

類 引き去る（ひきさる）
例 給与から税金が差し引かれるとか。
／聽說會從薪水裡扣除税金。

1004 □□□
さしみ
【刺身】

（名）生魚片

例 刺身は苦手だ。
／不敢吃生魚片。

1005 □□□
さす
【差す】

（他五・助動・五型）指，指示；使，叫，令，命令做…

類 指さす
補 北を「指す」：指北。
　　針で「刺す」：用針刺。
例 戸がキイキイ鳴るので、油を差した。
／由於開關門時嘎嘎作響，因此倒了潤滑油。

1006 □□□
さすが
【流石】

（副・形動）真不愧是，果然名不虛傳；雖然…，不過還是；就連…也都，甚至

類 確かに
例 壊れた時計を簡単に直してしまうなんて、さすがプロですね。
／竟然一下子就修好壞掉的時鐘，不愧是專家啊！

1007 □□□
ざせき
【座席】

（名）座位，座席，乘坐，席位

類 席
例 劇場の座席で会いましょう。　／我們就在劇院的席位上見吧！

1008 □□□
さつ
【札】

（名・漢造）紙幣 鈔票；（寫有字的）木牌 紙片；信件；門票，車票

類 紙幣
例 財布にお札が1枚も入っていません。　／錢包裡，連一張紙鈔也沒有。

1009
□□□

さつえい
【撮影】

名・他サ 攝影，拍照；拍電影

類 写す

例 この写真は、ハワイで撮影されたに違いない。
／這張照片，一定是在夏威夷拍的。

1010
□□□

ざつおん
【雑音】

名 雜音，噪音

例 雑音の多い録音ですが、聞き取れないこともないです。
／雖說錄音裡有很多雜音，但也不是完全聽不到。

1011
□□□

さっきょく
【作曲】

名・他サ 作曲，譜曲，配曲

例 彼女が作曲したにしては、暗い曲ですね。
／就她所作的曲子而言，算是首陰鬱的歌曲。

1012
□□□

さっさと

副（毫不猶豫、毫不耽擱時間地）趕緊地，痛快地，迅速地

類 急いで

例 さっさと仕事を片付ける。
／迅速地處理工作。

1013
□□□

さっそく
【早速】

副 立刻，馬上，火速，趕緊

類 直ちに（ただちに）

例 手紙をもらったので、早速返事を書きました。
／我收到了信，所以馬上就回了封信。

1014
□□□

ざっと

副 粗略地，簡略地，大體上的；（估計）大概，大略；潑水狀

類 一通り

例 書類に、ざっと目を通しました。
／我大略地瀏覽過這份文件了。

あ

1015 □□□

さっぱり

名・他サ 整潔，俐落，瀟灑；（個性）直爽，坦率；（感覺）爽快，病癒；（味道）清淡

類 すっきり

例 シャワーを浴びてきたから、さっぱりしているわけだ。
／因為淋了浴，所以才感到那麼爽快。

か

1016 □□□

さて

副・接・感 一旦，果真；那麼，卻說，於是；（自言自語，表猶豫）到底，那可…

類 ところで

例 さて、これからどこへ行きましょうか。
／那現在要到哪裡去？

さ

1017 □□□

さばく
【砂漠】

名 沙漠

例 開発が進めば進むほど、砂漠が増える。
／愈開發沙漠就愈多。

た

な

1018 □□□

さび
【錆】

名（金屬表面因氧化而生的）鏽；（轉）惡果

例 錆の発生を防ぐにはどうすればいいですか。
／要如何預防生鏽呢？

は

1019 □□□

さびる
【錆びる】

自上一 生鏽，長鏽；（聲音）蒼老

例 鉄棒が赤く錆びてしまった。
／鐵棒生鏽變紅了。

ま

や

1020 □□□

ざぶとん
【座布団】

名（舖在席子上的）棉坐墊

例 座布団を敷いて座った。
／我舖了坐墊坐下來。

ら

わ

練習

1021 さべつ【差別】
□□□

（名・他サ）輕視，區別

例 女性の給料が低いのは、差別にほかならない。

／女性的薪資低，不外乎是有男女差別待遇。

文法

にほかならない［無非是…］

▶ 表示斷定的説事情發生的理由、原因，是對事物的原因、結果的肯定語氣。

1022 さほう【作法】
□□□

（名）禮法，禮節，禮貌，規矩；（詩、小說等文藝作品的）作法

類 仕来り

例 食卓での作法は、国によって、文化によって違う。

／餐桌禮儀隨著國家與文化而有所不同。

1023 さま【様】
□□□

（名・代・接尾）樣子，狀態；姿態；表示尊敬

例 色とりどりの花が咲き乱れるさまは、まるで天国のようでした。

／五彩繽紛的花朵盛開綻放的景象，簡直像是天國一般。

1024 さまたげる【妨げる】
□□□

（他下一）阻礙，防礙，阻攔，阻撓

類 妨害する（ぼうがい）

例 あなたが留学するのを妨げる理由はない。

／我沒有理由阻止你去留學。

1025 さむさ【寒さ】
□□□

（名）寒冷

例 寒さで震える。／冷得發抖。

1026 さゆう【左右】
□□□

（名・他サ）左右方；身邊，旁邊；左右其詞，支支吾吾；（年齡）大約，上下；掌握，支配，操縦

類 そば

例 首相の左右には、大臣たちが立っています。

／首相的左右兩旁，站著大臣們。

1027
☐☐☐
さら
【皿】

（名）盤子；盤形物；（助數詞）一碟等

例 このお皿は電子レンジでも使えますか。
/請問這個盤子也可以放進微波爐使用嗎？

1028
☐☐☐
さらに
【更に】

（副）更加，更進一步；並且，還；再，重新；（下接否定）一點也不，絲毫不

類 一層
例 今月から、更に値段を安くしました。
/這個月起，我又把價錢再調低了一些。

1029
☐☐☐
さる
【去る】

（自五・他五・連體）離開；經過，結束；（空間、時間）距離；消除，去掉

反 来る
例 彼らは、黙って去っていきました。
/他們默默地離去了。

1030
☐☐☐
さる
【猿】

（名）猴子，猿猴

類 猿猴（えんこう）
例 この動物園にいるお猿さんは、全部で 11 匹です。
/這座動物園裡的猴子總共有十一隻。

1031
☐☐☐
さわがしい
【騒がしい】

（形）吵鬧的，吵雜的，喧鬧的；（社會輿論）議論紛紛的，動盪不安的

類 喧しい（やかましい）
例 小学校の教室は、騒がしいものです。
/小學的教室是個吵鬧的地方。

1032
☐☐☐
さわやか
【爽やか】

（形動）（心情、天氣）爽朗的，清爽的；（聲音、口齒）鮮明的，清楚的，巧妙的

類 快い
例 これは、とても爽やかな飲み物です。
/這是很清爽的飲料。

1033
☐☐☐
さん
【産】

（名）生産，分娩；（某地方）出生；財產

例 和牛って日本の牛かと思ったら、外国産の和牛もあるんだって。
／原本以為和牛是指日本生產的牛肉，聽說居然也有外國生產的和牛呢。

文法
かとおもったら [以為是…，原來是…]
▶ 表示前後兩個對比的事情，後面接的大多是說話者意外和驚訝的表達。

1034
☐☐☐
さんこう
【参考】

（名・他サ）參考，借鑑

類 参照（さんしょう）
例 合格した人の意見を参考にすることですね。
／要參考及格的人的意見。

1035
☐☐☐
さんせい
【酸性】

（名）（化）酸性

反 アルカリ性
例 この液体は酸性だ。／這液體是酸性的。

1036
☐☐☐
さんそ
【酸素】

（名）（理）氧氣

例 山の上は、苦しいほど酸素が薄かった。／山上的氧氣，稀薄到令人難受。

1037
☐☐☐
さんち
【産地】

（名）產地；出生地

類 生産地
例 この果物は、産地から直接輸送した。
／這水果，是從產地直接運送來的。

1038
☐☐☐
さんにゅう
【参入】

（名・自サ）進入；進宮

例 市場に参入する。／投入市場。

讀書計劃：☐☐／☐

1039 □□□	**さんりん** 【山林】	名 山上的樹林；山和樹林

例 山林の破壊<u>にしたがって</u>、自然の災害が増え
ている。

/隨著山中的森林受到了破壞，自然的災害也增加了
許多。

文法

にしたがって[隨著…也]
▶ 表示某事物隨著其他事
物而變化。

1040 □□□ (33)	**し** 【氏】	代・接尾・漢造 （做代詞用）這位，他；（接人姓名 表示敬稱）先生；氏，姓氏；家族，氏族

類 姓

例 田中氏は、大阪の出身だ。

/田中先生是大阪人。

1041 □□□	**し あがる** 【仕上がる】	自五 做完，完成；做成的情形

類 出来上がる

例 作品が仕上がったら、展示場に運びます。

/作品一完成，就馬上送到展覽場。

1042 □□□	**し あさって**	名 大後天

類 明明後日（みょうみょうごにち）

例 明日<u>はともかく</u>、明後日としあさっては必ず
来ます。

/明天先不提，後天和大後天一定會到。

文法

はともかく[姑且不論…]
▶ 表示提出兩個事項，
前項暫且不作為議論的
對象，先談後項。暗示
後項是更重要的。

1043 □□□	**シーツ** 【sheet】	名 床單

類 敷布（しきふ）

例 シーツをとりかえましょう。

/我來為您換被單。

1044 □□□
じいん【寺院】
（名）寺院

（類）寺

（例）京都には、寺院やら庭やら、見るところがいろいろあります。
／在京都，有寺院啦、庭院啦，各式各樣可以參觀的地方。

（文法）やら～やら［又是（有）…啦，又（有）…啦］
▶ 表示從一些同類事項中，列舉出兩項。

1045 □□□
しいんと
（副・自サ）安靜，肅靜，平靜，寂靜

（例）場内はしいんと静まりかえった。
／會場內鴉雀無聲。

1046 □□□
じえい【自衛】
（名・他サ）自衛

（例）悪い商売に騙されないように、自衛しなければならない。
／為了避免被惡質的交易所騙，要好好自我保衛才行。

1047 □□□
しおからい【塩辛い】
（形）鹹的

（類）しょっぱい

（例）塩辛いものは、あまり食べたくありません。
／我不大想吃鹹的東西。

1048 □□□
しかい【司会】
（名・自他サ）司儀，主持會議（的人）

（例）パーティーの司会はだれだっけ。
／派對的司儀是哪位來著？

1049 □□□
しかくい【四角い】
（形）四角的，四方的

（例）四角いスイカを作るのに成功しました。
／我成功地培育出四角形的西瓜了。

1050 □□□

しかたがない
【仕方がない】

(連語) 沒有辦法；沒有用處，無濟於事，迫不得已；受不了，…得不得了；不像話

類 しようがない

例 彼は怠け者で仕方がないやつだ。

／他是個懶人真叫人束手無策。

1051 □□□

じかに
【直に】

(副) 直接地，親自地；貼身

類 直接

例 社長は偉い人だから、直に話せっこない。

／社長是位地位崇高的人，所以不可能直接跟他說話。

文法
っこない [不可能…]
▶ 表示強烈否定，某事發生的可能性。

1052 □□□

しかも

(接) 而且，並且；而，但，卻；反而，竟然，儘管如此還…

類 その上

例 私が聞いたかぎりでは、彼は頭がよくて、しかもハンサムだそうです。

／就我所聽到的範圍內，據說他不但頭腦好，而且還很英俊。

文法
かぎりでは [就…範圍內]
▶ 表示在前項的範圍內，後項便能成立，説話者憑自己的知識、經驗等提出看法。

1053 □□□

じかんわり
【時間割】

(名) 時間表

類 時間表

例 授業は、時間割どおりに行われます。

／課程按照課程時間表進行。

1054 □□□

しき
【四季】

(名) 四季

類 季節

例 日本は、四季の変化がはっきりしています。

／日本四季的變化分明。

1055
☐☐☐

しき
【式】

名・漢造 儀式，典禮，（特指）婚禮；方式；樣式，類型，風格；做法；算式，公式

類 儀式（ぎしき）

例 式の途中で、帰るわけにもいかない。

／典禮進行中，不能就這樣跑回去。

1056
☐☐☐

じき
【直】

名・副 直接；（距離）很近，就在眼前；（時間）立即，馬上

類 すぐ

例 みんな直に戻ってくると思います。

／我想大家應該會馬上回來的。

1057
☐☐☐

じき
【時期】

名 時期，時候；期間；季節

類 期間

例 時期が来たら、あなたにも訳を説明します。

／等時候一到，我也會向你說明的。

1058
☐☐☐

しきたり

名 慣例，常規，成規，老規矩

類 慣わし（ならわし）

例 しきたりを守る。

／遵守成規。

1059
☐☐☐

しきち
【敷地】

名 建築用地，地皮；房屋地基

類 土地

例 隣の家の敷地内に、新しい建物が建った。

／隔壁鄰居的那塊地裡，蓋了一棟新的建築物。

1060
☐☐☐

しきゅう
【支給】

名・他サ 支付，發給

例 残業手当は、ちゃんと支給されるということだ。

／聽說加班津貼會確實支付下來。

1061
□□□

し きゅう
【至急】

(名・副) 火速，緊急；急速，加速

(類) 大急ぎ

(例) 至急電話してください。
／請趕快打通電話給我。

1062
□□□

し きりに
【頻りに】

(副) 頻繁地，再三地，屢次；不斷地，一直地；熱心，強烈

(類) しばしば

(例) お客様が、しきりに催促の電話をかけてくる。
／客人再三地打電話過來催促。

1063
□□□

し く
【敷く】

(自五・他五) 撲上一層，(作接尾詞用) 舖滿，遍佈，落滿舖墊，舖設；布置，發佈

(反) 被せる (類) 延べる

(例) どうぞ座布団を敷いてください。
／煩請鋪一下坐墊。

1064
□□□

し くじる

(他五) 失敗，失策；(俗) 被解雇

(類) 失敗する

(例) 就職の面接で、しくじったと思ったけど、採用になった。
／原本以為沒有通過求職面試，結果被錄取了。

1065
□□□

し げき
【刺激】

(名・他サ) (物理的，生理的) 刺激；(心理的) 刺激，使興奮

(例) 刺激が欲しくて、怖い映画を見た。
／為了追求刺激，去看了恐怖片。

1066
□□□

し げる
【茂る】

(自五) (草木) 繁茂，茂密

(反) 枯れる (類) 繁茂 (はんも)

(例) 桜の葉が茂る。
／櫻花樹的葉子開得很茂盛。

1067
☐☐☐
じこく
【時刻】

（名）時刻，時候，時間

類 時点

例 その時刻には、私はもう寝ていました。

／那個時候，我已經睡著了。

1068
☐☐☐
じさつ
【自殺】

（名・自サ）自殺，尋死

反 他殺　類 自害（じがい）

例 彼が自殺するわけがない。

／他不可能會自殺的。

1069
☐☐☐
じさん
【持参】

（名・他サ）帶來（去），自備

例 当日は、お弁当を持参してください。

／請當天自行帶便當。

1070
☐☐☐
しじ
【指示】

（名・他サ）指示，指點

類 命令

例 隊長の指示を聞かないで、勝手に行動してはいけない。

／不可以不聽從隊長的指示，隨意行動。

1071
☐☐☐
じじつ
【事実】

（名）事實；（作副詞用）實際上

類 真相

例 私は、事実をそのまま話したにすぎません。

／我只不過是照事實講而已。

1072
☐☐☐
ししゃ
【死者】

（名）死者，死人

例 災害で死者が出る。

／災害導致有人死亡。

1073 □□□
じしゃく
【磁石】
(名) 磁鐵；指南針

(類) マグネット、コンパス

(例) 磁石で方角を調べた。

／我用指南針找了方位。

1074 □□□
しじゅう
【始終】
(名・副) 開頭和結尾；自始至終；經常，不斷，總是

(類) いつも

(例) 彼は、始終歌ばかり歌っている。

／他老是唱著歌。

1075 □□□
じしゅう
【自習】
(名・他サ) 自習，自學

(類) 自学

(例) 図書館によっては、自習を禁止しているところもある。

／依照各圖書館的不同規定，有些地方禁止在館內自習。

1076 □□□
じじょう
【事情】
(名) 狀況，內情，情形；(局外人所不知的)原因，緣故，理由

(類) 理由

(例) 私の事情を、先生に説明している最中です。

／我正在向老師說明我的情況。

1077 □□□
じしん
【自身】
(名・接尾) 自己，本人；本身

(類) 自分

(例) 自分自身のことも、よくわからない。／我也不大懂我自己。

1078 □□□
しずまる
【静まる】
(自五) 變平靜；平靜，平息；減弱；平靜的(存在)

(類) 落ち着く

(例) 先生が大きな声を出したものだから、みんなびっくりして静まった。

／因為老師突然大聲講話，所以大家都嚇得鴉雀無聲。

1079 □□□ track 34	**しずむ**【沈む】	自五 沈没，沈入；西沈，下山；消沈，落魄，氣餒；沈淪

反 浮く　類 沈下する（ちんかする）
例 夕日が沈むのを、ずっと見ていた。
　　／我一直看著夕陽西沈。

1080 □□□	**しせい**【姿勢】	名（身體）姿勢；態度

類 姿
例 よく人に猫背だと言われるけれど、姿勢をよくするのは難しい。
　　／雖然人家常常說我駝背，可是要矯正姿勢真的很難。

1081 □□□	**しぜんかがく**【自然科学】	名 自然科學

例 英語や国語に比べて、自然科学のほうが得意です。
　　／比起英語和國語，自然科學我比較拿手。

1082 □□□	**しそう**【思想】	名 思想

類 見解
例 彼は、文学思想において業績を上げた。
　　／他在文學思想上，取得了成就。

1083 □□□	**じそく**【時速】	名 時速

例 制限時速は、時速 100 キロである。
　　／時速限制是時速 100 公里。

1084 □□□	**しそん**【子孫】	名 子孫；後代

類 後裔
例 あの人は、王家の子孫だけのことはあって、とても堂々としている。
　　／那位不愧是王室的子孫，真是威風凜凜的。

文法 だけのことはあって [不愧是…]
▶ 表示與其做的努力、所處的地位、所經歷的事情等名實相符，對其後項的結果、能力等給予高度的讚美。

| 1085 □□□ | **し たい**
【死体】 | 名 屍體 |

反 生体　類 死骸
例 川原で、バラバラ死体が見つかったんだって。／聽說在河岸邊發現屍塊了。

| 1086 □□□ | **し だい**
【次第】 | 名·接尾 順序，次序；依序，依次；經過，緣由；任憑，取決於 |

例 条件次第では、契約しないこともないですよ。
／視條件而定，並不是不能簽約的呀！

文法 しだいでは [就要看…而定]
▶ 表示行為動作要實現，全憑前項情況而定。
▶ 近 しだいです [由於…]

| 1087 □□□ | **じ たい**
【事態】 | 名 事態，情形，局勢 |

類 成り行き（なりゆき）
例 事態は、回復しつつあります。／情勢在逐漸好轉了。

文法 つつある [在逐漸…]
▶ 表示某一動作或作用正向著某一方向持續發展。

| 1088 □□□ | **し たがう**
【従う】 | 自五 跟隨；服從，遵從；按照；順著，沿著；隨著，伴隨 |

類 服従
例 先生が言えば、みんな従うにきまっています。
／只要老師一說話，大家就肯定會服從的。

| 1089 □□□ | **し たがき**
【下書き】 | 名·他サ 試寫；草稿，底稿；打草稿；試畫，畫輪廓 |

反 清書（せいしょ）　類 草稿
例 シャープペンシルで下書きした上から、ボールペンで清書する。
／先用自動鉛筆打底稿，之後再用原子筆謄寫。

| 1090 □□□ | **し たがって**
【従って】 | 他五 因此，從而，因而，所以 |

類 それゆえ
例 この学校の進学率は高い。したがって志望者が多い。
／這所學校的升學率高，所以有很多人想進來唸。

1091
□□□
じたく
【自宅】
⊛ 自己家，自己的住宅

類 私宅
例 携帯電話が普及したのに伴い、自宅に電話のない人が増えた。
／隨著行動電話的普及，家裡沒有裝設電話的人愈來愈多了。

1092
□□□
したじき
【下敷き】
⊛ 墊子；墊板；範本，樣本

例 体験を下敷きにして書く。
／根據經驗撰寫。

1093
□□□
したまち
【下町】
⊛（普通百姓居住的）小工商業區；（都市中）低窪地區

反 山の手
例 下町は賑やかなので好きです。
／庶民住宅區很熱鬧，所以我很喜歡。

1094
□□□
じち
【自治】
⊛ 自治，地方自治

反 官治
例 私は、自治会の仕事をしている。
／我在地方自治團體工作。

1095
□□□
しつ
【室】
名・漢造 房屋，房間；（文）夫人，妻室；家族；窖，洞；鞘

類 部屋
例 明日の理科の授業は、理科室で実験をします。
／明天的自然科學課要在科學教室做實驗。

1096
□□□
じっかん
【実感】
名・他サ 真實感，確實感覺到；真實的感情

例 お母さんが死んじゃったなんて、まだ実感わかないよ。
／到現在還無法確實感受到媽媽已經過世了吶。

1097 □□□
じつぎ
【実技】
名 實際操作

例 運転免許の試験で、筆記は合格したけど実技で落ちた。
／在駕駛執照的考試中雖然通過了筆試，但是沒能通過路考。

1098 □□□
じっけん
【実験】
名・他サ 實驗，實地試驗；經驗

類 施行（しこう）

文法 にせよ
[不管…，都…]
▶ 退一步承認前項，並在後項提出相反的意見。

例 どんな実験をするにせよ、安全に気をつけてください。
／不管做哪種實驗，都請注意安全！

1099 □□□
じつげん
【実現】
名・自他サ 實現

類 叶える（かなえる）

文法 ことだから
[因為是…，所以…]
▶ 主要接表示人物的詞後面，根據說話熟知的人物的性格、行為習慣等，做出自己判斷的依據。

例 あなたのことだから、きっと夢を実現させるでしょう。
／要是你的話，一定可以讓夢想成真吧！

1100 □□□
しつこい
形 （色香味等）過於濃的，油膩；執拗，糾纏不休

類 くどい

文法 というものだ
[真是…]
▶ 表示對事物做一種結論性的判斷。

例 何度も電話かけてくるのは、しつこいというものだ。
／他一直跟我打電話，真是糾纏不清。

1101 □□□
じっさい
【実際】
名・副 實際；事實，真面目；確實，真的，實際上

例 やり方がわかったら、実際にやってみましょう。
／既然知道了作法，就來實際操作看看吧！

1102 □□□
じっし
【実施】
名・他サ （法律、計畫、制度的）實施，實行

類 実行

例 この制度を実施するとすれば、まずすべての人に知らせなければならない。／假如要實施這個制度，就得先告知所有的人。

1103 □□□

じっしゅう
【実習】

（名・他サ）實習

例 理論を勉強する<u>一方で</u>、実習も行います。
／我一邊研讀理論，也一邊從事實習。

文法
いっぽうで［一邊…一邊…］
▶ 前句說明在做某件事的同時，後句為補充做另一件事。

1104 □□□

じっせき
【実績】

（名）實績，實際成績

類 成績
例 社員として採用する<u>にあたって</u>、今までの実績を調べた。
／<u>在</u>採用員工<u>時</u>，要調查當事人至今的成果表現。

文法 にあたって［之際］
▶ 表示某一行動，已經到了事情重要的階段。

1105 □□□

じつに
【実に】

（副）確實，實在，的確；（驚訝或感慨時）實在是，非常，很

類 本当に
例 医者にとって、これは実に珍しい病気です。
／對醫生來說，這真是個罕見的疾病。

1106 □□□

しっぴつ
【執筆】

（名・他サ）執筆，書寫，撰稿

類 書く
例 あの川端康成も、このホテルに長期滞在して作品を執筆したそうだ。
／據說就連那位鼎鼎大名的川端康成，也曾長期投宿在這家旅館裡寫作。

1107 □□□

じつぶつ
【実物】

（名）實物，實在的東西，原物；（經）現貨

類 現物（げんぶつ）
例 先生は、実物を見たことがある<u>かのように</u>話します。
／老師<u>有如</u>見過實物<u>一般</u>述著著。

文法
かのように［有如…一般］
▶ 將表示比喻。實際上不是這樣，但行動或感覺卻像是那樣。也表示不確定的判斷。

讀書計劃：□□□／□□

| 1108
□□□ | し っ ぽ
【尻尾】 | 名 尾巴；末端，末尾；尾狀物 |

類 尾

例 犬のしっぽを触ったら、ほえられた。

　　／摸了狗尾巴，結果被吠了一下。

| 1109
□□□ | し つ ぼ う
【失望】 | 名・他サ 失望 |

類 がっかり

文法 にそういない[一定
是…]

▶ 表示說話者根據經驗
或直覺，做出非常肯定
的判斷。

例 この話を聞いたら、父は失望するに相違ない。

　　／如果聽到這件事，父親一定會很失望的。

| 1110
□□□ | じ つ よ う
【実用】 | 名・他サ 實用 |

補 実用的 [形容動詞] 實用的

例 この服は、実用的である反面、あまり美しくない。

　　／這件衣服很實用，但卻不怎麼好看。

| 1111
□□□ | じ つ れ い
【実例】 | 名 實例 |

類 事例

例 説明するかわりに、実例を見せましょう。

　　／讓我來示範實例，取代說明吧！

| 1112
□□□ | し つ れ ん
【失恋】 | 名・自サ 失戀 |

例 彼は、失恋したばかりか、会社も首になってしまいました。

　　／他不僅失戀，連工作也用丟了。

| 1113
□□□
(35) | し て い
【指定】 | 名・他サ 指定 |

例 待ち合わせの場所を指定してください。

　　／請指定集合的地點。

1114
☐☐☐

してつ
【私鉄】

（名）私營鐵路

類 私営鉄道
例 私鉄に乗って、職場に通っている。／我都搭乘私營鐵路去上班。

1115
☐☐☐

してん
【支店】

（名）分店

反 本店　類 分店
例 新しい支店を作るとすれば、どこがいいでしょう。
　　／如果要開新的分店，開在哪裡好呢？

1116
☐☐☐

しどう
【指導】

（名・他サ）指導；領導，教導

類 導き
例 彼の指導を受ければ上手になるというものではないと思います。
　　／我認為，並非接受他的指導就會變厲害。

文法 というものではない
[並不是…]
▶表示對某想法或主張，不完全贊成。

1117
☐☐☐

じどう
【児童】

（名）兒童

類 子供
例 児童用のプールは、とても浅い。／兒童游泳池很淺。

1118
☐☐☐

しな
【品】

（名・接尾）物品，東西；商品，貨物；（物品的）質量，品質；品種，種類；情況，情形

類 品物
例 これは、お礼の品です。／這是作為答謝的一點小禮物。

1119
☐☐☐

しなやか

（形動）柔軟，和軟；巍巍顫顫，有彈性；優美，柔和，溫柔

反 強い　類 柔軟（じゅうなん）
例 あんなにしなやかに踊れるようになるのは、たいへんな努力をしたに相違ない。
　　／想達到那樣如行雲流水般的舞姿，肯定下了一番苦功。

文法 にそういない [一定是…]
▶表示説話者根據經驗或直覺，做出非常肯定的判斷。

讀書計劃：☐☐／☐☐／☐☐

1120
☐☐☐

しはい
【支配】

(名・他サ) 指使，支配；統治，控制，管轄；決定，左右

⑱ 統治

例 こうして、王による支配が終わった。
／就這樣，國王統治時期結束了。

1121
☐☐☐

しばい
【芝居】

(名) 戲劇，話劇；假裝，花招；劇場

⑱ 劇

例 その芝居は、面白くてたまらなかったよ。
／那場演出實在是有趣極了。

1122
☐☐☐

しばしば

(副) 常常，每每，屢次，再三

⑱ 度々

例 孫たちが、しばしば遊びに来てくれます。
／孫子們經常會來這裡玩。

1123
☐☐☐

しばふ
【芝生】

(名) 草皮，草地

例 庭に、芝生なんかあるといいですね。
／如果院子裡有草坪之類的東西就好了。

1124
☐☐☐

しはらい
【支払い】

(名・他サ) 付款，支付（金錢）

㊙ 受け取り ⑱ 払い出し（はらいだし）

例 請求書をいただきしだい、支払いをします。
／一收到帳單，我就付款。

文法
しだい［一…馬上］
▶表示某動作剛一做完，
就立即採取下一步的行
動。

1125
☐☐☐

しはらう
【支払う】

(他五) 支付，付款

例 請求書が来たので、支払うほかない。
／繳款通知單寄來了，所以只好乖乖付款。

1126 ☐☐☐
しばる
【縛る】

(他五) 綁，捆，縛；拘束，限制；逮捕

(類) 結ぶ

(例) ひもをきつく縛ってあったものだから、靴がすぐ脱げない。
／因為鞋帶綁太緊了，所以沒辦法馬上脫掉鞋子。

1127 ☐☐☐
じばん
【地盤】

(名) 地基，地面；地盤，勢力範圍

(例) 地盤を固める。
／堅固地基。

1128 ☐☐☐
しびれる
【痺れる】

(自下一) 麻木；(俗) 因強烈刺激而興奮

(類) 麻痺する（まひする）

(例) 足が痺れたものだから、立てません。
／因為腳麻所以沒辦法站起來。

1129 ☐☐☐
じぶんかって
【自分勝手】

(形動) 任性，恣意妄為

(例) あの人は自分勝手だ。
／那個人很任性。

1130 ☐☐☐
しへい
【紙幣】

(名) 紙幣

(例) 紙幣が不足ぎみです。
／紙鈔似乎不夠。

1131 ☐☐☐
しぼむ
【萎む・凋む】

(自五) 枯萎，凋謝；扁掉

(類) 枯れる

(例) 花は、しぼんでしまったのやら、開き始めたのやら、いろいろです。
／花會凋謝啦、綻放啦，有多種面貌。

文法

やら〜やら[又是（有）…啦，又（有）…啦]

▶ 表示從一些同類事項中，列舉出兩項。

1132 □□□	しぼる【絞る】	(他五) 扭，擠；引人（流淚）；拼命發出（高聲），絞盡（腦汁）；剝削，勒索；拉開（幕）

類 捻る（ねじる）
例 雑巾をしっかり絞りましょう。
　／抹布要用力扭乾。

1133 □□□	しほん【資本】	(名) 資本

類 元手
例 資本に関しては、問題ないと思います。
　／關於資本，我認為沒什麼問題。

1134 □□□	しまい【仕舞い】	(名) 終了，末尾；停止，休止；閉店；賣光；化妝，打扮

類 最後
例 彼は話を聞いていて、しまいに怒りだした。
　／他聽過事情的來龍去脈後，最後生起氣來了。

1135 □□□	しまい【姉妹】	(名) 姊妹

例 隣の家には、美しい姉妹がいる。
　／隔壁住著一對美麗的姊妹花。

1136 □□□	しまう【仕舞う】	(自五・他五・補動) 結束，完了，收拾；收拾起來；關閉；表不能恢復原狀

類 片付ける
例 通帳は金庫にしまっている。
　／存摺收在金庫裡。

1137 □□□	しまった	(連語・感) 糟糕，完了

例 しまった、財布を家に忘れた。
　／糟了！我把錢包忘在家裡了。

1138 □□□
しみ
【染み】
(名) 汙垢；玷汙

(例) 服に醤油の染みが付く。
／衣服沾上醬油。

1139 □□□
しみじみ
(副) 痛切，深切地；親密，懇切；仔細，認真的

(類) つくづく
(例) しみじみと、昔のことを思い出した。
／我一一想起了以前的種種。

1140 □□□
じむ
【事務】
(名) 事務（多為處理文件、行政等庶務工作）

(類) 庶務（しょむ）
(例) 会社で、事務の仕事をしています。
／我在公司做行政的工作。

1141 □□□
しめきる
【締切る】
(他五)（期限）屆滿，截止，結束

(例) 申し込みは5時で締め切られるとか。
／聽說報名是到五點。

1142 □□□
しめす
【示す】
(他五) 出示，拿出來給對方看；表示，表明；指示，指點，開導；呈現，顯示

(類) 指し示す
(例) 実例によって、やりかたを示す。
／以實際的例子來示範做法。

1143 □□□
しめた
【占めた】
(連語・感)（俗）太好了，好極了，正中下懷

(類) しめしめ
(例) しめた、これでたくさん儲けられるぞ。
／太好了，這樣就可以賺很多錢了。

讀書計劃：□□/□□/□□

1144 □□□
しめる
【占める】

(他下一) 占有，佔據，佔領；(只用於特殊形)表得到(重要的位置)

類 占有する（せんゆうする）

例 公園は町の中心部を占めている。
／公園據於小鎮的中心。

1145 □□□
しめる
【湿る】

(自五) 濕，受潮，濡濕；(火)熄滅，(勢頭)漸消

類 濡れる

例 今日は午後に干したから、木綿はともかく、ポリエステルもまだ湿ってる。
／今天是下午才晾衣服的，所以純棉的就不用說了，連人造纖維的都還是濕的。

文法

はともかく[姑且不論…]
► 表示提出兩個事項，前項暫且不作為議論的對象，先談後項。暗示後項是更重要的。

1146 □□□
じめん
【地面】

(名) 地面，地表；土地，地皮，地段

類 地表

例 子どもが、チョークで地面に絵を描いている。
／小朋友拿粉筆在地上畫畫。

1147 □□□
しも
【霜】

(名) 霜；白髮

例 昨日は霜がおりるほどで、寒くてならなかった。
／昨天好像下霜般地，冷得叫人難以忍受。

1148 □□□
ジャーナリスト
【journalist】

(名) 記者

例 ジャーナリストを志望する動機は何ですか。
／你是基於什麼樣的動機想成為記者的呢？

1149 □□□
シャープペンシル
【(和)sharp + pencil】

(名) 自動鉛筆

例 シャープペンシルで書く。
／用自動鉛筆寫。

1150 □□□
しゃかいかがく
【社会科学】
（名）社會科學

（例）社会科学とともに、自然科学も学ぶことができる。
／在學習社會科學的同時，也能學到自然科學。

1151 □□□
じゃがいも
【じゃが芋】
（名）馬鈴薯

（例）じゃが芋を茹でる。
／用水煮馬鈴薯。

1152 □□□
しゃがむ
（自五）蹲下

（類）屈む（かがむ）
（例）疲れたので、道端にしゃがんで休んだ。
／因為累了，所以在路邊蹲下來休息。

1153 □□□
（Track **36**）
じゃぐち
【蛇口】
（名）水龍頭

（例）蛇口をひねると、水が勢いよく出てきた。
／一轉動水龍頭，水就嘩啦嘩啦地流了出來。

1154 □□□
じゃくてん
【弱点】
（名）弱點，痛處；缺點

（類）弱み
（例）相手の弱点を知れば勝てるというものではない。
／知道對方的弱點並非就可以獲勝！

（文法）というものではない
［並不是…］
▶表示對某想法或主張，不完全贊成。

1155 □□□
しゃこ
【車庫】
（名）車庫

（例）車を車庫に入れた。
／將車停進了車庫裡。

讀書計劃：□□／□□

1156 ☐☐☐
しゃせい 【写生】
(名・他サ) 寫生，速寫；短篇作品，散記

類 スケッチ
例 山に、写生に行きました。
　/我去山裡寫生。

1157 ☐☐☐
しゃせつ 【社説】
(名) 社論

例 今日の新聞の社説は、教育問題を取り上げている。
　/今天報紙的社會評論裡，談到了教育問題。

1158 ☐☐☐
しゃっきん 【借金】
(名・自サ) 借款，欠款，舉債

類 借財（しゃくざい）
例 借金の保証人にだけはなるまい。
　/無論如何，千萬別當借款的保證人。

文法
まい [不…]
▶ 表示説話者不做某事的意志或決心。

1159 ☐☐☐
シャッター 【shutter】
(名) 鐵捲門；照相機快門

類 よろい戸（よろいど）
例 シャッターを押していただけますか。
　/可以請你幫我按下快門嗎？

1160 ☐☐☐
しゃどう 【車道】
(名) 車道

例 子供がボールを追いかけて車道に飛び出した。
　/孩童追著球跑，衝到了馬路上。

1161 ☐☐☐
しゃぶる
(他五)（放入口中）含，吸吮

類 舐める（なめる）
例 赤ちゃんは、指もしゃぶれば、玩具もしゃぶる。
　/小嬰兒既會吸手指頭，也會用嘴含玩具。

文法
も〜ば〜も [也…也…]
▶ 把類似的事物並列起來，用意在強調，或表示還有很多情況。

あ
か
さ
た
な
は
ま
や
ら
わ
練習

1162
□□□
しゃりん
【車輪】
名 車輪；（演員）拼命，努力表現；拼命於，盡力於

例 自転車の車輪が汚れたので、布で拭いた。
／因為腳踏車的輪胎髒了，所以拿了塊布來擦。

1163
□□□
しゃれ
【洒落】
名 俏皮話，雙關語；（服裝）亮麗，華麗，好打扮

類 駄洒落（だじゃれ）
例 会社の上司は、つまらないしゃれを言うのが好きだ。
／公司的上司，很喜歡說些無聊的笑話。

1164
□□□
じゃんけん
【じゃん拳】
名 猜拳，划拳

類 じゃんけんぽん
例 じゃんけんによって、順番を決めよう。／我們就用猜拳來決定順序吧！

1165
□□□
しゅう
【週】
名・漢造 星期；一圈

例 先週から腰痛が酷い。／上禮拜開始腰疼痛不已。

1166
□□□
しゅう
【州】
漢造 大陸，州

例 世界は五大州に分かれている。／世界分五大洲。

1167
□□□
しゅう
【集】
漢造 （詩歌等的）集；聚集

例 うちの文学全集は、客間の飾りに過ぎない。
／家裡的文學全集只不過是客廳的裝飾品罷了。

文法
にすぎない［ 也不過是…］
▶ 表示某微不足道的事態，指程度有限。

1168
□□□
じゅう
【銃】
名・漢造 槍，槍形物；有槍作用的物品

類 銃器
例 その銃は、本物ですか。／那把槍是真的嗎？

1169
□□□

じゅう
【重】

(接尾)（助數詞用法）層，重

例 この容器には二重のふたが付いている。
／這容器附有兩層的蓋子。

1170
□□□

じゅう
【中】

(名・接尾)（舊）期間；表示整個期間或區域

例 それを今日中にやらないと間に合わないです。
／那個今天不做的話就來不及了。

1171
□□□

しゅうい
【周囲】

(名) 周圍，四周；周圍的人，環境

類 周辺
例 彼は、周囲の人々に愛されている。／他被大家所喜愛。

1172
□□□

しゅうかい
【集会】

(名・自サ) 集會

類 集まり
例 いずれにせよ、集会には出席しなければなり
ません。
／無論如何，務必都要出席集會。

文法 にせよ［無論…，都要…］
▶ 表示退一步承認前項，
並在後項中提出跟前面相
反或相矛盾的意見。

1173
□□□

しゅうかく
【収穫】

(名・他サ) 收獲（農作物）；成果，收穫；獵獲物

類 取り入れ
例 収穫量に応じて、値段を決めた。
／按照收成量，來決定了價格。

文法 におうじて［依據…］
▶ 表示按照、根據。前項
作為依據，後項根據前項
的情況而發生變化。

1174
□□□

じゅうきょ
【住居】

(名) 住所，住宅

類 住処
例 まだ住居が決まらないので、ホテルに泊まっている。
／由於還沒決定好住的地方，所以就先住在飯店裡。

| 1175 □□□ | しゅうきん【集金】 | 名・自他サ （水電、瓦斯等）收款，催收的錢 |

類 取り立てる
例 毎月月末に集金に来ます。／每個月的月底，我會來收錢。

| 1176 □□□ | しゅうごう【集合】 | 名・自他サ 集合；群體，集群；（數）集合 |

反 解散　類 集う
例 朝8時に集合してください。／請在早上八點集合。

| 1177 □□□ | しゅうじ【習字】 | 名 習字，練毛筆字 |

例 あの子は、習字を習っているだけのことはあって、字がうまい。
　／那孩子不愧是學過書法，字寫得還真是漂亮！

文法 だけのことはあって［不愧是…］
▶ 表示與其做的努力、所處的地位、所經歷的事情等名實相符，對其後項的結果、能力等給予高度的讚美。

| 1178 □□□ | じゅうし【重視】 | 名・他サ 重視，認為重要 |

反 軽視（けいし）　類 重要視
例 能力に加えて、人柄も重視されます。／除了能力之外，也重視人品。

| 1179 □□□ | じゅうしょう【重傷】 | 名 重傷 |

例 事故に遭った人は重傷を負いましたが、命に別状はないとのことです。／遭逢了意外的人雖然身受重傷，所幸沒有生命危險。

| 1180 □□□ | しゅうせい【修正】 | 名・他サ 修改，修正，改正 |

類 直す
例 レポートを修正の上、提出してください。
　／請修改過報告後再交出來。

文法
うえで［之後…再…］
▶ 表示兩動作間時間上的先後關係。先進行前一動作，後面再根據前面的結果，採取下一個動作。

1181
☐☐☐
しゅ|うぜん
【修繕】

(名・他サ) 修繕，修理
（或唸：しゅ|うぜん）

(類) 修理

(例) 古い家だが、修繕すれば住めないこともない。
／雖說是老舊的房子，但修補後，也不是不能住的。

1182
☐☐☐
じゅ|うたい
【重体】

(名) 病危，病篤

(類) 瀕死（ひんし）

(例) 重体に陥る。
／病情危急。

1183
☐☐☐
じゅ|うだい
【重大】

(形動) 重要的，嚴重的，重大的

(類) 重要

(例) 最近は、重大な問題が増える一方だ。
／近來，重大案件不斷地增加。

1184
☐☐☐
じゅ|うたく
【住宅】

(名) 住宅

(類) 住居

(例) このへんの住宅は、家族向きだ。
／這一帶的住宅，適合全家居住。

1185
☐☐☐
じゅ|うたくち
【住宅地】

(名) 住宅區

(例) 誘拐事件の発生現場は、閑静な住宅地だった。
／綁票事件發生的地點是在一處幽靜的住宅區。

1186
☐☐☐
しゅ|うだん
【集団】

(名) 集體，集團

(類) 集まり

(例) 私は集団行動が苦手だ。
／我不大習慣集體行動。

1187 ☐☐☐
しゅうちゅう
【集中】
(名・自他サ) 集中；作品集

例 集中力にかけては、彼にかなう者はいない。
／就集中力這一點，沒有人可以贏過他。

文法 にかけては［就…這一點］
▶ 表示［其它姑且不論，僅就那一件事情來説］的意思。後項多接對別人的技術或能力好的評價。

1188 ☐☐☐
しゅうてん
【終点】
(名) 終點

反 起点
例 終点までいくつ駅がありますか。／到終點一共有幾站？

1189 ☐☐☐
じゅうてん
【重点】
(名) 重點（物）作用點

類 ポイント
例 この研修は、英会話に重点が置かれている。
／這門研修的重點，是擺在英語會話上。

1190 ☐☐☐
しゅうにゅう
【収入】
(名) 收入，所得

反 支出　類 所得
例 彼は収入がないにもかかわらず、ぜいたくな生活をしている。
／儘管他沒收入，還是過著奢侈的生活。

文法
にもかかわらず［儘管…，卻還要…］
▶ 表示逆接。後項事情常是跟前項相反或相矛盾的事態。

1191 ☐☐☐
しゅうにん
【就任】
(名・自サ) 就職，就任

類 就職
例 彼の理事長への就任をめぐって、問題が起こった。
／針對他就任理事長一事，而產生了一些問題。

文法 をめぐって［針對…一事］
▶ 表示後項的行為動作，是針對前項的某一事情、問題進行的。

1192 ☐☐☐
しゅうのう
【収納】
(名・他サ) 收納，收藏

Track 37

例 収納スペースが足りない。／收納空間不夠用。

讀書計劃：☐☐／☐☐

1193 □□□

しゅうへん
【周辺】

（名）周邊，四周，外圍

類 周り

例 駅の周辺というと、にぎやかなイメージがあ
ります。
／說到車站周邊，讓人就有熱鬧的印象。

文法 というと[說到…]
▶ 表示承接話題的聯想，從某個話題引起自己的聯想，或對這個話題進行說明或聯想。

1194 □□□

じゅうみん
【住民】

（名）居民

類 住人

例 ビルの建設を計画する一方、近所の住民の意
見も聞かなければならない。／在一心策劃蓋大
廈的同時，也得聽聽附近居民的意見才行。

文法
いっぽう[在…的同時]
▶ 前句說明在做某件事的同時，後句為補充做另一件事。

1195 □□□

じゅうやく
【重役】

（名）擔任重要職務的人；重要職位，重任者；（公司的）董事與監事的通稱

類 大役

例 彼はおそらく、重役になれるまい。
／他恐怕無法成為公司的要員吧！

文法
まい[大概不會(無法)…]
▶ 表示說話者的推測、想像。

1196 □□□

しゅうりょう
【終了】

（名・自他サ）終了，結束；作完；期滿，屆滿

反 開始
類 終わる

例 パーティーは終了したものの、まだ後片付け
が残っている。
／雖然派對結束了，但卻還沒有整理。

文法
ものの[雖然…但…]
▶ 表前項成立，但後項不能順著前項所預期或可能發生的方向發展下去。

1197 □□□

じゅうりょう
【重量】

（名）重量，分量；沈重，有份量

類 目方（めかた）

例 持って行く荷物には、重量制限があります。
／攜帶過去的行李有重量限制。

1198 ☐☐☐
じゅうりょく
【重力】
名（理）重力

例 りんごが木から落ちるのは、重力があるからです。
／蘋果之所以會從樹上掉下來，是因為有重力的關係。

1199 ☐☐☐
しゅぎ
【主義】
名 主義，信條；作風，行動方針

類 主張
例 自分の主義を変えるわけにはいかない。／我不可能改變自己的主張。

1200 ☐☐☐
じゅくご
【熟語】
名 成語，慣用語；（由兩個以上單詞組成）複合詞；（由兩個以上漢字構成的）漢語詞

類 慣用語（かんようご）
例 「山」という字を使って、熟語を作ってみましょう。
／請試著用「山」這個字，來造句成語。

1201 ☐☐☐
しゅくじつ
【祝日】
名（政府規定的）節日

類 記念日
例 日本で、「国民の祝日」がない月は6月だけだ。
／在日本，沒有「國定假日」的月份只有六月而已。

1202 ☐☐☐
しゅくしょう
【縮小】
名・他サ 縮小

反 拡大
例 経営を縮小しないことには、会社がつぶれ
てしまう。
／如不縮小經營範圍，公司就會倒閉。

文法 ないことには［要是不…］
▶ 表示如果不實現前項，也就不能實現後項。後項一般是消極的、否定的結果。

1203 ☐☐☐
しゅくはく
【宿泊】
名・自サ 投宿，住宿

類 泊まる
例 京都で宿泊するとしたら、日本式の旅館に泊まりたいです
／如果要在京都投宿，我想住日式飯店。

1204 □□□
じゅけん
【受験】

（名・他サ）參加考試，應試，投考

例 試験が難しいかどうかにかかわらず、私は
受験します。

／無論考試困難與否，我都要去考。

文法

にかかわらず［無論…
與否…］

▶ 表示前項不是後項事態
成立的阻礙。

1205 □□□
しゅご
【主語】

（名）主語；（邏）主詞

反 述語

例 日本語は、主語を省略することが多い。

／日語常常省略掉主語。

1206 □□□
しゅしょう
【首相】

（名）首相，內閣總理大臣

類 内閣総理大臣（ないかくそうりだいじん）

例 首相に対して、意見を提出した。／我向首相提出了意見。

1207 □□□
しゅちょう
【主張】

（名・他サ）主張，主見，論點

例 あなたの主張は、理解しかねます。／我實在是難以理解你的主張。

1208 □□□
しゅっきん
【出勤】

（名・自サ）上班，出勤

反 退勤

例 電車がストライキだから、今日はバスで出勤
せざるを得ない。

／由於電車從業人員罷工，今天不得不搭巴士上班。

文法

ざるをえない［不得不…］

▶ 表示除此之外，沒有
其他的選擇。

1209 □□□
じゅつご
【述語】

（名）謂語

反 主語　類 賓辞

例 この文の述語はどれだかわかりますか。

／你能分辨這個句子的謂語是哪個嗎？

1210 しゅっちょう 【出張】
☐☐☐

（名・自サ）因公前往，出差

例 私のかわりに、出張に行ってもらえませんか。

／你可不可以代我去出公差？

1211 しゅっぱん 【出版】
☐☐☐

（名・他サ）出版

類 発行

例 本を出版するかわりに、インターネットで発表した。

／取代出版書籍，我在網路上發表文章。

1212 しゅと 【首都】
☐☐☐

（名）首都

類 首府（しゅふ）

例 中華民国の首都がどこなのかを巡っては、複雑な事情がある。

／關於中華民國的首都在哪裡的議題，有其複雜的背景情況。

1213 しゅとけん 【首都圏】
☐☐☐

（名）首都圏

例 東日本大震災では、首都圏も大きな影響を受けた。

／在東日本大地震中，連首都圏也受到了極大的影響。

1214 しゅふ 【主婦】
☐☐☐

（名）主婦，女主人

例 小説の新人賞受賞をきっかけに、主婦から作家になった。

／以榮獲小說新人獎為契機，從主婦變成了作家。

文法

をきっかけに［以…為契機］

▶表示某事產生的原因、機會、動機等。

1215 じゅみょう 【寿命】
☐☐☐

（名）壽命；（物）耐用期限

類 命数（めいすう）

例 平均寿命が大きく伸びた。

／平均壽命大幅地上升。

1216 □□□

しゅやく
【主役】

名 （戲劇）主角；（事件或工作的）中心人物

反 脇役（わきやく） 類 主人公

文法 も〜なら〜も […有…的問題，…也有…的不對]
▶ 表示雙方都有缺點，帶有譴責的語氣。

例 主役も主役なら、脇役も脇役で、みんなへたくそだ。
／不論是主角還是配角實在都不像樣，全都演得很糟。

1217 □□□

しゅよう
【主要】

名・形動 主要的

例 世界の主要な都市の名前を覚えました。
／我記下了世界主要都市的名字。

1218 □□□

じゅよう
【需要】

名 需要，要求；需求

反 供給 類 求め

例 まず需要のある商品が何かを調べることだ。
／首先要做的，應該是先查出哪些是需要的商品。

1219 □□□

じゅわき
【受話器】

名 聽筒

反 送話器 類 レシーバー

例 電話が鳴ったので、急いで受話器を取った。
／電話響了，於是急忙接起了聽筒。

1220 □□□

じゅん
【順】

名・漢造 順序，次序；輪班，輪到；正當，必然，理所當然；順利

類 順番

例 順に呼びますから、そこに並んでください。
／我會依序叫名，所以請到那邊排隊。

1221 □□□

じゅん
【準】

接頭 準，次

例 最後の最後に 1 点取られて、準優勝になった。
／在最後的緊要關頭得到一分，得到了亞軍。

1222 □□□
しゅんかん
【瞬間】

名 瞬間，剎那間，剎那；當時，…的同時

類 一瞬
例 振り返った瞬間、誰かに殴られた。
／就在我回頭的那一剎那，不知道被誰打了一拳。

1223 □□□
じゅんかん
【循環】

名・自サ 循環

例 運動をして、血液の循環をよくする。
／多運動來促進血液循環。

1224 □□□
じゅんきょうじゅ
【准教授】

名（大學的）副教授

例 彼は准教授のくせに、教授になったと嘘をついた。
／他明明就只是副教授，卻謊稱自己已當上了教授。

1225 □□□
じゅんじゅん
【順々】

副 按順序，依次；一點點，漸漸地，逐漸

類 順次
例 順々に部屋の中に入ってください。
／請依序進入房內。

1226 □□□
じゅんじょ
【順序】

名 順序，次序，先後；手續，過程，經過

類 順番
例 順序を守らないわけにはいかない。
／不能不遵守順序。

1227 □□□
じゅんじょう
【純情】

名・形動 純真，天真

類 純朴
例 彼は、女性に声をかけられると真っ赤になるほど純情だ。
／他純情到只要女生跟他說話，就會滿臉通紅。

1228 □□□

じゅんすい
【純粋】

（名・形動）純粹的，道地；純真，純潔，無雜念的

（反）不純

（例）これは、純粹な水ですか。／這是純淨的水嗎？

1229 □□□

Track 38

じゅんちょう
【順調】

（名・形動）順利，順暢；（天氣、病情等）良好

（反）不順　（類）快調（かいちょう）

（例）仕事が順調だったのは、1年きりだった。／只有一年工作上比較順利。

1230 □□□

しよう
【使用】

（名・他サ）使用，利用，用（人）

（類）利用

（例）トイレが使用中だと思ったら、なんと誰も入っていなかった。
／我本以為廁所有人，想不到裡面沒有人。

> **文法** とおもったら［原以為…原來是］
> ▶ 表示本來預料會有某種狀況，下文結果有兩種：一種是相反結果，一種是與預料的一致。

1231 □□□

しょう
【小】

（名）小（型），（尺寸，體積）小的；小月；謙稱

（反）大　（類）小さい

（例）大小二つの種類があります。／有大小兩種。

1232 □□□

しょう
【章】

（名）（文章，樂章的）章節；紀念章，徽章

（例）この本は全10章からなる。
／這本書總共由十章構成的。

1233 □□□

しょう
【賞】

（名・漢造）獎賞，獎品，獎金；欣賞

（反）罰　（類）賞品

（例）コンクールというと、賞を取った時のことを思い出します。
／說到比賽，就會想起過去的得獎經驗。

> **文法** というと［說到…］
> ▶ 表示承接話題的聯想，從某個話題引起自己的聯想，或對這個話題進行說明或聯想。

1234
☐☐☐
じょう
【上】

（名・漢造）上等；（書籍的）上卷；上部，上面；上好的，上等的

反 下

例 私の成績は、中の上です。
／我的成績，是在中上程度。

1235
☐☐☐
しょうか
【消化】

（名・他サ）消化（食物）；掌握，理解，記牢（知識等）；容納，吸收，處理

類 吸收

例 麺類は、肉に比べて消化がいいです。
／麺類比肉類更容易消化。

1236
☐☐☐
しょうがい
【障害】

（名）障礙，妨礙；（醫）損害，毛病；（障礙賽中的）欄，障礙物

類 邪魔

例 障害を乗り越える。／突破障礙。

1237
☐☐☐
しょうがくきん
【奨学金】

（名）獎學金，助學金

例 日本で奨学金と言っているものは、ほとんどは借金であって、給付されるものは少ない。
／在日本，絕大多數所謂的獎學金幾乎都是就學貸款，鮮少有真正給付的。

1238
☐☐☐
しようがない
【仕様がない】

（慣）沒辦法

例 体調が悪かったから、負けてもしようがない。
／既然身體不舒服，輸了也是沒辦法的事。

1239
☐☐☐
しょうぎ
【将棋】

（名）日本象棋，將棋

例 退職したのを契機に、将棋を習い始めた。
／自從我退休後，就開始學習下日本象棋。

文法
をけいきに［自從…後］
▶ 表示某事產生或發生的原因、動機、機會、轉折點。

讀書計劃：☐☐／☐☐／☐☐

1240 □□□
じょうき
【蒸気】
名 蒸汽

例 やかんから蒸気が出ている。
／茶壺冒出了蒸氣。

1241 □□□
じょうきゃく
【乗客】
名 乘客，旅客

例 事故が起こったが、乗客は全員無事だった。
／雖然發生了事故，但是幸好乘客全都平安無事。

1242 □□□
じょうきゅう
【上級】
名 (層次、水平高的)上級，高級

例 試験にパスして、上級クラスに入れた。
／我通過考試，晉級到了高級班。

1243 □□□
しょうぎょう
【商業】
名 商業

類 商売
例 このへんは、商業地域だけあって、とてもにぎやかだ。
／這附近不愧是商業區，非常的熱鬧。

文法
だけあって [不愧是…]
▶ 表示名實相符，一般
用在積極讚美的時候。

1244 □□□
じょうきょう
【上京】
名・自サ 進京，到東京去

例 彼は上京して絵を習っている。
／他到東京去學畫。

1245 □□□
じょうきょう
【状況】
名 狀況，情況

類 シチュエーション
例 責任者として、状況を説明してください。
／身為負責人，請您說明一下現今的狀況。

1246
□□□
じょうげ
【上下】

名・自他サ （身分、地位的）高低，上下，低賤

例 社員はみな若いから、上下関係を気にすることはないですよ。

／員工大家都很年輕，不太在意上司下屬之分啦。

1247
□□□
しょうじ
【障子】

名 日本式紙拉門，隔扇

例 猫が障子を破いてしまった。

／貓抓破了拉門。

1248
□□□
しょうしか
【少子化】

名 少子化

例 少子化が進んでいる。

／少子化日趨嚴重。

1249
□□□
じょうしき
【常識】

名 常識

類 コモンセンス

例 常識からすれば、そんなことはできません。

／從常識來看，那是不能發生的事。

文法 からすれば［從…來看］

▶ 表示判斷的觀點，根據。

1250
□□□
しょうしゃ
【商社】

名 商社，貿易商行，貿易公司

例 商社は、給料がいい反面、仕事がきつい。

／貿易公司薪資雖高，但另一面工作卻很吃力。

1251
□□□
じょうしゃ
【乗車】

名・自サ 乘車，上車；乘坐的車

反 下車

例 乗車するときに、料金を払ってください。

／上車時請付費。

1252 □□□

じょうしゃけん
【乗車券】

(名) 車票

例 乗車券を拝見します。
／請給我看您的車票。

1253 □□□

しょうしょう
【少々】

(名・副) 少許，一點，稍稍，片刻

類 ちょっと
例 この機械は、少々古いといってもまだ使えます。
／這機器，雖說有些老舊，但還是可以用。

1254 □□□

しょうじる
【生じる】

(自他サ) 生，長；出生，產生；發生；出現

類 発生する
例 コミュニケーション不足で、誤解が生じた。
／由於溝通不良而產生了誤會。

1255 □□□

じょうたつ
【上達】

(名・自他サ)（學術、技藝等）進步，長進；上呈，向上傳達

類 進歩
例 英語が上達するにしたがって、仕事が楽しくなった。
／隨著英語的進步，工作也變得更有趣了。

文法
にしたがって[隨著…也]
▶ 表示某事物隨著其他事物而變化。

1256 □□□

しょうち
【承知】

(名・他サ) 同意，贊成，答應；知道；許可，允許

類 承諾（しょうだく）
例「明日までに企画書を提出してください」「承知しました」
／「請在明天之前提交企劃書。」「了解。」

1257 □□□

しょうてん
【商店】

(名) 商店

類 店（みせ）
例 彼は、小さな商店を経営している。／他經營一家小商店。

1258 □□□
しょうてん
【焦点】

⊛ 名 焦點；(問題的)中心，目標

類 中心

例 この議題こそ、会議の焦点にほかならない。
／這個議題，無非正是這個會議的焦點。

文法
にほかならない [無非是…]
▶ 表示斷定的説事情發生的理由、原因，是對事物的原因、結果的肯定語氣。

1259 □□□
じょうとう
【上等】

名・形動 上等，優質；很好，令人滿意

反 下等（かとう）

例 デザインはともかくとして、生地は上等です。
／姑且不論設計如何，這布料可是上等貨。

文法
はともかく [姑且不論…]
▶ 表示提出兩個事項，前項暫且不作為議論的對象，先談後項。暗示後項是更重要的。

1260 □□□
しょうどく
【消毒】

名・他サ 消毒，殺菌

類 殺菌（さっきん）

例 消毒すれば大丈夫というものでもない。
／並非消毒後，就沒有問題了。

文法 というものではない
[並不是…]
▶ 表示對某想法或主張，不完全贊成。

1261 □□□
しょうにん
【承認】

名・他サ 批准，認可，通過；同意；承認

類 認める

例 社長が承認した以上は、誰も反対できないよ。
／既然社長已批准了，任誰也沒辦法反對啊！

文法
いじょうは [既然]
▶ 由於前句某種決心或責任，後句便根據前項表達相對應的決心、義務或奉勸。

1262 □□□
しょうにん
【商人】

名 商人

類 商売人

例 彼は、商人向きの性格をしている。
／他的個性適合當商人。

1263 □□□
しょうはい
【勝敗】

(名) 勝負，勝敗

(類) 勝負

(例) 勝敗なんか、気にするものか。

／我哪會去在意輸贏呀！

1264 □□□
じょうはつ
【蒸発】

(名・自サ) 蒸發，汽化；(俗) 失蹤，出走，去向不明，逃之夭夭

(例) 加熱して、水を蒸発させます。

／加熱水使它蒸發。

1265 □□□
しょうひん
【賞品】

(名) 獎品

(類) 売品（ばいひん）

(例) 一等の賞品は何ですか。

／頭獎的獎品是什麼？

1266 □□□
じょうひん
【上品】

(名・形動) 高級品，上等貨；莊重，高雅，優雅

(例) あの人は、とても上品な人ですね。

／那個人真是個端莊高雅的人呀！

1267 □□□
しょうぶ
【勝負】

(名・自サ) 勝敗，輸贏；比賽，競賽

(類) 勝敗

(例) 勝負するにあたって、ルールを確認しておこう。

／比賽時，先確認規則！

(文法) にあたって[之際]

▶ 表示某一行動，已經到了事情重要的階段。

1268 □□□
しょうべん
【小便】

(名・自サ) 小便，尿；(俗) 終止合同，食言，毀約

(反) 大便（だいべん）　(類) 尿（にょう）

(例) ここで立ち小便をしてはいけません。

／禁止在這裡隨地小便。

1269 Track **39**
しょ**う**ぼう
【消防】
(名) 消防；消防隊員，消防車

例 連絡すると、すぐに消防車がやってきた。
／我才通報不久，消防車就馬上來了。

1270
しょ**う**み
【正味】
(名) 實質，內容，淨剩部分；淨重；實數；實價，不折不扣的價格，批發價

例 昼休みを除いて、正味8時間働いた。
／扣掉午休時間，實際工作了八個小時。

1271
しょ**う**めい
【照明】
(名・他サ) 照明，照亮，光亮，燈光；舞台燈光

例 商品がよく見えるように、照明を明るくしました。
／為了讓商品可以看得更清楚，把燈光弄亮。

1272
しょ**う**もう
【消耗】
(名・自他サ) 消費，消耗；(體力)耗盡，疲勞；磨損

例 おふろに入るのは、意外と体力を消耗する。
／洗澡出乎意外地會消耗體力。

1273
じょ**う**ようしゃ
【乗用車】
(名) 自小客車

例 乗用車を買う。
／買汽車。

1274
しょ**う**らい
【将来】
(名・副・他サ) 將來，未來，前途；(從外國)傳入；帶來，拿來；招致，引起

類 未来

例 20代のころはともかく、30過ぎてもフリーターなんて、さすがに将来のことを考えると不安になる。
／二十幾歲的人倒是無所謂，如果過了三十歲以後還沒有固定的工作，考慮到未來的人生，畢竟心裡會感到不安。

文法

はともかく［姑且不論…］

▶ 表示提出兩個事項，前項暫且不作為議論的對象，先談後項。暗示後項是更重要的。

讀書計劃：□□／□□／□□

1275
□□□

じょおう
【女王】

名 女王，王后；皇女，王女

例 あんな女王様のような態度をとる<u>べきではない</u>。
／妳<u>不該</u>擺出那種像女王般的態度。

文法
べきではない [不該…]
▶ 表示禁止，從某種規範來看不能做某件事。

1276
□□□

しょきゅう
【初級】

名 初級

類 初等
例 初級を終わってからでなければ、中級に進めない。
／如果沒上完初級，就沒辦法進階到中級。

1277
□□□

じょきょう
【助教】

名 助理教員；代理教員

例 この研究は 2 年前に、ある医師が田中助教の元を訪ねたのがきっかけでした。／兩年前，因某醫生拜訪田中助理教員而開始了這項研究。

1278
□□□

しょく
【職】

名・漢造 職業，工作；職務；手藝，技能；官署名

類 職務
例 職に貴賤なし。／職業不分貴賤。

1279
□□□

しょくえん
【食塩】

名 食鹽

例 食塩と砂糖で味付けする。／以鹽巴和砂糖調味。

1280
□□□

しょくぎょう
【職業】

名 職業

類 仕事
例 用紙に名前と職業を書いた<u>上</u>で、持ってきてください。
／請在紙上寫下姓名和職業<u>之後</u>，<u>再</u>拿到這裡來。

文法
うえで [之後…再…]
▶ 表示兩動作間時間上的先後關係。先進行前一動作，後面再根據前面的結果，採取下一個動作。

1281
☐☐☐
しょくせいかつ
【食生活】
㊒ 飲食生活

㋑ 食生活が豊かになった。
／飲食生活變得豐富。

1282
☐☐☐
しょくたく
【食卓】
㊒ 餐桌

㊖ 食台（しょくだい）
㋑ 早く食卓についてください。
／快點來餐桌旁坐下。

1283
☐☐☐
しょくば
【職場】
㊒ 工作崗位，工作單位

㋑ 働くからには、職場の雰囲気を大切にしようと思います。
／既然要工作，我認為就得注重職場的氣氛。

1284
☐☐☐
しょくひん
【食品】
㊒ 食品

㊖ 飲食品
㋑ 油っぽい食品はきらいです。
／我不喜歡油膩膩的食品。

1285
☐☐☐
しょくぶつ
【植物】
㊒ 植物

㊖ 草木
㋑ 壁にそって植物を植えた。
／我沿著牆壁種了些植物。

文法
にそって [沿著…]
▶ 接在河川或道路等長長延續的東西，或操作流程等名詞後，表示沿著河流、街道。

1286
☐☐☐
しょくもつ
【食物】
㊒ 食物

㊖ 食べ物
㋑ 私は、食物アレルギーがあります。
／我對食物會過敏。

1287
☐☐☐

しょくよく
【食欲】

(名) 食慾

例 食欲がないときは、少しお酒を飲むといいです。
／沒食慾時，喝點酒是不錯的。

1288
☐☐☐

しょこく
【諸国】

(名) 各國

例 首相は専用機でアフリカ諸国歴訪に旅立った。
／首相搭乘專機出發訪問非洲各國了。

1289
☐☐☐

しょさい
【書斎】

(名)（個人家中的）書房，書齋

(類) 書室（しょしつ）
例 先生は、書斎で本を読んでいます。
／老師正在書房看書。

1290
☐☐☐

じょし
【女子】

(名) 女孩子，女子，女人

(類) 女性
例 これから、女子バレーボールの試合が始まります。
／女子排球比賽現在開始進行。

1291
☐☐☐

じょしゅ
【助手】

(名) 助手，幫手；（大學）助教

(類) アシスタント
例 研究室の助手をしています。
／我在當研究室的助手。

1292
☐☐☐

しょじゅん
【初旬】

(名) 初旬，上旬

(類) 上旬（じょうじゅん）
例 ４月の初旬に、アメリカへ出張に行きます。
／四月初我要到美國出差。

1293 □□□
じょ じょに
【徐々に】

圖 徐徐地，慢慢地，一點點；逐漸，漸漸

類 少しずつ

例 彼女は、薬による治療で徐々によくなってきました。
／她因藥物治療，而病情漸漸好轉。

1294 □□□
しょ せき
【書籍】

名 書籍
（或唸：しょせき）

類 図書

例 書籍を販売する会社に勤めている。
／我在書籍銷售公司上班。

1295 □□□
しょ っき
【食器】

名 餐具

例 結婚したのを契機にして、新しい食器を買った。
／趁新婚時，買了新的餐具。

文法
をけいきに［趁…時］
▶ 表示某事產生或發生的原因、動機、機會、轉折點。

1296 □□□
ショ ップ
【shop】

接尾 （一般不單獨使用）店舖，商店

類 商店（しょうてん）

例 恵比寿から代官山にかけては、おしゃれなショップが多いです。
／從惠比壽到代官山這一帶，有許多時髦的商店。

1297 □□□
しょ てん
【書店】

名 書店；出版社，書局

類 本屋

例 東京には大型の書店がいくつもある。
／東京有好幾家大型書店。

1298 □□□
しょ どう
【書道】

名 書法

例 書道に加えて、華道も習っている。
／學習書法之外，也有學插花。

1299 □□□
しょほ
【初歩】

名 初學，初步，入門

類 初学（しょがく）

例 初歩から勉強すれば必ずできるというも
のでもない。

／並非從基礎學習起就一定能融會貫通。

文法
というものではない［ 並
不是…]
► 表示對某想法或主張，
不完全贊成。

1300 □□□
しょめい
【署名】

名・自サ 署名，簽名；簽的名字

類 サイン

例 住所を書くとともに、ここに署名してください。

／在寫下地址的同時，請在這裡簽下大名。

1301 □□□
しょり
【処理】

名・他サ 處理，處置，辦理

類 処分

例 今ちょうどデータの処理をやりかけたところです。

／現在正好處理資料到一半。

1302 □□□
しらが
【白髪】

名 白頭髮

例 苦労が多くて、白髪が増えた。／由於辛勞過度，白髮變多了。

1303 □□□
シリーズ
【series】

名（書籍等的）彙編，叢書，套；（影片、電影等）
系列；（棒球）聯賽

類 系列（けいれつ）

例 『男はつらいよ』は、主役を演じた俳優が亡くなって、シリーズ
が終了した。

／《男人真命苦》的系列電影由於男主角的過世而結束了。

1304 □□□
じりき
【自力】

名 憑自己的力量

例 誘拐された中学生は、犯人の隙を見て自力で逃げ出したそうだ。

／據說遭到綁架的中學生趁著綁匪沒注意的時候，憑靠自己的力量逃了出來。

1305 □□□ しりつ【私立】

名 私立，私營

例 私立大学というと、授業料が高そうな気がします。
／說到私立大學，就有種學費似乎很貴的感覺。

文法 というと[說到…]

▶ 表示承接話題的聯想，從某個話題引起自己的聯想，或對這個話題進行說明或聯想。

1306 □□□ しりょう【資料】

名 資料，材料

類 データ

例 資料をもらわないことには、詳細がわからない。
／要是不拿資料的話，就沒辦法知道詳細的情況。

文法 ないことには[要是不…]

▶ 表示如果不實現前項，也就不能實現後項。後項一般是消極的、否定的結果。

1307 □□□ しる【汁】

名 汁液，漿；湯；味噌湯

類 つゆ

例 お母さんの作る味噌汁がいちばん好きです。
／我最喜歡媽媽煮的味噌湯了。

1308 □□□ track 40 しろ【城】

名 城，城堡；(自己的) 權力範圍，勢力範圍

例 お城には、美しいお姫様が住んでいます。／城堡裡，住著美麗的公主。

1309 □□□ しろうと【素人】

名 外行，門外漢；業餘愛好者，非專業人員；良家婦女

反 玄人
類 初心者

例 素人のくせに、口を出さないでください。
／明明就是外行人，請不要插嘴。

1310 □□□ しわ

名 (皮膚的) 皺紋；(紙或布的) 縐折，摺子

例 苦労すればするほど、しわが増えるそうです。
／聽說越操勞皺紋就會越多。

1311 □□□

しん
【芯】

名 蕊；核；枝條的頂芽

類 中央

例 シャープペンシルの芯を買ってきてください。
　　/請幫我買筆芯回來。

1312 □□□

しんくう
【真空】

名 真空；（作用、勢力達不到的）空白，真空狀態

例 この箱の中は、真空状態になっているということだ。
　　/據說這箱子，是呈現真空狀態的。

1313 □□□

しんけい
【神経】

名 神經；察覺力，感覺，神經作用

類 感覚

例 ああ、この虫歯は、もう神経を抜かないといけませんね。
　　/哎，這顆蛀牙非得拔除神經了哦。

1314 □□□

しんけん
【真剣】

名・形動 真刀，真劍；認真，正經

類 本気

例 私は真剣だったのに、彼にとっては遊びだった。
　　/我是認真的，可是對他來說卻只是一場遊戲罷了。

1315 □□□

しんこう
【信仰】

名・他サ 信仰，信奉

類 信教

例 彼は、仏教を信仰している。／他信奉佛教。

1316 □□□

じんこう
【人工】

名 人工，人造

反 自然　類 人造

補 人工的［形容動詞］人工（造）的

例 人工的な骨を作る研究をしている。
　　/我在研究人造骨頭的製作方法。

1317 □□□
しんこく
【深刻】

(形動) 嚴重的，重大的，莊重的；意味深長的，發人省思的，尖銳的

(類) 大変

(例) 状況はかなり深刻だとか。

／聽說情況相當的嚴重。

1318 □□□
しんさつ
【診察】

(名・他サ)（醫）診察，診斷

(類) 検診 (けんしん)

(例) 先生は今診察中です。

／醫師正在診斷病情。

1319 □□□
じんじ
【人事】

(名) 人事，人力能做的事；人事（工作）；世間的事，人情世故

(類) 人選

(例) 部長の人事が決まりかけたときに、社長が反対した。

／就要決定部長的去留時，受到了社長的反對。

1320 □□□
じんしゅ
【人種】

(名) 人種，種族；（某）一類人；（俗）（生活環境、愛好等不同的）階層

(類) 種族

(例) 人種からいうと、私はアジア系です。

／從人種來講，我是屬於亞洲人。

1321 □□□
しんじゅう
【心中】

(名・自サ)（古）守信義；（相愛男女因不能在一起而感到悲哀）一同自殺，殉情；（轉）兩人以上同時自殺

(類) 情死

(例) 借金を苦にして夫婦が心中した。

／飽受欠債之苦的夫妻一起輕生了。

1322 □□□
しんしん
【心身】

(名) 身和心；精神和肉體

(例) この薬は、心身の疲労に効きます。

／這藥對身心上的疲累都很有效。

1323 □□□
じんせい
【人生】
（名）人的一生；生涯，人的生活

（類）生涯（しょうがい）
（例）病気になったのをきっかけに、人生を振り返った。
／趁著生了一場大病為契機，回顧了自己過去的人生。

文法
をきっかけに [以…為契機]
▶ 表示某事產生的原因、機會、動機等。

1324 □□□
しんせき
【親戚】
（名）親戚，親屬

（類）親類
（例）祖父が亡くなって、親戚や知り合いがたくさん集まった。
／祖父過世，來了許多親朋好友。

1325 □□□
しんぞう
【心臓】
（名）心臟；厚臉皮，勇氣

（例）びっくりして、心臓が止まりそうだった。
／我嚇到心臟差點停了下來。

1326 □□□
じんぞう
【人造】
（名）人造，人工合成

（例）この服は、人造繊維で作られている。
／這套衣服，是由人造纖維製成的。

1327 □□□
しんたい
【身体】
（名）身體，人體

（類）体躯（たいく）
（例）1年に1回、身体検査を受ける。
／一年接受一次身體的健康檢查。

1328 □□□
しんだい
【寝台】
（名）床，床鋪，（火車）臥鋪

（類）ベッド
（例）寝台特急で旅行に行った。
／我搭了特快臥舖火車去旅行。

あ
か
さ
た
な
は
ま
や
ら
わ
練習

| 1329 □□□ | **しんだん**【診断】 | 名・他サ（醫）診斷；判斷 |

例 月曜から水曜にかけて、健康診断が行われます。
／禮拜一到禮拜三要實施健康檢查。

| 1330 □□□ | **しんちょう**【慎重】 | 名・形動 慎重，穩重，小心謹慎 |

反 軽率（けいそつ）

例 社長を説得するにあたって、慎重に言葉を選んだ。
／説服社長時，用字遣詞要非常的慎重。

文法 にあたって［之際］
▶ 表示某一行動，已經到了事情重要的階段。

| 1331 □□□ | **しんにゅう**【侵入】 | 名・自サ 浸入，侵略；（非法）闖入 |

例 犯人は、窓から侵入したに相違ありません。
／犯人肯定是從窗戶闖入的。

文法 にそういない［一定是…］
▶ 表示説話者根據經驗或直覺，做出非常肯定的判斷。

| 1332 □□□ | **しんねん**【新年】 | 名 新年 |

例 新年を迎える。
／迎接新年。

| 1333 □□□ | **しんぱん**【審判】 | 名・他サ 審判，審理，判決；（體育比賽等的）裁判；（上帝的）審判 |

例 審判は、公平でなければならない。
／審判時得要公正才行。

| 1334 □□□ | **じんぶつ**【人物】 | 名 人物；人品，為人；人材；人物（繪畫的），人物（畫） |

類 人間

例 今までに日本のお札に最も多く登場した人物は、聖徳太子です。
／迄今，最常在日本鈔票上出現的人物是聖徳太子。

1335 ☐☐☐

じんぶんか がく
【人文科学】

名 人文科學，文化科學（哲學、語言學、文藝學、歷史學領域）

類 文学化学
例 文学や芸術は人文科学に含まれます。／文學和藝術，都包含在人文科學裡面。

1336 ☐☐☐

じんめい
【人命】

名 人命

類 命（いのち）
例 事故で多くの人命が失われた。／因為意外事故，而奪走了多條人命。

1337 ☐☐☐

しんゆう
【親友】

名 知心朋友

例 親友の忠告もかまわず、会社を辞めてしまった。
／不顧好友的勸告，辭去了公司職務。

文法 もかまわず[不顧…]
▶ 不顧慮前項的現況，以後項為優先的意思。

1338 ☐☐☐

しんよう
【信用】

名・他サ 堅信，確信；信任，相信；信用，信譽；信用交易，非現款交易

類 信任
例 信用するかどうかはともかくとして、話だけは聞いてみよう。
／不管你相不相信，至少先聽他怎麼說吧！

文法
はともかく[姑且不論…]
▶ 提出兩個事項，前項暫不作議論，先談後項。暗示後項是更重要的。

1339 ☐☐☐

しんらい
【信頼】

名・他サ 信賴，相信

例 私の知るかぎりでは、彼は最も信頼できる人間です。
／他是我所認識裡面最值得信賴的人。

文法
かぎりでは[所…裡面…]
▶ 表憑自己的知識、經驗或所聽說資訊等有限的範圍內做判斷，或看法。

1340 ☐☐☐

しんり
【心理】

名 心理

例 失恋したのを契機にして、心理学の勉強を始めた。／自從失戀以後，就開始研究起心理學。

文法 をけいきに[自從…後]
▶ 表發生的原因、動機、轉折。

1341
□□□

しんりん
【森林】

名 森林

例 日本の国土は約7割が森林です。
／日本的國土約有七成是森林。

1342
□□□

しんるい
【親類】

名 親戚，親屬；同類，類似

類 親戚

例 親類だから信用できる<u>というものでもない</u>でしょう。
／並非因為是親戚就可以信任吧！

文法 というものではない
　　[並不是…]
▶ 表示對某想法或主張，不完全贊成。

1343
□□□

じんるい
【人類】

名 人類

類 人間

例 人類の発展のために、研究を続けます。
／為了人類今後的發展，我要繼續研究下去。

1344
□□□

しんろ
【進路】

名 前進的道路

反 退路（たいろ）

例 もうじき3年生だから、進路のことが気になり始めた。
／再過不久就要升上三年級了，開始關心畢業以後的出路了。

1345
□□□

しんわ
【神話】

名 神話

例 おもしろいことに、この話は日本の神話によく似ている。
／覺得有趣的是，這個故事和日本神話很像。

文法
ことに [覺得…的是]
▶ 接在表示感情的形容詞或動詞後面，表示説話者在敘述某事之前的心情。

す

| 1346 | す【巣】 | (名) 巣，窩，穴；賊窩，老巣；家庭；蜘蛛網 |

(類) 棲家 (すみか)
(例) 鳥の雛が成長して、巣から飛び立っていった。
／幼鳥長大後，就飛離了鳥巢。

| 1347 | ず【図】 | (名) 圖，圖表；地圖；設計圖；圖畫 |

(類) 図形 (ずけい)
(例) 図を見ながら説明します。
／邊看圖，邊解說。

| 1348 | すいか【西瓜】 | (名) 西瓜 |

(例) 西瓜を冷やす。
／冰鎮西瓜。

| 1349 | すいさん【水産】 | (名) 水產 (品)，漁業 |

(例) わが社では、水産品の販売をしています。
／我們公司在銷售漁業產品。

| 1350 | すいじ【炊事】 | (名・自サ) 烹調，煮飯 |

(類) 煮炊き (にたき)
(例) 彼は、掃除ばかりでなく、炊事も手伝ってくれる。
／他不光只是打掃，也幫我煮飯。

| 1351 | すいしゃ【水車】 | (名) 水車（或唸：すいしゃ） |

(例) 子供のころ、たんぽぽで水車を作って遊んだ。
／孩提時候會用蒲公英做水車玩耍。

あ か さ た な は ま や ら わ 練習

1352
□□□

すいじゅん
【水準】

(名) 水準，水平面；水平器；(地位、質量、價值等的) 水平；(標示) 高度

(類) レベル

(文法) におうじて [依據…]

(例) 選手の水準に応じて、トレーニングをさせる。
／依選手的個人水準，讓他們做適當的訓練。

▶ 表示按照、根據。前項作為依據，後項根據前項的情況而發生變化。

1353
□□□

すいじょうき
【水蒸気】

(名) 水蒸氣；霧氣，水霧

(類) 蒸気

(例) ここから水蒸気が出ているので、触ると危ないよ。
／因為水蒸氣會從這裡跑出來，所以很危險別碰唷！

1354
□□□

すいせん
【推薦】

(名・他サ) 推薦，舉薦，介紹

(類) 推挙（すいきょ）

(文法) からこそ [就因…]

(例) あなたの推薦があったからこそ、採用されたのです。
／因為有你的推薦，我才能被錄用。

▶ 表示説話者主觀地認為事物的原因出在何處，並強調該理由是唯一的、最正確的。

1355
□□□

すいそ
【水素】

(名) 氫

(例) 水素と酸素を化合させて水を作ってみましょう。
／試著將氫和氧結合在一起，來製水。

1356
□□□

すいちょく
【垂直】

(名・形動) (數) 垂直；(與地心) 垂直

(反) 水平

(例) 点Cから、直線 AB に対して垂直な線を引いてください。
／請從點 C 畫出一條垂直於直線 AB 的線。

1357
□□□

スイッチ
【switch】

(名・他サ) 開關；接通電路；(喻) 轉換 (為另一種事物或方法) (或唸：スイッチ)

(類) 点滅器（てんめつき）

(例) ラジオのスイッチを切る。／關掉收音機的開關。

| 1358 □□□ | **すいてい**
【推定】 | (名・他サ) 推斷，判定；(法)(無反證之前的)推定，假定 |

類 推し量る
例 写真に基づいて、年齢を推定しました。／根據照片來判斷年齡。

| 1359 □□□ | **すいぶん**
【水分】 | (名) 物體中的含水量；(蔬菜水果中的)液體，含水量，汁 |

類 水気
例 果物を食べると、ビタミンばかりでなく水分も摂取できる。
／吃水果，<u>不光是</u>維他命，<u>也</u>能攝取到水分。

> **文法**
>
> ばかりでなく～も～ [不光是…，也…]
> ▶ 表示不僅限於前接詞的範圍，還有後項進一層的情況。
> ▶ 近だけでなく [不光是…也…]

| 1360 □□□ | **すいへい**
【水平】 | (名・形動) 水平；平衡，穩定，不升也不降 |

反 垂直　**類** 横
例 飛行機は、間もなく水平飛行に入ります。
／飛機即將進入水平飛行模式。

| 1361 □□□ | **すいへいせん**
【水平線】 | (名) 水平線；地平線 |

例 水平線の向こうから、太陽が昇ってきた。
／太陽從水平線的彼方升起。

| 1362 □□□ | **すいみん**
【睡眠】 | (名・自サ) 睡眠，休眠，停止活動 |

類 眠り
例 健康のためには、睡眠を 8 時間以上とることだ。
／要健康就要睡 8 個小時以上。

| 1363 □□□ | **すいめん**
【水面】 | (名) 水面 |

例 池の水面を蛙が泳いでいる。／有隻青蛙在池子的水面上游泳。

1364
□□□

すう
【数】

名・接頭 數，數目，數量；定數，天命；（數學中泛指的）數；數量

類 数（かず）

例 展覧会の来場者数は、少なかった。
　　／展覽會的到場人數很少。

1365
□□□

ずうずうしい
【図々しい】

形 厚顏，厚皮臉，無恥

類 厚かましい（あつかましい）

例 彼の図々しさにはあきれた。
　　／對他的厚顏無恥，感到錯愕。

1366
□□□

すえ
【末】

名 結尾，末了；末端，盡頭；將來，未來，前途；不重要的，瑣事；（排行）最小

類 末端

例 来月末に日本へ行きます。
　　／下個月底我要去日本。

1367
□□□

すえっこ
【末っ子】

名 最小的孩子

類 すえこ

例 彼は末っ子だけあって、甘えん坊だね。
　　／他果真是老么，真是愛撒嬌呀！

文法 だけあって[果真是…]
▶ 表示名實相符，一般用在積極讚美的時候。

1368
□□□

すがた
【姿】

名・接尾 身姿，身段；裝束，風采；形跡，身影；面貌，狀態；姿勢，形象

類 格好

例 寝間着姿では、外に出られない。
　　／我實在沒辦法穿睡衣出門。

1369
□□□

ずかん
【図鑑】

名 圖鑑

例 子どもたちは、図鑑を見て動物について調べたということです。
　　／聽說小孩子們看圖鑑來查閱了動物。

| 1370 □□□ | すき【隙】 | 名 空隙，縫；空暇，功夫，餘地；漏洞，可乘之機 |

類 隙間
例 敵に隙を見せるわけにはいかない。／絕不能讓敵人看出破綻。

| 1371 □□□ | すぎ【杉】 | 名 杉樹，杉木 |

例 道に沿って杉の並木が続いている。
／沿著道路兩旁，一棵棵的杉樹並排著。

文法
にそって［沿著…］
▶ 接在河川或道路等長長延續的東西，或操作流程等名詞後，表示沿著河流、街道。

| 1372 □□□ | すききらい【好き嫌い】 | 名 好惡，喜好和厭惡；挑肥揀瘦，挑剔 |

類 好き好き（すきずき）
例 好き嫌いの激しい人だ。／他是個人好惡極端分明的人。

| 1373 □□□ | すきずき【好き好き】 | 名・副・自サ （各人）喜好不同，不同的喜好 |

類 いろいろ
例 メールと電話とどちらを使うかは、好き好きです。
／喜歡用簡訊或電話，每個人喜好都不同。

| 1374 □□□ | すきとおる【透き通る】 | 自五 通明，透亮，透過去；清澈；清脆（的聲音） |

類 透ける（すける）
例 この魚は透き通っていますね。／這條魚的色澤真透亮。

| 1375 □□□ | すきま【隙間】 | 名 空隙，隙縫；空閒，閒暇 |

類 隙
例 隙間から客間をのぞくものではありません。
／不可以從縫隙去偷看客廳。

1376 すくう【救う】

（他五）拯救，搭救，救援，解救；救濟，賑災；挽救

例 政府の援助なくして、災害に遭った人々を救うことはできない。
／要是沒有政府的援助，就沒有辦法幫助那些受災的人們。

1377 スクール【school】

（名・造）學校；學派；花式滑冰規定動作

類 学校

例 英会話スクールで勉強したにしては、英語がへただね。
／以他曾在英文會話課補習過這一點來看，英文還真差呀！

1378 すぐれる【優れる】

（自下一）（才能、價值等）出色，優越，傑出，精湛；（身體、精神、天氣）好，爽朗，舒暢

反 劣る
類 優る

例 彼女は美人であるとともに、スタイルも優れている。
／她人既美，身材又好。

1379 ずけい【図形】

（名）圖形，圖樣；（數）圖形

類 図

例 コンピューターでいろいろな図形を描いてみた。
／我試著用電腦畫各式各樣的圖形。

1380 スケート【skate】

（名）冰鞋，冰刀；溜冰，滑冰

類 アイススケート

例 学生時代にスケート部だったから、スケートが上手なわけだ。
／學生時期是溜冰社，怪不得溜冰那麼拿手。

1381 すじ【筋】

（名・接尾）筋；血管；線，條；紋絡，條紋；素質，血統；條理，道理

類 筋肉

例 読んだ人の話によると、その小説の筋は複雑らしい。
／據看過的人說，那本小說的情節好像很複雜。

1382
□□□

すず
【鈴】

⑧ 鈴鐺，鈴

⑳ 鈴（りん）

例 猫の首に大きな鈴がついている。
／貓咪的脖子上，繫著很大的鈴鐺。

1383
□□□

すずむ
【涼む】

⑤ 乘涼，納涼

例 ちょっと外に出て涼んできます。
／我到外面去乘涼一下。

1384
□□□

スタート
【start】

⑧・⑤ 起動，出發，開端；開始（新事業等）

⑳ 出発

例 １年のスタートにあたって、今年の計画を
述べてください。
／在這一年之初，請說說你今年度的計畫。

文法
にあたって[之際]
▶ 表示某一行動，已經到了事情重要的階段。

1385
□□□

スタイル
【style】

⑧ 文體；(服裝、美術、工藝、建築等) 樣式；風格，
姿態，體態

⑳ 体つき

例 どうして、スタイルなんか気にするの。
／為什麼要在意身材呢？

1386
□□□

スタンド
【stand】

結尾・⑧ 站立；台，托，架；檯燈，桌燈；看台，
觀眾席；(攤販式的) 小酒吧

⑳ 観覧席

例 スタンドで大声で応援した。
／我在球場的看台上，大聲替他們加油。

1387
□□□

ずつう
【頭痛】

⑧ 頭痛

⑳ 頭痛（とうつう）

例 昨日から今日にかけて、頭痛がひどい。／從昨天開始，頭就一直很痛。

1388 □□□ すっきり

(副・自サ) 舒暢，暢快，輕鬆；流暢，通暢；乾淨整潔，俐落

類 ことごとく
例 片付けたら、なんとすっきりしたことか。／整理過後，是多麼乾淨清爽呀！

1389 □□□ すっと

(副・自サ) 動作迅速地，飛快，輕快；（心中）輕鬆，痛快，輕鬆

例 言いたいことを全部言って、胸がすっとしました。
／把想講的話都講出來以後，心裡就爽快多了。

1390 □□□ ステージ 【stage】

(名) 舞台，講台；階段，等級，步驟

類 舞台
例 歌手がステージに出てきたとたんに、みんな拍手を始めた。
／歌手才剛走出舞台，大家就拍起手來了。

1391 □□□ すてき 【素敵】

(形動) 絕妙的，極好的，極漂亮；很多

類 立派
例 あの素敵な人に、声をかけられるものなら、かけてみろよ。／你要是有膽跟那位美女講話，你就試看看啊！

文法
ものなら[如果敢…的話]
▶ 挑釁對方做某行為。具向對方挑戰的意味。

1392 □□□ すでに 【既に】

(副) 已經，業已；即將，正值，恰好

反 未だ　類 とっくに
例 田中さんに電話したところ、彼はすでに出かけていた。／打電話給田中先生，結果發現他早就出門了。

文法 たところ[結果]
▶ 表示順接或逆接。後項大多是出乎意料的客觀事實。
▶ 近おり[正值…之際]

1393 □□□ ストップ 【stop】

(名・自他サ) 停止，中止；停止信號；（口令）站住，不得前進，止住；停車站

類 停止
例 販売は、減少しているというより、ほとんどストップしています。
／銷售與其說是減少，倒不如說是幾乎停擺了。

1394
☐☐☐
すなお
【素直】

形動 純真，天真的，誠摯的，坦率的；大方，工整，不矯飾的；(沒有毛病) 完美的，無暇的

類 大人しい

例 素直に謝っていれば、こんなことにならずに済んだのかもしれない。 ／如果能坦承道歉的話，說不定事情不至於鬧到這樣的地步。

1395
☐☐☐
すなわち
【即ち】

接 即，換言之；即是，正是；則，彼時；乃，於是

類 つまり

例 1 ポンド，すなわち 100 ペンス。 ／一磅也就是 100 便士。

1396
☐☐☐
ずのう
【頭脳】

名 頭腦，判斷力，智力；(團體的) 決策部門，首腦機構，領導人

類 知力

例 頭脳は優秀ながら、性格に問題がある。
　 ／頭腦雖優秀，<u>但個性上卻有問題</u>。

文法 ながら [儘管…]
▶ 連接兩個矛盾的事物，表示後項與前項所預想的不同。
▶ 近 ながらも [雖然…，但是…]

1397
☐☐☐
スピーカー
【speaker】

名 談話者，發言人；揚聲器；喇叭；散播流言的人

類 拡声器（かくせいき）

例 スピーカーから音楽が流れてきます。 ／從廣播器裡聽得到音樂聲。

1398
☐☐☐
スピーチ
【speech】

名・自サ (正式場合的) 簡短演說，致詞，講話

類 演説（えんぜつ）

例 部下の結婚式のスピーチを頼まれた。 ／部屬來請我在他的結婚典禮上致詞。

1399
☐☐☐
すべて
【全て】

名・副 全部，一切，通通；總計，共計

類 一切

例 すべての仕事を今日中には、やりきれません。
　 ／我無法在今天內做完所有工作。

1400 スマート 【smart】
□□□

形動 瀟灑，時髦，漂亮；苗條；智能型，智慧型

例 前よりスマートになりましたね。
／妳比之前更加苗條了耶！

1401 すまい 【住まい】
□□□

名 居住；住處，寓所；地址

類 住所（じゅうしょ）
例 電話番号どころか、住まいもまだ決まっていません。
／別說是電話號碼，就連住的地方都還沒決定。

文法
どころか［別說是…就連…］
▶ 表示從根本上推翻前項，並且在後項提出跟前項程度相差很遠。

1402 すみ 【墨】
□□□

名 墨；墨汁，墨水；墨狀物；（章魚、烏賊體內的）墨狀物

例 習字の練習をするので、墨をすります。
／為了練習寫毛筆字而磨墨。

1403 ずみ 【済み】
□□□

名 完了，完結；付清，付訖

類 終了
例 検査済みのラベルが張ってあった。
／已檢查完畢有貼上標籤。

1404 すむ 【澄む】
□□□

自五 清澈；澄清；晶瑩，光亮；（聲音）清脆悅耳；清靜，寧靜

反 汚れる 類 清澄（せいちょう）
例 川の水は澄んでいて、底までよく見える。
／由於河水非常清澈，河底清晰可見。

1405 すもう 【相撲】
□□□

名 相撲

類 角技（かくぎ）
例 相撲の力士は、体が大きいですね。
／相撲的力士，塊頭都很大。

1406 □□□
スライド
【slide】

（名・自サ）滑動；幻燈機，放映裝置；（棒球）滑進（壘）；按物價指數調整工資

類 幻灯（げんとう）

例 トロンボーンは、スライド式^{しき}なのが特徴^{とくちょう}である。
／伸縮喇叭以伸滑的操作方式為其特色。

1407 □□□
ずらす

（他五）挪開，錯開，差開

例 ここちょっと狭^{せま}いから、このソファーをこっちにずらさない。
／這裡有點窄，要不要把這座沙發稍微往這邊移一下？

1408 □□□
ずらり（と）

（副）一排排，一大排，一長排

類 ずらっと

例 工場^{こうじょう}の中^{なか}に、輸出向^{ゆしゅつむ}けの商品^{しょうひん}がずらりと並^{なら}んでいます。
／工廠內擺著一排排要出口的商品。

1409 □□□
する
【刷る】

（他五）印刷

類 印刷する

例 招待^{しょうたい}のはがきを 100 枚^{まいす}刷りました。
／我印了 100 張邀請用的明信片。

1410 □□□
ずるい

（形）狡猾，奸詐，耍滑頭，花言巧語

例 じゃんけんぽん。あっ、後出^{あとだ}しだー。ずるいよ、もう 1 回^{かい}。
／剪刀石頭布！啊，你慢出！太狡猾了，重來一次！

1411 □□□
するどい
【鋭い】

（形）尖的；（刀子）鋒利的；（視線）尖銳的；激烈，強烈；（頭腦）敏銳，聰明

反 鈍い（にぶい）
類 犀利（さいり）

例 彼^{かれ}の見方^{みかた}はとても鋭^{するど}い。
／他見解真是一針見血。

1412
□□□

ずれる

(自下一)（從原來或正確的位置）錯位，移動；離題，背離（主題、正路等）

類 外れる（はずれる）

例 印刷が少しずれてしまった。
／印刷版面有點對位不正。

1413
□□□

すんぽう
【寸法】

(名) 長短，尺寸；（預定的）計畫，順序，步驟；情況

類 長さ

例 宅配便を送る前に、箱の寸法を測る。
／在寄送宅配之前先量箱子的尺寸。

1414
□□□

せい
【正】

(名・漢造) 正直；（數）正號；正確，正當；更正；糾正；主要的，正的

反 負　類 プラス

例 正の数と負の数について勉強しましょう。
／我們一起來學正負數吧！

1415
□□□

せい
【生】

(名・漢造) 生命，生活；生業，營生；出生，生長；活著，生存

反 死

例 教授と、生と死について語り合った。
／我和教授一起談論了有關生與死的問題。

1416
□□□

せい
【姓】

(名・漢造) 姓氏；族，血族；（日本古代的）氏族姓，稱號

類 名字

例 先生は、学生の姓のみならず、名前まで全部覚えている。
／老師不只記住了學生的姓，連名字也全都背起來了。

文法

のみならず［不單…，也…］

▶ 表示添加，用在不僅限於前接詞的範圍，還有後項進一層的情況。

1417
☐☐☐

せい
【精】

(名) 精，精靈；精力

例 日本では、「こだま」は木の精が応えているものと考えられていました。／在日本，「回音」被認為是樹靈給予的回應。

1418
☐☐☐

せい

(名) 原因，緣故，由於；歸咎

(類) 原因

例 自分の失敗を、他人のせいにするべきではありません。／不應該將自己的失敗，歸咎於他人。

文法

べきではない [不該…]
▶ 表示禁止，從某種規範來看不能做某件事。

1419
☐☐☐

ぜい
【税】

(名・漢造) 税，税金

(類) 税金

例 税金が高すぎるので、文句を言わないではいられない。
／税實在是太高了，所以令人忍不住抱怨幾句。

文法

ないではいられない
[令人忍不住…]
▶ 表示意志力無法控制，自然而然地內心衝動想做某事。傾向於口語用法。

1420
☐☐☐

せいかい
【政界】

(名) 政界，政治舞台

例 おじは政界の大物だから、敵も多い。
／伯父由於是政界的大老，因而樹敵頗多

1421
☐☐☐

せいかつしゅうかんびょう
【生活習慣病】

(名) 文明病

例 糖尿病は生活習慣病の一つだ。
／糖尿病是文明病之一。

1422
☐☐☐

ぜいかん
【税関】

(名) 海關

例 税関で申告するものはありますか。
／你有東西要在海關申報嗎？

1423 ☐☐☐
せいきゅう
【請求】
名・他サ 請求，要求，索取

類 求める

例 かかった費用を、会社に請求しようではないか。
／支出的費用，就跟公司申請吧！

文法

うではないか[就讓…吧]

▶ 表示提議或邀請對方跟自己共同做某事，或是一種委婉的命令，常用在演講上，是稍微拘泥於形式的説法。

1424 ☐☐☐
せいけい
【整形】
名 整形

例 整形外科で診てもらう。／看整形外科。

1425 ☐☐☐
せいげん
【制限】
名・他サ 限制，限度，極限

類 制約

例 太りすぎたので、食べ物について制限を受けた。
／因為太胖，所以受到了飲食的控制。

1426 ☐☐☐
せいさく
【制作】
名・他サ 創作（藝術品等），製作；作品

類 創作

例 娘をモデルに像を制作する。／以女兒為模特兒製作人像。

1427 ☐☐☐
せいさく
【製作】
名・他サ （物品等）製造，製作，生產

類 制作

例 私はデザインしただけで、商品の製作は他の人が担当した。
／我只是負責設計，至於商品製作部份是其他人負責的。

1428 ☐☐☐
せいしき
【正式】
名・形動 正式的，正規的

類 本式

例 同性愛のカップルにも正式な婚姻関係を認めるべきだと思いますか。／請問您認為同性伴侶是否也應該被認可具有正式的婚姻關係呢？

讀書計劃：☐☐／☐☐／☐☐

| 1429 □□□ | **せいしょ**
【清書】 | 名・他サ 謄寫清楚，抄寫清楚 |

類 浄写（じょうしゃ）

例 この手紙を清書してください。／請重新謄寫這封信。

| 1430 □□□ | **せいしょうねん**
【青少年】 | 名 青少年 |

類 青年

例 青少年向きの映画を作るつもりだ。

　　／我打算拍一部適合青少年觀賞的電影。

| 1431 □□□ | **せいしん**
【精神】 | 名（人的）精神，心；心神，精力，意志；思想，
心意；（事物的）根本精神 |

補 精神的 [形容動詞] 精神上的

例 彼女は見かけによらず精神的に強い。

　　／真是人不可貌相，她具有強悍的精神力量。

| 1432 □□□ | **せいぜい**
【精々】 | 副 盡量，盡可能；最大限度，充其量 |

類 精一杯

例 遅くても精々2、3日で届くだろう。／最晚頂多兩、三天送到吧！

| 1433 □□□ | **せいせき**
【成績】 | 名 成績，效果，成果 |

類 効果

例 私はともかく、他の学生はみんな成績がいい

　　です。

　　／先不提我，其他的學生大家成績都很好。

文法

はともかく [姑且不論…]

▶ 表示提出兩個事項，
前項暫且不作為議論的
對象，先談後項。暗示
後項是更重要的。

| 1434 □□□ | **せいそう**
【清掃】 | 名・他サ 清掃，打掃 |

類 掃除

例 罰に、1週間トイレの清掃をしなさい。

　　／罰你掃一個禮拜的廁所，當作處罰。

1435 □□□
せいぞう
【製造】
(名・他サ) 製造，加工

類 造る

例 わが社では、一般向けの製品も製造しています。
／我們公司，也有製造給一般大眾用的商品。

1436 □□□
せいぞん
【生存】
(名・自サ) 生存

類 生きる

例 その環境では、生物は生存し得ない。／在那種環境下，生物是無法生存的。

1437 □□□
ぜいたく
【贅沢】
(名・形動) 奢侈，奢華，浪費，鋪張；過份要求，奢望

類 奢侈（しゃし）

例 生活が豊かなせいか、最近の子どもは贅沢です。
／不知道是不是因為生活富裕的關係，最近的小孩都很浪費。

1438 □□□
せいちょう
【生長】
(名・自サ) (植物、草木等) 生長，發育

例 植物が生長する過程には興味深いものがある。
／植物的成長，確實有耐人尋味的過程。

文法 ものがある [確實有…]
▶ 表示說話者看到了某些特徵，而強烈斷定。

1439 □□□
せいど
【制度】
(名) 制度；規定

類 制

例 制度は作ったものの、まだ問題点が多い。
／雖說訂出了制度，但還是存留著許多問題點。

文法
ものの [雖然…但…]
▶ 表後項與預期不符。

1440 □□□
せいとう
【政党】
(名) 政黨

類 党派

例 この政党は、支持するまいと決めた。
／我決定不支持這個政黨了。

文法
まい [不…]
▶ 表示說話者不做某事的意志或決心。

讀書計劃：□□／□□

1441 ☐☐☐

せいび
【整備】

(名・自他サ) 配備，整備；整理，修配；擴充，加強；組裝；保養

類 用意

例 自動車の整備ばかりか、洗車までしてくれた。
／不但幫我保養汽車，甚至連車子也幫我洗好了。

文法

までして [甚至連]
▶ 表示做了某行為到令人驚訝的地步。

1442 ☐☐☐

せいふ
【政府】

(名) 政府；內閣，中央政府

類 政庁（せいちょう）

例 政府も政府なら、国民も国民だ。
／政府有政府的問題，國民也有國民的不對。

文法

も～なら～も[…有…的問題，…也有…的不對]
▶ 表示雙方都有缺點，帶有譴責的語氣。

1443 ☐☐☐

せいぶん
【成分】

(名)（物質）成分，元素；（句子）成分；（數）成分

類 要素（ようそ）

例 成分のわからない薬には、手を出しかねる。
／我無法出手去碰成分不明的藥品。

文法

かねる [無法]
▶ 表示由於心理上的排斥感等主觀原因，而難以做到某事。

1444 ☐☐☐

せいべつ
【性別】

(名) 性別

Track **44**

例 名前と住所のほかに、性別も書いてください。
／除了姓名和地址以外，也請寫上性別。

1445 ☐☐☐

せいほうけい
【正方形】

(名) 正方形

類 四角形

例 正方形の紙を用意してください。
／請準備正方形的紙張。

1446
□□□

せいめい
【生命】

名 生命，壽命；重要的東西，關鍵，命根子

類 命

例 私は、何度も生命の危機を経験している。

／我經歷過好幾次的攸關生命的關鍵時刻。

1447
□□□

せいもん
【正門】

名 大門，正門

類 表門（おもてもん）

例 学校の正門の前で待っています。

／我在學校正門等你。

1448
□□□

せいりつ
【成立】

名・自サ 產生，完成，實現；成立，組成；達成

類 出来上がる

例 新しい法律が成立したとか。

／聽說新的法條出來了。

1449
□□□

せいれき
【西暦】

名 西曆，西元

類 西紀

例 昭和 55 年は、西暦では 1980 年です。

／昭和 55 年，是西元的 1980 年。

1450
□□□

せおう
【背負う】

他五 背；擔負，承擔，肩負

類 担ぐ（かつぐ）

例 この重い荷物を、背負える<u>ものなら</u>背負って
みろよ。

／你要能背這個沈重的行李，你就背看看啊！

文法

ものなら[如果敢…的話]

▶ 表示挑釁對方做某行為。具向對方挑戰，放任對方去做的意思。

1451
□□□

せき
【隻】

接尾（助數詞用法）計算船，箭，鳥的單位

例 駆逐艦 2 隻。／兩艘驅逐艦。

1452 ☐☐☐
せきたん
【石炭】
⊛名 煤炭

例 石炭は発電に大量に使われている。
／煤炭被大量用於發電。

1453 ☐☐☐
せきどう
【赤道】
⊛名 赤道

例 赤道直下の国は、とても暑い。
／赤道正下方的國家，非常的炎熱。

1454 ☐☐☐
せきにんかん
【責任感】
⊛名 責任感

例 責任感が強い。
／責任感很強。

1455 ☐☐☐
せきゆ
【石油】
⊛名 石油

類 ガソリン

例 石油が値上がりしそうだ。
／油價好像要上漲了。

1456 ☐☐☐
せつ
【説】
名・漢造 意見，論點，見解；學說；述說

類 学説

例 このことについては、いろいろな説がある。
／針對這件事，有很多不同的見解。

1457 ☐☐☐
せっかく
【折角】
名・副 特意地；好不容易；盡力，努力，拼命的

類 わざわざ

例 せっかく来たのに、先生に会えなくてどんなに残念だったことか。
／特地來卻沒見到老師，真是可惜呀！

1458 □□□ せっきん【接近】
名・自サ 接近，靠近；親密，親近，密切

類 近づく

例 台風が接近していて、旅行どころではない。
／颱風來了，哪能去旅行呀！

文法
どころではない [哪能…]
▶ 表示沒有餘裕做某事。

1459 □□□ せっけい【設計】
名・他サ （機械、建築、工程的）設計；計畫，規則

類 企てる（くわだてる）

例 この設計だと費用がかかり過ぎる。もう少し抑えられないものか。
／如果採用這種設計，費用會過高。有沒有辦法把成本降低一些呢？

1460 □□□ せっする【接する】
自他サ 接觸；連接，靠近；接待，應酬；連結，接上；遇上，碰上

類 応対する

例 お年寄りには、優しく接するものだ。
／對上了年紀的人，應當要友善對待。

文法
ものだ [應當要…]
▶ 表示理所當然，理應如此。
▶ 近 もどうぜんだ [就和…沒兩樣]

1461 □□□ せっせと
副 拼命地，不停的，一個勁兒地，孜孜不倦的

類 こつこつ

例 早く帰りたいので、せっせと仕事をした。
／我想趕快回家所以才拼命工作。

1462 □□□ せつぞく【接続】
名・自他サ 連續，連接；（交通工具）連軌，接運

類 繋がる

例 コンピューターの接続を間違えたに違いありません。
／一定是電腦的連線出了問題。

1463
□□□
せつび
【設備】

(名・他サ) 設備，裝設，裝設

類 施設

例 古い設備だらけだから、機械を買い替えなければなりません。
／淨是些老舊的設備，所以得買新的機器來替換了。

1464
□□□
ぜつめつ
【絶滅】

(名・自他サ) 滅絕，消滅，根除

類 滅びる（ほろびる）
例 保護しないことには、この動物は絶滅してしまいます。
／如果不加以保護，這動物就會絕種。

文法

ないことには [要是不加以…]
▶ 表示如果不實現前項，也就不能實現後項。後項一般是消極的、否定的結果。

1465
□□□
せともの
【瀬戸物】

(名) 陶瓷品

例 瀬戸物を紹介する。／介紹瓷器。

1466
□□□
ぜひとも
【是非とも】

(副)（是非的強調說法）一定，無論如何，務必

類 ぜひぜひ
例 今日は是非ともおごらせてください。
／今天無論如何，請務必讓我請客。

1467
□□□
せまる
【迫る】

(自五・他五) 強迫，逼迫；臨近，迫近；變狹窄，縮短；陷於困境，窘困

類 押し付ける
例 彼女に結婚しろと迫られた。／她強迫我要結婚。

1468
□□□
ゼミ
【seminar】

(名)（跟著大學裡教授的指導）課堂討論；研究小組，研究班

類 ゼミナール
例 今日はゼミで、論文の発表をする。／今天要在課堂討論上發表論文。

1469 □□□

せめて

圖（雖然不夠滿意，但）那怕是，至少也，最少

類 少なくとも

例 せめて今日だけは雨が降りませんように。

／希望至少今天不要下雨。

1470 □□□

せめる
【攻める】

他下一 攻，攻打

類 攻撃する

例 城を攻める。

／攻打城堡。

1471 □□□

せめる
【責める】

他下一 責備，責問；苛責，折磨，摧殘；嚴加催討；馴服馬匹

類 咎める（とがめる）

例 そんなに自分を責めるべきではない。

／你不應該那麼的自責。

文法

べきではない [不該…]

▶ 表示禁止，從某種規範來看不能做某件事。

1472 □□□

セメント
【cement】

名 水泥

類 セメン

例 今セメントを流し込んだところです。

／現在正在注入水泥。

1473 □□□

せりふ

名 台詞，念白；（貶）使人不快的說法，說辭

例 せりふは全部覚えたものの、演技がうまくできない。

／雖然台詞都背起來了，但還是無法將角色表演的很好。

文法

ものの [雖然…但…]

▶ 表前項成立，但後項不能順著前項所預期或可能發生的方向發展下去。

1474 □□□

せろん・よろん
【世論】

(名) 世間一般人的意見，民意，輿論

(類) 輿論

文法 ものがある [總有…（的一面）]

▶ 表示説話者看到了某些特徵，而強烈斷定。

(例) 世論には、無視できないものがある。
／輿論這東西，確實有不可忽視的一面。

1475 □□□

せん
【栓】

(名) 栓，塞子；閥門，龍頭，開關；阻塞物

(類) 詰め（つめ）

(例) ワインの栓を抜いてください。／請拔開葡萄酒的栓子。

1476 □□□

せん
【船】

(漢造) 船

(類) 舟（ふね）

(例) 汽船で行く。／坐汽船去。

1477 □□□

ぜん
【善】

(名・漢造) 好事，善行；善良；優秀，卓越；妥善，擅長；關係良好

(反) 悪

(例) 君は、善悪の区別もつかないのかい。
／你連善惡都無法分辨嗎？

1478 □□□

ぜんいん
【全員】

(名) 全體人員

(類) 総員

(例) 全員集まってからでないと、話ができません。
／大家沒全到齊的話，就沒辦法開始討論。

1479 □□□

せんご
【戦後】

(名) 戰後

(例) 原子爆弾が落ちた広島が、戦後これほど発展するとは、誰も予想していなかっただろう。
／大概誰都想像不到，遭到原子彈轟炸的廣島在二戰結束之後，居然能有如此蓬勃的發展。

| 1480 | **ぜんご**【前後】 | (名・自サ・接尾) (空間與時間) 前和後，前後；相繼，先後；前因後果 |

Track **45**

例 要人の車の前後には、パトカーがついている。

／重要人物的座車前後，都有警車跟隨著。

| 1481 | **せんこう**【専攻】 | (名・他サ) 專門研究，專修，專門 |

類 専修

例 彼の専攻はなんだっけ。／他是專攻什麼來著？

| 1482 | **ぜんこく**【全国】 | (名) 全國 |

反 地方　類 全土

例 このラーメン屋は、全国でいちばんおいしいと言われている。

／這家拉麵店，號稱全國第一美味。

| 1483 | **ぜんしゃ**【前者】 | (名) 前者 |

反 後者

例 製品Ａと製品Ｂでは、前者のほうが優れている。

／拿產品Ａ和Ｂ來比較的話，前者比較好。

| 1484 | **せんしゅ**【選手】 | (名) 選拔出來的人；選手，運動員 |

類 アスリート

例 長嶋茂雄といったら、「ミスタープロ野球」とも呼ばれる往年の名野球選手でしょう。

／一提到長嶋茂雄，就是那位昔日被譽為「職棒先生」的棒球名將吧。

文法 といったら [一說到…]

▶ 用在承接某個話題，從這個話題引起自己的聯想，或對這個話題進行說明或聯想。

| 1485 | **ぜんしゅう**【全集】 | (名) 全集 |

例 この文学全集には、初版に限り特別付録があった。

／這部文學全集附有初版限定的特別附錄。

文法 にかぎり [限定]

▶ 表示特殊限定的事物或範圍，說明唯獨某事物特別不一樣。

1486
□□□
ぜんしん
【全身】

（名）全身

（類）総身（そうしん）

（例）疲れたので、全身をマッサージしてもらった。
／因為很疲憊，所以請人替我全身按摩過一次。

1487
□□□
ぜんしん
【前進】

（名・他サ）前進

（反）後退 （類）進む

（例）困難があっても、前進するほかはない。
／即使遇到困難，也只有往前走了。

1488
□□□
せんす
【扇子】

（名）扇子

（類）おうぎ

（例）暑いので、ずっと扇子で扇いでいた。
／因為很熱，所以一直用扇子搧風。

1489
□□□
せんすい
【潜水】

（名・自サ）潜水

（例）潜水して船底を修理する。
／潛到水裡修理船底。

1490
□□□
せんせい
【専制】

（名）專制，獨裁；獨斷，專斷獨行

（例）この国では、専制君主の時代が長く続いた。
／這個國家，持續了很長的君主專制時期。

1491
□□□
せんせんげつ
【先々月】

（接頭）上上個月，前兩個月

（例）彼女とは、先々月会ったきりです。
／我自從前兩個月遇到她後，就沒碰過面了。

1492
□□□
せんせんしゅう
【先々週】
(接頭) 上上週

例 先々週は風邪を引いて、勉強どころではなかった。／上上禮拜感冒，哪裡還能讀書呀！

(文法) どころではない [哪能…]
▶ 表示沒有餘裕做某事。

1493
□□□
せんぞ
【先祖】
(名) 始祖；祖先，先人

(反) 子孫　(類) 祖先

例 誰でも、自分の先祖のことが知りたくてならないものだ。／不論是誰，都會很想知道自己祖先的事。

(文法)
ものだ [應當…]
▶ 表示理所當然，理應如此。

1494
□□□
センター
【center】
(名) 中心機構；中心地，中心區；(棒球) 中場

(類) 中央

例 私は、大学入試センターで働いています。
／我在大學入學考試中心上班。

1495
□□□
ぜんたい
【全体】
(名・副) 全身，整個身體；全體，總體；根本，本來；究竟，到底

(類) 全身

例 工場全体で、何平方メートルありますか。
／工廠全部共有多少平方公尺？

1496
□□□
せんたく
【選択】
(名・他サ) 選擇，挑選

(類) 選び出す

例 この中から一つ選択するとすれば、私は赤いのを選びます。
／如果要我從中選一，我會選紅色的。

1497
□□□
せんたん
【先端】
(名) 頂端，尖端；時代的尖端，時髦，流行，前衛

(類) 先駆（せんく）　(補) 先端的 [形容動詞] 頂尖的

例 あなたは、先端的な研究をしていますね。
／你從事的事走在時代尖端的研究呢！

1498 □□□
せんとう
【先頭】

名 前頭，排頭，最前列

類 真っ先

例 社長が、先頭に立ってがんばる<u>べきだ</u>。
／社長應當走在最前面帶頭努力才是。

1499 □□□
ぜんぱん
【全般】

名 全面，全盤，通盤

類 総体

例 全般からいうと、Ａ社の製品が優れている。
／從全體上來講，Ａ公司的產品比較優秀。

1500 □□□
せんめん
【洗面】

名・他サ 洗臉

類 洗顔

例 日本の家では、洗面所・トイレ・風呂場がそれぞれ別の部屋に
なっている。
／日本的房屋，盥洗室、廁所、浴室分別是不同的房間。

1501 □□□
ぜんりょく
【全力】

名 全部力量，全力；（機器等）最大出力，全力

類 総力

例 日本代表選手として、全力でがんばります。
／身為日本選手代表，我會全力以赴。

1502 □□□
せんれん
【洗練】

名・他サ 精錬，講究

例 あの人の服装は洗練されている。 ／那個人的衣著很講究。

1503 □□□
せんろ
【線路】

名 （火車、電車、公車等）線路；（火車、有軌
電車的）軌道

例 線路を渡ったところに、おいしいレストランがあります。
／過了鐵軌的地方，有家好吃的餐館。

1504
そい
【沿い】

（造語）順，延

TRACK **46**

例 川沿いに歩く。
／沿著河川走路。

1505
ぞう
【象】

（名）大象

例 動物園には、象やら虎やら、たくさんの
動物がいます。
／動物園裡有大象啦、老虎啦，有很多動物。

文法
やら～やら［又是（有）
…啦，又（有）…
啦］
▶ 表示從一些同類事項
中，列舉出兩項。

1506
そうい
【相違】

（名・自サ）不同，懸殊，互不相符

（類）差異
例 両者の相違について説明してください。
／請解說兩者的差異。

1507
そういえば
【そう言えば】

（他五）這麼說來，這樣一說

例 そう言えば、最近山田さんを見ませんね。
／這樣說來，最近都沒見到山田小姐呢。

1508
そうおん
【騒音】

（名）噪音；吵雜的聲音，吵鬧聲

例 眠ることさえできないほど、ひどい騒音だった。
／那噪音嚴重到睡都睡不著的地步！

1509
ぞうか
【増加】

（名・自他サ）増加，増多，増進

（反）減少
（類）増える
例 人口は、増加する一方だそうです。／聽說人口不斷地在増加。

讀書計劃：□□/□□/□□

1510
□□□

ぞうきん
【雑巾】

(名) 抹布

例 水をこぼしてしまいましたが、雑巾はありますか。
／水灑出來了，請問有抹布嗎？

1511
□□□

ぞうげん
【増減】

(名・自他サ) 増減，増加

例 最近の在庫の増減を調べてください。／請查一下最近庫存量的增減。

1512
□□□

そうこ
【倉庫】

(名) 倉庫，貨棧

(類) 倉
例 倉庫には、どんな商品が入っていますか。
／倉庫裡儲存有哪些商品呢？

1513
□□□

そうご
【相互】

(名) 相互，彼此；輪流，輪班；交替，交互

(類) かわるがわる
例 交換留学が盛んになるに伴って、相互の理解が深まった。
／伴隨著交換留學的盛行，兩國對彼此的文化也更加了解。

1514
□□□

そうさ
【操作】

(名・他サ) 操作（機器等），駕駛；（設法）安排，（背後）操縱

(類) 操る（あやつる）
例 パソコンの操作にかけては、誰にも負けない。
／就電腦操作這一點，我絕不輸給任何人。

文法 にかけては [就…這一點]
▶ 表示 [其它姑且不論，僅就那一件事情來說] 的意思。後項多接對別人的技術或能力好的評價。

1515
□□□

そうさく
【創作】

(名・他サ) （文學作品）創作；捏造（謊言）；創新，創造

(類) 作る
例 彼の創作には、驚くべきものがある。
／他的創作，有令人嘆為觀止之處。

文法 ものがある [總有…（的一面）]
▶ 表示説話者看到了某些特徵，而強烈斷定。

1516
□□□
ぞうさつ
【増刷】
(名・他サ) 加印，增印

例 本が増刷になった。
／書籍加印。

1517
□□□
そうしき
【葬式】
(名) 葬禮

(類) 葬儀

例 葬式で、悲しみのあまり、わあわあ泣いてしまった。
／喪禮時，由於過於傷心而哇哇大哭了起來。

文法

あまり[由於太過…]

▶ 表示由於前句某種感情、感覺的程度過甚，而導致後句消極的結果。

1518
□□□
ぞうすい
【増水】
(名・自サ) 氾濫，漲水

例 川が増水して危ない。
／河川暴漲十分危險。

1519
□□□
ぞうせん
【造船】
(名・自サ) 造船

例 造船会社に勤めています。
／我在造船公司上班。

1520
□□□
そうぞう
【創造】
(名・他サ) 創造

(類) クリエート

例 芸術の創造には、何か刺激が必要だ。
／從事藝術的創作，需要有些刺激才行。

1521
□□□
そうぞうしい
【騒々しい】
(形) 吵鬧的，喧囂的，宣嚷的；(社會上)動盪不安的

(類) 騒がしい

例 隣の部屋が、騒々しくてしようがない。
／隔壁的房間，實在是吵到不行。

1522 □□□ そうぞく 【相続】

(名・他サ) 承繼（財產等）

(類) 受け継ぐ（うけつぐ）

(例) 相続に関して、兄弟で話し合った。
／兄弟姊妹一起商量了繼承的相關事宜。

1523 □□□ ぞうだい 【増大】

(名・自他サ) 增多，增大

(類) 増える

(例) 県民体育館の建設費用が予定より増大して、議会で問題になっている。
／縣民體育館的建築費用超出經費預算，目前在議會引發了爭議。

1524 □□□ そうち 【装置】

(名・他サ) 裝置，配備，安裝；舞台裝置

(類) 装備

(例) 半導体製造装置を開発した。／研發了半導體的配備。

1525 □□□ そうっと

(副) 悄悄地（同「そっと」）

(類) こそり

(例) 障子をそうっと閉める。／悄悄地關上拉門。

1526 □□□ そうとう 【相当】

(名・自サ・形動) 相當，適合，相稱；相當於，相等於；值得，應該；過得去，相當好；很，頗

(類) かなり

(例) この問題は、学生たちにとって相当難しかったようです。
／這個問題對學生們來說，似乎是很困難。

1527 □□□ そうべつ 【送別】

(名・自サ) 送行，送別

(類) 見送る

(例) 田中さんの送別会のとき、悲しくてならなかった。
／在歡送田中先生的餞別會上，我傷心不已。

1528 □□□
そうりだいじん
【総理大臣】

（名）總理大臣，首相

類 内閣総理大臣

例 総理大臣やら、有名スターやら、いろいろな人が来ています。
／又是內閣大臣，又是明星，來了各式各樣的人。

文法 やら～やら［又是（有）…啦，又（有）…啦］
► 表示從一些同類事項中，列舉出兩項。

1529 □□□
ぞくする
【属する】

（自サ）屬於，歸於，從屬於；隸屬，附屬

類 所属する

例 彼は、演劇部のみならず、美術部にもコーラス部にも属している。
／他不但是戲劇社，同時也隸屬於美術社和合唱團。

文法
のみならず［不單…，也…］
► 表示添加。

1530 □□□
ぞくぞく
【続々】

（副）連續，紛紛，連續不斷地

類 次々に

例 新しいスターが、続々と出てくる。／新人接二連三地出現。

1531 □□□
そくてい
【測定】

（名・他サ）測定，測量

例 身体検査で、体重を測定した。／我在健康檢查時，量了體重。

1532 □□□
そくりょう
【測量】

（名・他サ）測量，測繪

類 測る（はかる）

例 家を建てるのに先立ち、土地を測量した。
／在蓋房屋之前，先測量了土地的大小。

文法 にさきだち［在…之前，先…］
► 用在述說做某一動作前應做的事情，後項是做前項之前，所做的準備或預告。

1533 □□□
そくりょく
【速力】

（名）速率，速度

Track 47

類 スピード

例 速力を上げる。／加快速度。

1534 □□□
そしき
【組織】
(名・他サ) 組織，組成；構造，構成；(生)組織；系統，體系

類 体系
例 一つの組織に入る上は、真面目に努力をするべきです。
／既然加入組織，就得認真努力才行。

文法 うえは[既然…就得…]
▶ 表示某種決心、責任等行為，後續採取跟前面相對應的動作。後句是説話者的判斷、決定或勸告。

1535 □□□
そしつ
【素質】
(名) 素質，本質，天分，天資

類 生まれつき
例 彼には、音楽の素質があるに違いない。
／他一定有音樂的天資。

1536 □□□
そせん
【祖先】
(名) 祖先

類 先祖
例 日本人の祖先はどこから来たか研究している。
／我在研究日本人的祖先來自於何方。

1537 □□□
そそぐ
【注ぐ】
(自五・他五)(水不斷地)注入，流入；(雨、雪等)落下；(把液體等)注入，倒入；澆，灑

例 カップにコーヒーを注ぎました。／我將咖啡倒進了杯中。

1538 □□□
そそっかしい
(形) 冒失的，輕率的，毛手毛腳的，粗心大意的

類 軽率（けいそつ）
例 そそっかしいことに、彼はまた財布を家に忘れてきた。
／冒失的是，他又將錢包忘在家裡了。

文法 ことに[令人感到…的是…]
▶ 接在表示感情的形容詞或動詞後面，表示説話者在敘述某事之前的心情。

1539 □□□
そつぎょうしょうしょ
【卒業証書】
(名) 畢業證書

例 卒業証書を受け取る。／領取畢業證書。

1540 □□□

そっちょく
【率直】

(形動) 坦率，直率

(類) 明白（めいはく）

(例) 社長に、率直に意見を言いたくてならない。
／我想跟社長坦率地說出意見想得不得了。

1541 □□□

そなえる
【備える】

(他下一) 準備，防備；配置，裝置；天生具備

(類) 支度する

(例) 災害に対して、備えなければならない。／要預防災害。

1542 □□□

そのころ

(接) 當時，那時

(類) 当時

(例) そのころあなたはどこにいましたか。／那時你人在什麼地方？

1543 □□□

そのため

(接) (表原因) 正是因為這樣…

(類) それゆえ

(例) チリで地震があった。そのため、日本にも津波が来る恐れがある。
／智利發生了地震。因此，日本也可能遭到海嘯的波及。

1544 □□□

そのまま

(副) 照樣的，按照原樣；(不經過一般順序、步驟)
就那樣，馬上，立刻；非常相像

(類) そっくり

(例) その本は、そのままにしておいてください。
／請就那樣將那本書放下。

1545 □□□

そばや
【蕎麦屋】

(名) 蕎麥麵店

(例) 蕎麦屋で昼食を取る。
／在蕎麥麵店吃中餐。

1546
□□□

そまつ
【粗末】

(名・形動) 粗糙，不精緻；疏忽，簡慢；糟蹋

(反) 精密　(類) 粗雑（そざつ）

(例) 食べ物を粗末にするなど、私には考えられない。
/我沒有辦法想像浪費食物這種事。

1547
□□□

そる
【剃る】

(他五) 剃（頭），刮（臉）

(類) 剃り落とす（そりおとす）

(例) ひげを剃ってからでかけます。 /我刮了鬍子之後便出門。

1548
□□□

それでも

(接續) 儘管如此，雖然如此，即使這樣

(類) 関係なく

(例) それでも、やっぱりこの仕事は私がやらざる
をえないのです。
/雖然如此，這工作果然還是要我來做才行。

> **文法**
> **ざるをえない[不得不⋯]**
> ▶ 表示除此之外，沒有
> 其他的選擇。

1549
□□□

それなのに

(他五) 雖然那樣，儘管如此

(例) 一生懸命がんばりました。それなのに、どうして失敗したので
しょう。
/我拼命努力過了。但是，為什麼到頭來還是失敗了呢？

1550
□□□

それなら

(他五) 要是那樣，那樣的話，如果那樣

(類) それでは

(例) それなら、私が手伝ってあげましょう。
/那麼，我來助你一臂之力吧！

1551
□□□

それなり

(名・副) 恰如其分；就那樣

(例) 良い物はそれなりに高い。 /一分錢一分貨。

| 1552 □□□ | **それる**【逸れる】 | (自下一) 偏離正軌，歪向一旁；不合調，走調；走向一邊，轉過去 |

(類) 外れる（はずれる）
(例) ピストルの弾が、目標から逸れました。
／手槍的子彈，偏離了目標。

| 1553 □□□ | **そろばん** | (名) 算盤，珠算 |

(例) 子どもの頃、そろばんを習っていた。／小時候有學過珠算。

| 1554 □□□ | **そん**【損】 | (名・自サ・形動・漢造) 虧損，賠錢；吃虧，不划算；減少；損失 |

(反) 得　(類) 不利益

(例) その株を買っても、損はするまい。
／即使買那個股票，也不會有什麼損失吧！

文法
まい［大概不會（無法）…］
▶ 表示説話者的推測、想像。

| 1555 □□□ | **そんがい**【損害】 | (名・他サ) 損失，損害，損耗 |

(類) 損失
(例) 損害を受けたのに、黙っているわけにはいかない。
／既然遭受了損害，就不可能這樣悶不吭聲。

| 1556 □□□ | **そんざい**【存在】 | (名・自サ) 存在，有；人物，存在的事物；存在的理由，存在的意義 |

(類) 存する
(例) 宇宙人は、存在し得ると思いますか。
／你認為外星人有存在的可能嗎？

文法
うる［可（以）］
▶ 表示可以採取這一動作，有發生這種事情的可能性。

| 1557 □□□ | **そんしつ**【損失】 | (名・自サ) 損害，損失 |

(反) 利益　(類) 欠損（けっそん）
(例) 火災は会社に２千万円の損失をもたらした。
／火災造成公司兩千萬元的損失。

1558
□□□

ぞんじる・ぞんずる
【存ずる・存じる】

（自他サ）有，存，生存；在於

⊕ 承知する

例 その件は存じております。
けん　　ぞん

／我知道那件事。

1559
□□□

ぞんぞく
【存続】

（名・自他サ）繼續存在，永存，長存

例 存続を図る。
ぞんぞく　　はか

／謀求永存。

1560
□□□

ぞんちょう
【尊重】

（名・他サ）尊重，重視

⊕ 尊ぶ（とうとぶ）

例 彼らの意見も、尊重しようじゃないか。
かれ　　い けん　　　　　そんちょう

／我們也要尊重他們的意見吧！

1561
□□□

ぞんとく
【損得】

（名）損益，得失，利害

⊕ 損益

例 商売なんだから、損得抜きではやっていられ
しょうばい　　　　　　　そんとく ぬ

ない。

／既然是做生意，就不能不去計算利害得失。

文法

ぬきでは [不去…]
▶ 表示除去或省略一般應該有的部分。

ていられない [就不能…]
▶ 表示無法維持現有某個狀態。
▶ 近てはならない [不能…]

| 1562 □□□ **た**【他】 | 名・漢造 其他，他人，別處，別的事物；他心二意；另外 |

類 ほか
例 何をするにせよ、他の人のことも考えなければなりません。
／不管做任何事，都不能不考慮到他人的感受。

| 1563 □□□ **た**【田】 | 名 田地；水稻，水田 |

反 畑　類 田んぼ
補 大多指種水稻的耕地。
例 水を張った田に青空が映っている。
／蓄了水的農田裡倒映出蔚藍的天空。

| 1564 □□□ **だい**【大】 | 名・漢造（事物、體積）大的；量多的；優越，好；宏大，大量；宏偉，超群 |

反 小
例 市の指定ごみ袋には大・中・小の３種類がある。
／市政府指定的垃圾袋有大、中、小三種。

| 1565 □□□ **だい**【題】 | 名・自サ・漢造 題目，標題；問題；題辭 |

例 絵の題が決められなくて、「無題」とした。
／沒有辦法決定畫作的名稱，於是取名為〈無題〉。

| 1566 □□□ **だい**【第】 | 漢造 順序；考試及格，錄取；住宅，宅邸 |

例 ただ今より、第５回中国語スピーチコンテストを開催いたします。
／現在開始舉行第五屆中文演講比賽。

| 1567 □□□ **だい**【代】 | 名・漢造 代，輩；一生，一世；代價 |

例 あそこの店は、今は代が替わって息子さんがやっているよ。
／那家店的老闆已經交棒，換成由兒子經營了喔。

| 1568 □□□ | たいいく【体育】 | 名 體育；體育課 |

例 体育の授業で一番だったとしても、スポーツ選手になれるわけ
ではない。

／就算體育成績拿第一，並不代表就能當上運動選手。

| 1569 □□□ | だいいち【第一】 | 名・副 第一，第一位，首先；首屈一指的，首要，最重要 |

例 早寝早起き、健康第一。

／早睡早起，健康第一！

| 1570 □□□ | たいおん【体温】 | 名 體溫 |

例 元気なときに体温を測って、自分の平熱を知っておくとよい。

／建議人們在健康的時候要測量體溫，了解自己平常的體溫是幾度。

| 1571 □□□ | たいかい【大会】 | 名 大會；全體會議 |

例 大会に出たければ、がんばって練習することだ。

／如想要出賽，就得好好練習。

| 1572 □□□ | たいかくせん【対角線】 | 名 對角線（或唸：たいかくせん） |

例 対角線を引く。

／畫對角線。

| 1573 □□□ | たいき【大気】 | 名 大氣；空氣 |

例 大気が地球を包んでいる。

／大氣將地球包圍。

| 1574 □□□ | たいきん【大金】 | 名 巨額金錢，巨款 |

例 株で大金をもうける。 ／在股票上賺了大錢。

1575 □□□	だいきん【代金】	名 貸款，借款

類 代価

例 店の人によれば、代金は後で払えばいいそうだ。
／店裡的人說，也可以借款之後再付。

1576 □□□	たいけい【体系】	名 體系，系統

類 システム

例 私の理論は、学問として体系化し得る。
／我的理論，可作為一門有系統的學問。

文法

うる[可（以）]
► 表示可以採取這一動作，有發生這種事情的可能性。

1577 □□□	たいこ【太鼓】	名（大）鼓

類 ドラム

例 太鼓をたたくのは、体力が要る。／打鼓需要體力。

1578 □□□	たいざい【滞在】	名・自サ 旅居，逗留，停留

類 逗留（とうりゅう）

例 日本に長く滞在しただけに、日本語がとてもお上手ですね。
／不愧是長期居留在日本，日語講得真好。

文法 だけに［到底是…］
► 表示原因。正因為前項，理所當然有相對應的後項。
► 近てとうぜんだ［…也是理所當然的］

1579 □□□	たいさく【対策】	名 對策，應付方法

類 方策

例 犯罪の増加に伴って、対策をとる必要がある。
／隨著犯罪的增加，有必要開始採取對策了。

1580 □□□	たいし【大使】	名 大使

例 彼は在フランス大使に任命された。／他被任命為駐法的大使。

| 1581 □□□ | たいした【大した】 | 連體 非常的，了不起的；（下接否定詞）沒什麼了不起，不怎麼樣 |

類 偉い

例 ジャズピアノにかけては、彼は大したものですよ。
/他在爵士鋼琴這方面，還真是了不得啊。

文法
にかけては［就…這一點］
▶ 表示［其它姑且不論，僅就那一件事情來說］的意思。後項多接對別人的技術或能力好的評價。

| 1582 □□□ | たいして【大して】 | 副（一般下接否定語）並不太…，並不怎麼 |

類 それほど

例 この本は大して面白くない。
/這本書不怎麼有趣。

| 1583 □□□ | たいしょう【対象】 | 名 對象 |

類 目当て（めあて）

例 番組の対象として、40 歳ぐらいを考えています。
/節目的收視對象，我預設為 40 歲左右的年齡層。

| 1584 □□□ | たいしょう【対照】 | 名・他サ 對照，對比 |

類 見比べる（みくらべる）
補 対照的（たいしょうてき）：對比，相反。（為形容動詞）。

例 木々の緑と空の青が対照をなして美しい。
/樹木的青翠和天空的蔚藍相互輝映，美不勝收。

例 ご主人はおしゃべりなのに奥さんはおとなしくて、あの夫婦は対照的だ。
/那對夫妻的個性截然不同，丈夫喜歡說話，但太太卻很文靜。

| 1585 □□□ | だいしょう【大小】 | 名（尺寸）大小；大和小 |

例 大小さまざまな家が並んでいます。
/各種大小的房屋並排在一起。

| 1586 □□□ | だいじん【大臣】 | 名（政府）部長，大臣 |

類 国務大臣
例 大臣のくせに、真面目に仕事をしていない。
／明明是大臣卻沒有認真在工作。

| 1587 □□□ | たいする【対する】 | 自サ 面對，面向；對於，關於；對立，相對，對比；對待，招待 |

類 対応する
例 自分の部下に対しては、厳しくなりがちだ。
／對自己的部下，總是比較嚴格。

| 1588 □□□ | たいせい【体制】 | 名 體制，結構；（統治者行使權力的）方式 |

例 社長が交替して、新しい体制で出発する。
／社長交棒後，公司以新的體制重新出發。

| 1589 □□□ | たいせき【体積】 | 名（數）體積，容積 |

例 この容器の体積は2立方メートルある。
／這容器的體積有二立方公尺。

| 1590 □□□ | たいせん【大戦】 | 名・自サ 大戰，大規模戰爭；世界大戰 |

例 伯父は大戦のときに戦死した。
／伯父在大戰中戰死了。

| 1591 □□□ 49 | たいそう【大層】 | 形動・副 很，非常，了不起；過份的，誇張的 |

類 大変
例 コーチによれば、選手たちは練習で大層がんばったということだ。
／據教練所言，選手們已經非常努力練習了。

1592 □□□
たいそう
【体操】
(名) 體操；體育課

例 毎朝公園で体操をしている。
／每天早上在公園裡做體操。

1593 □□□
だいとうりょう
【大統領】
(名) 總統

例 大統領とお会いした上で、詳しくお話しします。
／與總統會面之後，我再詳細說明。

文法

うえで [之後…再…]

▶ 表示兩動作間時間上的先後關係。先進行前一動作，後面再根據前面的結果，採取下一個動作。

1594 □□□
たいはん
【大半】
(名) 大半，多半，大部分

(類) 大部分
例 大半の人が、このニュースを知らないに違いない。
／大部分的人，肯定不知道這個消息。

1595 □□□
だいぶぶん
【大部分】
(名・副) 大部分，多半

(類) 大半
例 日本国民の大部分は大和民族です。
／日本國民大部分屬於大和民族。

1596 □□□
タイプライター
【typewriter】
(名) 打字機

(類) 印字機（いんじき）
例 昔は、みんなタイプライターを使っていたとか。
／聽說大家以前是用打字機。

1597
□□□

たいほ
【逮捕】

名・他サ 逮捕，拘捕，捉拿

類 捕らえる（とらえる）

例 犯人が逮捕されないかぎり、私たちは安心できない。

／只要一天沒抓到犯人，我們就無安寧的一天。

文法

ないかぎり［只要不…就］
▶ 表示只要某狀態不發生變化，結果就不會有變化。

1598
□□□

たいぼく
【大木】

名 大樹，巨樹

類 巨木

例 雨が降ってきたので、大木の下に逃げ込んだ。

／由於下起了雨來，所以我跑到大樹下躲雨。

1599
□□□

だいめいし
【代名詞】

名 代名詞，代詞；（以某詞指某物、某事）代名詞

例 動詞やら代名詞やら、文法は難しい。

／動詞啦、代名詞啦，文法還真是難。

文法 やら～やら［又是（有）…啦，又（有）…啦］
▶ 表示從一些同類事項中，列舉出兩項。

1600
□□□

タイヤ
【tire】

名 輪胎

例 タイヤがパンクしたので、取り替えました。／因為爆胎所以換了輪胎。

1601
□□□

ダイヤモンド
【diamond】

名 鑽石

類 ダイヤ

例 このダイヤモンドは高いに違いない。／這顆鑽石一定很昂貴。

1602
□□□

たいら
【平ら】

名・形動 平，平坦；（山區的）平原，平地；（非正坐的）隨意坐，盤腿坐；平靜，坦然

類 平らか（たいらか）

例 道が平らでさえあれば、どこまでも走っていけます。

／只要道路平坦，不管到什麼地方我都可以跑。

1603 □□□
だいり
【代理】

（名・他サ）代理，代替；代理人，代表

類 代わり

例 社長の代理にしては、頼りない人ですね。
／以做為社長的代理人來看，這人還真是不可靠啊！

1604 □□□
たいりく
【大陸】

（名）大陸，大洲；（日本指）中國；（英國指）歐洲大陸

例 オーストラリアは国でもあり、世界最小の大陸でもある。
／澳洲既是一個國家，也是世界最小的大陸。

1605 □□□
たいりつ
【対立】

（名・他サ）對立，對峙

反 協力　類 対抗

例 あの二人はよく意見が対立するが、言い分にはそれぞれ理がある。
／那兩個人的看法經常針鋒相對，但說詞各有一番道理。

1606 □□□
たうえ
【田植え】

（名・他サ）（農）插秧

類 植えつける

例 農家は、田植えやら草取りやらで、いつも忙しい。
／農民要種田又要拔草，總是很忙碌。

文法
やら～やら［又是（有）
…啦，又（有）…啦]

1607 □□□
だえん
【楕円】

（名）橢圓

類 長円（ちょうえん）

例 楕円形のテーブルを囲んで会議をした。／大家圍著橢圓桌舉行會議。

1608 □□□
だが

（接）但是，可是，然而

類 けれど

例 失敗した。だがいい経験だった。
／失敗了。但是很好的經驗。

文法
▶ 近たところが［然而…]

| 1609 □□□ | **た**がやす【耕す】 | 他五 耕作，耕田 |

類 耕作（こうさく）
例 我が家は畑を耕して生活しています。／我家靠耕田過生活。

| 1610 □□□ | **た**から【宝】 | 名 財寶，珍寶；寶貝，金錢 |

類 宝物
例 親からすれば、子どもはみんな宝です。
／對父母而言，小孩個個都是寶貝。

文法 からすれば［對…而言］
▶ 表示判斷的觀點，根據。
▶ 近にすれば［對…而言］

| 1611 □□□ | **た**き【滝】 | 名 瀑布 |

類 瀑布（ばくふ）
例 このへんには、小川やら滝やら、自然の風景が広がっています。
／這一帶，有小河川啦、瀑布啦，一片自然景觀。

文法 やら～やら［又是（有）…啦，又（有）…啦］
▶ 表示從一些同類事項中，列舉出兩項。

| 1612 □□□ | **た**く【宅】 | 名・漢造 住所，自己家，宅邸；（加接頭詞「お」成為敬稱）尊處 |

類 住居
例 明るいうちに、田中さん宅に集まってください。
／請趁天還是亮的時候，到田中小姐家集合。

| 1613 □□□ | **た**くわえる【蓄える・貯える】 | 他下一 儲蓄，積蓄；保存，儲備；留，留存 |

類 貯金（ちょきん）
例 給料が安くて、お金を貯えるどころではない。
／薪水太少了，哪能存錢啊！

文法 どころではない［哪能…］
▶ 表示沒有餘裕做某事。

| 1614 □□□ | **た**け【竹】 | 名 竹子 |

例 この箱は、竹でできている。／這個箱子是用竹子做的。

1615 □□□

だけど

接續 然而，可是，但是

類 しかし

例 だけど、その考えはおかしいと思います。
／可是，我覺得那想法很奇怪。

文法
▶ 近 ならまだしも [若是…還算可以…]

1616 □□□

たしょう
【多少】

名・副 多少，多寡；一點，稍微

類 若干

例 金額の多少を問わず、私はお金を貸さない。
／不論金額多少，我都不會借錢給你的。

文法 をとわず[不分…]
▶ 表示沒有把前接的詞當作問題、跟前接的詞沒有關係。

1617 □□□

ただ

名・副・接 免費；普通，平凡；只是，僅僅；（對前面的話做出否定）但是，不過

類 無料

例 ただでもらっていいんですか。／可以免費索取嗎？

1618 □□□

たたかい
【戦い】

名 戰鬥，戰鬥；鬥爭；競賽，比賽

類 競争

例 こうして、両チームの戦いは開始された。／就這樣，兩隊的競爭開始了。

1619 □□□

たたかう
【戦う・闘う】

自五 （進行）作戰，戰爭；鬥爭；競賽

類 競争する

例 勝敗はともかく、私は最後まで戦います。
／姑且不論勝敗，我會奮戰到底。

文法 はともかく[姑且不論…]
▶ 表示提出兩個事項，前項暫且不作為議論的對象，先談後項。暗示後項是更重要的。

1620 □□□

ただし
【但し】

接續 但是，可是

類 しかし

例 料金は 1 万円です。ただし手数料が 100 円かかります。
／費用為一萬日圓。但是，手續費要 100 日圓。

1621
□□□

ただちに
【直ちに】

副 立即，立刻；直接，親自

類 すぐ

例 電話をもらいしだい、直ちにうかがいます。

／只要你一通電話過來，我就會立刻趕過去。

文法 しだい［―…馬上］
▶ 表示某動作剛一做完，就立即採取下一步的行動。

1622
□□□
TRACK
50

たちあがる
【立ち上がる】

自五 站起，起來；升起，冒起；重振，恢復；著手，開始行動

類 起立する

例 急に立ち上がったものだから、コーヒーをこぼしてしまった。

／因為突然站了起來，所以弄翻了咖啡。

1623
□□□

たちどまる
【立ち止まる】

自五 站住，停步，停下

例 立ち止まることなく、未来に向かって歩いて

いこう。／不要停下來，向未來邁進吧！

文法 ことなく［不要…］
▶ 表示一次也沒發生某狀況的情況下。

1624
□□□

たちば
【立場】

名 立腳點，站立的場所；處境；立場，觀點

類 観点

例 お互い立場は違うにしても、助け合うことはできます。

／即使彼此立場不同，也還是可以互相幫忙。

1625
□□□

たちまち

副 轉眼間，一瞬間，很快，立刻；忽然，突然

類 即刻（そっこく）

例 初心者向けのパソコンは、たちまち売れてしまった。

／以電腦初學者為對象的電腦才上市，轉眼就銷售一空。

1626
□□□

たつ
【絶つ】

他五 切，斷；絕，斷絕；斷絕，消滅；斷，切斷

類 切断する（せつだんする）

例 登山に行った男性が消息を絶っているということです。

／聽說那位登山的男性已音信全無了。

| 1627 □□□ | た**っする**【達する】 | 他サ・自サ 到達；精通，通過；完成，達成；實現；下達（指示、通知等） |

類 及ぶ
例 売上げが1億円に達した。
／營業額高達了一億日圓。

| 1628 □□□ | だ**っせん**【脱線】 | 名・他サ （火車、電車等）脱軌，出軌；（言語、行動）脱離常規，偏離本題 |

類 外れる
例 列車が脱線して、けが人が出た。
／因火車出軌而有人受傷。

| 1629 □□□ | た**ったいま**【たった今】 | 副 剛才；馬上 |

例 あ、お帰り。たった今、浜田さんから電話があったよ。
／啊，你回來了！剛剛濱田先生打了電話來找你喔！

| 1630 □□□ | だ**って** | 接・提助 可是，但是，因為；即使是，就算是 |

類 なぜなら
例 行きませんでした。だって、雨が降っていたんだもの。
／我那時沒去。因為，當時在下雨嘛。

| 1631 □□□ | た**っぷり** | 副・自サ 足夠，充份，多；寬綽，綽綽有餘；（接名詞後）充滿（某表情、語氣等） |

類 十分
例 食事をたっぷり食べても、必ず太るというわけではない。
／吃很多，不代表一定會胖。

| 1632 □□□ | た**てがき**【縦書き】 | 名 直寫 |

例 縦書きのほうが読みやすい。
／直寫較好閱讀。

あ
か
さ
た
な
は
ま
や
ら
わ
練習

1633 □□□
たとう
【妥当】

(名・形動・自サ) 妥當，穩當，妥善

(類) 適当

(例) 予算に応じて、妥当な商品を買います。
／購買合於預算的商品。

(文法) におうじて［依據…］
▶ 表示按照、根據。前項作為依據，後項根據前項的情況而發生變化。

1634 □□□
たとえ

(副) 縱然，即使，那怕

(例) たとえお金があっても、株は買いません。
／就算有錢，我也不會買股票。

1635 □□□
たとえる
【例える】

(他下一) 比喻，比方

(類) 擬える（なぞらえる）

(例) この物語は、例えようがないほど面白い。
／這個故事，有趣到無法形容。

1636 □□□
たに
【谷】

(名) 山谷，山澗，山洞

(例) 深い谷が続いている。
／深谷綿延不斷。

1637 □□□
たにぞこ
【谷底】

(名) 谷底

(例) 谷底に転落する。
／跌到谷底。

1638 □□□
たにん
【他人】

(名) 別人，他人；（無血緣的）陌生人，外人；局外人

(反) 自己
(類) 余人（よじん）

(例) 他人のことなど、考えている暇はない。
／我沒那閒暇時間去管別人的事。

1639 □□□	たね 【種】	名（植物的）種子，果核；（動物的）品種；原因，起因；素材，原料

類 種子
例 庭に花の種をまきました。
/我在庭院裡灑下了花的種子。

1640 □□□	たのもしい 【頼もしい】	形 靠得住的；前途有為的，有出息的

類 立派
例 息子さんは、しっかりしていて頼もしいですね。
/貴公子真是穩重可靠啊。

1641 □□□	たば 【束】	名 把，捆

類 括り
例 花束をたくさんもらいました。 /我收到了很多花束。

1642 □□□	たび 【足袋】	名 日式白布襪

例 着物を着て、足袋をはいた。 /我穿上了和服與日式白布襪。

1643 □□□	たび 【度】	名・接尾 次，回，度；（反覆）每當，每次；（接數詞後）回，次

類 都度（つど）
例 彼に会うたびに、昔のことを思い出す。
/每次見到他，就會想起種種的往事。

1644 □□□	たび 【旅】	名・他サ 旅行，遠行

類 旅行
例 旅が趣味だと言うだけあって、あの人は外国に詳しい。
/不愧是以旅遊為興趣，那個人對外國真清楚。

文法 だけあって［不愧是…］
▶ 表示名實相符，一般用在積極讚美的時候。

あ
か
さ
た
な
は
ま
や
ら
わ
練習

1645 ☐☐☐
たびたび
【度々】

副 屢次，常常，再三

反 偶に
類 しばしば
例 彼には、電車の中で度々会います。
　　／我常常在電車裡碰到他。

1646 ☐☐☐
ダブる

自五 重複；撞期

補 名詞「ダブル（double）」之動詞化。
例 おもかげがダブる。
　　／雙影。

1647 ☐☐☐
たま
【玉】

名 玉，寶石，珍珠；球，珠；眼鏡鏡片；燈泡；子彈

例 パチンコの玉が落ちていた。
　　／柏青哥的彈珠掉在地上。

1648 ☐☐☐
たま
【偶】

名 偶爾，偶然；難得，少有

類 めったに
例 偶に一緒に食事をするが、親友というわけではない。
　　／雖然說偶爾會一起吃頓飯，但並不代表就是摯友。

1649 ☐☐☐
たま
【弾】

名 子彈

例 拳銃の弾に当たって怪我をした。
　　／中了手槍的子彈而受了傷。

1650 ☐☐☐
たまたま
【偶々】

副 偶然，碰巧，無意間；偶爾，有時

類 偶然に
例 たまたま駅で旧友にあった。
　　／無意間在車站碰見老友。

1651
たまらない
【堪らない】
(連語・形) 難堪，忍受不了；難以形容，…的不得了；按耐不住

(類) 堪えない

(例) 外国に行きたくてたまらないです。
／我想出國想到不行。

文法
▶ 近てかなわない […得受不了]

1652
ダム
【dam】
(名) 水壩，水庫，攔河壩，堰堤

(類) 堰堤（えんてい）

(例) ダムを作らないことには、この地域の水問題は解決できそうにない。
／如果不建水壩，這地區的供水問題恐怕無法解決。

文法
そうにない [恐怕無法]
▶ 表示説話者判斷某件事情發生的機率很低，或是沒有發生的跡象。

1653
ためいき
【ため息】
(名) 嘆氣，長吁短嘆

(類) 吐息（といき）

(例) ため息など、つかないでください。
／請不要嘆氣啦！

1654
ためし
【試し】
(名) 嘗試，試驗；驗算

(類) 試み（こころみ）

(例) 試しに使ってみた上で、買うかどうか決めます。
／試用過後，再決定要不要買。

文法
うえで [後…再…]
▶ 表示兩動作間時間上的先後關係。先進行前一動作，後面再根據前面的結果，採取下一個動作。

1655
ためす
【試す】
(他五) 試，試驗，試試

(類) 試みる

(例) 体力の限界を試す。
／考驗體能的極限。

1656 □□□
ためらう
【躊躇う】

(自五) 猶豫，躊躇，遲疑，踟躕不前

(類) 躊躇する（ちゅうちょする）

(例) ちょっと躊躇ったばかりに、シュートを失敗してしまった。
／就因為猶豫了一下，結果球沒投進。

文法 ばかりに [就因為…，結果…]
▶ 表示就是因為某事的緣故，造成後項不良結果或發生不好的事情，說話者含有後悔或遺憾的心情。

1657 □□□
たより
【便り】

(名) 音信，消息，信

(類) 手紙

(例) 息子さんから、便りはありますか。
／有收到貴公子寄來的信嗎？

1658 □□□
たよる
【頼る】

(自他五) 依靠，依賴，仰仗；拄著；投靠，找門路

(類) 依存する

(例) あなたなら、誰にも頼ることなく仕事をやっていくでしょう。
／如果是你的話，工作不靠任何人也能進行吧！

文法 ことなく [不要…]
▶ 表示一次也沒發生某狀況的情況下。

1659 □□□
だらけ

(接尾) (接名詞後) 滿，淨，全；多，很多

(例) テストは間違いだらけだったにもかかわらず、平均点よりはよかった。
／儘管考卷上錯誤連篇，還是比平均分數來得高。

文法
にもかかわらず [儘管…，還是…]
▶ 表逆接。後項事情常跟前項相反或矛盾。
▶ 近だけましだ [幸好]

1660 □□□
だらしない

(形) 散漫的，邋遢的，不檢點的；不爭氣的，沒出息的，沒志氣

(類) ルーズ

(例) あの人は服装がだらしないから嫌いです。
／那個人的穿著邋遢，所以我不喜歡他。

1661 □□□
たらす
【垂らす】

名 滴；垂

例 よだれを垂らす。／流口水。

1662 □□□
たらず
【足らず】

接尾 不足…

例 5歳足らずの子供の演奏とは思えない、すばらしい演奏だった。
／那是一場精彩的演出，很難想像是由不滿五歲的小孩演奏的。

1663 □□□
だらり（と）

副 無力地（下垂著）

例 だらりとぶら下がる。
／無力地垂吊。

1664 □□□
たりょう
【多量】

名・形動 大量

例 多量の出血にもかかわらず、一命を取り留めた。
／儘管大量出血，所幸仍保住了性命。

文法
にもかかわらず［儘管…］

1665 □□□
たる
【足る】

自五 足夠，充足；值得，滿足

類 値する（あたいする）
例 彼は、信じるに足る人だ。
／他是個值得信賴的人。

文法
▶ 近がい［值得的…］

1666 □□□
たれさがる
【垂れ下がる】

自五 下垂
（或唸：たれさがる）

例 ひもが垂れ下がる。
／帶子垂下。

1667 □□□
たん
【短】

名・漢造 短；不足，缺點

例 手術とはいっても、短時間で済みます。
／雖説動手術，在很短的時間內就完成了。

| 1668 □□□ | **だん** 【段】 | 名・形名 層，格，節；（印刷品的）排，段；樓梯；文章的段落 |

類 階段
例 入口が段になっているので、気をつけてください。
　　／入口處有階梯，請小心。

| 1669 □□□ | **たんい** 【単位】 | 名 學分；單位 |

類 習得単位
例 卒業するのに必要な単位はとりました。
　　／我修完畢業所需的學分了。

| 1670 □□□ | **だんかい** 【段階】 | 名 梯子，台階，樓梯；階段，時期，步驟；等級，級別 |

類 等級
例 プロジェクトは、新しい段階に入りつつあります。
　　／企劃正逐漸朝新的階段發展。

文法
つつある [在逐漸…]
▶ 表示某一動作或作用正向著某一方向持續發展。

| 1671 □□□ | **たんき** 【短期】 | 名 短期 |

反 長期
類 短時間
例 夏休みだけの短期のアルバイトを探している。
　　／正在找只在暑假期間的短期打工。

| 1672 □□□ | **たんご** 【単語】 | 名 單詞 |

例 英語を勉強するにつれて、単語が増えてきた。
　　／隨著英語的學習愈久，單字的量也愈多了。

| 1673 □□□ | **たんこう** 【炭鉱】 | 名 煤礦，煤井 |

例 この村は、昔炭鉱で栄えました。　／這個村子，過去因為產煤而繁榮。

1674 □□□
だんし
【男子】
（名）男子，男孩，男人，男子漢

（反）女子　（類）男児
（例）子どもたちが、男子と女子に分かれて並んでいる。
　　／小孩子們分男女兩列排隊。

1675 □□□
たんじゅん
【単純】
（名・形動）單純，簡單；無條件

（反）複雑　（類）純粋
（例）単純な物語ながら、深い意味が含まれている
のです。
　　／雖然是個單純的故事，但卻蘊含深遠的意義。

（文法）ながら［儘管…］
▶連接兩個矛盾的事物，
表示後項與前項所預想
的不同。
▶（近）ながらも［雖然…，
但是…］

1676 □□□
たんしょ
【短所】
（名）缺點，短處

（反）長所　（類）欠点
（例）彼には短所はあるにしても、長所も見てあげましょう。
　　／就算他有缺點，但也請看看他的優點吧。

1677 □□□
ダンス
【dance】
（名・自サ）跳舞，交際舞

（類）踊り
（例）ダンスなんか、習いたくありません。／我才不想學什麼舞蹈呢！

1678 □□□
たんすい
【淡水】
（名）淡水

（類）真水（まみず）
（例）この魚は、淡水でなければ生きられません。
　　／這魚類只能在淡水區域生存。

1679 □□□
だんすい
【断水】
（名・他サ・自サ）斷水，停水

（例）私の住んでいる地域で、三日間にわたって断水がありました。
　　／我住的地區，曾停水長達三天過。

1680
□□□

たんすう
【単数】

名（數）單數，（語）單數

反 複数
例 ３人称単数の動詞にはｓをつけます。
／在第三人稱單數動詞後面要加上ｓ。

1681
□□□

だんち
【団地】

名（為發展產業而成片劃出的）工業區；（有計畫
的集中建立住房的）住宅區

例 私は大きな団地に住んでいます。
／我住在很大的住宅區裡。

1682
□□□

だんてい
【断定】

名・他サ 斷定，判斷

類 言い切る（いいきる）
例 その男が犯人だとは、断定しかねます。
／很難判定那個男人就是兇手。

1683
□□□

たんとう
【担当】

名・他サ 擔任，擔當，擔負

類 受け持ち
例 この件は、来週から私が担当することになっている。
／這個案子，預定下週起由我來負責。

1684
□□□

たんなる
【単なる】

連體 僅僅，只不過

類 ただの
例 私など、単なるアルバイトに過ぎません。
／像我只不過就是個打工的而已。

1685
□□□

たんに
【単に】

副 單，只，僅

類 唯（ただ）
例 私がテニスをしたことがないのは、単に機会がないだけです。
／我之所以沒打過網球，純粹是因為沒有機會而已。

| 1686 □□□ | たんぺん【短編】 | 名 短篇，短篇小說 |

反 長編

例 彼女の短編を読むにつけ、この人は天才だなあと思う。／每次閱讀她所寫的短篇小說，就會覺得這個人真是個天才。

文法
につけ[每當…就會…]
► 表示前項事態總會帶出後項結論。

| 1687 □□□ | たんぼ【田んぼ】 | 名 米田，田地 |

例 田んぼの稲が台風でだいぶ倒れた。／田裡的稻子被颱風吹倒了許多。

ち

| 1688 □□□ 52 | ち【地】 | 名 大地，地球，地面；土壌，土地；地表；場所；立場，地位 |

類 地面

例 この地に再び来ることはないだろう。／我想我再也不會再到這裡來了。

| 1689 □□□ | ちい【地位】 | 名 地位，職位，身份，級別 |

類 身分

例 地位に応じて、ふさわしい態度をとらなければならない。／應當要根據自己的地位，來取適當的態度。

文法 におうじて[依據…]
► 表示按照、根據。前項作為依據，後項根據前項的情況而發生變化。

| 1690 □□□ | ちいき【地域】 | 名 地區 |

類 地方

例 この地域が発展するように祈っています。／祈禱這地區能順利發展。

| 1691 □□□ | ちえ【知恵】 | 名 智慧，智能；腦筋，主意 |

類 知性

例 犯罪防止の方法を考えている最中ですが、何かいい知恵はありませんか。／我正在思考防範犯罪的方法，你有沒有什麼好主意？

| 1692 □□□ | **ちがいない**
【違いない】 | 〔形〕一定是，肯定，沒錯，的確是 |

類 確かに
例 この事件は、彼女にとってショックだったに違いない。
／這事件對她而言，一定很震驚。

| 1693 □□□ | **ちかう**
【誓う】 | 〔他五〕發誓，起誓，宣誓 |

類 約する
例 正月になるたびに、今年はがんばるぞと誓う。
／一到元旦，我就會許諾今年要更加努力。

| 1694 □□□ | **ちかごろ**
【近頃】 | 〔名・副〕最近，近來，這些日子來；萬分，非常 |

類 今頃（いまごろ）
例 近頃は、映画<u>どころか</u>テレビさえ見ない。全部ネットで見られるから。
／最近別說是電影了，就連電視也沒看，因為全都在網路上看片。

文法 どころか［豈止…連…］
▶ 表示從根本上推翻前項，並且在後項提出跟前項程度相差很遠。

| 1695 □□□ | **ちかすい**
【地下水】 | 〔名〕地下水 |

例 このまま地下水をくみ続けると、地盤が沈下しかねない。
／再照這樣繼續汲取地下水，說不定會造成地層下陷。

文法
かねない［說不定會…］
▶ 表示有這種可能性或危險性。

| 1696 □□□ | **ちかぢか**
【近々】 | 〔副〕不久，近日，過幾天；靠的很近 |

類 間もなく
例 近々、総理大臣を訪ねることになっています。
／再過幾天，我預定前去拜訪內閣總理大臣。

1697 □□□	ちかよる 【近寄る】	〔自五〕走進，靠近，接近

反 離れる　類 近づく

例 あんなに危ない場所には、近寄れっこない。
　／那麼危險的地方不可能靠近的。

文法
っこない [不可能…]
▶ 表示強烈否定，某事發生的可能性。

1698 □□□	ちからづよい 【力強い】	〔形〕強而有力的；有信心的，有依仗的

類 安心

例 この絵は構成がすばらしいとともに、色も力強いです。
　／這幅畫整體構造實在是出色，同時用色也充滿張力。

1699 □□□	ちぎる	〔他五・接尾〕撕碎（成小段）；摘取，揪下；（接動詞連用形後加強語氣）非常，極力

類 小さく千切る

例 紙をちぎってゴミ箱に捨てる。
　／將紙張撕碎丟進垃圾桶。

1700 □□□	ちじ 【知事】	〔名〕日本都、道、府、縣的首長

例 将来は、東京都知事になりたいです。
　／我將來想當東京都的首長。

1701 □□□	ちしきじん 【知識人】	〔名〕知識份子

例 かつて、この国では、白色テロで多くの知識人が犠牲になった。
　／這個國家過去曾有許多知識份子成了白色恐怖的受難者。

1702 □□□	ちしつ 【地質】	〔名〕（地）地質

類 地盤

例 この辺の地質はたいへん複雑です。
　／這地帶的地質非常的錯綜複雜。

1703 □□□
ち｜じん
【知人】

⑧ 熟人，認識的人

㉞ 知り合い

㉞ 知人を訪ねて京都に行ったついでに、観光をしました。
／前往京都拜訪友人的同時，也順便觀光了一下。

1704 □□□
ち｜たい
【地帯】

⑧ 地帶，地區

㉞ このあたりは、工業地帯になりつつあります。
／這一帶正在漸漸轉型為工業地帶。

文法 つつある [在逐漸…]
▶ 表示某一動作或作用正向著某一方向持續發展。

1705 □□□
ち｜ちおや
【父親】

⑧ 父親

㉞ まだ若いせいか、父親としての自覚がない。
／不知道是不是還年輕的關係，他本人還沒有身為父親的自覺。

1706 □□□
ち｜ぢむ
【縮む】

（自五） 縮，縮小，抽縮；起皺紋，出摺；畏縮，退縮，惶恐；縮回去，縮進去

㉕ 伸びる
㉞ 短縮
㉞ これは洗っても縮まない。
／這個洗了也不會縮水的。

1707 □□□
ち｜ぢめる
【縮める】

（他下一） 縮小，縮短，縮減；縮回，捲縮，起皺紋

㉞ 圧縮
㉞ この亀はいきなり首を縮めます。
／這隻烏龜突然縮回脖子。

1708 □□□
ち｜ぢれる
【縮れる】

（自下一） 捲曲；起皺，出摺

㉞ 皺が寄る
㉞ 彼女は髪が縮れている。／她的頭髮是捲曲的。

1709
□□□

チ|ップ
【chip】

名（削木所留下的）片削；洋芋片

例 休みの日は、ごろごろしてポテトチップを食べながらテレビを
見るに限る。

／放假日就該無所事事，吃著洋芋片看電視。

1710
□□□

ち|てん
【地点】

名 地點

類 場所

例 現在いる地点について報告してください。

／請你報告一下你現在的所在地。

1711
□□□

ち|のう
【知能】

名 智能，智力，智慧

例 知能指数を測るテストを受けた。

／我接受了測量智力程度的測驗。

1712
□□□

(Track **53**)

ち|へいせん
【地平線】

名（地）地平線

例 はるか遠くに、地平線が望める。

／在遙遠的那一方，可以看到地平線。

1713
□□□

ち|めい
【地名】

名 地名

例 地名の変更に伴って、表示も変えなければならない。

／隨著地名的變更，也就有必要改變道路指標。

1714
□□□

ち|ゃ
【茶】

名・漢造 茶；茶樹；茶葉；茶水

例 茶を入れる。

／泡茶。

1715
□□□
ちゃくちゃく
【着々】

㊐ 逐步地，一步步地

㊣ どんどん

㊕ 新しい発電所は、着々と建設が進んでいる。
　／新發電廠的建設工程正在逐步進行中。

1716
□□□
チャンス
【chance】

㊅ 機會，時機，良機

㊣ 好機（こうき）

㊕ チャンスが来た以上、挑戦してみたほうがいい。
　／既然機會送上門來，就該挑戰看看才是。

文法

いじょう [既然]
▶ 由於前句某種決心或
責任，後句便根據前項
表達相對應的決心、義
務或奉勸。

1717
□□□
ちゃんと

㊐ 端正地，規矩地；按期，如期；整潔，整齊；完全，
老早；的確，確鑿

㊣ きちんと

㊕ 目上の人には、ちゃんと挨拶するものだ。
　／對長輩應當要確實問好。

文法

ものだ [應當…]
▶ 表示理所當然，理應
如此。

1718
□□□
ちゅう
【中】

（名・接尾・漢造）中央，當中；中間；中等；…之中；
正在…當中

㊕ この小説は上・中・下の全3巻ある大作だ。
　／這部小說是分成上、中、下總共三冊的大作。

1719
□□□
ちゅう
【注】

（名・漢造）註解，注釋；注入；注目；註釋

㊣ 注釈（ちゅうしゃく）

㊕ 難しい言葉に、注をつけた。／我在較難的單字上加上了註解。

1720
□□□
ちゅうおう
【中央】

㊅ 中心，正中；中心，中樞；中央，首都

㊣ 真ん中

㊕ 部屋の中央に花を飾った。／我在房間的中間擺飾了花。

1721 □□□
ちゅうかん
【中間】
(名) 中間，兩者之間；（事物進行的）中途，半路

(例) 駅と家の中間あたりで、友だちに会った。

／我在車站到家的中間這一段路上，遇見了朋友。

1722 □□□
ちゅうこ
【中古】
(名)（歷史）中古（日本一般是指平安時代，或包含鎌倉時代）；半新不舊

(反) 新品
(類) 古物（ふるもの）
(例) お金がないので、中古を買うしかない。

／因為沒錢，所以只好買中古貨。

1723 □□□
ちゅうしゃ
【駐車】
(名・自サ) 停車

(反) 停車　(類) 発車
(比) 駐車：把汽車等停下來，放在該位置。
　　停車（ていしゃ）：行進中的車子，短時間停車。
(例) 家の前に駐車するよりほかない。

／只好把車停在家的前面了。

> **文法**
> よりほかない [只好…]
> ▶ 表示問題處於某種狀態，只有一種辦法，沒有其他解決辦法。

1724 □□□
ちゅうしょう
【抽象】
(名・他サ) 抽象

(反) 具体
(類) 概念
(補) 抽象的 [形容動詞] 抽象的
(例) 彼は抽象的な話が得意で、哲学科出身だけのことはある。

／他擅長述說抽象的事物，不愧是哲學系的。

> **文法**
> だけのことはある [不愧是…]
> ▶ 表示與其做的努力、所處的地位、所經歷的事情等名實相符，對其後項的結果、能力等給予高度的讚美。

1725 □□□
ちゅうしょく
【昼食】
(名) 午飯，午餐，中飯，中餐

(類) 昼飯（ちゅうしょく）
(例) みんなと昼食を食べられるのは、嬉しい。

／能和大家一同共用午餐，令人非常的高興。

| 1726 □□□ | **ちゅうせい**【中世】 | (名)(歷史)中世，古代與近代之間(在日本指鎌倉、室町時代) |

例 この村では、中世に戻ったかのような生活をしています。／這個村落中，過著如同回到中世世紀般的生活。

> **文法** かのような[有如…一般]
> ▶ 表示比喻及不確定的判斷。

| 1727 □□□ | **ちゅうせい**【中性】 | (名)(化學)非鹼非酸，中性；(特徵)不男不女，中性；(語法)中性詞 |

例 酸性でもアルカリ性でもなく、中性です。／不是酸性也不是鹼性，它是中性。

| 1728 □□□ | **ちゅうたい**【中退】 | (名・自サ)中途退學 |

例 父が亡くなったので、大学を中退して働かざるを得なかった。
／由於家父過世，<u>不得不</u>從大學輟學了。

> **文法** ざるをえなかった[不得不…]
> ▶ 除此之外，沒有其他選擇。

| 1729 □□□ | **ちゅうと**【中途】 | (名)中途，半路 |

類 途中（とちゅう）
例 中途採用では、通常、職務経験が重視される。
／一般而言，公司錄用非應屆畢業生與轉職人士，重視的是其工作經驗。。

| 1730 □□□ | **ちゅうにくちゅうぜい**【中肉中背】 | (名)中等身材 |

例 目撃者によると、犯人は中肉中背の20代から30代くらいの男だということです。／根據目擊者的證詞，犯嫌是身材中等、年紀大約是二十至三十歲的男人。

| 1731 □□□ | **ちょう**【長】 | (名・漢造)長，首領；長輩；長處 |

例 長幼の別をわきまえる。／懂得長幼有序。

| 1732 □□□ | **ちょうか**【超過】 | (名・自サ)超過 |

例 時間を超過すると、お金を取られる。／一超過時間，就要罰錢。

1733 □□□

ちょうき
【長期】

⊛名 長期，長時間

類 超える

例 長期短期を問わず、働けるところを探しています。／不管是長期還是短期都好，我在找能工作的地方。

文法 をとわず[不分…]

▶ 表示沒有把前接的詞當作問題、跟前接的詞沒有關係。

1734 □□□

ちょうこく
【彫刻】

名・他サ 雕刻

類 彫る

例 彼は、絵も描けば、彫刻も作る。／他既會畫畫，也會雕刻。

文法

も～ば～も[也…也…]

▶ 把類似的事物並列起來，用意在強調，或表示還有很多情況。

1735 □□□

track **54**

ちょうしょ
【長所】

名 長處，優點

反 短所　類 特長

例 だれにでも、長所があるものだ。／不論是誰，都會有優點的。

文法 ものだ[應當…]

▶ 表示理所當然，理應如此。

1736 □□□

ちょうじょう
【頂上】

名 山頂，峰頂；極點，頂點

反 麓（ふもと）　類 頂（いただき）

例 山の頂上まで行ってみましょう。／一起爬上山頂看看吧！

1737 □□□

ちょうしょく
【朝食】

名 早餐

例 朝食はパンとコーヒーで済ませる。／早餐吃麵包和咖啡解決。

1738 □□□

ちょうせい
【調整】

名・他サ 調整，調節

類 調える

例 パソコンの調整にかけては、自信があります。／我對修理電腦這方面相當有自信。

文法 にかけては[就…這一點]

▶ 表示[其它姑且不論，僅就那一件事情來說]的意思。後項多接對別人的技術或能力好的評價。

1739
☐☐☐
ちょうせつ
【調節】

名・他サ 調節，調整

例 時計の電池を換えたついでに、ねじも調節しましょう。
／換了時鐘的電池之後，也順便調一下螺絲吧！

1740
☐☐☐
ちょうだい
【頂戴】

名・他サ （「もらう、食べる」的謙虛說法）領受，得到，吃；（女性、兒童請求別人做事）請

類 もらう

例 すばらしいプレゼントを頂戴しました。
／我收到了很棒的禮物。

1741
☐☐☐
ちょうたん
【長短】

名 長和短；長度；優缺點，長處和短處；多和不足

類 良し悪し（よしあし）

例 日照時間の長短は、植物に多大な影響を及ぼす。
／日照時間的長短對植物有極大的影響。

1742
☐☐☐
ちょうてん
【頂点】

名 （數）頂點；頂峰，最高處；極點，絕頂

類 最高

例 技術面からいうと、彼は世界の頂点に立っています。
／從技術面來看，他正處在世界的最高峰。

1743
☐☐☐
ちょうほうけい
【長方形】

名 長方形，矩形

例 長方形のテーブルがほしいと思う。
／我想我要一張長方形的桌子。

1744
☐☐☐
ちょうみりょう
【調味料】

名 調味料，佐料

類 香辛料

例 調味料など、ぜんぜん入れていませんよ。
／這完全添加調味料呢！

1745
□□□

ちょうめ
【丁目】

結尾（街巷區劃單位）段，巷，條

例 銀座４丁目に住んでいる。
／我住在銀座四段。

1746
□□□

ちょくせん
【直線】

名 直線

類 真っ直ぐ
例 直線によって、二つの点を結ぶ。
／用直線將兩點連接起來。

1747
□□□

ちょくつう
【直通】

名・自サ 直達（中途不停）；直通

例 ホテルから日本へ直通電話がかけられる。
／從飯店可以直撥電話到日本。

1748
□□□

ちょくりゅう
【直流】

名・自サ 直流電；（河水）直流，沒有彎曲的河流；
嫡系

例 いつも同じ方向に同じ大きさの電流が流れるのが直流です。
／都以相同的強度，朝相同方向流的電流，稱為直流。

1749
□□□

ちょしゃ
【著者】

名 作者

類 作家
例 本の著者として、内容について話してください。
／請以本書作者的身份，談一下這本書的內容。

1750
□□□

ちょぞう
【貯蔵】

名・他サ 儲藏

例 地下室に貯蔵する。
／儲放在地下室。

1751
□□□

ちょ ちく
【貯蓄】

名・他サ 儲蓄

類 蓄積（ちくせき）
例 余ったお金は、貯蓄にまわそう。
／剩餘的錢，就存下來吧！

1752
□□□

ちょ っかく
【直角】

名・形動（數）直角

例 この針金は、直角に曲がっている。
／這銅線彎成了直角。

1753
□□□

ちょ っけい
【直径】

名（數）直徑

類 半径
例 このタイヤは直径何センチぐらいですか。
／這輪胎的直徑大約是多少公分呢？

1754
□□□

ちらかす
【散らかす】

他五 弄得亂七八糟；到處亂放，亂扔

反 整える（ととのえる）
類 乱す（みだす）
例 部屋を散らかしたきりで、片付けてくれません。
／他將房間弄得亂七八糟後，就沒幫我整理。

1755
□□□

ちらかる
【散らかる】

自五 凌亂，亂七八糟，到處都是

反 集まる 類 散る
例 部屋が散らかっていたので、片付けざるを
えなかった。
／因為房間內很凌亂，所以<u>不得不</u>整理。

文法 ざるをえなかった
［不得不…］
▶ 表示除此之外，沒有其他的選擇。

1756
□□□

ちらばる
【散らばる】

自五 分散；散亂

例 辺り一面、花びらが散らばっていた。／這一帶落英繽紛，猶如鋪天蓋地。

1757
☐☐☐

ちりがみ
【ちり紙】

名 衛生紙；粗草紙

類 塵紙

比 ティッシュ：衛生紙，紙巾，薄紙。
　 ちり紙：衛生紙，粗草紙，再生紙。

例 鼻をかみたいので、ちり紙をください。

　／我想擤鼻涕，請給我張衛生紙。

（つ）

1758
☐☐☐

ついか
【追加】

名・他サ 追加，添付，補上

類 追補（ついほ）

例 ラーメンに半ライスを追加した。 ／要了拉麵之後又加點了半碗飯。

1759
☐☐☐

ついで

名 順便，就便；順序，次序

例 出かけるなら、ついでに卵を買ってきて。

　／你如果要出門，就順便幫我買蛋回來吧。

1760
☐☐☐

つうか
【通貨】

名 通貨，（法定）貨幣

類 貨幣

例 この国の通貨は、ユーロです。 ／這個國家的貨幣是歐元。

1761
☐☐☐

つうか
【通過】

名・自サ 通過，經過；（電車等）駛過；（議案、考試等）通過，過關，合格

類 通り過ぎる

例 特急電車が通過します。 ／特快車即將過站。

1762
☐☐☐

つうがく
【通学】

名・自サ 上學

類 通う

例 通学のたびに、この道を通ります。

　／每次要去上學時，都會走這條路。

1763 □□□
つうこう
【通行】
(名・自サ) 通行，交通，往來；廣泛使用，一般通用

類 往来
例 この道は、今日は通行できないことになっています。
／這條路今天是無法通行的。

1764 □□□
つうしん
【通信】
(名・自サ) 通信，通音信；通訊，聯絡；報導消息的稿件，通訊稿

類 連絡
例 何か通信の方法があるに相違ありません。
／一定會有聯絡方法的。

文法 にそういない [一定是…]
▶ 表示說話者根據經驗或直覺，做出非常肯定的判斷。

1765 □□□
つうち
【通知】
(名・他サ) 通知，告知

類 知らせ
例 事件が起きたら、通知が来るはずだ。
／一旦發生案件，應該馬上就會有通知。

1766 □□□
つうちょう
【通帳】
(名) (存款、賒帳等的) 折子，帳簿

類 通い帳（かよいちょう）
例 通帳と印鑑を持ってきてください。
／請帶存摺和印章過來。

1767 □□□
つうよう
【通用】
(名・自サ) 通用，通行；兼用，兩用；(在一定期間內) 通用，有效；通常使用

例 プロの世界では、私の力など通用しない。
／在專業的領域裡，像我這種能力是派不上用場的。

1768 □□□
つうろ
【通路】
(名) (人們通行的) 通路，人行道；(出入通行的) 空間，通道

類 通り道
例 通路を通って隣のビルまで行く。／走通道到隔壁大樓去。

| 1769 □□□ | つ<u>かい</u>
【使い】 | (名) 使用；派去的人；派人出去（買東西、辦事），跑腿；（迷）（神仙的）侍者；（前接某些名詞）使用的方法，使用的人 |

(類) 召使い

(例) 母親の使いで出かける。／出門幫媽媽辦事。

| 1770 □□□ | つ<u>き</u>
【付き】 | (接尾)（前接某些名詞）樣子；附屬 |

(例) 報告を聞いて、部長の顔つきが変わった。
　　／聽了報告之後，經理的臉色大變。

| 1771 □□□ | つ<u>きあい</u>
【付き合い】 | (名・自サ) 交際，交往，打交道；應酬，作陪 |

(類) 交際

(例) 君こそ、最近付き合いが悪いじゃないか。
　　／你最近才是很難打交道呢！

| 1772 □□□ | つ<u>きあたる</u>
【突き当たる】 | (自五) 撞上，碰上；走到道路的盡頭；（轉）遇上，碰到（問題） |

(類) 衝突する

(例) 研究が壁に突き当たってしまい、悩んでいる。
　　／研究陷入瓶頸，十分煩惱。

| 1773 □□□ | つ<u>きひ</u>
【月日】 | (名) 日與月；歲月，時光；日月，日期 |

(類) 時日（じじつ）

(例) この音楽を聞くにつけて、楽しかった月日を思い出します。
　　／每當聽到這音樂，就會想起過去美好的時光。

> **文法**
> につけて[每當…就會…]
> ▶ 表示前項事態總會帶出後項結論。

| 1774 □□□ | つ<u>く</u>
【突く】 | (他五) 扎，刺，戳；撞，頂；支撐；冒著，不顧；沖，撲（鼻）；攻擊，打中 |

(類) 打つ

(例) 試合で、相手は私の弱点を突いてきた。
　　／對方在比賽中攻擊了我的弱點。

あ
か
さ
た
な
は
ま
や
ら
わ
練習

1775
□□□
つく
【就く】

（自五）就位；登上；就職；跟…學習；起程

㊣ 即位する
例 王座に就く。
　／登上王位。

1776
□□□
つぐ
【次ぐ】

（自五）緊接著，繼…之後；次於，並於

㊣ 接着する
例 彼の実力は、世界チャンピオンに次ぐほどだ。
　／他的實力，幾乎好到僅次於世界冠軍的程度。

【文法】
ほどだ [幾乎…]
▶ 為了說明前項達到什麼程度，在後項舉出具體的事例來，
▶ 近ほど～はない [沒有比…更…]

1777
□□□
つぐ
【注ぐ】

（他五）注入，斟，倒入（茶、酒等）

㊣ 酌む（くむ）
例 ついでに、もう１杯お酒を注いでください。
　／請順便再幫我倒一杯酒。

1778
□□□
つけくわえる
【付け加える】

（他下一）添加，附帶

㊣ 補足する
例 説明を付け加える。／附帶說明。

1779
□□□
つける
【着ける】

（他下一）佩帶，穿上

例 服を身につける。／穿上衣服。

1780
□□□
つち
【土】

（名）土地，大地；土壤，土質；地面，地表；地面土，泥土

㊣ 泥
例 子どもたちが土を掘って遊んでいる。／小朋友們在挖土玩。

1781 □□□	つっこむ 【突っ込む】	他五・自五 衝入，闖入；深入；塞進，插入；沒入；深入追究

類 入れる

例 事故で、車がコンビニに突っ込んだ。
／由於事故，車子撞進了超商。

1782 □□□	つつみ 【包み】	名 包袱，包裹

類 荷物

例 プレゼントの包みを開けてみた。
／我打開了禮物的包裝。

1783 □□□	つとめ 【務め】	名 本分，義務，責任

類 役目、義務

例 私のやるべき務めですから、たいへんではありません。
／這是我應盡的本分，所以一點都不辛苦。

1784 □□□ 56	つとめ 【勤め】	名 工作，職務，差事

類 勤務

例 勤めが辛くてやめたくなる。
／工作太勞累了所以有想辭職的念頭。

1785 □□□	つとめる 【努める】	他下一 努力，為…奮鬥，盡力；勉強忍住

反 怠る（おこたる）　類 励む（はげむ）

例 看護に努める。
／盡心看護病患。

1786 □□□	つとめる 【務める】	他下一 任職，工作；擔任（職務）；扮演（角色）

類 奉公（ほうこう）

例 主役を務める。／扮演主角。

1787 ☐☐☐
つな
【綱】
(名) 粗繩，繩索，纜繩；命脈，依靠，保障

(類) ロープ
(例) 船に綱をつけてみんなで引っ張った。
／將繩子套到船上大家一起拉。

1788 ☐☐☐
つながり
【繋がり】
(名) 相連，相關；系列；關係，聯繫

(類) 関係
(例) 友だちとのつながりは大切にするものだ。
／要好好地珍惜與朋友間的聯繫。

文法
ものだ [應當…]
▶ 表示理所當然，理應如此。

1789 ☐☐☐
つねに
【常に】
(副) 時常，經常，總是

(類) 何時も
(例) 社長が常にオフィスにいるとは、言いきれない。
／無法斷定社長平時都會在辦公室裡。

1790 ☐☐☐
つばさ
【翼】
(名) 翼，翅膀；(飛機) 機翼；(風車) 翼板；使者，使節

(類) 羽翼（うよく）
(例) 白鳥が大きな翼を広げている。
／白鳥展開牠那寬大的翅膀。

1791 ☐☐☐
つぶ
【粒】
(名・接尾) (穀物的) 穀粒；粒，丸，珠；(數小而圓的東西) 粒，滴，丸

(類) 小粒（こつぶ）
(例) 大粒の雨が降ってきた。／下起了大滴的雨。

1792 ☐☐☐
つぶす
【潰す】
(他五) 毀壞，弄碎；熔毀，熔化；消磨，消耗；宰殺；堵死，填滿

(類) 壊す
(例) 会社を潰さないように、一生懸命がんばっている。
／為了不讓公司倒閉而拼命努力。

1793 □□□	**つぶれる** 【潰れる】	(自下一) 壓壞，壓碎；坍塌，倒塌；倒產，破產；磨損，磨鈍；（耳）聾，（眼）瞎

（類）破産

（例）あの会社が、潰れるわけがない。
／那間公司，不可能會倒閉的。

1794 □□□	**つまずく** 【躓く】	(自五) 跌倒，絆倒；（中途遇障礙而）失敗，受挫

（類）転ぶ

（例）石に躓いて転んだ。／絆到石頭而跌了一跤。

1795 □□□	**つみ** 【罪】	(名・形動)（法律上的）犯罪；（宗教上的）罪惡 罪孽；（道德上的）罪責，罪過

（類）罪悪

（例）そんなことをしたら、罪になりかねない。
／如果你做了那種事，<u>很可能會</u>變成犯罪。

文法
かねない[很可能會…]
► 表示有這種可能性或危險性。有可能做出異於常人的某種事情，一般用在負面的評價。

1796 □□□	**つや** 【艶】	(名) 光澤，潤澤；興趣，精彩；豔事，風流事

（類）光沢

（例）靴は、磨けば磨くほど艶が出ます。／鞋子越擦越有光澤。

1797 □□□	**つよき** 【強気】	(名・形動)（態度）強硬，（意志）堅決；（行情）看漲

（類）逞しい（たくましい）

（例）ゲームに負けているくせに、あの選手は強気ですね。
／明明就輸了比賽，那選手還真是強硬呢。

1798 □□□	**つらい** 【辛い】	(形・接尾) 痛苦的，難受的，吃不消；刻薄的，殘酷的；難…，不便…

（反）楽しい （類）苦しい

（例）勉強が辛くてたまらない。／書念得痛苦不堪。

| 1799 □□□ | つり
【釣り】 | 名 釣，釣魚；找錢，找的錢 |

類 一本釣り（いっぽんづり）

例 主人のことだから、また釣りに行っているのだと思います。

／我家那口子的話，我想一定是又跑去釣魚了吧！

文法 ことだから［因為是…，所以…］

▶ 主要接表示人物的詞後面，根據説話熟知的人物的性格、行為習慣等，做出自己判斷的依據。

| 1800 □□□ | つりあう
【釣り合う】 | 自五 平衡，均衡；勻稱，相稱 |

類 似合う

例 あの二人は釣り合わないから、結婚しないだろう。

／那兩人不相配，應該不會結婚吧！

| 1801 □□□ | つりばし
【釣り橋・吊り橋】 | 名 吊橋 |

例 吊り橋を渡る。

／過吊橋。

| 1802 □□□ | つる
【吊る】 | 他五 吊，懸掛，佩帶 |

類 下げる

例 クレーンで吊って、ピアノを2階に運んだ。

／用起重機吊起鋼琴搬到二樓去。

| 1803 □□□ | つるす
【吊るす】 | 他五 懸起，吊起，掛著 |

反 上げる　類 下げる

例 スーツは、そこに吊るしてあります。／西裝掛在那邊。

| 1804 □□□ | つれ
【連れ】 | 名・接尾 同伴，伙伴；（能劇，狂言的）配角 |

類 仲間

例 連れがもうじき来ます。／我同伴馬上就到。

1805 □□□
Track 57

で

(接續) 那麼；（表示原因）所以

例 で、結果はどうだった。
／那麼，結果如何。

文法
▶ 近でもって [因⋯]

1806 □□□

であい
【出会い】

(名) 相遇，不期而遇，會合；幽會；河流會合處

類 巡り会い（めぐりあい）
例 我々は、人との出会いをもっと大切にするべきだ。
／我們應該要珍惜人與人之間相遇的緣分。

文法
べきだ [應該]
▶ 表示必須、應該如此。
▶ 近だけでなく [不只是⋯也⋯]

1807 □□□

てあらい
【手洗い】

(名) 洗手；洗手盆，洗手用的水；洗手間

類 便所
例 この水は井戸水です。手洗いにはいいですが、飲まないでください。
／這種水是井水，可以用來洗手，但請不要飲用。

1808 □□□

ていいん
【定員】

(名) （機關，團體的）編制的名額；（車輛的）定員，規定的人數

例 このエレベーターの定員は 10 人です。
／這電梯的限乘人數是 10 人。

1809 □□□

ていか
【低下】

(名・自サ) 降低，低落；（力量、技術等）下降

類 落ちる
例 生徒の学力が低下している。
／學生的學力（學習能力）下降。

1810 □□□

ていか
【定価】

(名) 定價

類 値段
例 定価から 10 パーセント引きます。／從定價裡扣除 10%。

1811 ☐☐☐
ていきてき
【定期的】
(形動) 定期，一定的期間

例 定期的に送る。
／定期運送。

1812 ☐☐☐
ていきゅうび
【定休日】
(名)(商店、機關等)定期公休日

(類) 休暇
例 定休日は店に電話して聞いてください。
／請你打電話到店裡，打聽有關定期公休日的時間。

1813 ☐☐☐
ていこう
【抵抗】
(名・自サ) 抵抗，抗拒，反抗；(物理)電阻，阻力；(產生)抗拒心理，不願接受

(類) 手向かう（てむかう）
例 社長に対して抵抗しても、無駄だよ。
／即使反抗社長，也無濟於事。

1814 ☐☐☐
ていし
【停止】
(名・他サ・自サ) 禁止，停止；停住，停下；(事物、動作等)停頓

(類) 止まる
例 車が停止するかしないかのうちに、彼はドアを開けて飛び出した。
／車子才剛一停下來，他就打開門衝了出來。

文法
か〜ないかのうちに
[才剛…就…]
▶ 表示前一個動作才剛發生，在似完非完之間，第二個動作緊接著又開始了。

1815 ☐☐☐
ていしゃ
【停車】
(名・他サ・自サ) 停車，剎車

例 急行は、この駅に停車するっけ。／快車有停這站嗎？

1816 ☐☐☐
ていしゅつ
【提出】
(名・他サ) 提出，交出，提供

(類) 持ち出す
例 テストを受けるかわりに、レポートを提出した。
／以交報告來代替考試。

1817 □□□
ていど
【程度】

(名・接尾)（高低大小）程度，水平；（適當的）程度，適度，限度

類 具合

例 どの程度お金を持っていったらいいですか。
／我大概帶多少錢比較好呢？

1818 □□□
でいり
【出入り】

(名・自サ)出入，進出；（因有買賣關係而）常往來；收支；（數量的）出入；糾紛，爭吵

類 出没（しゅつぼつ）

例 研究会に出入りしているが、正式な会員というわけではない。
／雖有在研討會走動，但我不是正式的會員。

1819 □□□
でいりぐち
【出入り口】

(名)出入口

類 玄関

例 出入り口はどこにありますか。／請問出入口在哪裡？

1820 □□□
ていれ
【手入れ】

(名・他サ)收拾，修整；檢舉，搜捕

類 修繕（しゅうぜん）

例 靴を長持ちさせるには、よく手入れをすることです。
／一雙鞋想要穿得長久，就必須仔細保養才行。

1821 □□□
でかける
【出かける】

(自下一)出門，出去，到…去；剛要走，要出去；剛要…

類 行く

例 兄は、出かけたきり戻ってこない。
／自從哥哥出去之後，就再也沒回來過。

文法

きり〜ない［自從…之後，（就）再也沒…］
▶ 表示前項的動作完成之後，應該進展的事，就再也沒有下文了。

1822 □□□
てき
【的】

(造語)…的

例 科学的に実証される。／在科學上得到證實。

1823 □□□	**てき** 【敵】	名・漢造 敵人，仇敵；（競爭的）對手；障礙，大敵；敵對，敵方

反 味方　類 仇（あだ）

例 あんな奴は私の敵ではない。私にかなうものか。

　／那種傢伙根本不是我的對手！他哪能贏過我呢？

1824 □□□	**できあがり** 【出来上がり】	名 做好，做完；完成的結果（手藝，質量）

例 出来上がりまで、どのぐらいかかりますか。

　／到完成大概需要多少時間？

1825 □□□	**できあがる** 【出来上がる】	自五 完成，做好；天性，生來就…

類 できる

例 作品は、もう出来上がっているにきまっている。

　／作品一定已經完成了。

1826 □□□	**てきかく** 【的確】	形動 正確，準確，恰當

類 正確

例 上司が的確に指示してくれたおかげで、すべてうまくいきました。

　／多虧上司準確的給予指示，所以一切都進行的很順利。

1827 □□□	**てきする** 【適する】	自サ （天氣、飲食、水土等）適宜，適合；適當，適宜於（某情況）；具有做某事的資格與能力

類 適当

例 自分に適した仕事を見つけたい。／我想找適合自己的工作。

1828 □□□	**てきせつ** 【適切】	名・形動 適當，恰當，妥切

類 妥当（だとう）

例 アドバイスするにしても、もっと適切な言葉があるでしょう。

　／即使要給建議，也應該有更恰當的用詞吧？

1829
☐☐☐

て|きど
【適度】

(名・形動) 適度，適當的程度

例 医者の指導のもとで、適度な運動をしている。
　い しゃ　し どう　　　　　　てき ど　　うんどう

/我在醫生的指導之下，從事適當的運動。

文法

のもとで [在…之下]

▶ 表示在受到某影響的範圍內，而有後項的情況。

1830
☐☐☐

て|きよう
【適用】

(名・他サ) 適用，應用

類 応用

例 鍼灸治療に保険は適用されますか。
　しんきゅう ち りょう　ほ けん　てきよう

/請問保險的給付範圍包括針灸治療嗎？

1831
☐☐☐

(Track **58**)

で|きれば

(連語) 可以的話，可能的話

例 できればその仕事はしたくない。
　　　　　　　し ごと

/可能的話我不想做那個工作。

1832
☐☐☐

で|こぼこ
【凸凹】

(名・自サ) 凹凸不平，坑坑窪窪；不平衡，不均勻

反 平ら（たいら）　類 ぼつぼつ

例 でこぼこだらけの道を運転した。/我開在凹凸不平的道路上。
　　　　　　　　　みち　うんてん

1833
☐☐☐

て|ごろ
【手頃】

(名・形動)（大小輕重）合手，合適，相當；適合（自己的經濟能力、身份）

類 適当

例 値段が手頃なせいか、この商品はよく売れます。
　ね だん　て ごろ　　　　　　しょうひん　　　　う

/大概是價錢平易近人的緣故，這個商品賣得相當好。

1834
☐☐☐

で|し
【弟子】

(名) 弟子，徒弟，門生，學徒

反 師匠（ししょう）　類 教え子

例 弟子のくせに、先生に逆らうのか。
　で し　　　　　　せんせい　さか

/明明就只是個學徒，難道你要頂撞老師嗎？

| 1835 □□□ | てじな
【手品】 | ㊅ 戲法，魔術；騙術，奸計 |

㊟ 魔法
㋑ 手品を見せてあげましょう。
　　／讓你們看看魔術大開眼界。

| 1836 □□□ | ですから | ㊆ 所以 |

㊟ だから
㋑ 9時に出社いたします。ですから9時以降なら何時でも結構です。
　　／我九點進公司。所以九點以後任何時間都可以。

| 1837 □□□ | でたらめ | ㊅・㊞ 荒唐，胡扯，胡說八道，信口開河 |

㊟ 寝言（ねごと）
㋑ あいつなら、そのようなでたらめも言いかねない。
　　／如果是那傢伙，就有可能會說出那種荒唐的話。

文法
かねない [有可能會…]
▶ 表示有這種可能性或危險性。有可能做出異於常人的某種事情，一般用在負面的評價。

| 1838 □□□ | てつ
【鉄】 | ㊅ 鐵 |

㊟ 金物
㋑「鉄は熱いうちに打て」とよく言います。／常言道：「打鐵要趁熱。」

| 1839 □□□ | てつがく
【哲学】 | ㊅ 哲學；人生觀，世界觀 |

㊟ 医学
㋑ 哲学の本は読みません。難しすぎるもの。
　　／人家不看哲學的書，因為實在是太難了嘛。

| 1840 □□□ | てっきょう
【鉄橋】 | ㊅ 鐵橋，鐵路橋 |

㊟ 橋
㋑ 列車は鉄橋を渡っていった。／列車通過了鐵橋。

1841 □□□	て っ き り	副 一定，必然；果然

類 確かに
例 今日はてっきり晴れると思ったのに。
　／我以為今天一定會是個大晴天的。

1842 □□□	て っ こう 【鉄鋼】	名 鋼鐵

例 鉄鋼製品を販売する。
　／販賣鋼鐵製品。

1843 □□□	て っ する 【徹する】	自サ 貫徹，貫穿；通宵，徹夜；徹底，貫徹始終

類 貫く（つらぬく）
例 夜を徹して語り合う。
　／徹夜交談。

1844 □□□	て つ づき 【手続き】	名 手續，程序

類 手順
例 手続きさえすれば、誰でも入学できます。
　／只要辦好手續，任誰都可以入學。

1845 □□□	て つ どう 【鉄道】	名 鐵道，鐵路

類 高架（こうか）
例 この村には、鉄道の駅はありますか。
　／這村子裡，有火車的車站嗎？

1846 □□□	て っ ぽう 【鉄砲】	名 槍，步槍

類 銃
例 鉄砲を持って、狩りに行った。
　／我持著手槍前去打獵。

1847 □□□
てぬぐい
【手ぬぐい】
名 布手巾

類 タオル
例 汗を手ぬぐいで拭いた。
／用手帕擦了汗。

1848 □□□
てま
【手間】
名（工作所需的）勞力、時間與功夫；（手藝人的）計件工作，工錢

類 労力
例 この仕事には手間がかかるにしても、三日もかかるのはおかしいよ。
／就算這工作需要花較多時間，但是竟然要花上3天實在太可疑了。

1849 □□□
でむかえ
【出迎え】
名 迎接；迎接的人

類 迎える
例 電話さえしてくれれば、出迎えに行きます。
／只要你給我一通電話，我就出去迎接你。

1850 □□□
でむかえる
【出迎える】
他下一 迎接

例 客を駅で出迎える。
／在火車站迎接客人。

1851 □□□
デモ
【demonstration】
名 抗議行動

類 抗議
例 彼らもデモに参加したということです。
／聽說他們也參加了示威遊行。

1852 □□□
てらす
【照らす】
他五 照耀，曬，晴天

例 足元を照らすライトを取り付けましょう。
／安裝照亮腳邊的照明用燈吧！

| 1853 ☐☐☐ | て|る 【照る】 | 自五 照耀，曬，晴天 |

類 照明
例 今日は太陽が照って暑いね。
　　／今天太陽高照真是熱啊！

| 1854 ☐☐☐ | て|ん 【店】 | 名 店家，店 |

類〈酒・魚〉屋
例 高校の売店には、文房具やちょっとした飲み物などしかありません。
　　／高中的福利社只賣文具和一些飲料而已。

| 1855 ☐☐☐ | て|んかい 【展開】 | 名・他サ・自サ 開展，打開；展現；進展；（隊形）散開 |

類 展示（てんじ）
例 話は、予測どおりに展開した。
　　／事情就如預期一般地發展下去。

| 1856 ☐☐☐ | て|んけい 【典型】 | 名 典型，模範 |

類 手本（てほん）
例 上にはぺこぺこするくせに、下には威張り散らすというのは、だめな中間管理職の典型だ。
　　／對上司畢恭畢敬，但對下屬卻揚威耀武，這就是中階主管糟糕的典型。

| 1857 ☐☐☐ 59 | て|んこう 【天候】 | 名 天氣，天候 |

類 気候
例 北海道から東北にかけて、天候が不安定になります。
　　／北海道到東北地區，接下來的天氣，會變得很不穩定。

| 1858 □□□ | でんし 【電子】 | 图（理）電子 |

例 電子辞書を買おうと思います。
／我打算買台電子辭典。

| 1859 □□□ | てんじかい 【展示会】 | 图 展示會 |

例 着物の展示会で、目の保養をした。
／參觀和服的展示會，享受了一場視覺的饗宴。

| 1860 □□□ | でんせん 【伝染】 | 名・自サ（病菌的）傳染；（惡習的）傳染，感染 |

類 感染る（うつる）
例 病気が、国中に伝染するおそれがある。
／這疾病恐怕會散佈到全國各地。

| 1861 □□□ | でんせん 【電線】 | 图 電線，電纜 |

類 金属線
例 電線に雀がたくさん止まっている。
／電線上停著許多麻雀。

| 1862 □□□ | でんちゅう 【電柱】 | 图 電線桿 |

例 電柱に車がぶつかった。
／車子撞上了電線桿。

| 1863 □□□ | てんてん 【点々】 | 副 點點，分散在；（液體）點點地，滴滴地往下落 |

類 各地
例 広い草原に、羊が点々と散らばっている。
／廣大的草原上，羊兒們零星散佈各地。

讀書計劃：□□／□□

1864 □□□	**てんてん** 【転々】	副・自サ 轉來轉去，輾轉，不斷移動；滾轉貌，嘰哩咕嚕

類 あちこち
例 今_{いま}までにいろいろな仕事_{しごと}を転々_{てんてん}とした。
／到現在為止換過許多工作。

1865 □□□	**でんとう** 【伝統】	名 傳統

例 お正月_{しょうがつ}にお餅_{もち}を食_たべるのは、日本_{にほん}の伝統_{でんとう}です。
／在春節時吃麻糬是日本的傳統。

1866 □□□	**てんねん** 【天然】	名 天然，自然

類 自然
例 当店_{とうてん}の商品_{しょうひん}は、全_{すべ}て天然_{てんねん}の原料_{げんりょう}を使用_{しよう}しております。
／本店的商品全部使用天然原料。

1867 □□□	**てんのう** 【天皇】	名 日本天皇

反 皇后　類 皇帝
例 天皇_{てんのう}・皇后両陛下_{こうごうりょうへいか}は、今_{いま}ヨーロッパをご訪問中_{ほうもんちゅう}です。
／天皇陛下與皇后陛下目前正在歐洲訪問。

1868 □□□	**でんぱ** 【電波】	名（理）電波

類 電磁（でんじ）
例 そこまで電波_{でんぱ}が届_{とど}くでしょうか。
／電波有辦法傳到那麼遠的地方嗎？

1869 □□□	**テンポ** 【tempo】	名（樂曲的）速度，拍子；（局勢、對話或動作的）速度

類 リズム
例 東京_{とうきょう}の生活_{せいかつ}はテンポが速_{はや}すぎる。
／東京的生活步調太過急促。

| 1870 ☐☐☐ | **てんぼうだい**
【展望台】 | 名 瞭望台 |

例 展望台からの眺めは、あいにくの雲でもう一つだった。
／很不巧，從瞭望台遠眺的風景被雲遮住了，沒能欣賞到一覽無遺的景色。

| 1871 ☐☐☐ | **でんりゅう**
【電流】 | 名（理）電流 |

類 電気量
例 回路に電流を流してみた。
／我打開電源讓電流流通電路看看。

| 1872 ☐☐☐ | **でんりょく**
【電力】 | 名 電力 |

類 電圧
例 原子力発電所なしに、必要な電力がまかなえるのか。
／請問如果沒有核能發電廠，可以滿足基本的電力需求嗎？

| 1873 ☐☐☐
Track 60 | **と**
【都】 | 名・漢造 首都；「都道府縣」之一的行政單位，都市；東京都 |

類 首都
例 都の規則で、ごみを分別しなければならない。
／依東京都規定，要做垃圾分類才行。

| 1874 ☐☐☐ | **とい**
【問い】 | 名 問，詢問，提問；問題 |

反 答え 類 質問
例 先生の問いに、答えないわけにはいかない。
／不能不回答老師的問題。

| 1875 □□□ | <u>と</u>いあわせ
【問い合わせ】 | 名 詢問，打聽，查詢 |

類 お尋ね
例 お申し込み・お問い合わせは、フリーダイヤル０１２０-117-117 ^{ゼロイチニーゼロイイナ イイナ}
まで。／如需預約或有任何詢問事項 歡迎撥打免費專線012-117-117！（日
文「117」諧音為「いいな」）

| 1876 □□□ | <u>ト</u>イレットペーパー
【toilet paper】 | 名 衛生紙，廁紙 |

例 トイレットペーパーがない。／沒有衛生紙。

| 1877 □□□ | <u>と</u>う
【党】 | 名・漢造 鄉里；黨羽，同夥；黨，政黨 |

類 党派（とうは）
例 どの党を支持していますか。／你支持哪一黨？

| 1878 □□□ | <u>と</u>う
【塔】 | 名・漢造 塔 |

類 タワー
例 塔に上ると、町の全景が見える。／爬到塔上可以看到街道的全景。

| 1879 □□□ | <u>と</u>う
【島】 | 名 島嶼 |

類 諸島（しょとう）、アイランド
例 バリ島に着き<u>しだい</u>、電話をします。
　　／<u>一</u>到了峇里島，我就<u>馬上</u>打電話。

文法 しだい［一…就馬上］
▶ 表示某動作剛一做完，
就立即採取下一步的行
動。

| 1880 □□□ | <u>ど</u>う
【銅】 | 名 銅 |

類 金
例 この像は銅でできている<u>と思ったら</u>、なん
と木でできていた。
／<u>本以為</u>這座雕像是銅製的，誰知竟然是木製的！

文法 とおもったら［原以
為…原來是］
▶ 表示本來預料會有某
種狀況，下文結果有兩
種：一種是相反結果，
一種是與預料的一致。

1881 □□□ とうあん 【答案】
名 試卷，卷子

類 答え
例 答案を出したとたんに、間違いに気がついた。
　／一將答案卷交出去，馬上就發現了錯誤。

1882 □□□ どういたしまして 【どう致しまして】
寒暄 不客氣，不敢當

例 「ありがとう。」「どういたしまして。」
　／「謝謝。」「不客氣。」

1883 □□□ とういつ 【統一】
名・他サ 統一，一致，一律

類 纏める（まとめる）
例 中国と台湾の関係をめぐっては、大きく分けて統一・独立・現状維持の三つの選択肢がある。
　／關於中國與台灣的關係，大致可分成統一、獨立或維持現狀等三種選項。

文法
をめぐっては [關於…]
▶ 表示後項的行為動作，是針對前項的某一事情、問題進行的。
▶ 近にかかわって [關於…]

1884 □□□ どういつ 【同一】
名・形動 同樣，相同；相等，同等

類 同様
例 これとそれは、全く同一の商品です。
　／這個和那個是完全一樣的商品。

1885 □□□ どうか
副 （請求他人時）請；設法，想辦法；（情況）和平時不一樣，不正常；（表示不確定的疑問，多用かどうか）是…還是怎麼樣

類 何分（なにぶん）
例 頼むからどうか見逃してくれ。
　／拜託啦！請放我一馬。

| 1886 ☐☐☐ | **どうかく**
【同格】 | 图 同級，同等資格，等級相同；同級的（品牌）；
（語法）同格語 |

類 同一
例 私と彼の地位は、ほぼ同格です。
　／我跟他的地位是差不多等級的。

| 1887 ☐☐☐ | **とうげ**
【峠】 | 图 山路最高點（從此點開始下坡），山巔；頂部，
危險期，關頭 |

類 坂
補 為日造漢字。
例 彼の病気は、もう峠を越えました。
　／他病情已經度過了危險期。

| 1888 ☐☐☐ | **とうけい**
【統計】 | 名・他サ 統計 |

類 総計
例 統計から見ると、子どもの数は急速に減って
います。
　／從統計數字來看，兒童人口正快速減少中。

文法

からみると［從…來看］
▶ 表示判斷的角度，也
就是［從某一立場來判
斷的話］之意。

| 1889 ☐☐☐ | **どうさ**
【動作】 | 名・自サ 動作 |

類 挙止（きょし）
例 私の動作には特徴があると言われます。
　／別人說我的動作很有特色。

| 1890 ☐☐☐ | **とうざい**
【東西】 | 图 （方向）東和西；（國家）東方和西方；方向；事理，
道理 |

反 南北
類 東洋と西洋
例 古今東西の演劇資料を集めた。
　／我蒐集了古今中外的戲劇資料。

1891 □□□	**とうじ**【当時】	(名・副) 現在，目前；當時，那時

類 その時
例 当時はまだ新幹線がなかったとか。
／聽說當時好像還沒有新幹線。

1892 □□□	**どうし**【動詞】	(名) 動詞

類 名詞
例 日本語の動詞の活用の種類は、昔はもっと多かった。
／日文的動詞詞尾變化，從前的種類比現在更多。

1893 □□□	**どうじ**【同時】	(名・副・接) 同時，時間相同；同時代；同時，立刻；也，又，並且

類 同年
例 同時にたくさんのことはできない。
／無法在同時處理很多事情。

1894 □□□	**とうじつ**【当日】	(名・副) 當天，當日，那一天

例 たとえ当日雨が降っても、試合は行われます。
／就算當天下雨，比賽也還是照常進行。

1895 □□□	**とうしょ**【投書】	(名・他サ・自サ) 投書，信訪，匿名投書；(向報紙、雜誌) 投稿

類 寄稿（きこう）
例 公共交通機関でのマナーについて、新聞に投書した。
／在報上投書了關於搭乘公共交通工具時的禮儀。

1896
☐☐☐

とうじょう
【登場】

(名・自サ)(劇)出場，登台，上場演出；(新的作品、人物、產品)登場，出現

(反) 退場
(類) デビュー
(例) 主人公が登場するかしないかのうちに、話の結末がわかってしまった。
／主角才一登場，我就知道這齣戲的結局了。

| 文法 |
| か～ないかのうちに[オ…就…]
▶ 表示前一個動作才剛發生，在似完非完之間，第二個動作緊接著開始了。 |

1897
☐☐☐

どうせ

(副)(表示沒有選擇餘地)反正，總歸就是，無論如何

(類) やっても
(例) どうせ私はチビでデブで、その上ブスですよ。
／反正我就是既矮又胖，還是個醜八怪嘛！

1898
☐☐☐

とうだい
【灯台】

(名)燈塔

(例) 船は、灯台の光を頼りにしている。
／船隻倚賴著燈塔的光線。

| 文法 |
| をたよりにして[依賴著…]
▶ 表示藉由某人事物的幫助，進行後面的動作。 |

1899
☐☐☐

とうちゃく
【到着】

(名・自サ)到達，抵達

(類) 着く
(例) スターが到着するかしないかのうちに、ファンが大騒ぎを始めた。
／明星才一到場，粉絲們便喧嘩了起來。

| 文法 |
| か～ないかのうちに[オ…就…] |

1900
☐☐☐
(Track 61)

どうとく
【道徳】

(名)道德

(類) 倫理
(例) 人々の道徳心が低下している。
／人們道德心正在下降中。

1901 とうなん 【盗難】
□□□

名 失竊，被盗

類 盗む

例 ごめんください、警察ですが。この近くで盗難事件がありましたので、ちょっとお話を聞かせていただいてもよろしいですか。
／不好意思，我是警察。由於附近發生了竊盜案，是否方便向您請教幾個問題呢？

1902 とうばん 【当番】
□□□

名・自サ 值班（的人）

類 受け持ち

例 今週は教室の掃除当番だ。／這個星期輪到我當打掃教室的值星生。

1903 とうひょう 【投票】
□□□

名・自サ 投票

類 選挙

例 雨が降らないうちに、投票に行きましょう。
／趁還沒下雨時，快投票去吧！

文法 ないうちに [在… 還沒…前，…]
▶ 表示在前面的環境、狀態還沒有產生變化的情況下，做後面的動作。

1904 とうふ 【豆腐】
□□□

名 豆腐

例 豆腐は安い。／豆腐很便宜。

1905 とうぶん 【等分】
□□□

名・他サ 等分，均分；相等的份量

類 さしあたり

例 線にそって、等分に切ってください。
／請沿著線對等剪下來。

文法

にそって [沿著…]
▶ 表示沿著河流、街道等長長延續的東西之後進行的某動作之意。

1906 とうめい 【透明】
□□□

名・形動 透明；純潔，單純

類 透き通る

例 この薬は、透明なカプセルに入っています。／這藥裝在透明的膠囊裡。

| 1907 □□□ | **どうも** | 副 （後接否定詞）怎麼也…；總覺得，似乎；實在是，真是 |

類 どうしても

例 夫の様子がどうもおかしい。残業や休日出勤も多いし、浮気をしてるんじゃないだろうか。

／丈夫的舉動好像怪怪的，經常加班以及在假日去公司。他該不會有外遇了吧？

| 1908 □□□ | **とうゆ** 【灯油】 | 名 燈油；煤油 |

例 我が家は、灯油のストーブを使っています。

／我家裡使用燈油型的暖爐。

| 1909 □□□ | **どうよう** 【同様】 | 形動 同樣的，一樣的 |

類 同類

例 女性社員も、男性社員と同様に扱うべきだ。

／女職員應受和男職員一樣的平等待遇。

| 1910 □□□ | **どうよう** 【童謡】 | 名 童謠；兒童詩歌 |

類 歌謡

例 子どもの頃というと、どんな童謡が懐かしいですか。

／講到小時候，會想念起哪首童謠呢？

文法

というと [講到…]
▶ 表示承接話題的聯想，從某個話題引起自己的聯想，或對這個話題進行說明或聯想。

| 1911 □□□ | **どうりょう** 【同僚】 | 名 同事，同僚 |

類 仲間

例 同僚の忠告を無視するものではない。

／你不應當對同事的勸告聽而不聞。

文法

ものではない [不該…]
▶ 表示不應如此。

| 1912 □□□ | **どうわ**
【童話】 | ㊂ 童話 |

㊣ 昔話（むかしばなし）
㊟ 私は童話作家になりたいです。
　　／我想當個童話作家。

| 1913 □□□ | **とおり**
【通り】 | ㊦ 種類；套，組 |

㊟ 方法は二通りある。／辦法有兩種。

| 1914 □□□ | **とおりかかる**
【通りかかる】 | ㊐ 碰巧路過 |

㊣ 通り過ぎる
㊟ ジョン万次郎は、遭難したところを通りかかったアメリカの船に救助された。
　　／約翰萬次郎遭逢海難時，被經過的美國船給救上船了。

| 1915 □□□ | **とおりすぎる**
【通り過ぎる】 | ㊤ 走過，越過 |

㊣ 通過
㊟ 手を上げたのに、タクシーは通り過ぎてしまった。
　　／我明明招了手，計程車卻開了過去。

| 1916 □□□ | **とかい**
【都会】 | ㊂ 都會，城市，都市 |

㊂ 田舎
㊣ 都市
㊟ 都会に出てきた頃は、寂しくて泣きたいくらいだった。
　　／剛開始來到大都市時，感覺寂寞的想哭。

| 1917 □□□ | **とがる**
【尖る】 | ㊐ 尖；發怒；神經過敏，神經緊張 |

㊣ 角張る（かくばる）
㊟ 教会の塔の先が尖っている。／教堂的塔的頂端是尖的。

| 1918 □□□ | と**き**【時】 | ⊛ 時間；（某個）時候；時期，時節，季節；情況，時候；時機，機會 |

類 偶に

例 時には、仕事を休んでゆっくりしたほうがいいと思う。

／我認為偶爾要放下工作，好好休息才對。

| 1919 □□□ | ど**く**【退く】 | 自五 讓開，離開，躲開 |

類 離れる

例 車が通るから、退かないと危ないよ。

／車子要通行，不讓開是很危險唷！

| 1920 □□□ | ど**く**【毒】 | 名・自サ・漢造 毒，毒藥；毒害，有害；惡毒，毒辣 |

類 損なう

例 お酒を飲みすぎると体に毒ですよ。／飲酒過多對身體有害。

| 1921 □□□ | と**くしゅ**【特殊】 | 名・形動 特殊，特別 |

類 特別

例 特殊な素材につき、扱いに気をつけてください。

／由於這是特殊的材質，所以處理時請務必小心在意。

| 1922 □□□ | と**くしょく**【特色】 | 名 特色，特徵，特點，特長 |

類 特徵

例 美しいかどうかはともかくとして、特色のある作品です。

／姑且先不論美或不美，這是個有特色的作品。

文法

はともかくとして [姑且不論…]

▶ 表示提出兩個事項，前項暫且不作為議論的對象，先談後項。暗示後項是更重要的。

| 1923 □□□ | ど**くしん**【独身】 | 名 單身 |

例 独身で暮らしている。／獨自一人過生活。

1924 ☐☐☐
とくちょう
【特長】
（名）專長

例 特長を生かす。／活用專長。

1925 ☐☐☐
とくてい
【特定】
（名・他サ）特定；明確指定，特別指定

類 特色

例 殺人の状況を見ると、犯人を特定するのは難しそうだ。
／從兇殺的現場來看，要鎖定犯人似乎很困難。

1926 ☐☐☐

どくとく
【独特】
（名・形動）獨特

類 独自

例 この絵は、色にしろ構成にしろ、独特です。
／這幅畫不論是用色或是架構，都非常獨特。

文法

にしろ…にしろ[不論
是…或是…都…]

▶ 表示前項與後項皆有
同樣評價或感受。

▶ 近 にしろ[就算…，也…]

1927 ☐☐☐
とくばい
【特売】
（名・他サ）特賣；（公家機關不經標投）賣給特定的人

類 小売

例 特売が始まると、買い物に行かないではいら
れない。
／一旦特賣活動開始，就不禁想去購物一下。

文法 ないではいられな
い[令人忍不住…]

▶ 表示意志力無法控制，
自然而然地內心衝動想做
某事。傾向於口語用法。

▶ 近 てはならない[不能…]

1928 ☐☐☐
どくりつ
【独立】
（名・自サ）孤立，單獨存在；自立，獨立，不受他人
援助

反 従属（じゅうぞく）
類 自立

例 両親から独立した以上は、仕事を探さなけれ
ばならない。
／既然離開父母自力更生了，就得要找個工作才行。

文法

いじょう[既然]

▶ 由於前句某種決心或
責任，後句便根據前項
表達相對應的決心、義
務或奉勸。

読書計劃：
☐
／☐
／☐

1929
□□□

と|けこむ
【溶け込む】

_{自五}（理、化）融化，溶解，熔化；融合，融

_類 混ざる（まざる）

_例 だんだんクラスの雰囲気に溶け込んできた。
／越來越能融入班上的氣氛。

1930
□□□

ど|ける
【退ける】

_{他下一} 移開

_類 下がらせる

_例 ちょっと、椅子に新聞おかないで、どけてよ、座れないでしょ。
／欸，不要把報紙扔在椅子上，拿走開啦，這樣怎麼坐啊！

1931
□□□

ど|こか

_{連語} 某處，某個地方

_例 どこか遠くへ行きたい。
／想要去某個遙遠的地方。

1932
□□□

と|このま
【床の間】

_名 壁龕（牆身所留空間，傳統和室常有擺設插花
或是貴重的藝術品之特別空間）

_例 床の間に生け花を飾りました。
／我在壁龕擺設了鮮花來裝飾。

1933
□□□

ど|ころ

_{接尾}（前接動詞連用形）值得…的地方，應該…
的地方；生產…的地方；們

_類 場所

_例 弟が結婚して家を出て行った。俺は相手がいないんだが、両親
の圧力で、家には身の置きどころがない。
／弟弟結婚後就搬出家裡了。我雖然還沒有對象，但來自父母的壓力讓我在
家裡找不到容身之處。

1934
□□□ <u>と</u>ころが　　　接・接助　然而，可是，不過；一…，剛要

比 ところが：後句跟前句所預期的相反，具意外感。
だが（可是）：前後句為一正一反，兩個對立的事物。
例 とてもいい映画だという評判だった。ところが、見ると聞くで
は大違いだった。
／大家都對這部電影給予好評，可是我去看了以後，發現完全不是那麼回事。

1935
□□□ <u>と</u>ころ<u>で</u>　　　接續・接助　（用於轉變話題）可是，不過；即使，
縱使，無論

類 さて
例 ところで、あなたは誰でしたっけ。
／對了，你是哪位來著？

1936
□□□ <u>と</u>ざん
【登山】　　　名・自サ　登山；到山上寺廟修行

類 ハイキング
例 おじいちゃんは、元気なうちに登山に行きたいそうです。
／爺爺說想趁著身體還健康時去爬爬山。

1937
□□□ <u>と</u>しした
【年下】　　　名　年幼，年紀小

例 年下なのに生意気だ。／明明年紀小還那麼囂張。

1938
□□□ <u>と</u>し<u>つき</u>
【年月】　　　名　年和月，歲月，光陰；長期，長年累月；多年來

類 月日
補 年月（ねんげつ）［參考：2060］
例 この年月、ずっとあなたのことを考えていました。
／這麼多年來，我一直掛念著你。

1939
□□□ <u>ど</u>しゃく<u>ずれ</u>
【土砂崩れ】　　　名　土石流

例 土砂崩れで通行止めだ。／因土石流而禁止通行。

1940 □□□
としょしつ
【図書室】
名 閲覧室

例 図書室で宿題をする。
／在閲覽室做功課。

1941 □□□
としん
【都心】
名 市中心

類 大都会
補 城市的中心地帶，但多指東京的中心區。
例 都心は家賃が高いです。
／東京都中心地帶的房租很貴。

1942 □□□
とだな
【戸棚】
名 壁櫥，櫃櫥

類 棚
例 戸棚からコップを出しました。／我從壁櫥裡拿出了玻璃杯。

1943 □□□
とたん
【途端】
名・他サ・自サ 正當…的時候；剛…的時候，一…就…

類 すぐ
例 会社に入った途端に、すごく真面目になった。
／一進公司，就變得很認真。

1944 □□□
とち
【土地】
名 土地，耕地；土壤，土質；某地區，當地；地面；地區

類 大地
例 土地を買った上で、建てる家を設計しましょう。
／等買了土地之後，再來設計房子吧。

> **文法**
> うえで [之後…再來…]
> ▶ 表示兩動作間時間上的先後關係。先進行前一動作，後面再根據前面的結果，採取下一個動作。

1945 □□□
とっくに
他サ・自サ 早就，好久以前

例 鈴木君は、とっくにうちに帰りました。／鈴木先生早就回家了。

1946 どっと
□□□
副（許多人）一齊（突然發聲），哄堂；（人、物）湧來，雲集；（突然）病重，病倒

例 それを聞いて、みんなどっと笑った。
　／聽了那句話後，大家哄堂大笑。

1947 とっぷう【突風】
□□□
名 突然颳起的暴風

例 突風に帽子を飛ばされる。
　／帽子被突然颳起的風給吹走了。

1948 ととのう【整う】
□□□
自五 齊備，完整；整齊端正，協調；（協議等）達成，談妥

反 乱れる
類 片付く
例 準備が整いさえすれば、すぐに出発できる。
　／只要全都準備好了，就可以馬上出發。

1949 とどまる【留まる】
□□□
自五 停留，停頓；留下，停留；止於，限於

反 進む　類 停止
例 隊長が来るまで、ここに留まることになっています。
　／在隊長來到之前，要一直留在這裡待命。

1950 どなる【怒鳴る】
□□□
自五 大聲喊叫，大聲申訴

類 叱る（しかる）
例 そんなに怒鳴ることはないでしょう。
　／不需要這麼大聲吼叫吧！

1951 とにかく
□□□
63
副 總之，無論如何，反正

類 何しろ
例 とにかく、彼などと会いたくないんです。
　／總而言之，就是不想跟他見面。

1952 □□□	**とびこむ** 【飛び込む】	〔自五〕跳進；飛入；突然闖入；（主動）投入，加入

類 入る

例 みんなの話によると、窓からボールが飛び込んできたのだそうだ。
　／據大家所言，球好像是從窗戶飛進來的。

1953 □□□	**とびだす** 【飛び出す】	〔自五〕飛出，飛起來，起飛；跑出；（猛然）跳出；突然出現

類 抜け出す（ぬけだす）

例 角から子どもが飛び出してきたので、びっくりした。
　／小朋友從轉角跑出來，嚇了我一跳。

1954 □□□	**とびはねる** 【飛び跳ねる】	〔自下一〕跳躍

例 飛び跳ねて喜ぶ。
　／欣喜而跳躍。

1955 □□□	**とめる** 【泊める】	〔他下一〕（讓…）住，過夜；（讓旅客）投宿；（讓船隻）停泊

類 宿す（やどす）

例 ひと晩泊めてもらう。／讓我投宿一晚。

1956 □□□	**とも** 【友】	〔名〕友人，朋友；良師益友

類 友達

例 このおかずは、お酒の友にもいいですよ。
　／這小菜也很適合當下酒菜呢。

1957 □□□	**ともかく**	〔副・接〕暫且不論，姑且不談；總之，反正；不管怎樣

類 まずは

例 ともかく、今は忙しくてそれどころじゃないんだ。
　／暫且先不談這個了，現在很忙，根本就不是做這種事情的時候。

| 1958 □□□ | **ともに**
【共に】 | 副 共同，一起，都；隨著，隨同；全，都，均 |

類 一緒
例 家族と共に、合格を喜び合った。／家人全都為我榜上有名而高興。

| 1959 □□□ | **とら**
【虎】 | 名 老虎 |

類 タイガー
例 動物園には、虎が３匹いる。／動物園裡有三隻老虎。

| 1960 □□□ | **とらえる**
【捕らえる】 | 他下一 捕捉，逮捕；緊緊抓住；捕捉，掌握；令陷入…狀態 |

反 釈放する（しゃくほうする）
類 逮捕
例 懸命な捜査のかいがあって、犯人グループ全員を捕らえることができた。
／不枉費警察拚了命地捜査，終於把犯罪集團全部緝捕歸案了。

文法

かいがあって［不枉費］

▶ 表示辛苦做了某件事情而有了正面的回報，或是得到預期的結果。有［好不容易］的語感。

▶ 近 がい［値得的…］

| 1961 □□□ | **トラック**
【track】 | 名（操場、運動場、賽馬場的）跑道 |

例 トラックを一周する。／繞跑道一圈。

| 1962 □□□ | **とりあげる**
【取り上げる】 | 他下一 拿起，舉起；採納，受理；奪取，剝奪；沒收（財產），徵收（稅金） |

類 奪う
例 環境問題を取り上げて、みんなで話し合いました。
／提出環境問題來和大家討論一下。

| 1963 □□□ | **とりいれる**
【取り入れる】 | 他下一 收穫，收割；收進，拿入；採用，引進，採納 |

反 取り出す　類 取る
例 新しい意見を取り入れなければ、改善は行えない。
／要是不採用新的意見，就無法改善。

1964 □□□	**と**り**けす** 【取り消す】	(他五) 取消，撤銷，作廢

類 打ち消す

例 責任者の協議のすえ、許可証を取り消すこと
にしました。
　／和負責人進行協議，最後決定撤銷證照。

文法

のすえ [最後]

▶ 表示 [經過一段時間，
最後…] 之意，是動作、
行為等的結果，意味著
[某一期間的結束]。

1965 □□□	**と**り**こわす** 【取り壊す】	(他五) 拆除

例 古い家を取り壊す。／拆除舊屋。

1966 □□□	**と**り**だす** 【取り出す】	(他五)（用手從裡面）取出，拿出；（從許多東西中） 挑出，抽出

反 取り入れる　類 抜き出す

例 彼は、ポケットから財布を取り出した。／他從口袋裡取出錢包。

1967 □□□	**と**る 【捕る】	(他五) 抓，捕捉，逮捕

類 とらえる

例 鼠を捕る。
　／抓老鼠。

1968 □□□	**と**る 【採る】	(他五) 採取，採用，錄取；採集；採光

類 採用

例 この企画を採ることにした。／已決定採用這個企畫案。

1969 □□□	**ド**レ**ス** 【dress】	(名) 女西服，洋裝，女禮服

類 洋服

例 結婚式といえば、真っ白なウエディングドレ
スを思い浮かべる。
　／一講到結婚典禮，腦中就會浮現純白的結婚禮服。

文法

といえば [一講到…]

▶ 用在承接某個話題，
從這個話題引起自己的
聯想，或對這個話題進
行説明或聯想。

1970
□□□
とれる
【取れる】

(自下一)（附著物）脱落，掉下；需要，花費（時間等）；去掉，刪除；協調，均衡

(類) 離れる

(例) ボタンが取れてしまいました。
／鈕釦掉了。

1971
□□□
どろ
【泥】

(名・造語) 泥土；小偷

(類) 土

(例) 泥だらけになりつつも、懸命に救助を続けた。
／儘管滿身爛泥，也還是拼命地幫忙搶救。

(文法) つつも[雖然…但也還是…]

▶ 表示逆接，用於連接兩個相反的事物，表示同一主體，在進行某一動作的同時，也進行另一個動作。

1972
□□□
とんでもない

(連語・形) 出乎意料，不合情理；豈有此理，不可想像；（用在堅決的反駁或表示客套）哪裡的話

(類) 大変

(例) 結婚なんてとんでもない、まだ早いよ。
／怎麼可能結婚呢，還太早了啦！

1973
□□□
トンネル
【tunnel】

(名) 隧道

(類) 穴

(例) トンネルを抜けたら、緑の山が広がっていた。
／穿越隧道後，綠色的山脈開展在眼前。

1974
□□□
64

な
【名】

㊎ 名字，姓名；名稱；名分；名譽，名聲；名義，藉口

㊪ 名前
㊐ その人の名はなんと言いますか。
／那個人的名字叫什麼？

1975
□□□

ないか
【内科】

㊎ (醫)内科

㊂ 外科
㊪ 小児科
㊐ 内科のお医者様に見てもらいました。
／我去給内科的醫生看過。

1976
□□□

ないせん
【内線】

㊎ 内線；(電話)内線分機

㊂ 外線
㊪ 電線
㊐ 内線 12 番をお願いします。
／請轉接内線 12 號。

1977
□□□

なお

㊙ 仍然，還，尚；更，還，再；猶如，如；尚且，而且，再者

㊪ いっそう
㊐ なお、会議の後で食事会がありますので、残ってください。
／還有，會議之後有餐會，請留下來參加。

1978
□□□

ながい
【永い】

㊛ (時間)長，長久

㊪ ひさしい
㊐ 末永くお幸せに。／祝你們永遠快樂。

1979
□□□

ながそで
【長袖】

㊎ 長袖

㊐ 長袖の服を着る。／穿長袖衣物。

1980
□□□
なかなおり
【仲直り】
(名・自サ) 和好，言歸於好

例 あなたと仲直りした<u>以上は</u>、もう以前のこととは言いません。
／<u>既然</u>跟你和好了，<u>就</u>不會再去提往事了。

文法 いじょう[既然]
▶ 由於前句某種決心或責任，後句便根據前項表達相對應的決心、義務或奉勸。

1981
□□□
なかば
【半ば】
(名・副) 一半，半數；中間，中央；半途；（大約）一半，一半（左右）

類 最中
例 私はもう 50 代半ばです。／我已經五十五歲左右了。

1982
□□□
ながびく
【長引く】
(自五) 拖長，延長

類 遅延する
例 社長の話は、いつも長引きがちです。／社長講話總是會拖得很長。

1983
□□□
なかま
【仲間】
(名) 伙伴，同事，朋友；同類

類 グループ
例 仲間になる<u>にあたって</u>、みんなで酒を飲んだ。
／大家結交為同伴之際，一同喝了酒。

文法
にあたって[之際]
▶ 表示某一行動，已經到了事情重要的階段。

1984
□□□
ながめ
【眺め】
(名) 眺望，瞭望；（眺望的）視野，景致，景色

類 景色
例 この部屋は、眺めがいい<u>上に</u>清潔です。
／這房子<u>不僅</u>視野好，屋內<u>也</u>很乾淨。

文法 うえに[不僅…，也…]
▶ 表示在本來就有的某種情況之外，另外還有比前面更甚的情況。
▶ 近のうえでは [（在某方面）…上]

1985
□□□
ながめる
【眺める】
(他下一) 眺望；凝視，注意看；（商）觀望

類 見渡す
例 窓から、美しい景色を眺めていた。／我從窗戶眺望美麗的景色。

1986 □□□	な**か**よし【仲良し】	名 好朋友；友好，相好

類 友達
例 彼^{かれ}らは、みんな仲良^{なかよ}しだとか。／聽說他們好像感情很好。

1987 □□□	な**がれ**【流れ】	名 水流，流動；河流，流水；潮流，趨勢；血統；派系，（藝術的）風格

類 川
例 月日^{つきひ}の流^{なが}れは速^{はや}い。／時間的流逝甚快。

1988 □□□	な**ぐさめる**【慰める】	他下一 安慰，慰問；使舒暢；慰勞，撫慰

類 慰安
例 私^{わたし}には、慰^{なぐさ}める言葉^{ことば}もありません。／我找不到安慰的語言。

1989 □□□	な**し**【無し】	名 無，沒有

類 なにもない
例 商品開発^{しょうひんかいはつ}にしろ、宣伝^{せんでん}にしろ、資金^{しきん}なしでは無理^{むり}だ。／產品不管要研發也好、要行銷也罷，沒有資金就一切免談。

文法
にしろ…にしろ［不論是…或是…都…］
▶ 表示前項與後項皆有同樣評價或感受。
▶ 近 にしろ［就算…，也…］

1990 □□□	な**す**【為す】	他五 （文）做，為

類 行う
例 奴^{やつ}は乱暴者^{らんぼうもの}なので、みんな恐^{おそ}れをなしている。
／那傢伙的脾氣非常火爆，大家都對他恐懼有加。

1991 □□□	な**ぞ**【謎】	名 謎語；暗示，口風；神秘，詭異，莫名其妙，不可思議，想不透（為何）

類 疑問
例 彼^{かれ}にガールフレンドがいないのはなぞだ。
／真讓人想不透為何他還沒有女朋友。

1992 なぞなぞ【謎々】

☐☐☐

名 謎語

類 謎

例 そのなぞなぞは難（むずか）しくてわからない。
／這個腦筋急轉彎真是非常困難，完全想不出來。

1993 なだらか

☐☐☐

形動 平緩，坡度小，平滑；平穩，順利；順利，流暢

反 険しい　類 緩い（ゆるい）

例 なだらかな丘が続いている。／緩坡的山丘連綿。

1994 なつかしい【懐かしい】

☐☐☐

形 懷念的，思慕的，令人懷念的；眷戀，親近的

類 恋しい

例 ふるさとは、涙（なみだ）が出（で）るほどなつかしい。
／家鄉令我懷念到想哭。

1995 なでる【撫でる】

☐☐☐

他下一 摸，撫摸；梳理（頭髮）；撫慰，安撫

類 さする

例 彼（かれ）は、白髪（しらが）だらけの髪（かみ）をなでながらつぶやいた。
／他邊摸著滿頭白髮，邊喃喃自語。

1996 なにしろ【何しろ】

☐☐☐

副 不管怎樣，總之，到底；因為，由於

類 とにかく

例 転職（てんしょく）した。何（なに）しろ、新（あたら）しい会社（かいしゃ）は給料（きゅうりょう）がいいから。
／我換工作了。畢竟新公司的薪水比較好。

1997 なになに【何々】

☐☐☐

Track 65

代・感 什麼什麼，某某

類 何

例 何々（なになに）をください（い）と言（い）うとき、英語（えいご）でなんと言（い）いますか。
／在要說請給我某東西的時候，用英文該怎麼說？

1998 □□□	**なにぶん**【何分】	名·副 多少；無奈…

⑩ なにぶんけいけんぶそく 何分経験不足なのでできない。
　　／無奈經驗不足故辦不到。

1999 □□□	**なにも**	連語·副 (後面常接否定) 什麼也…，全都…；並 (不)，(不) 必

類 どれも
⑩ かれ にくるい た 彼は肉類はなにも食べない。
　　／他所有的肉類都不吃。

2000 □□□	**なまいき**【生意気】	名·形動 驕傲，狂妄；自大，逞能，臭美，神氣活現

類 小憎らしい

文法
ずにはいられない [不 得不…]
▶ 表示自己的意志無法 克制，情不自禁地做某 事，為書面用語。

⑩ なま い き はら た あいつがあまり生意気なので、腹を立てず

にはいられない。
　　／那傢伙實在是太狂妄了，所以不得不生起氣來。

2001 □□□	**なまける**【怠ける】	自他下一 懶惰，怠惰

反 励む 類 緩む
⑩ し ごと なま 仕事を怠ける。／他不認真工作。

2002 □□□	**なみ**【波】	名 波浪，波濤；波瀾，風波；聲波；電波；潮流，浪潮；起伏，波動

類 波浪（はろう）
⑩ きのう なみ たか きょう おだ 昨日は波が高かったが、今日は穏やかだ。
　　／昨天的浪很高，今天就平穩多了。

2003 □□□	**なみき**【並木】	名 街樹，路樹；並排的樹木

類 木
⑩ い ちょうなみ き つづ 銀杏並木が続いています。／銀杏的街道樹延續不斷。

2004
□□□
ならう
【倣う】
(自五) 仿效，學

例 先例に倣う。
／仿照前例。

2005
□□□
なる
【生る】
(自五)（植物）結果；生，產出

(類) 実る（みのる）
例 今年はミカンがよく生るね。
／今年的橘子結實纍纍。

2006
□□□
なる
【成る】
(自五) 成功，完成；組成，構成；允許，能忍受

(類) 成立
例 今年こそ、初優勝なるか。
／今年究竟能否首度登上冠軍寶座呢？

2007
□□□
なれる
【馴れる】
(自下一) 馴熟

例 この馬は人に馴れている。
／這匹馬很親人。

2008
□□□
なわ
【縄】
(名) 繩子，繩索

(類) 綱
例 誘拐されて、縄で縛られた。
／遭到綁架，被繩子綑住了。

2009
□□□
なんきょく
【南極】
(名)（地）南極；（理）南極（磁針指南的一端）

(反) 北極
(類) 南極点
例 南極なんか、行ってみたいですね。
／我想去看看南極之類的地方呀！

2010 □□□

なんて

(副助) 什麼的，…之類的話；說是…；（輕視）叫什麼…來的；等等，之類；表示意外，輕視或不以為然

(類) なんと

(例) 本気にするなんてばかね。／你真笨耶！竟然當真了。

2011 □□□

なんで
【何で】

(副) 為什麼，何故

(類) どうして

(例) 何で、最近こんなに雨がちなんだろう。／為什麼最近這麼容易下雨呢？

2012 □□□

なんでも
【何でも】

(副) 什麼都，不管什麼；不管怎樣，無論怎樣；據說是，多半是

(類) すべて

(例) この仕事については、何でも聞いてください。
／關於這份工作，有任何問題就請發問。

2013 □□□

なんとか
【何とか】

(副) 設法，想盡辦法；好不容易，勉強；（不明確的事情、模糊概念）什麼，某事

(類) どうやら

(例) 誰も助けてくれないので、自分で何とかするほかない。
／沒有人肯幫忙，所以只好自己想辦法了。

2014 □□□

なんとなく
【何となく】

(副) （不知為何）總覺得，不由得；無意中

(類) どうも

(例) その日は何となく朝から嫌な予感がした。
／那天從一大早起，就隱約有一股不祥的預感。

2015 □□□

なんとも

(副・連) 真的，實在；（下接否定，表無關緊要）沒關係，沒什麼；（下接否定）怎麼也不…

(類) どうとも

(例) その件については、なんとも説明しがたい。
／關於那件事，實在是難以說明。

文法
がたい [很難…]
▶ 表示做該動作難度很高，幾乎是不可能的。

2016 ☐☐☐
なんびゃく
【何百】

名（數量）上百

類 何万
例 何百何千という人々がやってきた。
／上千上百的人群來到。

2017 ☐☐☐
なんべい
【南米】

名 南美洲

類 南アメリカ
例 南米のダンスを習いたい。／我想學南美洲的舞蹈。

2018 ☐☐☐
なんぼく
【南北】

名（方向）南與北；南北

反 東西　類 南と北
例 日本は南北に長い国です。／日本是南北細長的國家。

に

2019 ☐☐☐
Track 66
におう
【匂う】

自五 散發香味，有香味；（顏色）鮮豔美麗；隱約發出，使人感到似乎…

類 薫じる（くんずる）
例 何か匂いますが、何の匂いでしょうか。
／好像有什麼味道，到底是什麼味道呢？

2020 ☐☐☐
にがす
【逃がす】

他五 放掉，放跑；使跑掉，沒抓住；錯過，丟失

類 放す（はなす）
例 犯人を懸命に追ったが、逃がしてしまった。
／雖然拚命追趕犯嫌，無奈還是被他逃掉了。

2021 ☐☐☐
にくい
【憎い】

形 可憎，可惡；（說反話）漂亮，令人佩服

類 憎らしい
例 冷酷な犯人が憎い。／憎恨冷酷無情的犯人。

2022 □□□	に**く**む【憎む】	他五 憎恨，厭惡；嫉妒

反 愛する　類 嫉む（ねたむ）

例 今^{いま}でも彼^{かれ}を憎^{にく}んでいますか。
　　／你現在還恨他嗎？

2023 □□□	に**げ**きる【逃げ切る】	自五 （成功地）逃跑

例 危^{あぶ}なかったが、逃^にげ切^きった。
　　／雖然危險但脫逃成功。

2024 □□□	に**こ**にこ	副・自サ 笑嘻嘻，笑容滿面

類 莞爾（かんじ）

例 嬉^{うれ}しくてにこにこした。
　　／高興得笑容滿面。

2025 □□□	に**ご**る【濁る】	自五 混濁，不清晰；（聲音）嘶啞；（顏色）不鮮明；（心靈）污濁，起邪念

反 澄む　類 汚れる（けがれる）

例 連日^{れんじつ}の雨^{あめ}で、川^{かわ}の水^{みず}が濁^{にご}っている。
　　／連日的降雨造成河水渾濁。

2026 □□□	に**じ**【虹】	名 虹，彩虹

類 彩虹（さいこう）

例 雨^{あめ}が止^やんだら虹^{にじ}が出^でた。　／雨停了之後，出現一道彩虹。

2027 □□□	に**ち**【日】	名・漢造 日本；星期天；日子，天，晝間；太陽

類 日曜日

例 横浜^{よこはま}の中華街周辺^{ちゅうかがいしゅうへん}には、在日中華系^{ざいにちちゅうかけい}の人^{ひと}がたくさん居住^{きょじゅう}している。／橫濱的中國城一帶住著許多中裔日籍人士。

2028
□□□
にちじ
【日時】
名（集會和出發的）日期時間

類 日付と時刻
例 パーティーに行けるかどうかは、日時しだいです。
／是否能去參加派對，就要看時間的安排。

文法 しだい［就要看…
而定］
▶ 行為要實現，憑前面名詞而定。

2029
□□□
にちじょう
【日常】
名 日常，平常

類 普段
例 日常生活に困らないにしても、貯金はあったほうがいいですよ。
／就算日常生活上沒有經濟問題，也還是要有儲蓄比較好。

2030
□□□
にちや
【日夜】
名・副 日夜；總是，經常不斷地

類 いつも
例 彼は日夜勉強している。／他日以繼夜地用功讀書。

2031
□□□
にちようひん
【日用品】
名 日用品

類 品物
例 うちの店では、日用品ばかりでなく、高級品も扱っている。
／不單是日常用品，本店也另有出售高級商品。

文法 ばかりでなく、～も～
［不僅…，也…］
▶ 不僅限定接詞的範圍，還有後項進一層的情況。
▶ 近てばかりはいられない［不能一直…］

2032
□□□
にっか
【日課】
名（規定好）每天要做的事情，每天習慣的活動；日課

類 勤め
例 散歩が日課になりつつある。
／散步快要變成我每天例行的功課了。

文法 つつある［在逐漸…］
▶ 表示某一動作或作用正向著某一方向持續發展。

2033
□□□
にっこう
【日光】
名 日光，陽光；日光市

類 太陽
例 日光を浴びる。／曬太陽。

讀書計劃：□□／□□

2034 □□□ にっこり

(副・自サ) 微笑貌，莞爾，嫣然一笑，微微一笑

(類) にこにこ

(例) 彼女がにっこりしさえすれば、男性はみんな優しくなる。

／只要她嫣然一笑，每個男性都會變得很親切。

2035 □□□ にっちゅう 【日中】

(名) 白天，晝間（指上午十點到下午三、四點間）；日本與中國

(類) 昼間

(例) 雲のようすから見ると、日中は雨が降りそうです。

／從雲朵的樣子來看，白天好像會下雨的樣子。

(文法) からみると［從…來看］
▶ 表示判斷的角度，也就是［從某一立場來判斷的話］之意。

2036 □□□ にってい 【日程】

(名) （旅行、會議的）日程；每天的計畫（安排）

(類) 日どり

(例) 旅行の日程がわかりしだい、連絡します。

／一得知旅行的行程之後，將馬上連絡您。

(文法) しだい［馬上］
▶ 表示某動作剛一做完，就立即採取下一步的行動。

2037 □□□ にぶい 【鈍い】

(形) （刀劍等）鈍，不鋒利；（理解、反應）慢，遲鈍，動作緩慢；（光）朦朧，（聲音）渾濁

(反) 鋭い (類) 鈍感（さいこう）

(例) 私は勘が鈍いので、クイズは苦手です。

／因為我的直覺很遲鈍，所以不擅於猜謎。

2038 □□□ にほん 【日本】

(名) 日本

(類) 日本国

(例) 学校を通して、日本への留学を申請しました。　／透過學校，申請到日本留學。

2039 □□□ にゅうしゃ 【入社】

(名・自サ) 進公司工作，入社

(反) 退社 (類) 社員

(例) 出世は、入社してからの努力しだいです。

／是否能出人頭地，就要看進公司後的努力。

(文法)
しだい［就要看…而定］

2040
□□□

にゅうじょう
【入場】

名・自サ　入場

反 退場　類 式場

例 入場する人は、一列に並んでください。

／要進場的人，請排成一排。

2041
□□□

にゅうじょうけん
【入場券】

名 門票，入場券

例 入場券売り場も会場入り口も並んでいる。中は相当混雑しているに違いない。

／售票處和進場處都排著人龍，場內想必人多又擁擠。

2042
□□□

にょうぼう
【女房】

名（自己的）太太，老婆

類 つま

補 姉女房（あねにょうぼう）：指妻子年齢比丈夫大。

例 女房と一緒になったときは、嬉しくて涙が出るくらいでした。

／跟老婆步入禮堂時，高興得眼淚都要掉了下來。

2043
□□□

にらむ
【睨む】

他五 瞪著眼看，怒目而視；盯著，注視，仔細觀察；估計，揣測，意料；盯上

類 瞠目（どうもく）

例 隣のおじさんは、私が通るたびに睨む。

／我每次經過隔壁的伯伯就會瞪我一眼。

2044
□□□

にわか

名・形動 突然，驟然；立刻，馬上；一陣子，臨時，暫時

類 雨

例 にわかに空が曇ってきた。

／天空頓時暗了下來。

2045
□□□

にわとり
【鶏】

名 雞

例 鶏を飼う。

／養雞。

| 2046 ☐☐☐ | にんげん【人間】 | 名 人，人類；人品，為人；（文）人間，社會，世上 |

類 人

例 人間である以上、完璧ではあり得ない。
／既然身而為人，就不可能是完美的。

文法
いじょう［既然…就…］
▶ 由於前句某種決心或責任，後句便根據前項表達相對應的決心、義務或奉勸。

ぬ

| 2047 ☐☐☐ track 67 | ぬの【布】 | 名 布匹；棉布；麻布 |

類 織物

例 どんな布にせよ、丈夫なものならかまいません。
／不管是哪種布料，只要耐用就好。

ね

| 2048 ☐☐☐ track 68 | ね【根】 | 名（植物的）根；根底；根源，根據；天性，根本 |

類 根っこ（ねっこ）

例 この問題は根が深い。 ／這個問題的根源很深遠。

| 2049 ☐☐☐ | ね【値】 | 名 價錢，價格，價值 |

類 値段

例 値が上がらないうちに、マンションを買った。
／在房價還未上漲前買下了公寓。

文法 ないうちに［在…還沒…前，…]
▶ 表示在前面的環境、狀態還沒有產生變化的情況下，做後面的動作。

| 2050 ☐☐☐ | ねがい【願い】 | 名 願望，心願；請求，請願；申請書，請願書 |

類 願望（がんぼう）

例 みんなの願いにもかかわらず、先生は来てくれなかった。 ／不理會眾人的期望，老師還是沒來。

文法
にもかかわらず［儘管…，卻還要…]
▶ 表示逆接。後項事情常是跟前項相反或相矛盾的事態。

あ
か
さ
た
な
は
ま
や
ら
わ
練習

2051
□□□

ねがう
【願う】

(他五) 請求，請願，懇求；願望，希望；祈禱，許願

(類) 念願（ねんがん）

(例) 二人の幸せを願わないではいられません。

／不得不為他兩人的幸福祈禱呀！

2052
□□□

ねじ

(名) 螺絲，螺釘

(類) 釘

(例) ねじが緩くなったので直してください。

／螺絲鬆了，請將它轉緊。

2053
□□□

ねずみ

(名) 老鼠

(類) マウス

(例) こんなところに、ねずみなんかいませんよ。

／這種地方，才不會有老鼠那種東西啦。

2054
□□□

ねっする
【熱する】

(自サ・他サ) 加熱，變熱，發熱；熱中於，興奮，激動

(類) 沸かす（わかす）

(例) 鉄をよく熱してから加工します。

／將鐵徹底加熱過後再加工。

2055
□□□

ねったい
【熱帯】

(名) (地) 熱帯

(反) 寒帯　(類) 熱帯雨林（ねったいうりん）

(例) この国は、熱帯のわりには過ごしやすい。

／這國家雖處熱帶，但卻很舒適宜人。

2056 □□□
ねまき
【寝間着】
(名) 睡衣

(類) パジャマ
(比) 寝間着：可指洋式或和式的睡衣。
寝巻き（ねまき）：多指和式的睡衣。
(例) 寝間着のまま、うろうろするものではない。
／不要這樣穿著睡衣到處走動。

文法
まま [就那樣…]
▶ 表示在某個不變的狀態下進行某見事情。
▶ 近ままに [隨著…]

2057 □□□
ねらう
【狙う】
(他五) 看準，把…當做目標；把…弄到手；伺機而動

(類) 目指す
(例) 狙った以上、彼女を絶対ガールフレンドにします。
／既然看中了她，就絕對要讓她成為自己的女友。

文法
いじょう [既然…就…]
▶ 由於前句某種決心或責任，後句便根據前項表達相對應的決心、義務或奉勸。

2058 □□□
ねんがじょう
【年賀状】
(名) 賀年卡

(例) 年賀状を書く。
／寫賀年卡。

2059 □□□
ねんかん
【年間】
(名・漢造) 一年間；（年號使用）期間，年間

(類) 年代
(例) 年間の収入は 500 万円です。
／一年中的收入是五百萬日圓。

2060 □□□
ねんげつ
【年月】
(名) 年月，光陰，時間

(類) 歳月
(補) 年月（としつき）［參考：1938］
(例) 年月をかけた準備のあげく、失敗してしまいました。
／花費多年所做的準備，最後卻失敗了。

文法
あげく [最後卻]
▶ 表示事物最終的結果，大都因前句造成精神上的負擔或麻煩，多用在消極的場合。
▶ 近ぬく [做到最後]

2061 □□□

ねんじゅう
【年中】

(名・副) 全年，整年；一年到頭，總是，始終

(類) いつも

(例) 京都には、季節を問わず、年中観光客がいっぱいいます。

／在京都，<u>不論任何季節</u>，全年都有很多觀光客聚集。

文法
をとわず [不分…]
▶ 表示沒有把前接的詞當作問題、跟前接的詞沒有關係。

2062 □□□

ねんだい
【年代】

(名) 年代；年齡層；時代

(例) 若い年代の需要にこたえて、商品を開発する。

／回應年輕一代的需求來開發商品。

文法
にこたえて [回應]
▶ 表示為了使前項能夠實現，後項是為此而採取行動或措施。

2063 □□□

ねんど
【年度】

(名)（工作或學業）年度

(類) 時代

(補) 在日本，一般是 4 月 1 日開始，到來年 3 月 31 日結束。

(例) 年度の終わりに、みんなで飲みに行きましょう。

／本年度結束時，大家一起去喝一杯吧。

2064 □□□

ねんれい
【年齡】

(名) 年齡，歲數

(類) 年歲

(例) 先生の年齢からして、たぶんこの歌手を知らないでしょう。

／從老師的歲數來推斷，他大概不知道這位歌手吧！

文法
からして [從…來看…]
▶ 表示判斷的依據。後面多是消極、不利的評價。

の

2065 □□□
(track **69**)

の
【野】

(名・漢造) 原野；田地，田野；野生的

(類) 原

(例) 家にばかりいないで、野や山に遊びに行こう。

／不要一直窩在家裡，一起到原野或山裡玩耍吧！

【能】

名・漢造 能力，才能，本領；功效；（日本古典戲劇）能樂

類 才能

例 私は小説を書くしか能がない。／我只有寫小說的才能。

2067 のうさんぶつ
【農産物】

名 農產品

類 作物

例 このあたりの代表的農産物といえば、ぶどうです。
／說到這一帶的代表性農作物，就是葡萄。

文法 といえば［一說到…］
▶ 用在承接某個話題，從這個話題引起自己的聯想，或對這個話題進行說明。

2068 のうそん
【農村】

名 農村，鄉村

類 農園

例 彼は、農村の人々の期待にこたえて、選挙に出馬した。／他回應了農村裡的鄉親們的期待，站出來參選。

文法
にこたえて［回應］

2069 のうみん
【農民】

名 農民

類 百姓

例 農民の生活は、天候に左右される。／農民的生活受天氣左右。

2070 のうやく
【農薬】

名 農藥

類 薬

例 虫の害がひどいので、農薬を使わずにはいられない。
／因為蟲害很嚴重，所以不得不使用農藥。

文法 ずにはいられない
［無法不去…］
▶ 表示自己的意志無法克制，情不自禁地做某事，為書面用語。

2071 のうりつ
【能率】

名 効率

類 効率（こうりつ）

例 能率が悪いにしても、この方法で作ったお菓子のほうがおいしいです。
／就算效率很差，但用這方法所作成的點心比較好吃。

2072
□□□
ノー
【no】

名・感・造 表否定；沒有，不；(表示禁止) 不必要，禁止

類 いいえ

例 いやなのにもかかわらず、ノーと言えない。
／儘管是不喜歡的東西，也無法開口說不。

文法

にもかかわらず [儘管
…，卻還要…]

▶ 表示逆接。後項事情
常是跟前項相反或相矛
盾的事態。

2073
□□□
のき
【軒】

名 屋簷

類 屋根 (やね)

例 雨が降ってきたので、家の軒下に逃げ込んだ。
／下起了雨，所以躲到了房屋的屋簷下。

2074
□□□
のこらず
【残らず】

副 全部，通通，一個不剩

類 すべて

例 知っていることを残らず話す。
／知道的事情全部講出。

2075
□□□
のこり
【残り】

名 剩餘，殘留

類 あまり

例 お菓子の残りは、あなたにあげます。
／剩下來的甜點給你吃。

2076
□□□
のせる
【載せる】

他下一 刊登；載運；放到高處；和著音樂拍子

例 雑誌に記事を載せる。／在雜誌上刊登報導。

2077
□□□
のぞく
【除く】

他五 消除，刪除，除外，剷除；除了…，…除外；殺死

類 消す

例 私を除いて、家族は全員乙女座です。
／除了我之外，我們家全都是處女座。

2078 □□□	の**ぞ**く【覗く】	自五・他五 露出（物體的一部份）；窺視，探視；往下看；晃一眼；窺探他人秘密

類 窺う（うかがう）

例 家_{いえ}の中_{なか}を覗_{のぞ}いているのは誰_{だれ}だ。

/是誰在那裡偷看屋內？

2079 □□□	の**ぞ**み【望み】	名 希望，願望，期望；抱負，志向；眾望

類 希望

例 お礼_{れい}は、あなたの望_{のぞ}み次第_{しだい}で、なんでも差_さし上_あげます。

/回禮的話，就看你想要什麼，我都會送給你。

文法
しだいで［就看…］
▶ 表示行為動作要實現，全憑前項情況而定。

2080 □□□	の**ちほど**【後程】	副 過一會兒

例 後程_{のちほど}またご相談_{そうだん}しましょう。 /回頭再來和你談談。

2081 □□□	の**はら**【野原】	名 原野

例 野原_{のはら}で遊_{あそ}ぶ。 /在原野玩耍。

2082 □□□	の**びのび**【延び延び】	名 拖延，延緩

例 運動会_{うんどうかい}が雨_{あめ}で延_のび延_のびになる。 /運動會因雨勢而拖延。

2083 □□□	の**びのび（と）**【伸び伸び（と）】	副・自サ 生長茂盛；輕鬆愉快

例 子供_{こども}が伸_のび伸_のびと育_{そだ}つ。 /讓小孩在自由開放的環境下成長。

2084 □□□	の**べる**【述べる】	他下一 敘述，陳述，說明，談論

例 この問題_{もんだい}に対_{たい}して、意見_{いけん}を述_のべてください。

/請針對這個問題，發表一下意見。

| 2085 □□□ | **のみかい**
【飲み会】 | 名 喝酒的聚會 |

例 飲み会に誘われる。
／被邀去參加聚會。

| 2086 □□□ | **のり**
【糊】 | 名 膠水，漿糊 |

例 こことここを糊で貼ります。
／把這裡和這裡用糨糊黏起來。

| 2087 □□□ | **のる**
【載る】 | 他五 登上，放上；乘，坐，騎；參與；上當，受騙；
刊載，刊登 |

類 積載（せきさい）
例 その記事は、何ページに載っていましたっけ。
／這個報導，記得是刊在第幾頁來著？

| 2088 □□□ | **のろい**
【鈍い】 | 形 （行動）緩慢的，慢吞吞的；（頭腦）遲鈍的，
笨的；對女人軟弱，唯命是從的人 |

類 遅い
例 亀は、歩くのがとても鈍い。
／烏龜走路非常緩慢。

| 2089 □□□ | **のろのろ** | 副・自サ 遲緩，慢吞吞地 |

類 遅鈍（ちどん）
例 のろのろやっていると、間に合わないおそれがありますよ。
／你這樣慢吞吞的話，會趕不上的唷！

| 2090 □□□ | **のんき**
【呑気】 | 名・形動 悠閒，無憂無慮；不拘小節，不慌不忙；
蠻不在乎，漫不經心 |

類 気楽（きらく）
例 生まれつき呑気なせいか、あまり悩みはありません。
／不知是不是生來性格就無憂無慮的關係，幾乎沒什麼煩惱。

2091 □□□
track 70

ば
【場】

㊂ 場所，地方；座位；（戲劇）場次；場合

類 所

例 その場では、お金を払わなかった。 /在當時我沒有付錢。

2092 □□□

はあ

㊗（應答聲）是，唉；（驚訝聲）嘿

補 比起「はい」（是）還要非正式。

例 はあ、かしこまりました。 /是，我知道了。

2093 □□□

ばいう
【梅雨】

㊂ 梅雨

反 乾期（かんき）　類 雨季
補 梅雨（ばいう）：六月到七月之間連續下的雨，大多跟其他詞搭配做複合詞，例：
「梅雨前線」「梅雨期」。一般常念「梅雨」（つゆ）。

例 梅雨前線の活動がやや活発になっており、今日、明日は激しい雨と雷に注意が必要です。
／梅雨鋒面的型態較為活躍時期，今明兩天請留意豪雨和落雷的情況發生。

2094 □□□

バイキング
【Viking】

㊂ 自助式吃到飽

例 当ホテルの朝食はバイキングになっております。
／本旅館的早餐採用自助餐的形式。

2095 □□□

はいく
【俳句】

㊂ 俳句

類 歌

例 俳句は日本の定型詩で、その短さはおそらく世界一でしょう。
／俳句是日本的定型詩，其篇幅之簡短恐怕是世界第一吧。

2096 □□□

はいけん
【拝見】

㊂・他サ（「みる」的自謙語）看，瞻仰

例 お手紙拝見しました。 /拜讀了您的信。

あ か さ た な は ま や ら わ 練習

2097
□□□
はいたつ
【配達】
（名・他サ）送，投遞

（類）配る
（例）郵便の配達は1日1回だが、速達はその限りではない。
　／郵件的投遞一天只有一趟，但是限時專送則不在此限。

2098
□□□
ばいばい
【売買】
（名・他サ）買賣，交易

（類）売り買い
（例）株の売買によって、お金をもうけました。
　／因為股票交易而賺了錢。

2099
□□□
パイプ
【pipe】
（名）管，導管；煙斗；煙嘴；管樂器

（類）筒（つつ）
（例）これは、石油を運ぶパイプラインです。
　／這是輸送石油的輸油管。

2100
□□□
はう
【這う】
（自五）爬，爬行；（植物）攀纏，緊貼；（趴）下

（類）腹這う
（例）赤ちゃんが、一生懸命這ってきた。
　／小嬰兒努力地爬到了這裡。

2101
□□□
はか
【墓】
（名）墓地，墳墓

（類）墓場
（例）郊外に墓を買いました。／在郊外買了墳墓。

2102
□□□
ばか
【馬鹿】
（名・形動）愚蠢，糊塗

（例）あなたから見れば私なんかばかなんでしょうけど、ばかにだってそれなりの考えがあるんです。
　／在你的眼中，我或許是個傻瓜；可是傻瓜也有傻瓜自己的想法。

| 2103 ☐☐☐ | は<u>が</u>す【剥がす】 | 他五 剝下 |

類 取り除ける（とりのぞける）

例 ペンキを塗る前に、古い塗料を剥がしましょう。
／在塗上油漆之前，先將舊的漆剝下來吧！

| 2104 ☐☐☐ | は<u>か</u>せ【博士】 | 名 博士；博學之人 |

比「はくし」：博士學位。「はかせ」：博學多聞，精通某領域者。

例 子供のころからお天気博士だったが、ついに気象予報士の試験に合格した。／小時候就是個天氣小博士 現在終於通過氣象預報員的考試了。

| 2105 ☐☐☐ | ば<u>から</u>しい【馬鹿らしい】 | 形 愚蠢的，無聊的；划不來，不值得 |

反 面白い　類 馬鹿馬鹿しい

例 あなたにとっては馬鹿らしくても、私にとっては重要なんです。
／就算對你來講很愚蠢，但對我來說卻是很重要的。

| 2106 ☐☐☐ | は<u>か</u>り【計り】 | 名 秤，量，計量；份量；限度 |

類 計器

例 はかりで重さを量ってみましょう。／用體重機量量體重吧。

| 2107 ☐☐☐ | は<u>か</u>り【秤】 | 名 秤，天平 |

例 秤で量る。／秤重。

| 2108 ☐☐☐ | は<u>か</u>る【計る】 | 他五 測量；計量；推測，揣測；徵詢，諮詢 |

類 数える
比 量る：量容量、重量。
　計る：量數量、時間。
　測る：量高度、長度、深度、速度。
例 何分ぐらいかかるか、時間を計った。／我量了大概要花多少時間。

2109 □□□
は|きけ|
【吐き気】
　(名) 噁心，作嘔

(類) むかつき
(例) 上司のやり方が嫌いで、吐き気がするぐらいだ。
／上司的做事方法令人討厭到想作嘔的程度。

2110 □□□
は|きはき|
　(副・自サ) 活潑伶俐的樣子；乾脆，爽快；(動作) 俐落

(類) しっかり
(例) 質問にはきはき答える。／俐落地回答問題。

2111 □□□
は|く|
【吐く】
　(他五) 吐，吐出；說出，吐露出；冒出，噴出

(類) 言う
(例) 寒くて、吐く息が白く見える。／天氣寒冷，吐出來的氣都是白的。

2112 □□□
は|く|
【掃く】
　(他五) 掃，打掃；(拿刷子) 輕塗

(類) 掃除
(例) 部屋を掃く。／打掃房屋。

2113 □□□
ば|くだい|
【莫大】
　(名・形動) 莫大，無尚，龐大

(反) 少ない　(類) 多い
(例) 貿易を通して、莫大な財産を築きました。
／透過貿易，累積了龐大的財富。

2114 □□□
ば|くはつ|
【爆発】
　(名・自サ) 爆炸，爆發

(類) 炸裂 (さくれつ)
(例) 長い間の我慢のあげく、とうとう気持ちが爆発してしまった。
／長久忍下來的怨氣，最後爆發了。

文法

あげく[最後]
▶ 表示事物最終的結果，大都因前句造成精神上的負擔或麻煩，多用在消極的場合。

▶ 近ぬく[做到最後]

2115 □□□

は<u>ぐ</u>るま
【歯車】

(名) 歯輪

(例) 歯車がかみ合う。／歯輪咬合；協調。

2116 □□□

バ<u>ケ</u>ツ
【bucket】

(名) 木桶

(類) 桶（おけ）

(例) 掃除をするので、バケツに水を汲んできてください。
　　／要打掃了，請你用水桶裝水過來。

2117 □□□

は<u>さ</u>る
【挟まる】

(自五) 夾，（物體）夾在中間；夾在（對立雙方中間）

(類) 嵌まる（はまる）

(例) 歯の間に食べ物が挟まってしまった。／食物塞在牙縫裡了。

2118 □□□

は<u>さ</u>む
【挟む】

(他五) 夾，夾住；隔；夾進，夾入；插

(類) 摘む

(例) ドアに手を挟んで、大声を出さないではいられないぐらい痛かった。
　　／門夾到手，痛得我禁不住放聲大叫。

(文法) ないではいられない［令人忍不住…］

▶ 表示意志力無法控制，自然而然地內心衝動想做某事。傾向於口語用法。

▶ (近) てはならない［不能…］

2119 □□□

は<u>さ</u>ん
【破産】

(名・自サ) 破産

(類) 潰れる

(例) うちの会社は借金だらけで、結局破産しました。
　　／我們公司欠了一屁股債，最後破産了。

2120 □□□

は<u>し</u>ご

(名) 梯子；挨家挨戶

(類) 梯子（ていし）

(例) 屋根に上るので、はしごを貸してください。
　　／我要爬上屋頂，所以請借我梯子。

2121 □□□
はじめまして
【初めまして】

(寒暄) 初次見面

例 初めまして、山田太郎と申します。
／初次見面，我叫山田太郎。

2122 □□□
はしら
【柱】

(名・接尾)（建）柱子；支柱；(轉) 靠山

例 柱が倒れる。
／柱子倒下。

2123 □□□
はす
【斜】

(名)（方向）斜的，歪斜

類 斜め（ななめ）
例 ねぎは斜に切ってください。
／請將蔥斜切。

2124 □□□
パス
【pass】

(名・自サ) 免票，免費；定期票，月票；合格，通過

類 切符
例 試験にパスしないことには、資格はもらえない。
／要是不通過考試，就沒辦法取得資格。

文法 ないことには [要是不…]
▶ 表示如果不實現前項，也就不能實現後項。後項一般是消極的、否定的結果。

2125 □□□
はだ
【肌】

(名) 肌膚，皮膚；物體表面；氣質，風度；木紋

類 皮膚
例 肌が美しくて、まぶしいぐらいだ。
／肌膚美得炫目耀眼。

2126 □□□
パターン
【pattern】

(名) 形式，樣式，模型；紙樣；圖案，花樣

類 型
例 彼がお酒を飲んで歌い出すのは、いつものパターンです。
／喝了酒之後就會開始唱歌，是他的固定模式。

2127 □□□	はだか 【裸】	名 裸體；沒有外皮的東西；精光，身無分文；不存先入之見，不裝飾門面

類 ヌード

例 風呂に入るため裸になったら、電話が鳴って困った。
／脱光了衣服要洗澡時，電話卻剛好響起，真是傷腦筋。

2128 □□□	はだぎ 【肌着】	名（貼身）襯衣，汗衫

反 上着　類 下着

例 肌着をたくさん買ってきた。
／我買了許多汗衫。

2129 □□□	はたけ 【畑】	名 田地，旱田；專業的領域

例 畑で働いている。
／在田地工作。

2130 □□□	はたして 【果たして】	副 果然，果真

反 図らずも（はからずも）
類 やはり

例 ベストセラーといっても、果たして面白いかどうかわかりませんよ。
／雖說是暢銷書，但不知是否果真那麼好看唷。

2131 □□□	はち 【鉢】	名 鉢盆；大碗；花盆；頭蓋骨

類 応器

例 鉢にラベンダーを植えました。
／我在花盆中種了薰衣草。

2132 □□□	はちうえ 【鉢植え】	名 盆栽

例 鉢植えの手入れをする。
／照顧盆栽。

| 2133 □□□ | はつ【発】 | 名・接尾（交通工具等）開出，出發；（信、電報等）發出；（助數詞用法）（計算子彈數量）發，顆 |

類 出発する
例 桃園発成田行きと、松山発羽田行きでは、どちらが安いでしょうか。
／桃園飛往成田機場的班機，和松山飛往羽田機場的班機，哪一種比較便宜呢？

| 2134 □□□ | ばつ | 名（表否定的）叉號 |

例 間違った答えにはばつをつけた。／在錯的答案上畫上了叉號。

| 2135 □□□ | ばつ【罰】 | 名・漢造 懲罰，處罰 |

反 賞
類 罰（ばち）
例 遅刻した罰として、反省文を書きました。
／當作遲到的處罰，寫了反省書。

| 2136 □□□ | はついく【発育】 | 名・自サ 發育，成長 |

類 育つ
例 まだ 10 か月にしては、発育のいいお子さんですね。
／以十個月大的嬰孩來說，這孩子長得真快呀！

| 2137 □□□ | はっき【発揮】 | 名・他サ 發揮，施展 |

例 今年は、自分の能力を発揮することなく終わってしまった。
／今年都沒好好發揮實力就結束了。

文法 ことなく［不要…］
▶ 表示一次也沒發生某狀況的情況下。

| 2138 □□□ | バック【back】 | 名・自サ 後面，背後；背景；後退，倒車；金錢的後備，援助；靠山 |

反 表（おもて）　類 裏（うら）
例 車をバックさせたところ、塀にぶつかってしまった。／倒車，結果撞上了圍牆。

文法 たところ［結果］
▶ 表示順接或逆接。後項大多是出乎意料的客觀事實。

讀書計劃：□□／□□

2139
□□□

は|っこう
【発行】

名・自サ（圖書、報紙、紙幣等）發行；發放，發售

例 初版発行分は1週間で売り切れ、増刷となった。
／初版印刷量在一星期內就銷售一空，於是再刷了。

2140
□□□

は|っしゃ
【発車】

名・自サ 發車，開車

類 出発
例 定時に発車する。／定時發車。

2141
□□□

は|っしゃ
【発射】

名・他サ 發射（火箭、子彈等）

類 撃つ（うつ）
例 ロケットが発射した。／火箭發射了。

2142
□□□

ば|っする
【罰する】

他サ 處罰，處分，責罰；（法）定罪，判罪

類 懲らしめる（こらしめる）
例 あなたが罪を認めた以上、罰しなければなり
ません。／既然你認了罪，就得接受懲罰。

文法
いじょう［既然…就…］
▶ 由於前句某種決心，
後句表示相對應的決心。

2143
□□□

は|っそう
【発想】

名・自他サ 構想，主意；表達，表現；（音樂）表現

例 彼の発想をぬきにしては、この製品は完成し
なかった。
／如果沒有他的構想，就沒有辦法做出這個產品。

文法
をぬきにして［要是沒
有…就（沒辦法）…］
▶ 表示沒有前項，後項就
很難成立。

2144
□□□

ば|ったり

副 物體突然倒下（跌落）貌；突然相遇貌；突然
終止貌

類 偶々
例 友人たちにばったり会ったばかりに、飲みに
いくことになってしまった。／因為與朋友們不
期而遇，所以就決定去喝酒了。

文法 ばかりに［就 因
為…，結果…］
▶ 表示因為某事的緣故，
造成後項結果。

2145
□□□

ぱっちり

副・自サ 眼大而水汪汪；睜大眼睛

例 目がぱっちりとしている。
／眼兒水汪汪。

2146
□□□

はってん
【発展】

名・自サ 擴展，發展；活躍，活動

類 発達

例 驚いたことに、町はたいへん発展していました。
／令人驚訝的是，小鎮蓬勃發展起來了。

文法 ことに [令人感到…的是…]

▶ 接在表示感情的形容詞或動詞後面，表示説話者在敍述某事之前的心情。

2147
□□□

はつでん
【発電】

名・他サ 發電

例 この国では、風力による発電が行なわれています。
／這個國家，以風力來發電。

2148
□□□

はつばい
【発売】

名・他サ 賣，出售

類 売り出す

例 新商品発売の際には、大いに宣伝しましょう。
／銷售新商品時，我們來大力宣傳吧！

2149
□□□

はっぴょう
【発表】

名・他サ 發表，宣布，聲明；揭曉

類 公表

例 ゼミで発表するに当たり、十分に準備をした。
／為了即將在研討會上的報告，做了萬全的準備。

2150
□□□

はなしあう
【話し合う】

自五 對話，談話；商量，協商，談判

例 多数決でなく、話し合いで決めた。
／不是採用多數決，而是經過討論之後做出了決定。

2151
□□□

はなしかける
【話しかける】

自下一 （主動）跟人說話，攀談；開始談，開始說

類 話し始める
例 英語で話しかける。／用英語跟他人交談。

2152
□□□

はなしちゅう
【話し中】

名 通話中

類 通話中
例 急ぎの用事で電話したときに限って、話し中である。
／偏偏在有急事打電話過去時，就是在通話中。

文法
にかぎって［偏偏…就…］
▶ 表示特殊限定的事物或範圍，說明唯獨某事物特別不一樣。

2153
□□□

はなはだしい
【甚だしい】

形 （不好的狀態）非常，很，甚

類 激しい
例 あなたは甚だしい勘違いをしています。
／你誤會得非常深。

2154
□□□

はなばなしい
【華々しい】

形 華麗，豪華；輝煌；壯烈

類 立派
例 華々しい結婚式。／豪華的婚禮。

2155
□□□

はなび
【花火】

名 煙火

類 火花
例 花火を見に行きたいわ。とてもきれいだもの。
／人家要去看煙火，因為真的是很漂亮嘛。

2156
□□□

はなやか
【華やか】

形動 華麗；輝煌；活躍；引人注目

類 派手やか
例 華やかな都会での生活。／在繁華的都市生活。

2157 □□□	はなよめ【花嫁】	名 新娘

反 婿　類 嫁
例 花嫁さん、きれいねえ。／新娘子好漂亮喔！

2158 □□□	はね【羽】	名 羽毛；（鳥與昆蟲等的）翅膀；（機器等）翼，葉片；箭翎

類 つばさ
例 羽のついた帽子がほしい。／我想要頂有羽毛的帽子。

2159 □□□	ばね	名 彈簧，發條；（腰、腿的）彈力，彈跳力

類 弾き金（はじきがね）
例 ベッドの中のばねはたいへん丈夫です。
／床鋪的彈簧實在是牢固啊。

2160 □□□	はねる【跳ねる】	自下一 跳，蹦起；飛濺；散開，散場；爆，裂開

類 跳ぶ
例 子犬は、飛んだり跳ねたりして喜んでいる。
／小狗高興得又蹦又跳的。

2161 □□□	ははおや【母親】	名 母親

反 父親　類 母
例 息子が勉強しないので、母親として嘆かずにはいられない。
／因為兒子不讀書，所以身為母親的就不得不嘆起氣來。

文法 ずにはいられない ［無法不去…］
▶ 表示自己的意志無法克制，情不自禁地做某事，為書面用語。

2162 □□□	はぶく【省く】	他五 省，省略，精簡，簡化；節省

類 略す（りゃくす）
例 詳細は省いて単刀直入に申し上げると、予算が50万円ほど足りません。／容我省略細節、開門見山直接報告：預算還差五十萬圓。

2163
□□□

は へん
【破片】

名 破片，碎片

類 かけら

例 ガラスの破片が落ちていた。
／玻璃的碎片掉落在地上。

2164
□□□

ハム
【ham】

名 火腿

例 ハムサンドをください。
／請給我火腿三明治。

2165
□□□

は める
【嵌める】

他下一 嵌上，鑲上；使陷入，欺騙；擲入，使沈入

反 外す　類 挟む（はさむ）

例 金属の枠にガラスを嵌めました。
／在金屬框裡，嵌上了玻璃。

2166
□□□

は やおき
【早起き】

名 早起

例 早起きは苦手だ。
／不擅長早起。

2167
□□□

は やくち
【早口】

名 說話快

例 早口でしゃべる。
／說話速度快。

2168
□□□

は ら
【原】

名 平原，平地；荒原，荒地

類 野

例 春先、近所の田んぼはれんげの原になる。
／初春時節，附近的稻田變成一大片紫雲英的花海。

2169 □□□ 73	はらいこむ 【払い込む】	他五 繳納

類 収める
例 税金を払い込む。／繳納税金。

2170 □□□	はらいもどす 【払い戻す】	他五 退還（多餘的錢），退費；（銀行）付還（存戶存款）

類 払い渡す
例 不良品だったので、抗議のすえ、料金を払い戻してもらいました。／因為是瑕疵品，經過抗議之後，最後費用就退給我了。

文法
のすえ［經過…之後，最後…］
▶ 表示［經過一段時間，最後…］之意，是動作、行為等的結果，意味著［某一期間的結束］。

2171 □□□	はり 【針】	名 縫衣針；針狀物；（動植物的）針，刺

類 ピン
例 針と糸で雑巾を縫った。／我用針和線縫補了抹布。

2172 □□□	はりがね 【針金】	名 金屬絲，（鉛、銅、鋼）線；電線

類 鉄線
例 針金で玩具を作った。／我用銅線做了玩具。

2173 □□□	はりきる 【張り切る】	自五 拉緊；緊張，幹勁十足，精神百倍

類 頑張る
例 妹は、幼稚園の劇で主役をやるので張り切っています。
／妹妹將在幼稚園的話劇裡擔任主角，為此盡了全力準備。

2174 □□□	はれ 【晴れ】	名 晴天；隆重；消除嫌疑

例 あれは、秋のさわやかな晴れの日でした。
／記得那是一個秋高氣爽的晴朗日子。

2175 □□□	**はん** 【反】	名・漢造 反，反對；（哲）反對命題；犯規；反覆

類 対立する

例 反原発の集会に参加した。
はんげんぱつ しゅうかい さん か

／參加了反對核能發電的集會。

2176 □□□	**はんえい** 【反映】	名・自サ・他サ （光）反射；反映

類 反影

例 この事件は、当時の状況を反映しているに相違
じ けん とう じ じょうきょう はんえい そう い

ありません。／這個事件，肯定是反映了當下的情勢。

文法 にそういない［一定是…］

▶ 表示説話者根據經驗或直覺，做出非常肯定的判斷。

2177 □□□	**パンク** 【puncture 之略】	名・自サ 爆胎；脹破，爆破

類 破れる（やぶれる）

例 大きな音がしたことから、パンクしたのに気
おお おと き

がつきました。

／因為聽到了巨響，所以發現原來是爆胎了。

文法

ことから［因為…所以…］

▶ 表示因果關係，根據情況，來判斷出原因、結果或結論。

2178 □□□	**はんけい** 【半径】	名 半徑

例 彼は、行動半径が広い。
かれ こうどうはんけい ひろ

／他的行動範圍很廣。

2179 □□□	**はんこ**	名 印章，印鑑

類 判

例 ここにはんこを押してください。／請在這裡蓋下印章。
お

2180 □□□	**はんこう** 【反抗】	名・自サ 反抗，違抗，反擊

類 手向かう（てむかう）

例 彼は、親に対して反抗している。／他反抗父母。
かれ おや たい はんこう

あ

か

さ

た

な

は

ま

や

ら

わ

練習

2181 □□□
はんざい
【犯罪】
名 犯罪

類 犯行
例 犯罪の研究を通して、社会の傾向を分析する。
／藉由研究犯罪來分析社會傾向。

2182 □□□
ばんざい
【万歳】
名・感 萬歲；（表示高興）太好了，好極了

類 ばんせい
例 万歳を三唱する。／三呼萬歲。

2183 □□□
ハンサム
【handsome】
名・形動 帥，英俊，美男子

類 美男（びなん）
例 ハンサムでさえあれば、どんな男性でもいいそうです。
／聽說她只要對方英俊，怎樣的男人都行。

2184 □□□
はんじ
【判事】
名 審判員，法官

類 裁判官
例 将来は判事になりたいと思っている。／我將來想當法官。

2185 □□□
はんだん
【判断】
名・他サ 判斷；推斷，推測；占卜

類 判じる（はんじる）
例 上司の判断が間違っていると知りつつ、意見を言わなかった。
／明明知道上司的判斷是錯的，但還是沒講出自己的意見。

文法 つつ［明明…但還是…］
▶ 表示逆接，用於連接兩個相反的事物，表示同一主體，在進行某一動作的同時，也進行另一個動作。

2186 □□□
ばんち
【番地】
名 門牌號；住址

類 アドレス
例 お宅は何番地ですか。／您府上門牌號碼幾號？

讀書計劃：□□／□□／□□

2187 □□□

はんつき
【半月】

名 半個月；半月形；上（下）弦月

例 これをやるには、半月<ruby>半月<rt>はんつき</rt></ruby>かかる。
　／為了做這個而耗費半個月的時間。

2188 □□□

バンド
【band】

名 樂團帶；狀物；皮帶，腰帶

類 ベルト

例 なんだ、これは。へたくそなバンドだな。
　／這算什麼啊！這支樂團好差勁喔！

2189 □□□

はんとう
【半島】

名 半島

類 岬

例 <ruby>三浦半島<rt>みうらはんとう</rt></ruby>に<ruby>泳<rt>およ</rt></ruby>ぎに<ruby>行<rt>い</rt></ruby>った。
　／我到三浦半島游了泳。

2190 □□□

ハンドル
【handle】

名 （門等）把手；（汽車、輪船）方向盤

類 柄

例 <ruby>久<rt>ひさ</rt></ruby>しぶりにハンドルを<ruby>握<rt>にぎ</rt></ruby>った。
　／久違地握著了方向盤。

文法
ぶり [久違（地）…]
▶ 表示時間相隔的情況或狀態。

2191 □□□

はんにち
【半日】

名 半天

例 <ruby>半日<rt>はんにち</rt></ruby>で<ruby>終<rt>お</rt></ruby>わる。／半天就結束。

2192 □□□

はんばい
【販売】

名・他サ 販賣，出售

類 売り出す

例 <ruby>商品<rt>しょうひん</rt></ruby>の<ruby>販売<rt>はんばい</rt></ruby>にかけては、<ruby>彼<rt>かれ</rt></ruby>の<ruby>右<rt>みぎ</rt></ruby>に<ruby>出<rt>で</rt></ruby>る<ruby>者<rt>もの</rt></ruby>

はいない。
　／在銷售商品上，沒有人可以跟他比。

文法
にかけては [就…這一點]
▶ 表示 [其它姑且不論，僅就那一件事情來說] 的意思。後項多接對別人的技術或能力好的評價。

2193
□□□

はんぱつ
【反発】

名・他サ・自サ 回彈，排斥；拒絕，不接受；反攻，反抗

類 否定する

例 親に対して、反発を感じないではいられなかった。

／我很難不反抗父母。

2194
□□□

ばんめ
【番目】

接尾 （助數詞用法，計算事物順序的單位）第

類 番

例 前から３番目にいるのが、弟です。

／從前面數來第三個人就是我弟弟。

ひ

2195
□□□

Track **74**

ひ
【非】

名・漢造 非，不是

例 非を認める。

／認錯。

2196
□□□

ひ
【灯】

名 燈光，燈火

類 灯り

例 山の上から見ると、街の灯がきれいだ。

／從山上往下眺望，街道上的燈火真是美啊。

2197
□□□

ひあたり
【日当たり】

名 採光，向陽處

類 日向（ひなた）

例 私のアパートは南向きだから、日当たりがいいです。

／我住的公寓朝南，所以陽光很充足

2198
□□□

ひがえり
【日帰り】

名・自サ 當天回來

例 課長は、日帰りで出張に行ってきたということだ。

／聽說社長出差一天，當天就回來了。

2199 ☐☐☐	ひ|か|く 【比較】	名・他サ 比，比較

類 比べる

例 周囲と比較してみて、自分の実力がわかった。

／和周遭的人比較過之後，認清了自己的實力在哪裡。

2200 ☐☐☐	ひ|か|く|て|き 【比較的】	副・形動 比較地

類 割りに

例 会社が比較的うまくいっているところに、急に問題がおこった。

／在公司營運比從前上軌道時，突然發生了問題。

2201 ☐☐☐	ひ|か|げ 【日陰】	名 陰涼處，背陽處；埋沒人間；見不得人

類 陰

例 日陰で休む。／在陰涼處休息。

2202 ☐☐☐	ぴ|か|ぴ|か	副・自サ 雪亮地；閃閃發亮的

類 きらきら

例 机はほこりだらけでしたが、拭いたらぴかぴかになりました。

／桌上滿是灰塵，但擦過後便很雪亮。

2203 ☐☐☐	ひ|き|か|え|す 【引き返す】	自五 返回，折回

類 戻る

例 橋が壊れていたので、引き返さざるをえなかった。

／因為橋壞了，所以不得不掉頭回去。

文法 ざるをえなかった
[不得不…]

▶ 表示除此之外，沒有其他的選擇。

2204 ☐☐☐	ひ|き|だ|す 【引き出す】	他五 抽出，拉出；引誘出，誘騙；（從銀行）提取，提出

類 連れ出す

例 部長は、部下のやる気を引き出すのが上手だ。

／部長對激發部下的工作幹勁，很有一套。

2205
☐☐☐

ひきとめる
【引き止める】

(他下一) 留，挽留；制止，拉住

例 一生懸命引き止めたが、彼は会社を辞めてしまった。

／我努力挽留但他還是辭職了。

2206
☐☐☐

ひきょう
【卑怯】

(名・形動) 怯懦，卑怯；卑鄙，無恥

(類) 卑劣（ひれつ）

例 彼は卑怯な男だから、そんなこともしかねないね。

／因為他是個卑鄙的男人，所以有可能會做出那種事唷。

> **文法**
>
> **かねない [（有）可能會…]**
>
> ▶ 表示有這種可能性或危險性。有可能做出異於常人的某種事情，一般用在負面的評價。

2207
☐☐☐

ひきわけ
【引き分け】

(名) (比賽) 平局，不分勝負

(類) 相子

例 試合は、引き分けに終わった。／比賽以平手收局。

2208
☐☐☐

ひく
【轢く】

(他五) (車) 壓，軋 (人等)

(類) 轢き殺す（ひきころす）

例 人を轢きそうになって、びっくりした。

／差一點就壓傷了人，嚇死我了。

2209
☐☐☐

ひげき
【悲劇】

(名) 悲劇

(反) 喜劇 (類) 悲しい

例 このような悲劇が二度と起こらないようにしよう。

／讓我們努力不要讓這樣的悲劇再度發生。

2210
☐☐☐

ひこう
【飛行】

(名・自サ) 飛行，航空

(類) 飛ぶ

例 飛行時間は約5時間です。／飛行時間約五個小時。

2211 □□□
ひざし
【日差し】
名 陽光照射，光線

例 まぶしいほど、日差しが強い。
／日光強到令人感到炫目刺眼。

2212 □□□
ピストル
【pistol】
名 手槍

類 銃
例 銀行強盗は、ピストルを持っていた。
／銀行搶匪當時持有手槍。

2213 □□□
ビタミン
【vitamin】
名（醫）維他命，維生素

例 栄養からいうと、その食事はビタミンが足りません。
／就營養這一點來看，那一餐所含的維他命是不夠的。

2214 □□□
ぴたり
副 突然停止；緊貼地，緊緊地；正好，正合適，正對

類 ぴったり
例 その占い師の占いは、ぴたりと当たった。
／那位占卜師的占卜，完全命中。

2215 □□□
ひだりがわ
【左側】
名 左邊，左側

例 左側に並ぶ。
／排在左側。

2216 □□□
ひっかかる
【引っ掛かる】
自五 掛起來，掛上，卡住；連累，牽累；受騙，上當；心裡不痛快

類 囚われる（とらわれる）
例 凧が木に引っ掛かってしまった。
／風箏纏到樹上去了。

2217
□□□
ひっき
【筆記】
名・他サ 筆記；記筆記

反 口述　類 筆写

例 筆記試験はともかく、実技と面接の点数はよかった。／先不説筆試結果如何，術科和面試的成績都很不錯。

文法 はともかく[姑且不論…]
▶ 提出兩個事項，前項暫不作議論，先談後項。暗示後項是更重要的。

2218
□□□
びっくり
副・自サ 吃驚，嚇一跳

類 驚く

例 田中さんは美人になって、本当にびっくりするくらいでした。／田中小姐變成大美人，叫人真是大吃一驚。

2219
□□□
ひっきしけん
【筆記試験】
名 筆試

例 筆記試験を受ける。／參加筆試。

2220
□□□
ひっくりかえす
【引っくり返す】
他五 推倒，弄倒，碰倒；顛倒過來；推翻，否決

類 覆す

例 箱を引っくり返して、中のものを調べた。／把箱子翻出來，查看了裡面的東西。

2221
□□□
ひっくりかえる
【引っくり返る】
自五 翻倒，顛倒，翻過來；逆轉，顛倒過來

類 覆る（くつがえる）

例 ニュースを聞いて、ショックのあまり引っくり返ってしまった。／聽到這消息，由於太過吃驚，結果翻了一跤。

文法
あまり[由於太過…]
▶ 表示由於前句某種感情、感覺的程度過甚，而導致後句消極的結果。

2222
□□□
ひづけ
【日付】
名 (報紙、新聞上的) 日期

類 日取り（ひどり）

例 日付が変わらないうちに、この仕事を完成するつもりです。／我打算在今天之內完成這份工作。

文法 ないうちに[在…還沒…前，…]
▶ 表示在前面的環境、狀態還沒有產生變化的情況下，做後面的動作。

2223 ☐☐☐
ひっこむ
【引っ込む】
(自五・他五) 引退，隱居；縮進，縮入；拉入，拉進；拉攏

類 退く（しりぞく）
例 あなたは関係ないんだから、引っ込んでいてください。
／這跟你沒關係，請你走開！

2224 ☐☐☐
ひっし
【必死】
(名・形動) 必死；拼命，殊死

類 命懸け（いのちがけ）
例 必死にがんばったが、だめだった。
／雖然拼命努力，最後還是失敗了。

2225 ☐☐☐
ひっしゃ
【筆者】
(名) 作者，筆者

類 書き手
例 この投書の筆者は、非常に鋭い指摘をしている。
／這篇投書的作者，提出非常犀利的指責觀點。

2226 ☐☐☐
ひつじゅひん
【必需品】
(名) 必需品，日常必須用品

例 いつも口紅は持っているわ。必需品だもの。
／我總是都帶著口紅呢！因為它是必需品嘛！

2227 ☐☐☐
ひっぱる
【引っ張る】
(他五) （用力）拉；拉上，拉緊；強拉走；引誘；拖長；拖延；拉（電線等）；（棒球向左面或右面）打球

類 引く
例 人の耳を引っ張る。
／拉人的耳朵。

2228 ☐☐☐
ひてい
【否定】
(名・他サ) 否定，否認

反 肯定　類 打ち消す
例 方法に問題があったことは、否定しがたい。
／難以否認方法上出了問題。

文法
がたい [很難…]
▶ 表示做該動作難度很高，幾乎是不可能的。

2229
□□□
(75)

ビデオ
【video】

⟨名⟩ 影像，錄影；錄影機；錄影帶

例 ビデオの予約録画は、一昔前に比べるとずいぶん簡単になった。
／預約錄影的步驟比以前來得簡單多了。

2230
□□□

ひと
【一】

(接頭) 一個；一回；稍微；以前

例 夏は、一風呂浴びた後のビールが最高だ。
／夏天沖過澡後來罐啤酒，那滋味真是太美妙了！

2231
□□□

ひとこと
【一言】

⟨名⟩ 一句話；三言兩語

(類) 少し
例 最近の社会に対して、ひとこと言わずにはいられない。
／我無法忍受不去對最近的社會，說幾句抱怨的話。

> 文法 ずにはいられない
> [無法不去…]
> ▶ 表示自己的意志無法克制，情不自禁地做某事，為書面用語。

2232
□□□

ひとごみ
【人込み・人混み】

⟨名⟩ 人潮擁擠(的地方)，人山人海

(類) 込み合い
例 人込みでは、すりに気をつけてください。
／在人群中，請小心扒手。

2233
□□□

ひとしい
【等しい】

⟨形⟩ (性質、數量、狀態、條件等)相等的，一樣的；相似的

(類) 同じ
例 2分の1は0.5に等しい。
／二分之一等於0.5。

2234
□□□

ひとすじ
【一筋】

⟨名⟩ 一條，一根；(常用「一筋に」)一心一意，一個勁兒

(類) 一条 (いちじょう)
例 黒い雲の間から、一筋の光が差し込んでいる。
／從灰暗的雲隙間射出一道曙光。

讀書計劃：□□／□□／□□

2235 □□□	**ひととおり** 【一通り】	副 大概，大略；(下接否定)普通，一般；一套；全部

類 一応

例 看護師として、一通りの勉強はしました。

／把所有護理師應掌握的相關知識全部學會了。

2236 □□□	**ひとどおり** 【人通り】	名 人來人往，通行；來往行人

類 行き来

例 デパートに近づくにつれて、人通りが多くなった。

／離百貨公司越近，來往的人潮也越多。

2237 □□□	**ひとまず** 【一先ず】	副 (不管怎樣)暫且，姑且

類 とりあえず

例 細かいことはぬきにして、一先ず大体の計画を立てましょう。

／先跳過細部，暫且先做一個大概的計畫吧。

文法
ぬきに [扣除（省去、跳過）…]
▶ 表示除去或省略一般應該有的部份。

2238 □□□	**ひとみ** 【瞳】	名 瞳孔，眼睛

類 目

例 少年は、涼しげな瞳をしていた。

／這個少年他有著清澈的瞳孔。

文法 げ […的感覺]
▶ 表示帶有某種樣子、傾向、心情及感覺。

2239 □□□	**ひとめ** 【人目】	名 世人的眼光；旁人看見；一眼望盡，一眼看穿

類 傍目（はため）

例 職場恋愛だから人目を避けて会っていたのに、いつの間にかみんな知っていた。

／由於和同事談戀愛，因此兩人見面時向來避開眾目，卻不曉得什麼時候全公司的人都知道了。

あ
か
さ
た
な
ま
や
ら
わ
練習

行單字

2240
□□□

ひとやすみ
【一休み】

（名・自サ）休息一會兒

圏 休み

例 疲れないうちに、一休みしましょうか。
／在疲勞之前，先休息一下吧！

文法 ないうちに［在…
還沒…前，…］

▶ 表示在前面的環境、狀態還沒有產生變化的情況下，做後面的動作。

2241
□□□

ひとりごと
【独り言】

（名）自言自語（的話）

圏 独白

例 彼はいつも独り言ばかり言っている。
／他時常自言自語。

2242
□□□

ひとりでに
【独りでに】

（副）自行地，自動地，自然而然也

圏 自ずから

例 人形が独りでに動くわけがない。／人偶不可能會自己動起來的。

2243
□□□

ひとりひとり
【一人一人】

（名）逐個地，依次的；人人，每個人，各自

圏 一人ずつ

例 教師になったからには、生徒一人一人をしっかり育てたい。
／既然當了老師，就想把學生一個個都確實教好。

2244
□□□

ひにく
【皮肉】

（名・形動）皮和肉；挖苦，諷刺，冷嘲熱諷；令人啼笑皆非

圏 風刺（ふうし）

例 あいつは、会うたびに皮肉を言う。
／每次見到他，他就會說些諷刺的話。

2245
□□□

ひにち
【日にち】

（名）日子，時日；日期

圏 日

例 会議の時間ばかりか、日にちも忘れてしまった。
／不僅是開會的時間，就連日期也都忘了。

讀書計劃：□□／□□

| 2246 □□□ | ひ**ねる**
【捻る】 | 他五 （用手）扭，擰；（俗）打敗，擊敗；別有風趣 |

類 回す
例 足首をひねったので、体育の授業は見学させてもらった。
　　／由於扭傷了腳踝，體育課時被允許在一旁觀摩。

| 2247 □□□ | ひ**のいり**
【日の入り】 | 名 日暮時分，日落，黃昏 |

反 日の出　類 夕日
例 日の入りは何時ごろですか。
　　／黃昏大約是幾點？

| 2248 □□□ | ひ**ので**
【日の出】 | 名 日出（時分） |

反 日の入り　類 朝日
例 明日は、山の上で日の出を見る予定です。
　　／明天計畫要到山上看日出。

| 2249 □□□ | ひ**はん**
【批判】 | 名・他サ 批評，批判，評論 |

類 批評
例 そんなことを言うと、批判されるおそれがある。
　　／你說那種話，有可能會被批評的。

| 2250 □□□ | ひ**び**
【罅】 | 名 （陶器、玻璃等）裂紋，裂痕；（人和人之間）發生裂痕；（身體、精神）發生毛病 |

類 出来物
例 茶碗にひびが入った。　／碗裂開了。

| 2251 □□□ | ひ**びき**
【響き】 | 名 聲響，餘音；回音，迴響，震動；傳播振動；影響，波及 |

類 影響
例 さすが音楽専用のホールだから、響きがいいわけだ。
　　／畢竟是專業的音樂廳，音響效果不同凡響。

読書計劃：□□/□□/□□

2252 □□□
ひびく
【響く】

(自五) 響，發出聲音；發出回音，震響；傳播震動；波及；出名

(類) 鳴り渡る（なりわたる）

(例) 銃声が響いた。
／槍聲響起。

2253 □□□
ひひょう
【批評】

(名・他サ) 批評，批論

(類) 批判

(例) 先生の批評は、厳しくてしようがない。
／老師給的評論，實在有夠嚴屬。

2254 □□□
びみょう
【微妙】

(形動) 微妙的

(類) 玄妙

(例) 社長の交代に伴って、会社の雰囲気も微妙に変わった。
／伴隨著社長的交接，公司裡的氣氛也變得很微妙。

2255 □□□
ひも
【紐】

(名)（布、皮革等的）細繩，帶

(例) 古新聞をひもでしばって廃品回収に出した。
／舊報紙用繩子捆起來，拿去資源回收了。

2256 □□□
ひゃっかじてん
【百科辞典】

(名) 百科全書

(例) 百科辞典というだけあって、何でも載っている。
／不愧是百科全書，真的是裡面什麼都有。

文法

だけあって [不愧是…]
▶ 表示名實相符，一般用在積極讚美的時候。

2257 □□□
ひよう
【費用】

(名) 費用，開銷

(類) 経費

(例) たとえ費用が高くてもかまいません。
／即使費用在怎麼貴也沒關係。

2258 ☐☐☐	**ひょう** 【表】	名・漢造 表，表格；奏章；表面，外表；表現；代 表；表率

例 仕事でよく<ruby>表<rt>ひょう</rt></ruby>を<ruby>作成<rt>さくせい</rt></ruby>します。
　　／工作上經常製作表格。

2259 ☐☐☐	**びよう** 【美容】	名 美容

類 理容
例 <ruby>不規則<rt>ふきそく</rt></ruby>な<ruby>生活<rt>せいかつ</rt></ruby>は、<ruby>美容<rt>びよう</rt></ruby>の<ruby>大敵<rt>たいてき</rt></ruby>です。
　　／不規律的作息是美容的大敵。

2260 ☐☐☐	**びょう** 【病】	漢造 病，患病；毛病，缺點

類 病む（やむ）
例 <ruby>彼<rt>かれ</rt></ruby>は<ruby>難病<rt>なんびょう</rt></ruby>にかかった。
　　／他罹患了難治之症。

2261 ☐☐☐	**びよういん** 【美容院】	名 美容院，美髮沙龍

例 <ruby>美容院<rt>びよういん</rt></ruby>に<ruby>行<rt>い</rt></ruby>く。
　　／去美容院。

2262 ☐☐☐ 76	**ひょうか** 【評価】	名・他サ 定價，估價；評價

類 批評
例 <ruby>部長<rt>ぶちょう</rt></ruby>の<ruby>評価<rt>ひょうか</rt></ruby>なんて、<ruby>気<rt>き</rt></ruby>にすることはありません。
　　／你用不著去在意部長給的評價。

2263 ☐☐☐	**ひょうげん** 【表現】	名・他サ 表現，表達，表示

反 理解　類 描写
例 <ruby>意味<rt>いみ</rt></ruby>は<ruby>表現<rt>ひょうげん</rt></ruby>できたとしても、<ruby>雰囲気<rt>ふんいき</rt></ruby>はうまく<ruby>表現<rt>ひょうげん</rt></ruby>できません。
　　／就算有辦法將意思表達出來，氣氛還是無法傳達的很好。

| 2264 □□□ | ひょうし【表紙】 | 名 封面，封皮，書皮 |

例 本の表紙がとれてしまった。
／書皮掉了。

| 2265 □□□ | ひょうしき【標識】 | 名 標誌，標記，記號，信號 |

類 目印
例 この標識は、どんな意味ですか。
／這個標誌代表著什麼意思？

| 2266 □□□ | ひょうじゅん【標準】 | 名 標準，水準，基準 |

類 目安（めやす）
補 標準的［形容動詞］標準的。
例 日本の標準的な教育について教えてください。
／請告訴我標準的日本教育是怎樣的教育。

| 2267 □□□ | びょうどう【平等】 | 名・形動 平等，同等 |

類 公平
例 人間はみな平等であるべきだ。
／人人須平等。

| 2268 □□□ | ひょうばん【評判】 | 名（社會上的）評價，評論；名聲，名譽；受到注目，聞名；傳說，風聞 |

類 噂（うわさ）
例 みんなの評判からすれば、彼はすばらしい歌手のようです。
／就大家的評價來看，他好像是位出色的歌手。

文法
からすれば［就…來看］
▶ 表示判斷的觀點，根據。

| 2269 □□□ | ひよけ【日除け】 | 名 遮日；遮陽光的遮棚 |

例 日除けに帽子をかぶる。／戴上帽子遮陽。

2270
□□□

ひるすぎ
【昼過ぎ】

(名) 過午

例 もう昼過ぎなの。
／已經過中午了。

2271
□□□

ビルディング
【building】

(名) 建築物

(類) 建物（たてもの）

例 丸の内ビルディング、通称丸ビルは、戦前の代表的な巨大建築

でした。

／丸之內大樓，俗稱丸樓，曾是二戰前具有代表性的龐大建築。

2272
□□□

ひるね
【昼寝】

(名・自サ) 午睡

(類) 人柄

例 公園で昼寝をする。
／在公園午睡。

2273
□□□

ひるまえ
【昼前】

(名) 上午；接近中午時分

例 昼前なのにもうお腹がすいた。
／還不到中午肚子已經餓了。

2274
□□□

ひろば
【広場】

(名) 廣場；場所

(類) 空き地（あきち）

例 集会は、広場で行われるに相違ない。
／集會一定是在廣場舉行的。

> **文法**
> にそういない［一定是…］
> ▶ 表示說話者根據經驗
> 或直覺，做出非常肯定
> 的判斷。

2275
□□□

ひろびろ
【広々】

(副・自サ) 寬闊的，遼闊的

例 この公園は広々としていて、いつも子どもたちが走り回って遊

んでいます。／這座公園占地寬敞，經常有孩童們到處奔跑玩耍。

2276
□□□
ひをとおす
【火を通す】

慣 加熱；烹煮

例 しゃぶしゃぶは、さっと火を通すだけにして、ゆで過ぎないのがコツです。

／涮涮鍋好吃的秘訣是只要稍微涮過即可，不要汆燙太久。

2277
□□□
ひん
【品】

名・漢造（東西的）品味，風度；辨別好壞；品質；種類

類 人柄

例 彼の話し方は品がなくて、あきれるくらいでした。

／他講話沒風度到令人錯愕的程度。

2278
□□□
びん
【便】

名・漢造 書信；郵寄，郵遞；（交通設施等）班機，班車；機會，方便

例 次の便で台湾に帰ります。

／我搭下一班飛機回台灣。

2279
□□□
びん
【瓶】

名 瓶，瓶子

例 花瓶に花を挿す。

／把花插入花瓶。

2280
□□□
ピン
【pin】

名 大頭針，別針；（機）拴，樞

類 針（はり）

例 ピンで髪を留めた。

／我用髮夾夾住了頭髮。

2281
□□□
びんづめ
【瓶詰】

名 瓶裝；瓶裝罐頭

例 缶ビールが普及する前、ビールといえば瓶詰めだった。

／在罐裝啤酒普及之前，提到啤酒就只有瓶裝的而已。

> **文法** といえば［一說到…］
> ▶ 用在承接某個話題，從這個話題引起自己的聯想，或對這個話題進行説明或聯想。

2282
□□□
Track 77

ふ
【不】

漢造 不；壞；醜；笨

例 優、良、可は合格ですが、その下の不可は不合格です。
／「優、良、可」表示及格，在這些之下的「不可」則表示不急格。

2283
□□□

ぶ
【分】

名・接尾 （優劣的）形勢，（有利的）程度；厚度；十分之一；百分之一

例 分が悪い試合と知りつつも、一生懸命戦いました。
／即使知道這是個沒有勝算的比賽，還是拼命地去奮鬥。

文法
つつも [即使…還是…]
▶ 表示逆接，用於連接兩個相反的事物，同一主體，在進行某一動作的同時，也進行另一個動作。
▶ 近か〜まいか [還是…]

2284
□□□

ぶ
【部】

名・漢造 部分；部門；冊

例 五つの部に分ける。
／分成五個部門。

2285
□□□

ぶ
【無】

漢造 無，沒有，缺乏

例 無愛想な返事をする。／冷淡的回應。

2286
□□□

ふう
【風】

名・漢造 樣子，態度；風度；習慣；情況；傾向；打扮；風；風教；風景；因風得病；諷刺

例 あんパンは、日本人の口に合うように発明された和風のパンだ。
／紅豆麵包是為了迎合日本人的口味而發明出來的和風麵包。

2287
□□□

ふうけい
【風景】

名 風景，景致；情景，光景，狀況；（美術）風景

類 景色

例 すばらしい風景を見ると、写真に撮らずにはいられません。
／只要一看到優美的風景，就會忍不住拍起照來。

文法
ずにはいられません [無法不去…]
▶ 表示自己的意志無法克制，情不自禁地做某事，為書面用語。

2288 □□□
ふうせん
【風船】

(名) 氣球，氫氣球

(類) 気球（ききゅう）

(例) 子どもが風船をほしがった。／小孩想要氣球。

2289 □□□
ふうん
【不運】

(名・形動) 運氣不好的，倒楣的，不幸的

(類) 不幸せ

(例) 不運を嘆かないではいられない。
／倒楣到令人不由得嘆起氣來。

(文法) ないではいられない [令人忍不住…]

▶ 表示意志力無法控制，自然而然地內心衝動想做某事。傾向於口語用法。

▶ (近) てはならない [不能…]

2290 □□□
ふえ
【笛】

(名) 橫笛；哨子

(類) フルート

(例) 笛による合図で、ゲームを始める。／以笛聲作為信號開始了比賽。

2291 □□□
ふか
【不可】

(名) 不可，不行；(成績評定等級) 不及格

(類) 駄目

(例) 鉛筆で書いた書類は不可です。／用鉛筆寫的文件是不行的。

2292 □□□
ぶき
【武器】

(名) 武器，兵器；(有利的) 手段，武器

(類) 兵器

(例) 中世ヨーロッパの武器について調べている。
／我調查了有關中世代的歐洲武器。

2293 □□□
ふきそく
【不規則】

(名・形動) 不規則，無規律；不整齊，凌亂

(類) でたらめ

(例) 生活が不規則になりがちだから、健康に気をつけて。
／你的生活型態有不規律的傾向，要好好注意健康。

2294
☐☐☐
ふ|き|と|ば|す
【吹き飛ばす】

(他五) 吹跑；吹牛；趕走

例 机の上に置いておいた資料が扇風機に吹き飛ばされてごちゃまぜになってしまった。

／原本擺在桌上的資料被電風扇吹跑了，落得到處都是。

2295
☐☐☐
ふ|き|ん
【付近】

(名) 附近，一帶

類 辺り

例 駅の付近はともかく、他の場所には全然店がない。

／姑且不論車站附近，別的地方完全沒商店。

文法
はともかく[姑且不論…]
▶ 表示提出兩個事項，前項暫且不作為議論的對象，先談後項。暗示後項是更重要的。

2296
☐☐☐
ふ|く
【吹く】

(他五・自五)（風）刮，吹；（用嘴）吹；吹（笛等）；吹牛，說大話

類 動く

例 強い風が吹いてきましたね。

／吹起了強風呢。

2297
☐☐☐
ふ|く|し
【副詞】

(名) 副詞

例 副詞は動詞などを修飾します。

／副詞修飾動詞等詞類。

2298
☐☐☐
ふ|く|しゃ
【複写】

(名・他サ) 複印，複制；抄寫，繕寫

類 コピー

例 書類は一部しかないので、複写するほかはない。

／因為資料只有一份，所以只好拿去影印。

2299
☐☐☐
ふ|く|す|う
【複数】

(名) 複數

反 単数

例 犯人は、複数いるのではないでしょうか。／是不是有多個犯人呢？

2300
□□□
ふくそう
【服装】

⑧ 服裝，服飾

類 身なり（みなり）

例 面接では、服装に気をつけるばかりでなく、言葉も丁寧にしましょう。

／面試時，不單要注意服裝儀容，講話也要恭恭敬敬的！

2301
□□□
ふくらます
【膨らます】

他五（使）弄鼓，吹鼓

例 風船を膨らまして、子どもたちに配った。

／吹鼓氣球分給了小朋友們。

2302
□□□
ふくらむ
【膨らむ】

自五 鼓起，膨脹；（因為不開心而）噘嘴

類 膨れる（ふくれる）

例 お姫様みたいなスカートがふくらんだドレスが着てみたい。

／我想穿像公主那種蓬蓬裙的洋裝。

2303
□□□
ふけつ
【不潔】

名・形動 不乾淨，骯髒；（思想）不純潔

類 汚い

例 不潔にしていると病気になりますよ。

／不保持清潔會染上疾病唷。

2304
□□□
ふける
【老ける】

自下一 上年紀，老

類 年取る

例 彼女はなかなか老けない。／她都不會老。

2305
□□□
ふさい
【夫妻】

名 夫妻

類 夫婦

例 田中夫妻はもちろん、息子さんたちも出席します。

／田中夫妻就不用說了，他們的小孩子也都會出席。

2306 ☐☐☐	ふ|さがる 【塞がる】	自五 阻塞；關閉；佔用，佔滿

類 つまる

例 トイレは今塞がっているので、後で行きます。
　　／現在廁所擠滿了人，待會我再去。

2307 ☐☐☐	ふ|さぐ 【塞ぐ】	他五・自五 塞閉；阻塞，堵；佔用；不舒服，鬱悶

類 閉じる

例 大きな荷物で道を塞がないでください。
　　／請不要將龐大貨物堵在路上。

2308 ☐☐☐ Track **78**	ふ|ざける 【巫山戯る】	自下一 開玩笑，戲謔；愚弄人，戲弄人；（男女）調情，調戲；（小孩）吵鬧

類 騒ぐ

例 ちょっとふざけただけだから、怒らないで。
　　／只是開個小玩笑，別生氣。

2309 ☐☐☐	ぶ|さた 【無沙汰】	名・自サ 久未通信，久違，久疏問候

類 ご無沙汰

例 ご無沙汰して、申し訳ありません。
　　／久疏問候，真是抱歉。

2310 ☐☐☐	ふ|し 【節】	名（竹、葦的）節；關節，骨節；（線、繩的）繩結；曲調

類 時

例 竹にはたくさんの節がある。
　　／竹子上有許多枝節。

2311 ☐☐☐	ぶ|し 【武士】	名 武士

類 武人

例 うちは武士の家系です。／我是武士世家。

| 2312 □□□ | **ぶじ**【無事】 | (名・形動) 平安無事，無變故；健康；最好，沒毛病；沒有過失 |

(類) 安らか
(例) 息子の無事を知ったとたんに、母親は気を失った。
／一得知兒子平安無事，母親便昏了過去。

| 2313 □□□ | **ぶしゅ**【部首】 | (名) (漢字的)部首 |

(例) この漢字の部首はわかりますか。
／你知道這漢字的部首嗎？

| 2314 □□□ | **ふじん**【夫人】 | (名) 夫人 |

(類) 妻
(例) 田中夫人は、とても美人です。
／田中夫人真是個美人啊。

| 2315 □□□ | **ふじん**【婦人】 | (名) 婦女，女子 |

(類) 女
(例) 婦人用トイレは2階です。
／女性用的廁所位於二樓。

| 2316 □□□ | **ふすま**【襖】 | (名) 隔扇，拉門 |

(類) 建具
(例) 襖をあける。
／拉開隔扇。

| 2317 □□□ | **ふせい**【不正】 | (名・形動) 不正當，不正派，非法；壞行為，壞事 |

(類) 悪
(例) 不正を見つけた際には、すぐに報告してください。
／找到違法的行為時，請馬上向我報告。

2318
□□□

ふせぐ
【防ぐ】

(他五) 防禦，防守，防止；預防，防備

類 抑える（おさえる）

例 窓を二重にして寒さを防ぐ。／安裝兩層的窗戶，以禦寒。

2319
□□□

ふぞく
【付属】

(名・自サ) 附屬

類 従属（じゅうぞく）

例 大学の付属中学に入った。／我進了大學附屬的國中部。

2320
□□□

ふたご
【双子】

(名) 雙胞胎，孿生；雙

類 双生児

例 顔がそっくりなことから、双子であることを
知った。

／因為長得很像，所以知道他倆是雙胞胎。

文法
ことから[因為…所以…]
▶ 表示因果關係，根據
情況，來判斷原因、結
果或結論。

2321
□□□

ふだん
【普段】

(名・副) 平常，平日

類 日常

例 ふだんからよく勉強しているだけに、テスト
の時も慌てない。

／到底是平常就有在好好讀書，考試時也都不會慌。

文法 だけに[到底是…]
▶ 表示原因。正因為前
項，理所當然有相對應
的後項。
▶ 近 てとうぜんだ[…也
是理所當然的]

2322
□□□

ふち
【縁】

(名) 邊緣，框，檐，旁側

類 縁（へり）

例 机の縁に腰をぶつけた。／我的腰撞倒了桌子的邊緣。

2323
□□□

ぶつ
【打つ】

(他五)（「うつ」的強調說法）打，敲

類 たたく

例 後頭部を強く打つ。／重擊後腦杓。

2324
□□□

ふ つう
【不通】

名（聯絡、交通等）不通，斷絕；沒有音信

例 地下鉄が不通になっている。

／地下鐵現在不通。

2325
□□□

ぶ つかる

自五 碰，撞；偶然遇上；起衝突

例 自転車にぶつかる。

／撞上腳踏車。

2326
□□□

ぶ っしつ
【物質】

名 物質；（哲）物體，實體

反 精神 類 物体

例 この物質は、温度の変化に伴って色が変わります。

／這物質的顏色，會隨著溫度的變化而有所改變。

2327
□□□

ぶ っそ う
【物騒】

名・形動 騷亂不安，不安定；危險

類 不穏

例 都会は、物騒でしようがないですね。

／都會裡騷然不安到不行。

2328
□□□

ぶ つぶつ

名・副 嘮叨，抱怨，嘟囔；煮沸貌；粒狀物，小疙瘩

類 不満

例 一度「やる。」と言った以上は、ぶつぶつ言わないでやりなさい。

／既然你曾答應要做，就不要在那裡抱怨快做。

文法

いじょうは[既然…就…]

▶ 由於前句某種決心或責任，後句便根據前項表達相對應的決心、義務或奉勸。

2329
□□□

ふ で
【筆】

名・接尾 毛筆；（用毛筆）寫的字，畫的畫；（接數詞）表蘸筆次數

類 毛筆（もうひつ）

例 書道を習うため、筆を買いました。

／為了學書法而去買了毛筆。

2330 □□□
ふと
㊙ 忽然，偶然，突然；立即，馬上

㊣ 不意
例 ふと見ると、庭に猫が来ていた。
／不經意地一看，庭院跑來了一隻貓。

2331 □□□
ふとい
【太い】
㊫ 粗的；肥胖；膽子大；無恥，不要臉；聲音粗

㊥ 細い　㊣ 太め
例 太いのやら、細いのやら、さまざまな木が生えている。
／既有粗的也有細的，長出了各種樹木。

文法
やら〜やら[又是（有）… 啦，又（有）… 啦]
▶ 表示從一些同類事項中，列舉出兩項。

2332 □□□
ふとう
【不当】
㊢ 不正當，非法，無理

㊣ 不適当
例 不当な処分に、異議を申し立てた。
／對於不當處分提出了異議。

2333 □□□
ぶひん
【部品】
㊇（機械等）零件

例 修理のためには、部品が必要です。／修理需要零件才行。

2334 □□□
ふぶき
【吹雪】
㊇ 暴風雪

㊣ 雪
例 吹雪は激しくなる一方だから、外に出ない方がいいですよ。
／暴風雪不斷地變強，不要外出較好。

2335 □□□
ぶぶん
【部分】
㊇ 部分

㊥ 全体　㊣ 局部
例 この部分は、とてもよく書けています。／這部分寫得真好。

2336 □□□
ふへい
【不平】
(名・形動) 不平，不滿意，牢騷

類 不満
例 不平があるなら、はっきり言うことだ。
／如有不滿，就要說清楚。

2337 □□□
ふぼ
【父母】
(名) 父母，雙親

類 親
例 父母の要求にこたえて、授業時間を増やした。
／響應父母的要求，增加了上課時間。

文法
にこたえて [回應]
▶ 表示為了使前項能夠實現，後項是為此而採取行動或措施。

2338 □□□
ふみきり
【踏切】
(名) (鐵路的) 平交道，道口；(轉) 決心

例 踏切を渡る。
／過平交道。

2339 □□□
ふゆやすみ
【冬休み】
(名) 寒假

例 冬休みは短い。
／寒假很短。

2340 □□□
ぶらさげる
【ぶら下げる】
(他下一) 佩帶，懸掛；手提，拎

類 下げる
例 腰に何をぶら下げているの。
／你腰那裡佩帶著什麼東西啊？

2341 □□□
ブラシ
【brush】
(名) 刷子

類 刷毛 （はけ）
例 スーツやコートは、帰ったらブラシをかけておくと長持ちします。
／穿西服與大衣時，如果一回到家就拿刷子刷掉灰塵，就會比較耐穿。

| 2342 □□□ | プラン【plan】 | 名 計畫，方案；設計圖，平面圖；方式 |

類 企画（きかく）

例 せっかく旅行のプランを立てたのに、急に会社の都合で休みが取れなくなった。
　　/好不容易已經做好旅遊計畫了，卻突然由於公司的事而無法休假了。

| 2343 □□□ | ふり【不利】 | 名・形動 不利 |

反 有利　類 不利益

例 その契約は、彼らにとって不利です。／那份契約，對他們而言是不利的。

| 2344 □□□ 79 | フリー【free】 | 名・形動 自由，無拘束，不受限制；免費；無所屬；自由業 |

反 不自由　類 自由

例 私は、会社を辞めてフリーになりました。
　　/我辭去工作後改從事自由業。

| 2345 □□□ | ふりがな【振り仮名】 | 名（在漢字旁邊）標註假名 |

類 ルビ

例 子どもでも読めるわ。振り仮名がついているもの。
　　/小孩子也看得懂的。因為有註假名嘛！

| 2346 □□□ | ふりむく【振り向く】 | 自五（向後）回頭過去看；回顧，理睬 |

類 顧みる

例 後ろを振り向いてごらんなさい。／請轉頭看一下後面。

| 2347 □□□ | ふりょう【不良】 | 名・形動 不舒服，不適；壞，不良；（道德、品質）敗壞；流氓，小混混 |

反 善良　類 悪行

例 体調不良で会社を休んだ。／由於身體不舒服而向公司請假。

2348
□□□

プリント
【print】

（名・他サ）印刷（品）；油印（講義）；印花，印染

類 印刷

例 説明に先立ち、まずプリントを配ります。
　／在說明之前，我先發印的講義。

文法
にさきだち［在…之前，先…］
▶ 用在述說做某一動作前應做的事情，後項是做前項之前，所做的準備或預告。

2349
□□□

ふる
【古】

（名・漢造）舊東西；舊，舊的

例 古新聞をリサイクルする。
　／舊報紙資源回收。

2350
□□□

ふるえる
【震える】

（自下一）顫抖，發抖，震動

類 震動（しんどう）

例 地震で窓ガラスが震える。／窗戶玻璃因地震而震動。

2351
□□□

ふるさと
【故郷】

（名）老家，故鄉

類 故郷（こきょう）

例 わたしのふるさとは、熊本です。
　／我的老家在熊本。

2352
□□□

ふるまう
【振舞う】

（自五・他五）（在人面前的）行為，動作；請客，招待，款待

例 彼女は、映画女優のように振る舞った。／她的舉止有如電影女星。

2353
□□□

ふれる
【触れる】

（他下一・自下一）接觸，觸摸（身體）；涉及，提到；感觸到；抵觸，觸犯；通知

類 触る（さわる）

例 触れることなく、箱の中にあるものが何かを知ることができます。
　／用不著碰觸，我就可以知道箱子裡面裝的是什麼。

文法
ことなく［不要…］
▶ 表示一次也沒發生某狀況的情況下。

2354 □□□

ブローチ
【brooch】

名 胸針

類 アクセサリー

例 感謝をこめて、ブローチを贈りました。
/以真摯的感謝之意，贈上別針。

2355 □□□

プログラム
【program】

名 節目（單），說明書；計畫（表），程序（表）；編制（電腦）程式

類 番組（ばんぐみ）

例 売店に行くなら、ついでにプログラムを買ってきてよ。
/如果你要去報攤的話，就順便幫我買個節目表吧。

2356 □□□

ふろしき
【風呂敷】

名 包巾

類 荷物

例 風呂敷によって、荷物を包む。
/用包袱巾包行李。

2357 □□□

ふわっと

副・自サ 輕軟蓬鬆貌；輕飄貌

例 そのセーター、ふわっとしてあったかそうね。
/那件毛衣毛茸茸的，看起來好暖和喔。

2358 □□□

ふわふわ

副・自サ 輕飄飄地；浮躁，不沈著；軟綿綿的
（或唸：ふわふわ）

類 柔らかい

例 このシフォンケーキ、ふわっふわ。
/這塊戚風蛋糕好鬆軟呀！

2359 □□□

ぶん
【文】

名・漢造 文學，文章；花紋；修飾外表，華麗；文字，字體；學問和藝術

類 文章

例 長い文は読みにくい。
/冗長的句子很難看下去。

2360
□□□
ぶん
【分】

名・漢造 部分；份；本分；地位

例 これはあなたの分です。
　／這是你的份。

2361
□□□
ふんいき
【雰囲気】

名 氣氛，空氣

類 空気

例 「いやだ。」とは言いがたい雰囲気だった。
　／當時真是個令人難以說「不。」的氣氛。

文法
がたい[很難…]
▶ 表示做該動作難度很高，幾乎是不可能的。

2362
□□□
ふんか
【噴火】

名・自サ 噴火

例 あの山が噴火したとしても、ここは被害に遭わないだろう。
　／就算那座火山噴火，這裡也不會遭殃吧。

2363
□□□
ぶんかい
【分解】

名・他サ・自サ 拆開，拆卸；(化)分解；解剖；分析(事物)

類 分離（ぶんり）

例 時計を分解したところ、元に戻らなくなってしまいました。
　／分解了時鐘，結果沒辦法裝回去。

文法 **たところ[結果]**
▶ 表示順接或逆接。後項大多是出乎意料的客觀事實。

2364
□□□
ぶんげい
【文芸】

名 文藝，學術和藝術；(詩、小說、戲劇等)語言藝術

例 文芸雑誌を通じて、作品を発表した。
　／透過文藝雜誌發表了作品。

2365
□□□
ぶんけん
【文献】

名 文獻，參考資料

類 本

例 アメリカの文献によると、この薬は心臓病に効くそうだ。
　／從美國的文獻來看，這藥物對心臟病有效。

| 2366 □□□ | ふんすい【噴水】 | 名 噴水；（人工）噴泉 |

例 広場の真ん中に、噴水があります。
／廣場中間有座噴水池。

| 2367 □□□ | ぶんせき【分析】 | 名・他サ （化）分解，化驗；分析，解剖 |

反 総合
例 失業率のデータを分析して、今後の動向を予測してくれ。
／你去分析失業率的資料，預測今後的動向。

| 2368 □□□ | ぶんたい【文体】 | 名 （某時代特有的）文體；（某作家特有的）風格 |

例 この作家の小説は、文体にとても味わいがある。
／這位作家的小說，單就文體而言也相當有深度。

| 2369 □□□ | ぶんたん【分担】 | 名・他サ 分擔 |

類 受け持ち（うけもち）
例 役割を分担する。
／分擔任務。

| 2370 □□□ | ぶんぷ【分布】 | 名・自サ 分布，散布 |

例 この風習は、東京を中心に関東全体に分布しています。
／這種習慣，以東京為中心，散佈在關東各地。

| 2371 □□□ | ぶんみゃく【文脈】 | 名 文章的脈絡，上下文的一貫性，前後文的邏輯；（句子、文章的）表現手法 |

例 読解問題では、文脈を把握することが大切だ。
／關於「閱讀與理解」題型，掌握文章的邏輯十分重要。

2372 □□□
ぶんめい
【文明】
(名) 文明；物質文化

(類) 文化
(例) 古代文明の遺跡を見るのが好きです。
／我喜歡探究古代文明的遺跡。

2373 □□□
ぶんや
【分野】
(名) 範圍，領域，崗位，戰線

(例) その分野については、詳しくありません。
／我不大清楚這領域。

2374 □□□
ぶんりょう
【分量】
(名) 分量，重量，數量

(例) 塩辛いのは、醤油の分量を間違えたからに違いない。
／會鹹肯定是因為加錯醬油份量的關係。

2375 □□□
ぶんるい
【分類】
(名・他サ) 分類，分門別類

(類) 類別
(例) 図書館の本は、きちんと分類されている。
／圖書館的藏書經過詳細的分類。

2376 □□□
へい
【塀】
(名) 圍牆，牆院，柵欄

(類) 囲い（かこい）
(例) 塀の向こうをのぞいてみたい。／我想窺視一下圍牆的那一頭看看。

2377 □□□
へいかい
【閉会】
(名・自サ・他サ) 閉幕，會議結束

(反) 開会
(例) もうシンポジウムは閉会したということです。
／聽說座談會已經結束了。

2378 □□□
へいこう
【平行】

(名・自サ)(數)平行；並行

類 並列
例 この道は、大通りに平行に走っている。／這條路和主幹道是平行的。

2379 □□□
へいせい
【平成】

(名) 平成（日本年號）

例 今年は平成何年ですか。／今年是平成幾年？

2380 □□□
へいてん
【閉店】

(名・自サ)(商店)關門；倒閉

例 あの店は7時閉店だ。／那間店七點打烊。

2381 □□□
へいぼん
【平凡】

(名・形動) 平凡的

類 普通
例 平凡な人生だからといって、つまらないとはかぎらない。
／雖說是平凡的人生，但是並不代表就無趣。

文法 からといって[即使…，也（不能）…]
▶ 表示不能僅因前面這一點理由，就做後面的動作，後面常接否定的說法。

とはかぎらない[也不一定…]
▶ 表示事情不是絕對如此，也是有例外或是其他可能性。

2382 □□□
へいや
【平野】

(名) 平原

類 平地
例 関東平野はたいへん広い。／關東平原實在寬廣。

2383 □□□
へこむ
【凹む】

(自五) 凹下，潰下；屈服，認輸；虧空，赤字

反 出る　類 凹む（くぼむ）
例 表面が凹んだことから、この箱は安物だと知った。／從表面凹陷來看，知道這箱子是便宜貨。

文法 ことから[從…來看]
▶ 表示因果關係，根據情況，來判斷出原因、結果或結論。

2384 へだてる【隔てる】

□□□

(他下一) 隔開，分開；（時間）相隔；遮檔；離間；不同，有差別

類 挟む

例 道を隔てて向こう側は隣の国です。

／以這條道路為分界，另一邊是鄰國。

2385 べつ【別】

□□□

(名・形動・漢造) 分別，區分；分別

例 正邪の別を明らかにする。

／明白的區分正邪。

2386 べっそう【別荘】

□□□

(名) 別墅

類 家（いえ）

例 夏休みは、別荘で過ごします。

／暑假要在別墅度過。

2387 ペラペラ

□□□

(副・自サ) 說話流利貌（特指外語）；單薄不結實貌；連續翻紙頁貌

例 英語がペラペラだ。

／英語流利。

2388 ヘリコプター【helicopter】

□□□

(名) 直昇機

類 飛行機

例 事件の取材で、ヘリコプターに乗りました。

／為了採訪案件的來龍去脈而搭上了直昇機。

2389 へる【経る】

□□□

(自下一)（時間、空間、事物）經過、通過

例 10年の歳月を経て、ついに作品が完成した。

／歷經十年的歲月，作品終於完成了。

2390 □□□
へん
【偏】

名・漢造 漢字的（左）偏旁；偏，偏頗

例 偏見を持っている。
/有偏見。

2391 □□□
べん
【便】

名・形動・漢造 便利，方便；大小便；信息，音信；郵遞；隨便，平常

類 便利
例 この辺りは、交通の便がいい反面、空気が悪い。
/這一地帶，交通雖便利，空氣卻不好。

2392 □□□
へんしゅう
【編集】

名・他サ 編集；（電腦）編輯

類 まとめる
例 今ちょうど、新しい本を編集している最中です。
/現在正好在編輯新書。

2393 □□□
べんじょ
【便所】

名 廁所，便所

類 洗面所
例 公園の公衆便所に入ったら、なかなか清潔だった。
/進入公園的公共廁所一看，發現其實相當乾淨。

2394 □□□
ペンチ
【pinchers】

名 鉗子

例 ペンチで針金を切断する。
/我用鉗子剪斷了銅線。

ほ

2395 □□□ Track **81**
ほ
【歩】

名・漢造 步，步行；（距離單位）步

例 一歩一歩、ゆっくり進む。
/一步一步，緩慢地前進。

2396 □□□
ぽい

接尾・形型（前接名詞、動詞連用形，構成形容詞）
表示有某種成分或傾向

例 彼は男っぽい。
／他很有男子氣概。

2397 □□□
ほう
【法】

名・漢造 法律；佛法；方法，作法；禮節；道理

類 法律
例 法の改正に伴って、必要な書類が増えた。
／隨著法案的修正，需要的文件也越多。

2398 □□□
ぼう
【棒】

名・漢造 棒，棍子；（音樂）指揮；（畫的）直線，
粗線

類 桿（かん）
例 棒で地面に絵を描いた。
／用棍子在地上畫了圖。

2399 □□□
ぼうえんきょう
【望遠鏡】

名 望遠鏡

類 眼鏡（がんきょう）
例 望遠鏡で遠くの山を見た。
／我用望遠鏡觀看遠處的山峰。

2400 □□□
ほうがく
【方角】

名 方向，方位

類 方位
例 昔から、方角を調べるには磁石や北極星が使われてきました。
／從前人們要找出方向的時候，就會使用磁鐵或北極星。

2401 □□□
ほうき
【箒】

名 掃帚

類 草箒（くさほうき）
例 掃除をしたいので、ほうきを貸してください。
／我要打掃，所以想跟你借支掃把。

2402
□□□

ほうげん
【方言】

名 方言，地方話，土話

反 標準語　類 俚語（りご）
例 日本の方言<u>というと</u>、どんなのがありますか。
　／說到日本的方言有哪些呢？

文法
というと［說到…］
▶ 提起某話題，後項對這個話題進行敘述或聯想。

2403
□□□

ぼうけん
【冒険】

名・自サ 冒険

類 探検（たんけん）
例 冒険小説が好きです。／我喜歡冒險的小說。

2404
□□□

ほうこう
【方向】

名 方向；方針

類 方針
例 泥棒は、あっちの方向に走っていきました。／小偷往那個方向跑去。

2405
□□□

ぼうさん
【坊さん】

名 和尚

例 あのお坊さんの話には、聞くべきものがある。
　／那和尚說的話，確實有一聽的價值。

文法 ものがある［總有…（的一面）］
▶ 因某些特徵，而強烈斷定。

2406
□□□

ぼうし
【防止】

名・他サ 防止

類 防ぐ
例 水漏れを防止できるばかりか、機械も長持ちします。
　／不僅能防漏水，機器也耐久。

2407
□□□

ほうしん
【方針】

名 方針；（羅盤的）磁針

類 目当て
例 政府の方針は、決まったかと思うとすぐに
変更になる。／政府的施政方針，才剛以為要定案，
卻又馬上更改了。

文法 かとおもうと［才正…就（馬上）…］
▶ 兩對比事情，在短時間內相繼發生。
▶ 近 とおもうと［原以為…，誰知是…］

2408 ☐☐☐

ほうせき
【宝石】

名 寶石

類 ジュエリー

例 きれいな宝石なので、買わずにはいられなかった。
／因為是美麗的寶石，所以<u>不由自主地</u>就買了下去。

文法 ずにはいられない
[無法不去…]

▶ 表示自己的意志無法克制，情不自禁地做某事，為書面用語。

2409 ☐☐☐

ほうそう
【包装】

名・他サ 包裝，包捆

類 荷造り（にづくり）

例 きれいな紙で包装した。／我用漂亮的包裝紙包裝。

2410 ☐☐☐

ほうそう
【放送】

名・他サ 廣播；(用擴音器) 傳播，散佈 (小道消息、流言蜚語等)

例 放送の最中ですから、静かにしてください。
／現在是廣播中，請安靜。

2411 ☐☐☐

ほうそく
【法則】

名 規律，定律；規定，規則

類 規則

例 実験を重ね、法則を見つけた。
／重複實驗之後，找到了定律。

2412 ☐☐☐

ぼうだい
【膨大】

名・形動 龐大的，臃腫的，膨脹

類 膨らむ

例 こんなに膨大な本は、読みきれない。
／這麼龐大的書看也看不完。

2413 ☐☐☐

ほうていしき
【方程式】

名 (數學) 方程式

例 子どもが、そんな難しい方程式をわかり<u>っこ</u>ないです。
／這麼難的方程式，小孩子<u>絕不可能</u>會懂得。

文法

っこない [絕不可能…]

▶ 表示強烈否定，某事發生的可能性。

2414
□□□

ぼうはん
【防犯】

名 防止犯罪

例 住民の防犯意識にこたえて、パトロールを
強化した。
/響應居民的防犯意識而加強了巡邏隊。

文法
にこたえて [回應]
▶ 表示為了使前項能夠實現，後項是為此而採取行動或措施。

2415
□□□

ほうふ
【豊富】

形動 豊富

類 一杯
例 商品が豊富で、目が回るくらいでした。
/商品很豐富，有種快眼花的感覺。

2416
□□□

ほうぼう
【方々】

名・副 各處，到處

類 至る所
例 方々探したが、見つかりません。 /四處都找過了，但還是找不到。

2417
□□□

ほうめん
【方面】

名 方面，方向；領域

類 地域
例 新宿方面の列車はどこですか。 /往新宿方向的列車在哪邊？

2418
□□□

ほうもん
【訪問】

名・他サ 訪問，拜訪

類 訪ねる
例 彼の家を訪問するにつけ、昔のことを思い出す。
/每次去拜訪他家，就會想起以往的種種。

文法
につけ [每當…就會…]
▶ 表示前項事態總會帶出後項結論。

2419
□□□

ぼうや
【坊や】

名 對男孩的親切稱呼；未見過世面的男青年；對別人男孩的敬稱

類 子供
例 お宅のぼうやはお元気ですか。 /你家的小寶貝是否健康？

2420 □□□	ほうる【放る】	(他五) 拋，扔；中途放棄，棄置不顧，不加理睬

例 ボールを放ったら、隣の塀の中に入ってしまった。
／我將球扔了出去，結果掉進隔壁的圍牆裡。

2421 □□□	ほえる【吠える】	(自下一) (狗、犬獸等) 吠，吼；(人) 大聲哭喊，喊叫

例 小さな犬が大きな犬に出会って、恐怖のあまりワンワン吠えている。
／小狗碰上了大狗，太過害怕而嚇得汪汪叫。

文法
あまり[由於太過…]
▶ 表示由於前句某種感情、感覺的程度過甚，而導致後句消極的結果。

2422 □□□	ボーイ【boy】	(名) 少年，男孩；男服務員 (或唸：ボーイ)

類 執事（しつじ）
例 ボーイを呼んで、ビールを注文しよう。／請男服務生來，叫杯啤酒喝吧。

2423 □□□	ボーイフレンド【boy friend】	(名) 男朋友

例 ボーイフレンドと映画を見る。／和男朋友看電影。

2424 □□□	ボート【boat】	(名) 小船，小艇

例 ボートに乗る。／搭乘小船。

2425 □□□	ほかく【捕獲】	(名・他サ) (文) 捕獲

類 捕まえる
例 鹿を捕獲する。／捕獲鹿。

2426 □□□	ほがらか【朗らか】	(形動) (天氣) 晴朗，萬里無雲；明朗，開朗；(聲音) 嘹亮；(心情) 快活

類 にこやか
例 うちの父は、いつも朗らかです。／我爸爸總是很開朗。

2427
□□□

ぼくじょう
【牧場】

名 牧場

類 牧畜

例 牧場には、牛もいれば羊もいる。

／牧場裡既有牛又有羊。

文法

も〜ば〜も［也…也…］
▶ 把類似的事物並列起
來，用意在強調，或表
示還有很多情況。

2428
□□□

ぼくちく
【牧畜】

名 畜牧

類 畜産

例 牧畜業が盛んになるに伴って、村は豊かになった。

／伴隨著畜牧業的興盛，村落也繁榮了起來。

2429
□□□

TRACK **82**

ほけん
【保健】

名 保健，保護健康

例 授業中、具合が悪くなり、保健室に行った。

／上課期間身體變得不舒服，於是去了保健室。

2430
□□□

ほけん
【保険】

名 保險；（對於損害的）保證

類 損害保険

例 会社を通じて、保険に入った。

／透過公司投了保險。

2431
□□□

ほこり
【埃】

名 灰塵，塵埃

類 塵（ちり）

例 ほこりがたまらないように、毎日そうじをしましょう。

／為了不要讓灰塵堆積，我們來每天打掃吧。

2432
□□□

ほこり
【誇り】

名 自豪，自尊心；驕傲，引以為榮

類 誉れ

例 何があっても、誇りを失うものか。

／無論發生什麼事，我絕不捨棄我的自尊心。

2433
□□□

ほこる
【誇る】

自五 誇耀，自豪

反 恥じる　類 勝ち誇る
例 成功を誇る。／以成功自豪。

2434
□□□

ほころびる
【綻びる】

自下一 脱線；使微微地張開，綻放

類 破れる
例 桜が綻びる。／櫻花綻放。

2435
□□□

ぼしゅう
【募集】

名・他サ 募集，征募

類 募る（つのる）
例 工場において、工員を募集しています。／工廠在招募員工。

2436
□□□

ほしょう
【保証】

名・他サ 保証，擔保

類 請け合う（うけあう）
例 保証期間が切れないうちに、修理しましょう。
／在保固期間還沒到期前，快拿去修理吧。

文法
ないうちに [在…還沒…前，…]
▶ 表示在前面的環境、狀態還沒有產生變化的情況下，做後面的動作。

2437
□□□

ほす
【干す】

他五 曬乾；把（池）水弄乾；乾杯

例 洗濯物を干す。／曬衣服。

2438
□□□

ポスター
【poster】

名 海報

類 看板
例 周囲の人目もかまわず、スターのポスターを
はがしてきた。
／我不顧周遭的人的眼光，將明星的海報撕了下來。

文法
もかまわず [不顧…]
▶ 表示不顧慮前項事物的現況，以後項為優先的意思。

讀書計劃：□□／
□□

2439
□□□

ほそう
【舗装】

名・他サ （用柏油等）鋪路

例 ここから先の道は、舗装していません。
／從這裡開始，路面沒有鋪上柏油。

2440
□□□

ほっきょく
【北極】

名 北極

例 北極を探検してみたいです。 ／我想要去北極探險。

2441
□□□

ほっそり

副・自サ 纖細，苗條

例 体つきがほっそりしている。 ／身材苗條。

2442
□□□

ぽっちゃり

副・自サ 豐滿，胖

例 ぽっちゃりしてかわいい。 ／胖嘟嘟的很可愛。

2443
□□□

ぼっちゃん
【坊ちゃん】

名 （對別人男孩的稱呼）公子，令郎；少爺，不
通事故的人，少爺作風的人

類 息子さん

例 坊ちゃんは、頭がいいですね。
／公子真是頭腦聰明啊。

2444
□□□

ほどう
【歩道】

名 人行道

例 歩道を歩く。 ／走人行道。

2445
□□□

ほどく
【解く】

他五 解開（繩結等）；拆解（縫的東西）

反 結ぶ
類 解く（とく）
例 この紐を解いてもらえますか。
／我可以請你幫我解開這個繩子嗎？

2446 □□□	ほとけ【仏】	（名）佛，佛像；（佛一般）溫厚，仁慈的人；死者，亡魂

（類）釈迦（しゃか）
（例）お釈迦様は、悟りを得て仏になられました。／釋迦牟尼悟道之後成佛了。

2447 □□□	ほのお【炎】	（名）火焰，火苗

（類）火
（例）ろうそくの炎を見つめていた。／我注視著蠟燭的火焰。

2448 □□□	ほぼ【略・粗】	（副）大約，大致，大概

（例）私と彼女は、ほぼ同じ頃に生まれました。／我和她幾乎是在同時出生的。

2449 □□□	ほほえむ【微笑む】	（自五）微笑，含笑；（花）微開，乍開

（類）笑う
（例）彼女は、何もなかったかのように微笑んでいた。
／她微笑著，就好像什麼事都沒發生過一樣。

（文法）かのように［有如……一般］
▶ 表示比喻及不確定的判斷。

2450 □□□	ほり【堀】	（名）溝渠，壕溝；護城河

（類）運河
（例）城は、堀に囲まれています。／圍牆圍繞著城堡。

2451 □□□	ほり【彫り】	（名）雕刻

（例）あの人は、日本人にしては彫りの深い顔立ちですね。
／那個人的五官長相在日本人之中，算是相當立體的吧。

2452 □□□	ほる【掘る】	（他五）掘，挖，刨；挖出，掘出

（類）掘り出す（ほりだす）
（例）土を掘ったら、昔の遺跡が出てきた。／挖土的時候，出現了古代的遺跡。

2453 □□□	ほ<u>る</u> 【彫る】	他五 雕刻；紋身

類 刻む（きざむ）

例 寺院の壁に、いろいろな模様が彫ってあります。

／寺院裡，刻著各式各樣的圖騰。

2454 □□□	ぼ<u>ろ</u> 【襤褸】	名 破布，破爛衣服；破爛的狀態；破綻，缺點

類 ぼろ布

例 そんなぼろは汚いから捨てなさい。

／那種破布太髒快拿去丟了。

2455 □□□	ぼ<u>ん</u> 【盆】	名・漢造 拖盤，盆子；中元節略語

例 お盆には実家に帰ろうと思う。

／我打算在盂蘭盆節回娘家一趟。

2456 □□□	ぼ<u>んち</u> 【盆地】	名 （地）盆地

例 平野に比べて、盆地は夏暑いです。

／跟平原比起來，盆地更加酷熱。

2457 □□□	ほ<u>んと</u> 【本当】	名・形動 真實，真心；實在，的確；真正；本來， 正常

補 本当（ほんとう）之變化。

例 それがほんとな話だとは、信じがたいです。

／我很難相信那件事是真的。

文法
がたい［很難…］
▶ 表示做該動作難度很高，
幾乎是不可能的。

2458 □□□	ほ<u>んばこ</u> 【本箱】	名 書箱

例 本箱がもういっぱいだ。

／書箱已滿了。

2459 □□□

ほんぶ
【本部】

名 本部，總部

例 本部を通して、各支部に連絡してもらいます。

／我透過本部，請他們幫我連絡各個分部。

2460 □□□

ほんもの
【本物】

名 真貨，真的東西

反 偽物　類 実物

例 これが本物の宝石だとしても、私は買いません。

／就算這是貨真價實的寶石，我也不會買的。

2461 □□□

ぼんやり

名・副・自サ 模糊，不清楚；迷糊，傻愣愣；心不在焉；笨蛋，呆子

反 はっきり　類 うつらうつら

例 仕事中にぼんやりしていたあげく、ミスを連発してしまった。

／工作時心不在焉，結果犯錯連連了。

> **文法**
> あげく［結果］
> ▶ 表示事物最終的結果，大都因前句造成精神上的負擔或麻煩，多用在消極的場合。

2462 □□□

ほんらい
【本来】

名 本來，天生，原本；按道理，本應

類 元々（もともと）

例 私の本来の仕事は営業です。

／我原本的工作是業務。

| 2463 □□□ **83** | ま 【間】 | 名・接尾 間隔，空隙；間歇；機會，時機；(音樂)節拍間歇；房間；(數量)間 |

類 距離

例 いつの間にか暗くなってしまった。／不知不覺天黑了。

| 2464 □□□ | まあ | 副・感 (安撫、勸阻)暫且先，一會；躊躇貌；還算，勉強；制止貌；(女性表示驚訝)哎唷，哎呀 |

類 多分

例 話はあとにして、まあ1杯どうぞ。／話等一下再說，先喝一杯吧！

| 2465 □□□ | マーケット 【market】 | 名 商場，市場；(商品)銷售地區 |

類 市場

例 アジア全域にわたって、この商品のマーケットが広がっている。／這商品的市場散佈於亞洲這一帶。

| 2466 □□□ | まあまあ | 副・感 (催促、撫慰)得了，好了好了，哎哎；(表示程度中等)還算，還過得去；(女性表示驚訝)哎唷，哎呀 |

例 その映画はまあまあだ。／那部電影還算過得去。

| 2467 □□□ | まいご 【迷子】 | 名 迷路的孩子，走失的孩子 |

類 逸れ子（はぐれこ）

例 迷子にならないようにね。／不要迷路了唷！

| 2468 □□□ | まいすう 【枚数】 | 名 (紙、衣、版等薄物)張數，件數 |

例 お札の枚数を数えた。／我點算了鈔票的張數。

| 2469 □□□ | まいど 【毎度】 | 名 曾經，常常，屢次；每次 |

類 毎回

例 毎度ありがとうございます。／謝謝您的再度光臨。

2470 □□□
まいる
【参る】

(自五・他五)（敬）去，來；參拜（神佛）；認輸；受不了，吃不消；（俗）死；（文）（從前婦女寫信，在收件人的名字右下方寫的敬語）鈞啟；（古）獻上；吃，喝；做

例 はい、ただいま参ります。／好的，我馬上到。

2471 □□□
まう
【舞う】

(自五) 飛舞；舞蹈

類 踊る
例 花びらが風に舞っていた。／花瓣在風中飛舞著。

2472 □□□
まえがみ
【前髪】

(名) 瀏海

例 前髪を切る。／剪瀏海。

2473 □□□
まかなう
【賄う】

(他五) 供給飯食；供給，供應；維持

類 処理
例 原発は廃止して、その分の電力は太陽光や風力による発電で賄おうではないか。／廢止核能發電後，那部分的電力不是可以由太陽能發電或風力發電來補足嗎？

文法
うではないか［就讓…吧］
▶ 表示提議或邀請對方跟自己共同做某事。

2474 □□□
まがりかど
【曲がり角】

(名) 街角；轉折點

例 曲がり角で別れる。／在街角道別。

2475 □□□
まく
【蒔く】

(他五) 播種；（在漆器上）畫泥金畫

例 寒くならないうちに、種をまいた。
／趁氣候未轉冷之前播了種。

文法 ないうちに［在…還沒…前，…］
▶ 前面的狀態還沒變化的情況下，做後面動作。

2476 □□□
まく
【幕】

(名・漢造) 幕，布幕；（戲劇）幕；場合，場面；營幕

類 カーテン
例 イベントは、成功のうちに幕を閉じた。／活動在成功的氣氛下閉幕。

2477 □□□ **まごまご** (名・自サ) 不知如何是好，惶張失措，手忙腳亂；閒蕩，遊蕩，懶散

類 間誤つく（まごつく）

例 渋谷に行くたびに、道がわからなくてまごまごしてしまう。
／每次去澀谷，都會迷路而不知如何是好。

2478 □□□ **まさつ** 【摩擦】 (名・自他サ) 摩擦；不和睦，意見紛歧，不合

例 気をつけないと、相手国との間で経済摩擦になりかねない。
／如果不多注意，難講不會和對方國家，產生經濟摩擦。

文法 かねない [（有）可能會…]
▶ 表示有這種可能性或危險性。

2479 □□□ **まさに** (副) 真的，的確，確實

類 確かに

例 料理にかけては、彼女はまさにプロです。
／就做菜這一點，她的確夠專業。

文法 にかけては [就…這一點]
▶ [其它姑且不論，僅就那件事]之意。多接好的評價。

2480 □□□ **まし** (名・形動) 增，增加；勝過，強

例 賃金を１割ましではどうですか。／工資加一成如何？

2481 □□□ **ましかく** 【真四角】 (名) 正方形

例 折り紙は普通、真四角の紙で折ります。／摺紙常使用正方形的紙張來摺。

2482 □□□ **ます** 【増す】 (自五・他五)（數量）增加，增長，增多；（程度）增進，增高；勝過，變的更甚

反 減る　類 増える

例 あの歌手の人気は、勢いを増している。／那位歌手的支持度節節上升。

2483 □□□ **マスク** 【mask】 (名) 面罩，假面；防護面具；口罩；防毒面具；面相，面貌

例 風邪の予防といえば、やっぱりマスクですよ。
／一說到預防感冒，還是想到口罩啊。

文法 といえば [一說到…]
▶ 用在承接某個話題。

2484 □□□	**まずしい** 【貧しい】	〔形〕（生活）貧窮的，窮困的;（經驗、才能的）貧乏，淺薄

〔反〕富んだ 〔類〕貧乏

〔例〕貧しい人々を助けようじゃないか。／我們一起來救助貧困人家吧！

2485 □□□	**またぐ** 【跨ぐ】	〔他五〕跨立，叉開腿站立；跨過，跨越

〔類〕越える

〔例〕本の上をまたいではいけないと母に言われた。

／媽媽叫我不要跨過書本。

2486 □□□	**まちあいしつ** 【待合室】	〔名〕候車室，候診室，等候室

〔類〕控室

〔例〕患者の要望にこたえて、待合室に消毒用アルコールを備え付けた。

／為因應病患的要求，在候診室裡放置了消毒用的酒精。

文法

にこたえて［回應］

▶表示為了使前項能夠實現，後項是為此而採取行動或措施。

2487 □□□	**まちあわせる** 【待ち合わせる】	〔自他下一〕（事先約定的時間、地點）等候，會面，碰頭

〔類〕集まる

〔例〕渋谷のハチ公のところで待ち合わせている。

／我約在澀谷的八公犬銅像前碰面。

2488 □□□	**まちかど** 【街角】	〔名〕街角，街口，拐角

〔類〕街

〔例〕たとえ街角で会ったとしても、彼だとはわからないだろう。

／就算在街口遇見了他，我也認不出來吧。

2489 □□□ 84	**まつ** 【松】	〔名〕松樹，松木；新年裝飾正門的松枝，裝飾松枝的期間

〔例〕裏山に松の木がたくさんある。

／後山那有許多松樹。

2490 □□□	**まっか**【真っ赤】	(名・形) 鮮紅；完全

例 夕日が西の空を真っ赤に染めている。／夕陽把西邊的天空染成紅通通的。

2491 □□□	**まっさき**【真っ先】	(名) 最前面，首先，最先

(類) 最初
例 真っ先に手を上げた。／我最先舉起了手。

2492 □□□	**まつる**【祭る】	(他五) 祭祀，祭奠；供奉

(類) 祀る（まつる）
例 この神社では、どんな神様を祭っていますか。／這神社祭拜哪種神明？

2493 □□□	**まどぐち**【窓口】	(名) (銀行，郵局，機關等) 窗口；(與外界交涉的) 管道，窗口

(類) 受付
例 窓口に並ぶのではなく、入り口で番号札を取ればいい。
／不是在窗口排隊，只要在入口處抽號碼牌就可以了。

2494 □□□	**まなぶ**【学ぶ】	(他五) 學習；掌握，體會

(反) 教える (類) 習う
例 大学の先生を中心にして、漢詩を学ぶ会を作った。
／以大學的教師為主，成立了一個研讀漢詩的讀書會。

2495 □□□	**まね**【真似】	(名・他サ・自サ) 模仿，裝，仿效；(愚蠢糊塗的) 舉止，動作

(類) 模倣
例 彼の真似など、とてもできません。／我實在無法模仿他。

2496 □□□	**まねく**【招く】	(他五) (搖手、點頭) 招呼；招待，宴請；招聘，聘請；招惹，招致

(類) 迎える
例 大使館のパーティーに招かれた。／我受邀到大使館的派對。

2497
□□□
まふゆ
【真冬】
名 隆冬，正冬天

例 真冬の料理といえば、やはり鍋ですね。
／說到嚴冬的菜餚，還是火鍋吧。

文法 といえば[一說到…]
▶ 用在承接某個話題，從這個話題引起自己的聯想，或對這個話題進行說明或聯想。

2498
□□□
ママ
【mama】
名（兒童對母親的愛稱）媽媽；（酒店的）老闆娘

類 お母さん

例 この話をママに言えるものなら、言ってみろよ。
／你如果敢跟媽媽說這件事的話，你就去說看看啊！

文法
ものなら[如果敢…的話]
▶ 表示挑釁對方做某行為。具向對方挑戰，放任對方去做的意味。

2499
□□□
まめ
【豆】
名・接頭（總稱）豆；大豆；小的，小型；（手腳上磨出的）水泡

例 私は豆料理が好きです。／我喜歡豆類菜餚。

2500
□□□
まもなく
【間も無く】
副 馬上，一會兒，不久

例 まもなく映画が始まります。／電影馬上就要開始了。

2501
□□□
マラソン
【marathon】
名 馬拉松長跑

類 競走

例 マラソンのコースを全部走りきりました。／馬拉松全程都跑完了。

2502
□□□
まる
【丸】
名・接尾 圓形，球狀；句點；完全

例 丸を書く。／畫圈圈。

2503
□□□
まれ
【稀】
形動 稀少，稀奇，希罕

例 まれに、副作用が起こることがあります。
／鮮有引發副作用的案例。

讀書計劃：□／□／□

2504 □□□	**まわす** 【回す】	(他五・接尾) 轉，轉動；(依次)傳遞；傳送；調職；各處活動奔走；想辦法；運用；投資；(前接某些動詞連用形)表示遍布四周

類 捻る
例 こまを回す。／轉動陀螺（打陀螺）。

2505 □□□	**まわりみち** 【回り道】	(名) 繞道，繞遠路

類 遠回り
例 そっちの道は暗いから、ちょっと回り道だけどこっちから帰ろうよ。／那條路很暗，所以雖然要稍微繞遠一點，還是由這條路回去吧。

2506 □□□	**まんいち** 【万一】	(名・副) 萬一

類 若し（もし）
例 万一のときのために、貯金をしている。／為了以防萬一，我都有在存錢。

2507 □□□	**まんいん** 【満員】	(名) (規定的名額)額滿；(車、船等)擠滿乘客，滿座；(會場等)塞滿觀眾

類 一杯
例 このバスは満員だから、次のに乗ろう。
／這班巴士人已經爆滿了，我們搭下一班吧。

2508 □□□	**まんてん** 【満点】	(名) 滿分；最好，完美無缺，登峰造極

反 不満　**類** 満悦（まんえつ）
例 テストで満点を取りました。／我在考試考了滿分。

2509 □□□	**まんまえ** 【真ん前】	(名) 正前方

例 車は家の真ん前に止まった。／車子停在家的正前方。

2510 □□□	**まんまるい** 【真ん丸い】	(形) 溜圓，圓溜溜

例 真ん丸い月が出た。／圓溜的月亮出來了。

2511
☐☐☐
み
【身】

85

(名) 身體；自身，自己；身份，處境；心，精　神；肉；力量，能力

(類) 体

(例) 身の安全を第一に考える。
／以人身安全為第一考量。

2512
☐☐☐
み
【実】

(名) (植物的) 果實；(植物的) 種子；成功，成果；內容，實質

(類) 果実

(例) りんごの木にたくさんの実がなった。
／蘋果樹上結了許多果實。

2513
☐☐☐
み
【未】

(漢造) 未，沒；(地支的第八位) 末

(例) 既婚、未婚の当てはまる方に印を付けてください。
／請在已婚與未婚的欄位上依個人的情況做劃記。

2514
☐☐☐
みあげる
【見上げる】

(他下一) 仰視，仰望；欽佩，尊敬，景仰

(類) 仰ぎ見る

(例) 彼は、見上げるほどに背が高い。
／他個子高到需要抬頭看的程度。

2515
☐☐☐
みおくる
【見送る】

(他五) 目送；送別；(把人) 送到 (某的地方)；觀望，擱置，暫緩考慮；送葬

(類) 送別

(例) 門の前で客を見送った。
／在門前送客。

2516
☐☐☐
みおろす
【見下ろす】

(他五) 俯視，往下看；輕視，藐視，看不起；視線從上往下移動

(反) 見上げる　(類) 俯く（うつむく）

(例) 山の上から見下ろすと、村が小さく見える。
／從山上俯視下方，村子顯得很渺小。

2517
□□□

みかけ
【見掛け】

名 外貌，外觀，外表

類 外見

例 こちらの野菜は、見かけは悪いですが味は同じで、お得ですよ。
／擺在這邊的蔬菜雖然外觀欠佳，但是一樣好吃，很划算喔！

2518
□□□

みかた
【味方】

名・自サ 我方，自己的這一方；夥伴

例 彼を味方に引き込むことができれば、断然こちらが有利になる。
／只要能將他拉進我們的陣營，絕對相當有利。

2519
□□□

みかた
【見方】

名 看法，看的方法；見解，想法

類 見解

例 彼と私とでは見方が異なる。
／他跟我有不同的見解。

2520
□□□

みかづき
【三日月】

名 新月，月牙；新月形

類 三日月形（みっかづきがた）

例 今日はきれいな三日月ですね。
／今天真是個美麗的上弦月呀。

2521
□□□

みぎがわ
【右側】

名 右側，右方

例 右側に郵便局が見える。
／右手邊能看到郵局。

2522
□□□

みごと
【見事】

形動 漂亮，好看；卓越，出色，巧妙；整個，完全

類 立派

例 サッカーにかけては、彼らのチームは見事なものです。
／他們的球隊在足球方面很厲害。

文法 にかけては［就…這一點］

▶ 表示［其它姑且不論，僅就那一件事情來説］的意思。後項多接對別人的技術或能力好的評價。

| 2523 □□□ | **みさき**【岬】 | 名（地）海角，岬 |

類 岬角
例 あの岬の灯台まで行くと、眺めがすばらしいですよ。
／只要到海角的燈塔那邊，就可以看到非常壯觀的景色喔。

| 2524 □□□ | **みじめ**【惨め】 | 形動 悽慘，慘痛 |

類 痛ましい
例 惨めな思いをする。
／感到很悽慘。

| 2525 □□□ | **みずから**【自ら】 | 代・名・副 我；自己，自身；親身，親自 |

類 自分
例 顧客の希望にこたえて、社長自ら商品の説明をしました。
／回應顧客的希望，社長親自為商品做了說明。

文法
にこたえて［回應］
▶ 表示為了使前項能夠實現，後項是為此而採取行動或措施。

| 2526 □□□ | **みずぎ**【水着】 | 名 泳裝 |

類 海水着
例 水着姿で写真を撮った。
／穿泳裝拍了照。

| 2527 □□□ | **みせや**【店屋】 | 名 店鋪，商店 |

類 店
例 少し行くとおいしい店屋がある。／稍往前走，就有好吃的商店了。

| 2528 □□□ | **みぜん**【未然】 | 名 尚未發生 |

例 未然に防ぐ。／防患未然。

2529 □□□

みぞ
【溝】

(名) 水溝；（拉門門框上的）溝槽，切口；（感情的）隔閡

(類) 泥溝（どぶ）

(例) 二人の間の溝は深い。
／兩人之間的隔閡甚深。

2530 □□□

みたい

(助動・形動型) （表示和其他事物相像）像…一樣；（表示具體的例子）像…這樣；表示推斷或委婉的斷定

(例) 外は雪が降っているみたいだ。
／外面好像在下雪。

2531 □□□

みだし
【見出し】

(名)（報紙等的）標題；目錄，索引；選拔，拔擢；（字典的）詞目，條目

(類) タイトル

(例) この記事の見出しは何にしようか。
／這篇報導的標題命名為什麼好？

2532 □□□

みちじゅん
【道順】

(名) 順路，路線；步驟，程序

(類) 順路（じゅんろ）

(例) 教えてもらった道順の通りに歩いたつもりだったが、どこかで間違えた。
／我原本以為自己是按照別人告知的路線行走，看來中途哪裡走錯路了。

2533 □□□

みちる
【満ちる】

(自上一) 充滿；月盈，月圓；（期限）滿，到期；潮漲

(反) 欠ける　(類) あふれる

(例) 潮がだんだん満ちてきた。
／潮水逐漸漲了起來。

2534 □□□

みつ
【蜜】

(名) 蜜；花蜜；蜂蜜

(類) ハニー

(例) 蜂が飛び回って蜜を集めている。／蜜蜂到處飛行，正在蒐集花蜜。

あ
か
さ
た
な
は
ま
や
ら
わ
練
習

2535
□□□

み|っ|と|も|な|い
【見っとも無い】

㊟ 難看的，不像樣的，不體面的，不成體統；醜

類 見苦しい（みぐるしい）

例 泥だらけでみっともないから、着替えたらどうですか。

／滿身泥巴真不像樣，你換個衣服如何啊？

2536
□□□

Track
86

み|つ|め|る
【見詰める】

他下一 凝視，注視，盯著

類 凝視する（ぎょうしする）

例 あの人に壁ドンされてじっと見つめられたい。

／好想讓那個人壁咚，深情地凝望著我。

2537
□□□

み|と|め|る
【認める】

他下一 看出，看到；認識，賞識，器重；承認；斷定，
認為；許可，同意

類 承認する

例 これだけ証拠があっては、罪を認めざるをえません。

／有這麼多的證據，不認罪也不行。

文法 ざるをえなかった
［不得不…］

▶ 表示除此之外，沒有
其他的選擇。

2538
□□□

み|な|お|す
【見直す】

自他五 （見）起色，（病情）轉好；重看，重新看；
重新評估，重新認識

類 見返す

例 今会社の方針を見直している最中です。

／現在正在重新檢討公司的方針中。

2539
□□□

み|な|れ|る
【見慣れる】

自下一 看慣，眼熟，熟識

例 日本では外国人を見慣れていない人が多い。

／在日本，許多人很少看到外國人。

2540
□□□

み|に|く|い
【醜い】

㊟ 難看的，醜的；醜陋，醜惡

反 美しい　類 見苦しい

例 醜いアヒルの子は、やがて美しい白鳥になりました。

／難看的鴨子，終於變成了美麗的白鳥。

2541
☐☐☐

み に つ く
【身に付く】

慣 學到手，掌握

例 当教室で学べば、集中力が身に付きます。
　　／只要到本培訓班，就能夠學會專注的方法。

2542
☐☐☐

み に つ け る
【身に付ける】

慣（知識、技術等）學到，掌握到

例 一芸を身に付ける。／學得一技之長。

2543
☐☐☐

み の る
【実る】

自五（植物）成熟，結果；取得成績，獲得成果，
結果實

類 熟れる

例 農民たちの努力のすえに、すばらしい作物が
実りました。
　　／經過農民之努力後，最後長出了優良的農作物。

文法
のすえに [經過…最後]
▶ 表示 [經過一段時間，最後…] 之意，是動作、行為等的結果。

2544
☐☐☐

み ぶ ん
【身分】

名 身份，社會地位；（諷刺）生活狀況，境遇

類 地位

例 身分が違うと知りつつも、好きになってしま
いました。
　　／儘管知道門不當戶不對，還是迷上了她。

文法
つつも [雖然…但也還是…]
▶ 表示逆接，用於連接兩個相反的事物，表示同一主體，在進行某一動作的同時，也進行另一個動作。

2545
☐☐☐

み ほ ん
【見本】

名 樣品，貨樣；榜樣，典型

類 サンプル

例 商品の見本を持ってきました。
　　／我帶來了商品的樣品。

2546
☐☐☐

み ま い
【見舞い】

名 探望，慰問；蒙受，挨（打），遭受（不幸）

例 先生の見舞いのついでに、デパートで買い物をした。
　　／去老師那裡探病的同時，順便去百貨公司買了東西。

2547 □□□ み**まう**【見舞う】 (他五) 訪問，看望；問候，探望；遭受，蒙受（災害等）（或唸：み**まう**）

類 慰問（いもん）
例 友達が入院したので、見舞いに行きました。／因朋友住院了，所以前往探病。

2548 □□□ み**まん**【未満】 (接尾) 未滿，不足

例 男女を問わず、10歳未満の子どもは誰でも入れます。／不論男女，只要是未滿10歲的小朋友都能進去。

文法 をとわず[不分…]
▶ 表示沒有把前接的詞當作問題、跟前接的詞沒有關係。

2549 □□□ み**やげ**【土産】 (名)（贈送他人的）禮品，禮物；（出門帶回的）土產

類 土産物
例 神社から駅にかけて、お土産の店が並んでいます。／神社到車站這一帶，並列著賣土產的店。

2550 □□□ み**やこ**【都】 (名) 京城，首都；大都市，繁華的都市

類 京
例 当時、京都は都として栄えました。／當時，京都是首都很繁榮。

2551 □□□ み**ょう**【妙】 (名・形動・漢造) 奇怪的，異常的，不可思議；格外，分外；妙處，奧妙；巧妙

類 珍妙（ちんみょう）
例 彼が来ないとは、妙ですね。／他會沒來，真是怪啊。

2552 □□□ み**りょく**【魅力】 (名) 魅力，吸引力

類 チャーミング
例 こう言っては何ですが、うちの息子は、母親の私からみても男の魅力があるんです。／說來也許像在自誇，我家兒子就算由我這個作母親的看來，也具有男性的魅力。

2553 □□□
みんよう
【民謡】
(名) 民謡，民歌

例 日本の民謡をもとに、新しい曲を作った。
／依日本的民謡做了新曲子。

文法
をもとに［依…（為基礎，參考）］
▶ 表示將某事物作為後項的依據、材料或基礎等，後項的行為、動作是根據或參考前項來進行的。

2554 □□□
Track **87**
む
【無】
(名・接頭・漢造) 無，沒有；徒勞，白費；無…，不…；欠缺，無

(反) 有
例 無から会社を興した。／從無到有，一手創立了公司。

2555 □□□
むかう
【向かう】
(自五) 向著，朝著；面向；往…去，向…去；趨向，轉向

(類) 面する（めんする）
例 向かって右側が郵便局です。／面對它的右手邊就是郵局。

2556 □□□
むき
【向き】
(名) 方向；適合，合乎；認真，慎重其事；傾向，趨向；（該方面的）人，人們

(類) 適する（てきする）
例 この雑誌は若い女性向きです。／這本雜誌是以年輕女性為取向。

2557 □□□
むけ
【向け】
(造語) 向，對

例 こういう漫画は、少年向けの漫画雑誌には適さない。
／這樣的漫畫，不適合放在少年漫畫雜誌裡。

2558 □□□
むげん
【無限】
(名・形動) 無限，無止境

(反) 有限 (類) 限りない
例 人には、無限の可能性があるものだ。
／人本來就有無限的可能性。

文法
ものだ［應當…］
▶ 表示理所當然，理應如此。

2559
□□□

むこうがわ
【向こう側】

名 對面；對方

例 川の向こう側に、きれいな鳥が舞い降りた。
／在河的對岸，有美麗的鳥飛了下來。

2560
□□□

むし
【無視】

名・他サ 忽視，無視，不顧

類 見過ごす（みすごす）
例 彼が私を無視するわけがない。／他不可能會不理我的。

2561
□□□

むしば
【虫歯】

名 齲齒，蛀牙

類 虫食い歯
例 歯が痛くて、なんだか虫歯っぽい。／牙齒很痛，感覺上有很多蛀牙似的。

2562
□□□

むじゅん
【矛盾】

名・自サ 矛盾

類 行き違い
例 話に矛盾するところがあるから、彼は嘘をついているに相違ない。
／從話中的矛盾之處，就可以知道他肯定在說謊。

文法
にそういない [一定是…]
▶ 表示説話者根據經驗或直覺，做出非常肯定的判斷。

2563
□□□

むしろ
【寧ろ】

副 與其說…倒不如，寧可，莫如，索性

類 却て（かえって）
例 彼は生徒に甘くない、むしろ厳しい先生だ。
／他對學生不假辭色，甚至可以說是一位嚴格的老師。

2564
□□□

むりょう
【無料】

名 免費；無須報酬

反 有料　類 ただ
例 有料か無料かにかかわらず、私は参加します。
／無論是免費與否，我都要參加。

文法
にかかわらず [無論…與否…]
▶ 表示前項不是後項事態成立的阻礙。

2565 □□□
むれ
【群れ】

名 群，伙，幫；伙伴

類 群がり
例 象の群れを見つけた。／我看見了象群。

め

2566 □□□
め
【芽】
88

名（植）芽

類 若芽（わかめ）
例 春になって、木々が芽をつけています。
　　／春天來到，樹木們發出了嫩芽。

2567 □□□
めいかく
【明確】

名・形動 明確，準確

類 確か
例 明確な予定は、まだ発表しがたい。
　　／還沒辦法公佈明確的行程。

文法
がたい [很難…]
▶ 表示做該動作難度很高，幾乎是不可能的。

2568 □□□
めいさく
【名作】

名 名作，傑作

類 秀作（しゅうさく）
例 名作だと言うから読んでみたら、退屈でたまらなかった。
　　／因被稱為名作，所以看了一下，誰知真是無聊透頂了。

2569 □□□
めいし
【名詞】

名（語法）名詞

例 この文の名詞はどれですか。／這句子的名詞是哪一個？

2570 □□□
めいしょ
【名所】

名 名勝地，古蹟

類 名勝
例 京都の名所といえば、金閣寺と銀閣寺でしょう。
　　／一提到京都古蹟，首當其選的就是金閣寺和銀閣寺吧。

文法 といえば [一說到…]
▶ 用在承接某個話題，從這個話題引起自己的聯想，或對這個話題進行說明或聯想。

あ か さ た な は ま や ら わ 練習

2571 □□□
めいじる・めいずる
【命じる・命ずる】
（他上一・他サ）命令，吩咐；任命，委派；命名

類 命令する
例 上司は彼にすぐ出発するように命じた。／上司命令他立刻出發。

2572 □□□
めいしん
【迷信】
（名）迷信

類 盲信（もうしん）
例 迷信とわかっていても、信じずにはいられない。
　　／雖知是迷信，卻無法不去信它。

文法
ずにはいられない［無法不去…］
▶ 表示自己的意志無法克制，情不自禁地做某事，為書面用語。

2573 □□□
めいじん
【名人】
（名）名人，名家，大師，專家

類 名手
例 彼は、魚釣りの名人です。／他是釣魚的名人。

2574 □□□
めいぶつ
【名物】
（名）名產，特產；（因形動奇特而）有名的人

類 名産
例 名物といっても、大しておいしくないですよ。
　　／雖說是名產，但也沒多好吃呀。

2575 □□□
めいめい
【銘々】
（名・副）各自，每個人

類 おのおの
例 銘々で食事を注文してください。／請各自點餐。

2576 □□□
メーター
【meter】
（名）米，公尺；儀表，測量器

類 計器（けいき）
例 このプールの長さは、何メーターありますか。
　　／這座泳池的長度有幾公尺？

2577 □□□
めぐまれる
【恵まれる】
(自下一) 得天獨厚，被賦予，受益，受到恩惠

(反) 見放される　(類) 時めく

(例) 環境に恵まれるか恵まれないかにかかわらず、努力すれば成功できる。
／無論環境的好壞，只要努力就能成功。

文法
にかかわらず [無論…與否…]
▶ 表示前項不是後項事態成立的阻礙。

2578 □□□
めぐる
【巡る】
(自五) 循環，轉回，旋轉；巡遊；環繞，圍繞

(類) 巡回する（じゅんかいする）

(例) 東ヨーロッパを巡る旅に出かけました。／我到東歐去環遊了。

2579 □□□
めざす
【目指す】
(他五) 指向，以…為努力目標，瞄準

(類) 狙う

(例) もしも試験に落ちたら、弁護士を目指すどころではなくなる。
／要是落榜了，就不是在那裡妄想當律師的時候了。

文法
どころではない [哪能…]
▶ 表示沒有餘裕做某事。

2580 □□□
めざまし
【目覚まし】
(名) 叫醒，喚醒；小孩睡醒後的點心；醒後為打起精神吃東西；鬧鐘

(類) 目覚まし時計

(例) 目覚ましなど使わなくても、起きられますよ。
／就算不用鬧鐘也能起床呀。

2581 □□□
めざましどけい
【目覚まし時計】
(名) 鬧鐘

(例) 目覚まし時計を掛ける。／設定鬧鐘。

2582 □□□
めし
【飯】
(名) 米飯；吃飯，用餐；生活，生計

(類) 食事

(例) みんなもう飯は食ったかい。／大家吃飯了嗎？

2583 □□□	め|した| 【目下】	名 部下，下屬，晚輩

反 目上　類 後輩
例 部長は、目下の者には威張る。
　　／部長會在部屬前擺架子。

2584 □□□	め|じ|る|し 【目印】	名 目標，標記，記號

類 印
例 自分の荷物に、目印をつけておきました。
　　／我在自己的行李上做了記號。

2585 □□□	め|だつ| 【目立つ】	自五 顯眼，引人注目，明顯

類 際立つ（きわだつ）
例 彼女は華やかなので、とても目立つ。
　　／她打扮華麗，所以很引人側目。

2586 □□□	め|ちゃくちゃ|	名・形動 亂七八糟，胡亂，荒謬絕倫

類 めちゃめちゃ
例 部屋が片付いたかと思ったら、子どもがすぐ
にめちゃくちゃにしてしまった。
　　／我才剛把房間整理好，小孩就馬上把它用得亂七八
　　糟的。

文法

かとおもったら[才剛
…就…]

▶ 表示前後兩個不同的
事情，在短時間內幾乎
同時相繼發生，後面接
的大多是說話者意外的
表達。

2587 □□□	め|っきり|	副 變化明顯，顯著的，突然，劇烈

類 著しい（いちじるしい）
例 最近めっきり体力がなくなりました。
　　／最近體力明顯地降下。

讀書計劃：□□
　　　　　／
　　　　　□□

| 2588 □□□ | めったに
【滅多に】 | 副（後接否定語）不常，很少 |

類 ほとんど

例 めったにないチャンスだ。
　／難得的機會。

| 2589 □□□ | めでたい
【目出度い】 | 形 可喜可賀，喜慶的；順利，幸運，圓滿；頭腦簡單，傻氣；表恭喜慶祝 |

類 喜ばしい

例 赤ちゃんが生まれたとは、めでたいですね。
　／聽說小寶貝誕生了，那真是可喜可賀。

| 2590 □□□ | めまい
【目眩・眩暈】 | 名 頭暈眼花 |

例 ふいにめまいがして、しゃがみ込んだ。
　／突然覺得頭暈，蹲了下來。

| 2591 □□□ | メモ
【memo】 | 名・他サ 筆記；備忘錄，便條；紀錄 |

類 備忘録（びぼうろく）

例 講演を聞きながらメモを取った。
　／一面聽演講一面抄了筆記。

| 2592 □□□ | めやす
【目安】 | 名（大致的）目標，大致的推測，基準；標示 |

類 見当（けんとう）

例 目安として、1000円ぐらいのものを買ってきてください。
　／請你去買約 1000 日圓的東西回來。

| 2593 □□□ | めん
【面】 | 名・接尾・漢造 臉，面；面具，假面；防護面具；用以計算平面的東西；會面 |

類 方面

例 お金の面においては、問題ありません。
　／在金錢方面沒有問題。

2594
☐☐☐
めんきょしょう
【免許証】
名（政府機關）批准；許可證，執照

例 運転しませんが、免許証は一応持っています。
／雖然不開車，但還是有駕照。

2595
☐☐☐
めんぜい
【免税】
名・他サ・自サ 免税

類 免租（めんそ）
例 免税店で買い物をしました。／我在免税店裡買了東西。

2596
☐☐☐
めんせき
【面積】
名 面積

類 広さ
例 面積が広いわりに、人口が少ない。／面積雖然大，但相對地人口卻很少。

2597
☐☐☐
めんどうくさい
【面倒臭い】
形 非常麻煩，極其費事的

類 煩わしい（わずらわしい）
例 面倒臭いからといって、掃除もしないのですか。
／因為嫌麻煩就不用打掃了嗎？

文法 からといって［即使…，也（不能）…］
▶ 表示不能僅僅因為前面這一點理由，就做後面的動作，後面常接否定的説法。

2598
☐☐☐
メンバー
【member】
名 成員，一份子；（體育）隊員

類 成員
例 チームのメンバーにとって、今度の試合は重要です。
／這次的比賽，對隊上的隊員而言相當地重要。

も

2599
☐☐☐
track **89**
もうかる
【儲かる】
自五 賺到，得利；賺得到便宜，撿便宜

例 儲かるからといって、そんな危ない仕事はしない方がいい。
／雖說會賺大錢，那種危險的工作還是不做的好。

文法 からといって［即使…，也（不能）…］

2600 □□□	も|うけ|る【設ける】	他下一 預備，準備；設立，制定；生，得（子女）

類 備える（そなえる）

例 スポーツ大会に先立ち、簡易トイレを設けた。
／在運動會之前，事先設置了臨時公廁。

文法

にさきだち［在…之前，先…］

▶ 用在述説做某一動作前應做的事情，後項是做前項之前，所做的準備或預告。

2601 □□□	も|うけ|る【儲ける】	他下一 賺錢，得利；（轉）撿便宜，賺到

反 損する　類 得する

例 彼はその取り引きで大金をもうけた。／他在那次交易上賺了大錢。

2602 □□□	も|うしわけ【申し訳】	名・他サ 申辯，辯解；道歉；敷衍塞責，有名無實

類 弁解（べんかい）

例 先祖伝来のこの店を私の代でつぶしてしまっては、ご先祖様に申し訳が立たない。
／祖先傳承下來的這家店在我這一代的手上毀了，實在沒有臉去見列祖列宗。

2603 □□□	モ|ー|ター【motor】	名 發動機；電動機；馬達

類 電動機

例 機械のモーターが動かなくなってしまいました。／機器的馬達停了。

2604 □□□	も|く|ざい【木材】	名 木材，木料

類 材木

例 海外から、木材を調達する予定です。／我計畫要從海外調木材過來。

2605 □□□	も|く|じ【目次】	名 （書籍）目錄，目次；（條目、項目）目次

類 見出し（みだし）

例 目次はどこにありますか。／目錄在什麼地方？

| 2606 □□□ | **も**くひょう【目標】 | 名 目標，指標 |

類 目当て（めあて）
例 目標ができたからには、計画を立ててがんばるつもりです。
／既然有了目標，就打算立下計畫好好加油。

| 2607 □□□ | **も**ぐる【潜る】 | 自五 潛入（水中）；鑽進，藏入，躲入；潛伏活動，違法從事活動 |

類 潜伏する（せんぷくする）
例 海に潜ることにかけては、彼はなかなかすごいですよ。
／在潛海這方面，他相當厲害唷。

文法 にかけては［就…這一點］
▶ 其它姑且不論，僅就那件事來說的意思。

| 2608 □□□ | **も**じ【文字】 | 名 字跡，文字，漢字；文章，學問 |

類 字
例 ひらがなは、漢字をもとにして作られた文字だ。
／平假名是根據漢字而成的文字。

文法 をもとにして［根據…］
▶ 表示後項的行為是根據前項來進行的。

| 2609 □□□ | **も**しも | 副（強調）如果，萬一，倘若 |

類 若し
例 もしも会社をくびになったら、結婚どころではなくなる。
／要是被公司革職，就不是結婚的時候了。

文法
どころではない［哪能…］
▶ 表示沒有餘裕做某事。

| 2610 □□□ | **も**たれる【凭れる・靠れる】 | 自下一 依靠，憑靠；消化不良 |

類 寄りかかる（よりかかる）
例 相手の迷惑もかまわず、電車の中で隣の人にもたれて寝ている。
／也不管會不會造成對方的困擾，在電車上靠著旁人的肩膀睡覺。

文法
もかまわず［不顧…］
▶ 表示不顧慮前項事物的現況，以後項為優先的意思。

2611 □□□	モ|ダン 【modern】	(名・形動) 現代的，流行的，時髦的

(類) 今様（いまよう）

(例) 外観はモダンながら、ビルの中は老朽化
しています。

／雖然外觀很時髦，但是大廈裡已經老舊了。

【文法】 ながら [儘管…]

▶ 連接兩個矛盾的事物，
表示後項與前項所預想
的不同。
▶ (近) ながらも [雖然…，
但是…]

2612 □□□	も|ち 【餅】	(名) 年糕

(例) 日本では、正月に餅を食べます。 ／在日本，過新年要吃麻糬。

2613 □□□	も|ちあげる 【持ち上げる】	(他下一) (用手) 舉起，抬起；阿諛奉承，吹捧；抬頭

(類) 上げる

(例) こんな重いものが、持ち上げられるわけはない。

／這麼重的東西，怎麼可能抬得起來。

2614 □□□	も|ち|いる 【用いる】	(自五) 使用；採用，採納；任用，錄用

(類) 使用する

(例) これは、DVD の製造に用いる機械です。

／這台是製作 DVD 時會用到的機器。

2615 □□□	も|って 【以って】	(連語・接續) (…をもって形式，格助詞用法) 以，用， 拿；因為；根據；(時間或數量) 到；(加強を的語 感) 把；而且；因此；對此

(例) 書面をもって通知する。 ／以書面通知。

2616 □□□	も|っ|とも 【最も】	(副) 最，頂

(類) 一番

(例) 思案のすえに、最も優秀な学生を選んだ。

／經過再三考慮後才選出最優秀的學生。

【文法】

のすえに [經過…最後]

▶ 表示 [經過一段時間，
最後…]之意，是動作、
行為等的結果，意味著
[某一期間的結束]。

あ か さ た な は ま や ら わ 練習

2617 □□□
モっとも
【尤も】

(連語・接續) 合理，正當，理所當然的；話雖如此，不過

類 当然
例 合格して、嬉しさのあまり大騒ぎしたのももっともです。／因上榜太過歡喜而大吵大鬧也是正常的呀。

文法
あまり [因…太過]
▶ 表示由於前句某種感情、感覺的程度過甚，而導致後句的結果。

2618 □□□
モデル
【model】

(名) 模型；榜樣，典型，模範；（文學作品中）典型人物，原型；模特兒（或唸：モデル）

類 手本（てほん）
例 彼女は、歌も歌えば、モデルもやる。／她既唱歌也當模特兒。

文法 も～ば～も [也…也…]
▶ 把類似的事物並列起來，用意在強調，或表示還有很多情況。

2619 □□□
もと
【元・旧・故】

(名・接尾) 原，從前；原來

例 元会社員だが、リストラされたのを契機にふるさとで農業を始めた。／原本是上班族，以遭到裁員為轉機而回到故鄉開始務農了。

文法 をけいきに [自從…後]
▶ 表發生的原因、動機、轉折。

2620 □□□
もと
【元・基】

(名) 起源，本源；基礎，根源；原料；原因；本店；出身；成本

類 基礎
例 彼のアイデアを基に、商品を開発した。／以他的構想為基礎來開發商品。

2621 □□□
もどす
【戻す】

(自五・他五) 退還，歸還；送回，退回；使倒退；（經）市場價格急遽回升

類 返す
例 本を読み終わったら、棚に戻してください。／書如果看完了，就請放回書架。

2622 □□□
もとづく
【基づく】

(自五) 根據，按照；由…而來，因為，起因

類 依る（よる）
例 去年の支出に基づいて、今年の予算を決めます。／根據去年的支出，來決定今年度的預算。

讀書計劃：□□／□□

2623 □□□

もとめる
【求める】

他下一 想要，渴望，需要；謀求，探求；征求，要求；購買

類 要求する

例 私たちは株主として、経営者に誠実な答えを求めます。
　　／作為股東的我們，要求經營者要給真誠的答覆。

2624 □□□

もともと

名・副 與原來一樣，不增不減；從來，本來，根本

類 本来（ほんらい）

例 彼はもともと、学校の先生だったということだ。
　　／據說他原本是學校的老師。

2625 □□□

もの
【者】

名（特定情況之下的）人，者

類 人

例 泥棒の姿を見た者はいません。
　　／沒有人看到小偷的蹤影

2626 □□□

ものおき
【物置】

名 庫房，倉房

類 倉庫

例 はしごは物置に入っています。
　　／梯子放在倉庫裡。

2627 □□□

ものおと
【物音】

名 響聲，響動，聲音

例 何か物音がしませんでしたか。
　　／剛剛是不是有東西發出聲音？

2628 □□□

ものがたり
【物語】

名 談話，事件；傳說；故事，傳奇；（平安時代後散文式的文學作品）物語

類 ストーリー

例 江戸時代の商人についての物語を書きました。
　　／撰寫了一篇有關江戶時期商人的故事。

2629 □□□	**ものがたる**【物語る】	他五 談，講述；說明，表明

例 血だらけの服が、事件のすごさを物語っている。
/滿是血跡的衣服，述說著案件的嚴重性。

2630 □□□	**ものごと**【物事】	名 事情，事物；一切事情，凡事

類 事柄（ことがら）
例 物事をきちんとするのが好きです。
/我喜歡將事物規劃地井然有序。

文法
を～とする[將…做（規劃）的…]
▶ 表示把一種事物、內容或情況設定為另一種事物、內容或情況。

2631 □□□	**ものさし**【物差し】	名 尺；尺度，基準

例 物差しで長さを測った。
/我用尺測量了長度。

2632 □□□	**ものすごい**【物凄い】	形 可怕的，恐怖的，令人恐懼的；猛烈的，驚人的

類 甚だしい（はなはだしい）
例 試験の最中なので、ものすごくがんばっています。
/因為是考試期間，所以非常的努力。

2633 □□□	**モノレール**【monorail】	名 單軌電車，單軌鐵路

類 単軌鉄道（たんきてつどう）
例 モノレールに乗って、羽田空港まで行きます。
/我搭單軌電車要到羽田機場。

2634 □□□	**もみじ**【紅葉】	名 紅葉；楓樹

類 紅葉（こうよう）
例 紅葉がとてもきれいで、歓声を上げないではいられなかった。
/因為楓葉實在太漂亮了，所以就不由得地歡呼了起來。

2635
□□□
もむ
【揉む】

(他五) 搓，揉；捏，按摩；(很多人)互相推擠；爭辯；
(被動式型態)錘鍊，受磨練

(類) 按摩する
(例) 肩をもんであげる。／我幫你按摩肩膀。

2636
□□□
もも
【桃】

(名) 桃子

(例) 桃のおいしい季節。／桃子盛產期。

2637
□□□
もよう
【模様】

(名) 花紋，圖案；情形，狀況；徵兆，趨勢

(類) 綾 (あや)
(例) 模様のあるのやら、ないのやら、いろいろな
服があります。
／有花樣的啦、沒花樣的啦，這裡有各式各樣的衣服。

文法
やら～やら[又是(有)
…啦，又(有)…
啦]
▶ 表示從一些同類事項
中，列舉出兩項。

2638
□□□
もよおし
【催し】

(名) 舉辦，主辦；集會，文化娛樂活動；預兆 兆頭

(類) 催し物
(例) その催しは、九月九日から始まることになっています。
／那個活動預定從9月9日開始。

2639
□□□
もる
【盛る】

(他五) 盛滿，裝滿；堆滿，堆高；配藥，下毒；刻劃，
標刻度

(類) 積み上げる (つみあげる)
(例) 果物が皿に盛ってあります。
／盤子上堆滿了水果。

2640
□□□
もんどう
【問答】

(名・自サ) 問答；商量，交談，爭論

(類) 議論
(例) 教授との問答に基づいて、新聞記事を書いた。
／根據我和教授間的爭論，寫了篇報導。

2641
□□□

91

や
【屋】

接尾（前接名詞，表示經營某家店或從事某種工作的人）店，舖；（前接表示個性、特質）帶點輕蔑的稱呼；（寫作「舍」）表示堂號，房舍的雅號

類 店
例 魚屋。／魚店（賣魚的）。

2642
□□□

やがて

副 不久，馬上；幾乎，大約；歸根就底，亦即，就是

類 まもなく
例 木の葉が舞い落ちるようになり、やがて冬が来た。
／樹葉開始紛紛飄落，冬天終於來了。

2643
□□□

やかましい
【喧しい】

形（聲音）吵鬧的，喧擾的；囉唆的，嘮叨的；難以取悅；嚴格的，嚴厲的

類 うるさい
例 隣のテレビがやかましかったものだから、抗議に行った。
／因為隔壁的電視聲太吵了，所以跑去抗議。

2644
□□□

やかん
【薬缶】

名（銅、鋁製的）壺，水壺

類 湯沸かし（ゆわかし）
例 やかんで湯を沸かす。／用水壺燒開水。

2645
□□□

やく
【役】

名・漢造 職務，官職；責任，任務，（負責的）職位；角色；使用，作用

類 役目
例 この役を、引き受けないわけにはいかない。
／不可能不接下這個職位。

2646
□□□

やく
【約】

名・副・漢造 約定，商定；縮寫，略語；大約，大概；簡約，節約

類 大体
例 資料によれば、この町の人口は約100万人だそうだ。
／根據資料所顯示，這城鎮的人口約有100萬人。

讀書計劃：
□□／
□□

あ
か
さ
た
な
は
ま
や
ら
わ
練
習

2647
☐☐☐
やく
【訳】

（名・他サ・漢造）譯，翻譯；漢字的訓讀

類 翻訳

例 その本は、日本語訳で読みました。

／那本書我是看日文翻譯版的。

2648
☐☐☐
やくしゃ
【役者】

（名）演員；善於做戲的人，手段高明的人，人才

類 俳優

例 役者としての経験が長いだけに、演技がとて
もうまい。

／到底是長久當演員的緣故，演技實在是精湛。

2649
☐☐☐
やくしょ
【役所】

（名）官署，政府機關

類 官公庁（かんこうちょう）

例 手続きはここでできますから、役所までいくことはないよ。

／這裡就可以辦手續，沒必要跑到區公所哪裡。

2650
☐☐☐
やくにん
【役人】

（名）官員，公務員

類 公務員

例 役人にはなりたくない。

／我不想當公務員。

2651
☐☐☐
やくひん
【薬品】

（名）藥品；化學試劑

類 薬物

例 この薬品は、植物をもとにして製造された。

／這個藥品，是以植物為底製造而成的。

2652 □□□
や｜く｜め
【役目】

名 責任，任務，使命，職務

類 役割

例 責任感の強い彼のことだから、役目をしっかり果たすだろう。
／因為是責任感很強的他，所以一定能完成使命的！

文法
ことだから［因為是…，所以…］
▶ 主要接表示人物的詞後面，根據說話熟知的人物的性格、行為習慣等，做出自己判斷的依據。

2653 □□□
や｜く｜わ｜り
【役割】

名 分配任務（的人）；（分配的）任務，角色，作用（或唸：や｜く｜わ｜り）

類 受け持ち

例 それぞれの役割に基づいて、仕事をする。
／按照各自的職務工作。

2654 □□□
や｜け｜ど
【火傷】

名・自サ 燙傷，燒傷；（轉）遭殃，吃虧

例 熱湯で手にやけどをした。
／熱水燙傷了手。

2655 □□□
や｜こ｜う
【夜行】

名・接頭 夜行；夜間列車；夜間活動

類 夜行列車

例 彼らは、今夜の夜行で旅行に行くということです。
／聽說他們要搭今晚的夜車去旅行。

2656 □□□
や｜じ｜る｜し
【矢印】

名（標示去向、方向的）箭頭，箭形符號

例 矢印により、方向を表した。／透過箭頭來表示方向。

2657 □□□
や｜た｜ら｜に

形動・副 胡亂的，隨便的，任意的，馬虎的；過份，非常，大膽

類 むやみに

例 重要書類をやたらに他人に見せるべきではない。
／不應當將重要的文件，隨隨便便地給其他人看。

文法
べきではない［不該…］
▶ 表示禁止，從某種規範來看不能做某件事。

2658

やっかい
【厄介】

（名・形動）麻煩，難為，難應付的；照料，照顧，幫助；寄食，寄宿（的人）

類 面倒臭い（めんどうくさい）

例 やっかいな問題が片付いたかと思うと、また難しい問題が出てきた。

／才正解決了麻煩事，就馬上又出現了難題。

文法

かとおもうと［才正…就（馬上）…]

▶ 表示前後兩個對比的事情，在短時間內幾乎同時相繼發生，後面接的大多是説話者意外和驚訝的表達。

▶ 近 とおもうと［原以為…，誰知是…]

2659

やっきょく
【薬局】

（名）（醫院的）藥局；藥鋪，藥店

例 薬局で薬を買うついでに、洗剤も買った。

／到藥局買藥的同時，順便買了洗潔精。

2660

やっつける
【遣っ付ける】

（他下一）（俗）幹完（工作等，「やる」的強調表現）；教訓一頓；幹掉；打敗，擊敗

類 打ち負かす（うちまかす）

例 手ひどくやっつけられる。

／被修理得很慘。

2661

やど
【宿】

（名）家，住處，房屋；旅館，旅店；下榻處，過夜

類 旅館

例 宿の予約をしていないばかりか、電車の切符も買っていないそうです。／不僅沒有預約住宿的地方，聽說就連電車的車票也沒買的樣子。

2662

やとう
【雇う】

（他五）雇用

類 雇用する

例 大きなプロジェクトに先立ち、アルバイトをたくさん雇いました。

／進行盛大的企劃前，事先雇用了很多打工的人。

文法

にさきだち［在…之前，先…]

▶ 用在述説做某一動作前應做的事情，後項是做前項之前，所做的準備或預告。

2663
□□□

やぶく
【破く】

（他五）撕破，弄破

類 破る

例 ズボンを破いてしまった。
／弄破褲子了。

2664
□□□

やむ
【病む】

（自他五）得病，患病；煩惱，憂慮

類 患う（わずらい）

例 胃を病んでいた。
／得胃病。

2665
□□□

やむをえない
【やむを得ない】

（形）不得已的，沒辦法的

類 しかたがない

例 仕事が期日どおりに終わらなくても、やむを得ない。
／就算工作不能如期完成也是沒辦法的事。

 ゆ

2666
□□□
92

ゆいいつ
【唯一】

（名）唯一，獨一

例 彼女は、わが社で唯一の女性です。
／她是我們公司唯一的女性。

2667
□□□

ゆうえんち
【遊園地】

（名）遊樂場

例 子どもと一緒に、遊園地なんか行くものか。
／我哪可能跟小朋友一起去遊樂園呀！

2668
□□□

ゆうこう
【友好】

（名）友好

例 友好を深める。
／加深友好關係。

2669 □□□
ゆうこう
【有効】
(形動) 有効的

例 夏休みが来るたびに時間を有効に使おうと思うんだけど、いつも
うまくいかない。／每次放暑假都打算要有效運用時間，但總是無法如願。

2670 □□□
ゆうじゅうふだん
【優柔不断】
(名・形動) 優柔寡斷

例 優しいと思っていた彼氏だけど、このごろ実は優柔不断なだけ
だと気づいた。
／原本以為男友的個性溫柔，最近才發現他其實只是優柔寡斷罷了。

2671 □□□
ゆうしょう
【優勝】
(名・自サ) 優勝，取得冠軍

(類) 勝利
例 しっかり練習しないかぎり、優勝はできません。
／要是沒紮實地做練習，就沒辦法得冠軍。

> **文法**
> **ないかぎり[只要不…，就…]**
> ▶ 表示只要某狀態不發生變化，結果就不會有變化。含有如果狀態發生變化了，結果也會有變化的可能性。

2672 □□□
ゆうじょう
【友情】
(名) 友情

(反) 敵意　(類) 友誼
例 友情を裏切るわけにはいかない。／友情是不能背叛的。

2673 □□□
ゆうしょく
【夕食】
(名) 晚餐

例 夕食はハンバーグだ。／晚餐吃漢堡排。

2674 □□□
ゆうだち
【夕立】
(名) 雷陣雨

(類) にわか雨　(補) 下午到傍晚下的陣雨，大多雷電交加，時間較短。夏天較多。
例 雨が降ってきたといっても、夕立だからすぐやみます。
／雖說下雨了，但因是驟雨很快就會停。

2675 □□□
ゆうのう
【有能】
(名・形動) 有才能的，能幹的

反 無能（むのう）

例 わが社においては、有能な社員はどんどん出世します。
／在本公司，有能力的職員都會一一地順利升遷。

2676 □□□
ゆうひ
【夕日】
(名) 夕陽

類 夕陽

例 夕日が沈むのを見に行った。
／我去看了夕陽西下的景色。

2677 □□□
ゆうゆう
【悠々】
(副・形動) 悠然，不慌不忙；綽綽有餘，充分；(時間) 悠久，久遠；(空間) 浩瀚無垠

類 ゆったり

例 彼は毎日悠々と暮らしている。 ／他每天都悠哉悠哉地過生活。

2678 □□□
ゆうらんせん
【遊覧船】
(名) 渡輪

例 遊覧船に乗る。 ／搭乘渡輪。

2679 □□□
ゆうりょう
【有料】
(名) 收費

反 無料

例 ここの駐車場は、どうも有料っぽいね。
／這裡的停車場，好像是要收費的耶。

2680 □□□
ゆかた
【浴衣】
(名) 夏季穿的單衣，浴衣

例 浴衣はともかく、きちんとした着物は着たことがありません。
／如果浴衣不算在內，從來沒有穿過像樣的和服。

文法

はともかく [如果…不算在內]

▶ 表示提出兩個事項，前項暫且不作為議論的對象，先談後項。暗示後項是更重要的。

| 2681 □□□ | ゆくえ【行方】 | 名 去向，目的地；下落，行蹤；前途，將來 |

類 行く先
例 犯人のみならず、犯人の家族の行方もわからない。
／不單只是犯人，就連犯人的家人也去向不明。

文法 のみならず［不單…，就連…］
▶ 表示添加，用在不僅限於前接詞的範圍，還有後項進一層的情況。

| 2682 □□□ | ゆくえふめい【行方不明】 | 名 下落不明 |

例 この事故で、37 名が行方不明になっている。
／在這場事故中有 37 人下落不明。

| 2683 □□□ | ゆげ【湯気】 | 名 蒸氣，熱氣；(蒸汽凝結的)水珠，水滴 |

類 水蒸気（すいじょうき）
補 頭から湯気を立てる：氣得七竅生煙。
例 やかんから湯気が出ている。／不久後蒸汽冒出來了。

| 2684 □□□ | ゆけつ【輸血】 | 名・自サ (醫)輸血 |

例 輸血をしてもらった。／幫我輸血。

| 2685 □□□ | ゆそう【輸送】 | 名・他サ 輸送，傳送 |

反 輸入
例 自動車の輸送にかけては、うちは一流です。
／在搬運汽車這方面，本公司可是一流的。

文法 にかけては［就…這一點］
▶ 表示［其它姑且不論，僅就那一件事情來說］的意思。後項多接對別人的技術或能力好的評價。

| 2686 □□□ | ゆだん【油断】 | 名・自サ 缺乏警惕，疏忽大意 |

類 不覚
例 仕事がうまくいっているときは、誰でも油断しがちです。
／當工作進行順利時，任誰都容易大意。

あ
か
さ
た
な
は
ま
や
ら
わ
練習

2687 □□□ **ゆっくり**　(副・自サ) 慢慢地，不著急的，從容地；安適的，舒適的；充分的，充裕的

(類) 徐々に（じょじょに）

(例) ゆっくり考えたすえに、結論を出しました。
／經過仔細思考後，有了結論。

文法

すえに [經過…最後]

▶ 表示 [經過一段時間，最後…] 之意，是動作、行為等的結果，意味著 [某一期間的結束]。

2688 □□□ **ゆったり**　(副・自サ) 寬敞舒適

(例) ゆったりした服を着て電車に乗ったら、妊婦さんに間違われた。
／只不過穿著寬鬆的衣服搭電車，結果被誤會是孕婦了。

2689 □□□ **ゆるい【緩い】**　(形) 鬆，不緊；徐緩，不陡；不急；不嚴格；稀薄

(反) きつい　(類) 緩々

(例) ねじが緩くなる。／螺絲鬆了。

よ

2690 □□□ **よ【夜】**　(名) 夜，晚上，夜間

(track 93)

(反) 昼　(類) 晩

(例) 夜が明けたら出かけます。
／天一亮就啟程。

2691 □□□ **よあけ【夜明け】**　(名) 拂曉，黎明

(類) 明け方

(例) 夜明けに、鶏が鳴いた。／天亮雞鳴。

2692 □□□ **よう【様】**　(名・形動) 樣子，方式；風格；形狀

(例) Ｎ１に合格したときの謝さんの喜びようといったらなかった。
／當得知通過了Ｎ１級考試的時候，謝先生簡直喜不自勝。

讀書計劃：□□／□□

| 2693 □□□ | **よう** 【酔う】 | 〔自五〕 酔，酒醉；暈（車、船）；（吃魚等）中毒；陶醉 |

類 酔っ払う（よっぱらい）
例 彼は酔っても乱れない。
　　／他喝醉了也不會亂來。

| 2694 □□□ | **よ**うい 【容易】 | 〔形動〕 容易，簡單 |

類 簡単
例 私にとって、彼を説得するのは容易なことではない。
　　／對我而言，要說服他不是件容易的事。

| 2695 □□□ | **よう**がん 【溶岩】 | 〔名〕（地）溶岩 |

例 火山が噴火して、溶岩が流れてきた。
　　／火山爆發，有熔岩流出。

| 2696 □□□ | **よ**うき 【容器】 | 〔名〕 容器 |

類 入れ物
例 容器におかずを入れて持ってきた。
　　／我將配菜裝入容器內帶了過來。

| 2697 □□□ | **よ**うき 【陽気】 | 〔名・形動〕 季節，氣候；陽氣（萬物發育之氣）；爽朗，快活；熱鬧，活躍 |

反 陰気　類 気候
例 天気予報の予測に反して、春のような陽気でした。
　　／和天氣預報背道而馳，是個像春天的天氣。

| 2698 □□□ | **よう**きゅう 【要求】 | 〔名・他サ〕 要求，需求 |

類 請求
例 社員の要求を受け入れざるをえない。
　　／<u>不得不</u>接受員工的要求。

文法
ざるをえない[不得不…]
▶ 表示除此之外，沒有其他的選擇。

2699 □□□	**よ**うご 【用語】	名 用語，措辭；術語，專業用語

類 術語（じゅつご）
例 これは、法律用語（ほうりつようご）っぽいですね。／這個感覺像是法律用語啊。

2700 □□□	**よ**うし 【要旨】	名 大意，要旨，要點

類 要点
例 論文（ろんぶん）の要旨（ようし）を書（か）いて提出（ていしゅつ）してください。／請寫出論文的主旨並交出來。

2701 □□□	**よ**うじ 【用事】	名（應辦的）事情，工作

類 用件
例 用事（ようじ）で出（で）かけたところ、大家（おおや）さんにばったり会（あ）った。
　　／因為有事出門，結果和房東不期而遇。

文法 たところ [結果]
▶ 表示順接或逆接。後項大多是出乎意料的客觀事實。

2702 □□□	**よ**うじん 【用心】	名・自サ 注意，留神，警惕，小心

類 配慮（はいりょ）
例 治安（ちあん）がいいか悪（わる）いかにかかわらず、泥棒（どろぼう）には
　　用心（ようじん）しなさい。／無論治安是好是壞，請注意小偷。

文法 にかかわらず [無論…與否…]
▶ 表示前項不是後項事態成立的阻礙。

2703 □□□	**よ**うす 【様子】	名 情況，狀態；容貌，樣子；緣故；光景，徵兆

類 状況
例 あの様子（ようす）から見（み）れば、ずいぶんお酒（さけ）を飲（の）んだ
　　のに違（ちが）いない。／從他那樣子來看，一定是喝了很多酒。

文法 からみれば [從…來看]
▶ 表示判斷的角度，也就是 [從某一立場來判斷的話] 之意。

2704 □□□	**よ**うするに 【要するに】	副・連 總而言之，總之

類 つまり
例 要（よう）するに、あの人（ひと）は大人（おとな）げがないんです。
　　／總而言之，那個人就是沒個大人樣。

文法
げ […的感覺]
▶ 表示帶有某種樣子、傾向、心情及感覺。

2705 □□□	ようせき 【容積】	名 容積，容量，體積

類 容量

例 三角錐の容積はどのように計算しますか。
／要怎麼算三角錐的容量？

2706 □□□	ようそ 【要素】	名 要素，因素；(理、化)要素，因子

類 成分

例 会社を作るには、いくつかの要素が必要だ。
／要創立公司，有幾個必要要素。

2707 □□□	ようち 【幼稚】	名・形動 年幼的；不成熟的，幼稚的

類 未熟（みじゅく）

例 大学生にしては、幼稚な文章ですね。
／作為一個大學生，真是個幼稚的文章啊。

2708 □□□	ようちえん 【幼稚園】	名 幼稚園

例 幼稚園に入る。
／上幼稚園。

2709 □□□	ようてん 【要点】	名 要點，要領

類 要所（ようしょ）

例 要点をまとめておいたせいか、上手に発表できた。
／可能是有將重點歸納過的關係，我上台報告得很順利。

2710 □□□	ようと 【用途】	名 用途，用處

類 使い道

例 この製品は、用途が広いばかりでなく、値段も安いです。
／這個產品，不僅用途廣闊，價錢也很便宜。

2711
□□□

ようひんてん
【洋品店】

名 舶來品店，精品店，西裝店

例 洋品店の仕事が、うまくいきつつあります。
／西裝店的工作正開始上軌道。

文法 つつある［在逐漸…］
▶ 表示某一動作或作用正向著某一方向持續發展。

2712
□□□

ようぶん
【養分】

名 養分

類 滋養分（じょうぶん）
例 植物を育てるのに必要な養分は何ですか。
／培育植物所需的養分是什麼？

2713
□□□

ようもう
【羊毛】

名 羊毛

類 ウール
例 このじゅうたんは、羊毛でできています。
／這地毯是由羊毛所製。

2714
□□□

ようやく
【要約】

名・他サ 摘要，歸納

例 論文を要約する。
／做論文摘要。

2715
□□□

ようやく
【漸く】

副 好不容易，勉勉強強，終於；漸漸

類 やっと
例 あちこちの店を探したあげく、ようやくほしいものを見つけた。
／四處找了很多店家，最後終於找到要的東西。

文法
あげく［最後］
▶ 表示事物最終的結果，大都因前句造成精神上的負擔或麻煩，多用在消極的場合。

2716
□□□

ようりょう
【要領】

名 要領，要點；訣竅，竅門

類 要点
例 彼は要領が悪いのみならず、やる気もない。
／他做事不僅不得要領，也沒有什麼幹勁。

文法
のみならず［不僅…］

2717
☐☐☐
94

ヨーロッパ
【Europe】

名 歐洲

類 欧州

例 ヨーロッパの映画を見るにつけて、現地に行ってみたくなります。
／每看歐洲的電影，就會想到當地去走一遭。

文法
につけて[每當…就會…]
▶ 表示前項事態總會帶出後項結論。

2718
☐☐☐

よき
【予期】

名・自サ 預期，預料，料想

類 予想

例 予期した以上の成果。／達到預期的成果。

2719
☐☐☐

よくばり
【欲張り】

名・形動 貪婪，貪得無厭（的人）
（或唸：よくばり）

例 彼はきっと欲張りに違いありません。／他一定是個貪得無厭的人。

2720
☐☐☐

よくばる
【欲張る】

自五 貪婪，貪心，貪得無厭

類 貪る（むさぼる）

例 彼が失敗したのは、欲張ったせいにほかならない。／他之所以會失敗，無非是他太過貪心了。

文法 にほかならない
[無非是…]
▶ 斷定的説發生的原因，是對原因、結果的肯定語氣。

2721
☐☐☐

よけい
【余計】

形動・副 多餘的，無用的，用不著的；過多的；更多，格外，更加，越發

類 余分（よぶん）

例 私こそ、余計なことを言って申し訳ありません。
／我才是，說些多事的話真是抱歉。

2722
☐☐☐

よこがき
【横書き】

名 橫寫

例 数式や英語がないかぎり、やっぱり横書きより縦書きの方が読みやすいと思う。
／我覺得除非含有公式或英文，否則比起橫式排版，還是直式排版比較容易閱讀。

文法 ないかぎり[只要不…，就…]
▶ 只要某狀態不發生變化，結果就不會變。含如狀態變了，結果也有變的可能性。

あ
か
さ
た
な
は
ま
や
ら
わ
練習

2723
□□□
よこぎる
【横切る】
(他五) 橫越，橫跨

(類) 横断する（おうだんする）
(例) 道路を横切る。／橫越馬路。

2724
□□□
よこなが
【横長】
(名・形動) 長方形的，橫寬的

(例) 横長で、Ａ４が余裕で入って、肩にかけられるかばんがほしい。
／我想要一只橫式的、可以輕鬆放入Ａ４尺寸物品的肩背包。

2725
□□□
よさん
【予算】
(名) 預算

(反) 決算
(例) 予算については、社長と相談します。
／就預算相關一案，我會跟社長商量的。

2726
□□□
よす
【止す】
(他五) 停止，做罷；戒掉；辭掉

(類) やめる
(例) そんなことをするのは止しなさい。／不要做那種蠢事。

2727
□□□
よそ
【他所】
(名) 別處，他處；遠方；別的，他的；不顧，無視，漠不關心

(類) 他所（たしょ）
(例) 彼は、よそでは愛想がいい。／他在外頭待人很和藹。

2728
□□□
よそく
【予測】
(名・他サ) 預測，預料

(類) 予想
(例) 来年の景気は予測しがたい。
／很難去預測明年的景氣。

文法

がたい [很難…]
▶ 表示做該動作難度很高，幾乎是不可能的。

| 2729 □□□ | **よ**つかど
【四つ角】 | 名 十字路口；四個犄角 |

類 十字路（じゅうじろ）
例 四つ角のところで友達に会った。／我在十字路口遇到朋友。

| 2730 □□□ | **ヨ**ット
【yacht】 | 名 遊艇，快艇 |

類 帆走船（はんそうせん）
例 夏になったら、海にヨットに乗りに行こう。
　　／到了夏天，一起到海邊搭快艇吧。

| 2731 □□□ | **よ**っぱらい
【酔っ払い】 | 名 醉鬼，喝醉酒的人 |

類 酔漢（すいかん）
例 酔っ払い運転で捕まった。／由於酒駕而遭到了逮捕。

| 2732 □□□ | **よ**なか
【夜中】 | 名 半夜，深夜，午夜 |

類 夜ふけ

文法
かとおもったら［以為
是…原來是…］
▶ 表前後兩對比的事，後
接的多是意外的表達。

例 夜中に電話が鳴って、何かと思ったらエッチ
な電話だった。／三更半夜電話響了，還以為是誰
打來的，沒想到居然是性騷擾的電話。

| 2733 □□□ | **よ**び
【予備】 | 名 預備，準備 |

類 用意
例 懐中電灯はもちろん、予備の電池も持ってきてあります。
　　／不單是手電筒，連備用電池也帶來了。

| 2734 □□□ | **よ**びかける
【呼び掛ける】 | 他下一 招呼，呼喚；號召，呼籲 |

類 勧誘（かんゆう）
例 ここにゴミを捨てないように、呼びかけようじゃないか。
　　／我們來呼籲大眾，不要在這裡亂丟垃圾吧！

2735
□□□

よびだす
【呼び出す】

(他五) 喚出，叫出；叫來，喚來，邀請；傳訊

例 こんな夜遅くに呼び出して、何の用ですか。

／那麼晚了還叫我出來，到底是有什麼事？

2736
□□□

よぶん
【余分】

(名・形動) 剩餘，多餘的；超量的，額外的

類 残り

例 余分なお金があるわけがない。

／不可能會有多餘的金錢。

2737
□□□

よほう
【予報】

(名・他サ) 預報

類 知らせ

例 天気予報によると、明日は曇りがちだそうです。

／根據氣象報告，明天好像是多雲的天氣。

2738
□□□

よみ
【読み】

(名) 唸，讀；訓讀；判斷，盤算；理解

例 この字の読みがわからない。

／不知道這個字的讀法。

2739
□□□

よみがえる
【蘇る】

(自五) 甦醒，復活；復興，復甦，回復；重新想起

類 生き返る

例 しばらくしたら、昔の記憶が蘇るに相違ない。

／過一陣子後，以前的記憶一定會想起來的。

文法 にそういない［一定是…］

▶ 表示説話者根據經驗或直覺，做出非常肯定的判斷。

2740
□□□

よめ
【嫁】

(名) 兒媳婦，妻，新娘

反 婿　類 花嫁

例 彼女は嫁に来て以来、一度も実家に帰っていない。

／自從她嫁過來之後，就沒回過娘家。

2741 □□□	**よ|ゆう** 【余裕】	名 富餘，剩餘；寬裕，充裕

類 裕り（ゆとり）

例 忙しくて、余裕なんかぜんぜんない。
　／太過繁忙，根本就沒有喘氣的時間。

2742 □□□	**よ|り**	副 更，更加

類 更に

例 よりよい暮らしのために、あえて都会を離れて田舎に移った。
　／為了過上更舒適的生活，刻意離開都市，搬到了鄉間。

2743 □□□	**よ|る** 【因る】	自五 由於，因為；任憑，取決於；依靠，依賴；按照，根據

類 従う（したがう）

例 理由によっては、許可することができる。
　／因理由而定，來看是否批准。

2744 □□□ TRACK 95	らい 【来】	(連體) (時間) 下個，下一個

例 来年３月に卒業する。／明年三月畢業。

2745 □□□	らいにち 【来日】	(名・自サ) (外國人) 來日本，到日本來

(類) 訪日 (ほうにち)

例 トム・ハンクスは来日したことがありましたっけ。
／湯姆漢克有來過日本來著？

2746 □□□	らくてんてき 【楽天的】	(形動) 樂觀的

例 うちの娘は、よく言えば楽天的なんですが、悪く言えば考えが足り
ないんです。／我家的女兒說好聽的是性格樂觀，說難聽點是不怎麼動腦子。

2747 □□□	らくらい 【落雷】	(名・自サ) 打雷，雷擊

例 落雷で火事になる。／打雷引起火災。

2748 □□□	らせん 【螺旋】	(名) 螺旋狀物；螺旋

例 螺旋階段をずっと登って、塔の最上階に出た。
／沿著螺旋梯一直往上爬，來到了塔頂。

2749 □□□	らん 【欄】	(名・漢造) (表格等) 欄目；欄杆；(書籍、刊物、版 報等的) 專欄

(類) てすり

例 テレビ欄を見たかぎりでは、今日はおもしろい番組は
ありません。／就電視節目表來看，今天沒有有趣的節目。

文法 かぎりでは [所…
來 (看) …]
► 憑自己的經驗或聽說資
訊等做出判斷、看法。

2750 □□□	ランニング 【running】	(名) 賽跑，跑步

(類) 競走

例 雨が降らないかぎり、毎日ランニングをします。
／只要不下雨，我就會每天跑步。

文法 ないかぎり [只要
不…，就…]
► 只要狀態不變化，結
果就不會變。

2751
□□□

リード
【lead】

(名・自他サ) 領導，帶領；(比賽) 領先，贏；(新聞報導文章的) 內容提要

🔊 96

例 5点リードしている<u>からといって</u>、_{ゆ だん}油断しちゃだめだよ。
／不能因為領先五分，就大意唷。

文法 からといって [即使…，也 (不能) …]
▶ 表示不能僅因為前面這一點理由，就做後面的動作，後面常接否定的説法。

2752
□□□

りえき
【利益】

(名) 利益，好處；利潤，盈利

反 損失　類 利潤 (りじゅん)
例 たとえすぐには利益が出なくても、この事業から撤退しない。
／縱使無法立刻賺到利潤，也不會放棄這項事業。

2753
□□□

りがい
【利害】

(名) 利害，得失，利弊，損益

類 損得 (そんとく)
例 彼らには利害関係があるとしても、そんなにひどいことはしないと思う。
／就算和他們有利害關係，我猜他們也不會做出那麼過份的事吧。

2754
□□□

りく
【陸】

(名・漢造) 陸地，旱地；陸軍的通稱

反 海　類 陸地
例 長い航海の後、陸が見えてきた。／在長期的航海之後，見到了陸地。

2755
□□□

りこう
【利口】

(名・形動) 聰明，伶利機靈；巧妙，周到，能言善道

反 馬鹿　類 賢い
例 彼らは、もっと利口に行動するべきだった。
／他們那時應該要更機伶些行動才是。

2756
□□□

りこしゅぎ
【利己主義】

(名) 利己主義

例 利己主義はよくない。／利己主義是不好的。

2757 □□□
リズム
【rhythm】

（名）節奏，旋律，格調，格律

（類）テンポ

（例）ジャズダンスは、リズム感が大切だ。
／跳爵士舞節奏感很重要。

2758 □□□
りそう
【理想】

（名）理想

（反）現実　（類）理念

（例）理想の社会について、話し合おうではないか。
／大家一起來談談理想中的社會吧！

文法
うではないか[大家一起…吧]
▶ 表示提議或邀請對方跟自己共同做某事，是稍微拘泥於形式的説法。

2759 □□□
りつ
【率】

（名）率，比率，成數；有力或報酬等的程度

（類）割合

（例）消費税率の変更に伴って、値上げをする店が増えた。
／隨著税率的變動，漲價的店家也增加了許多。

2760 □□□
リットル
【liter】

（名）升，公升

（類）リッター

（例）女性雑誌によると、毎日1リットルの水を飲むと美容にいいそうだ。
／據女性雜誌上所說，每天喝一公升的水有助於養顏美容。

2761 □□□
りゃくする
【略する】

（他サ）簡略；省略，略去；攻佔，奪取

（類）省略する

（例）国際連合は、略して国連と言います。
／聯合國際組織又簡稱聯合國。

2762 □□□
りゅう
【流】

名・接尾（表特有的方式、派系）流，流派

例 小原流の華道を習っています。
／正在學習小原流派的花道。

2763 □□□
りゅういき
【流域】

名 流域

例 この川の流域で洪水が起こって以来、地形がすっかり変わって
しまった。／這條河域自從山洪爆發之後，地形就完全變了個樣。

2764 □□□
りょう
【両】

漢造 雙，兩

例 両者の合意が必要だ。／需要雙方的同意。

2765 □□□
りょう
【量】

名・漢造 數量，份量，重量；推量；器量

反 質　類 数量
例 期待に反して、収穫量は少なかった。
／與預期相反，收成量是少之又少。

2766 □□□
りょう
【寮】

名・漢造 宿舍（狹指學生、公司宿舍）；茶室；別墅

類 寄宿（きしゅく）
例 学生寮はにぎやかで、動物園かと思うほどだ。
／學生宿舍熱鬧到幾乎讓人誤以為是動物園的程度。

文法

ほどだ[幾乎…（的程度）]
▶ 為了說明前項達到什麼程度，在後項舉出具體的事例來。
▶ 近ほど～はない [沒有比…更…]

2767 □□□
りょうきん
【料金】

名 費用，使用費，手續費

類 料
例 料金を払ってからでないと、会場に入ることができない。
／如尚未付款，就不能進會場。

2768
□□□
りょうじ
【領事】
名 領事

類 領事官（りょうじかん）
例 領事館の協力をぬきにしては、この調査は行えない。
／如果沒有領事館的協助，就沒有辦法進行這項調查。

文法
をぬきにして[要是沒有…就（沒辦法）…]
▶ 表示沒有前項，後項就很難成立。

2769
□□□
りょうしゅう
【領収】
名・他サ 收到

例 会社向けに、領収書を発行する。／發行公司用的收據。

2770
□□□
りょうたん
【両端】
名 兩端

例 口の両端が切れて痛い。／嘴角兩邊龜裂了，很痛。

2771
□□□
りょうめん
【両面】
名（表裡或內外）兩面；兩個方面

例 物事を両面から見る。／從正反兩面來看事情。

2772
□□□
りょくおうしょく
【緑黄色】
名 黃綠色

例 緑黄色野菜とは、カロチンを多く含む野菜のことで、色によって決まるものではない。
／所謂黃綠色蔬菜，是指富含胡蘿蔔素的蔬菜，但其含量並非與顏色成絕對的正比。

2773
□□□
りんじ
【臨時】
名 臨時，暫時，特別

反 通常
例 彼はまじめな人だけに、臨時の仕事でもきちんとやってくれました。
／他到底是個認真的人，就算是臨時進來的工作，也都做得好好的。

文法 だけに[到底是…]
▶ 表示原因。正因為前項，理所當然有相對應的後項。
▶ 近 とうぜんだ […也是理所當然的]

れ

2774
□□□
track**97**

れいせい
【冷静】

（名・形動）冷靜，鎮靜，沉著，清醒

類 落ち着き

例 彼は、どんなことにも慌てることなく
冷静に対処した。
／不管任何事，他都不慌不忙地冷靜處理。

文法
ことなく [不要…]
▶ 表示一次也沒發生某
狀況的情況下。

2775
□□□

れいてん
【零点】

（名）零分；毫無價值，不夠格；零度，冰點
（或唸：れいてん）

類 氷点

例 零点取って、母にしかられた。／考了個鴨蛋，被媽媽罵了一頓。

2776
□□□

れいとう
【冷凍】

（名・他サ）冷凍

類 凍る（こおる）

例 今日のお昼は、冷凍しておいたカレーを解凍して食べた。
／今天吃的午餐是把冷凍咖哩拿出來加熱。

2777
□□□

れいとうしょくひん
【冷凍食品】

（名）冷凍食品

例 冷凍食品は便利だ。／冷凍食品很方便。

2778
□□□

レクリエーション
【recreation】

（名）（身心）休養；娛樂，消遣

類 楽しみ

例 遠足では、いろいろなレクリエーションを準備しています。
／遠足時準備了許多娛興節目。

2779
□□□

レジャー
【leisure】

（名）空閒，閒暇，休閒時間；休閒時間的娛樂

類 余暇（よか）

例 レジャーに出かける人で、海も山もたいへんな人出です。
／無論海邊或是山上，都湧入了非常多的出遊人潮。

2780
□□□
れっとう
【列島】
名（地）列島，群島

例 日本列島が、雨雲に覆われています。
／烏雲滿罩日本群島。

2781
□□□
れんが
【煉瓦】
名 磚，紅磚

例 煉瓦で壁を作りました。
／我用紅磚築成了一道牆。

2782
□□□
れんごう
【連合】
名・他サ・自サ 聯合，團結；（心）聯想

類 協同（きょうどう）
例 いくつかの会社で連合して対策を練った。
／幾家公司聯合起來一起想了對策。

2783
□□□
レンズ
【(荷) lens】
名（理）透鏡，凹凸鏡片；照相機的鏡頭

例 眼鏡のレンズが割れてしまった。
／眼鏡的鏡片破掉了。

2784
□□□
れんそう
【連想】
名・他サ 聯想

類 想像
例 チューリップを見るにつけ、オランダを
連想します。
／每當看到鬱金香，就會聯想到荷蘭。

文法
につけ［每當…就會…］
▶ 表示前項事態總會帶
出後項結論。

ろ

2785
□□□
TRACK
98
ろうそく
【蝋燭】
名 蠟燭

類 キャンドル
例 停電したので、ろうそくをつけた。
／因為停電，所以點了蠟燭。

2786 □□□
ろ|うどう
【労働】
(名・自サ) 勞動，體力勞動，工作；(經)勞動力

類 労務（ろうむ）

例 家事だって労働なのに、夫は食べさせてやってるっていばる。

／家務事實上也是一種勞動工作，可是丈夫卻大模大樣地擺出一副全是由他供我吃住似的態度。

2787 □□□
ロビー
【lobby】
(名)(飯店、電影院等人潮出入頻繁的建築物的)大廳，門廳；接待室，休息室，走廊

類 客間

例 ホテルのロビーで待っていてください。

／請到飯店的大廳等候。

2788 □□□
ろ|んそう
【論争】
(名・自サ) 爭論，爭辯，論戰

類 論争する

例 女性の地位についての論争は、激しくなる一方です。

／針對女性地位的爭論，是越來越激烈。

文法

いっぽうだ(です)[越來越…]
▶ 表示有某種傾向。
▶ 近ばかりだ [越來越…]

2789 □□□
ろ|んぶん
【論文】
(名) 論文；學術論文

例 論文を提出して以来、毎日寝てばかりいる。

／自從交出論文以來，每天就是一直睡。

2790 わ【和】

☐☐☐
Track 99

名 和，人和；停止戰爭，和好

例 和を保つために言いたいことを我慢しろと言うんですか。そんなのが和ですか。

／你的意思是，為了維持和睦，所以要我吞下去嗎？難道那樣就叫做和睦嗎？

2791 わ【輪】

☐☐☐

名 圈，環，箍；環節；車輪

類 円形（えんけい）

例 輪になってお酒を飲んだ。

／大家圍成一圈喝起了酒來。

2792 わえい【和英】

☐☐☐

名 日本和英國；日語和英語；日英辭典的簡稱

類 和英辞典

例 適切な英単語がわからないときは、和英辞典を引くものだ。

／找不到適當的英文單字時，就該查看看日英辭典。

文法

ものだ［應當…］

▶ 表示理所當然，理應如此。

2793 わかば【若葉】

☐☐☐

名 嫩葉、新葉

例 若葉が萌える。

／長出新葉。

2794 わかわかしい【若々しい】

☐☐☐

形 年輕有朝氣的，年輕輕的，富有朝氣的

類 若い

例 華子さんは、あんなに若々しかったっけ。

／華子小姐有那麼年輕嗎？

2795 わき【脇】

☐☐☐

名 腋下，夾肢窩；（衣服的）旁側；旁邊，附近，身旁；旁處，別的地方；（演員）配角

類 横

例 本を脇に抱えて歩いている。／將書本夾在腋下行走。

わく
【湧く】

〔自五〕湧出；產生（某種感情）；大量湧現

例 清水が湧く。
／清水泉湧。

わざと
【態と】

〔副〕故意，有意，存心；特意地，有意識地

類 故意に

例 彼女は、わざと意地悪をしているにきまっている。
／她一定是故意刁難人的。

わずか
【僅か】

〔副・形動〕（數量、程度、價值、時間等）很少，僅僅；
一點也（後加否定）

類 微か（かすか）

例 貯金があるといっても、わずか20万円にすぎない。
／雖說有存款，但也只不過是僅僅的 20 萬日幣而已。

文法
にすぎない［只不過是…］
▶ 表示某事態程度有限。

わた
【綿】

〔名〕（植）棉；棉花；柳絮；絲棉

類 木綿

例 布団の中には、綿が入っています。
／棉被裡裝有棉花。

わだい
【話題】

〔名〕話題，談話的主題、材料；引起爭論的人事物

類 話柄

例 彼らは、結婚して以来、いろいろな話題を提供してくれる。
／自從他們結婚以來，總會分享很多不同的話題。

わびる
【詫びる】

〔自五〕道歉，賠不是，謝罪

類 謝る

例 みなさんに対して、詫びなければならない。
／我得向大家道歉才行。

2802 □□□
わふく
【和服】
名 日本和服，和服

類 洋服
例 彼女は、洋服に比べて、和服の方がよく似合います。
　　／比起穿洋裝，她比較適合穿和服。

2803 □□□
わりと・わりに
【割と・割に】
副 比較；分外，格外，出乎意料

類 比較的
例 病み上がりにしてはわりと元気だ。／雖然病才剛好，但精神卻顯得相當好。

2804 □□□
わりびき
【割引】
名・他サ （價錢）打折扣，減價；（對說話內容）打折；票據兌現

反 割増し　類 値引き
例 割引をするのは、三日きりです。／折扣只有三天而已。

2805 □□□
わる
【割る】
他五 打，劈開；用除法計算

例 六を二で割る。／六除以二。

2806 □□□
わるくち・わるぐち
【悪口】
名 壞話，誹謗人的話；罵人

類 悪言（あくげん）
例 人の悪口を言うべきではありません。／不該說別人壞話。

文法
べきではない [不該…]
▶ 從某規範來看不能做的。

2807 □□□
われわれ
【我々】
代 （人稱代名詞）我們；（謙卑說法的）我；每個人

類 われら
例 われわれは、コンピューターに関してはあまり詳しくない。
　　／我們對電腦不大了解。

2808 □□□
ワンピース
【one-piece】
名 連身裙，洋裝

例 ワンピースを着る。／穿洋裝。

N2
TEST

JLPT

＊以「國際交流基金日本國際教育支援協會」的「新しい『日本語能力試験』ガイドブック」為基準的三回「文字・語彙　模擬考題」。

問題 1　漢字讀音問題 應試訣竅

　　這道題型要考的是漢字讀音問題，出題形式改變了一些，但考點是一樣的。問題預估為5題。

　　漢字讀音分音讀跟訓讀，預估音讀跟訓讀將各佔一半的分數。音讀中要注意的有濁音、長短音、促音、撥音⋯等問題。而日語固有讀法的訓讀中，也要注意特殊的讀音單字。當然，發音上有特殊變化的單字，出現比率也不低。我們歸納分析一下：

1. **音讀**：接近國語發音的音讀方法。如，「花」唸成「か」、「犬」唸成「けん」。

2. **訓讀**：日本原來就有的發音。如，「花」唸成「はな」、「犬」唸成「いぬ」。

3. **熟語**：由兩個以上的漢字組成的單字。如：練習、切手、每朝、見本等。
　　其中還包括日本特殊的固定讀法，就是所謂的「熟字訓読み」。如，「小豆」（あずき）、「土産」（みやげ）、「海苔」（のり）等。

4. **發音上的變化**：字跟字結合時，產生發音上變化的單字。如：春雨（はるさめ）、反応（はんのう）、酒屋（さかや）等。

問題 1 _____の言葉の読み方として最もよいものを1・2・3・4から一つ選びなさい。

1 労働条件をめぐって会社側と労働組合が<u>問答</u>を繰り返したものの、双方が納得できる結論は得られなかった。

　　1　といどう　　　　2　もんどう　　　3　もんとう　　　4　とうどう

2 材料の<u>分量</u>をきちんと量って料理をしたことがない。

　　1　ぶんりょう　　　2　ふんりょう　　3　ぶんりょ　　　4　ふんりょ

3 うちの犬は、庭の隅に<u>綱</u>でつないでいる。

　　1　つな　　　　　　2　なわ　　　　　3　ひも　　　　　4　あみ

4 ここの部分が長い時間にわたって摩擦され続けた結果、<u>爆発</u>が起きました。

　　1　ばくは　　　　　2　ぼうは　　　　3　ばくはつ　　　4　ぼうはつ

5 火山が噴火した後、山は溶岩に<u>覆われて</u>しまい、何十年も植物が育ちません。

　　1　おcわれて　　　2　おうわれて　　3　おおわれて　　4　おっわれて

問題2　漢字書寫問題 應試訣竅

這道題型要考的是漢字書寫問題，出題形式改變了一些，但考點是一樣的。問題預估為5題。

這道題要考的是音讀漢字跟訓讀漢字，預估將各佔一半的分數。音讀漢字考點在識別詞的同音異字上，訓讀漢字考點在掌握詞的意義，及該詞的表記漢字上。

解答方式，首先要仔細閱讀全句，從句意上判斷出是哪個詞，浮想出這個詞的表記漢字，確定該詞的漢字寫法。也就是根據句意確定詞，根據詞意來確定字。如果只看畫線部分，很容易張冠李戴，要小心喔。

問題2　＿＿＿＿の言葉を漢字で書くとき、最もよいものを１・２・３・４から一つ選びなさい。

6　神話に出てくるあくまのように怖い顔をしていますが、実際はとても優しいです。

1　悪魔　　　　　2　鬼魔　　　　　3　魔物　　　　　4　悪摩

7　絶滅の可能性がある動物を保護するための法律がかけつされました。

1　可採　　　　　2　可択　　　　　3　可決　　　　　4　過決

8　まちあいしつにおいてある書籍を借りることができますか。

1　待会室　　　　2　待合室　　　　3　待会屋　　　　4　待合屋

9　機能全般からすれば、わが社の製品が、おとっているということはありません。

1　落って　　　　2　劣って　　　　3　陥って　　　　4　堕って

10　テレビやパソコンの普及によって、活字にふれる機会が減少しました。

1　擦れる　　　　2　触れる　　　　3　掠る　　　　　4　接れる

問題3　衍生語和複合語的知識 應試訣竅

　　這道題型要考的是衍生語和複合語的問題。問題預估為5題。

　　預測衍生語和複合語的配分大概各佔一半，衍生語的接頭語跟接尾語將各出一題，複合語則以動詞為主要的配分重點。

　　既然是接頭、接尾詞，那麼原來在句型中的「名、ごと、次第」等，也將會在這裡出現。相同的，既然是複合語，那麼外來語的「スポーツ・カー（sports car）、キー・マン（keyman）」也要留意喔！

　　衍生語：指的是如「お+茶→お茶」、「春+めく→春めく」一般，原本是單獨的
　　　　　　詞彙，有接頭語或接尾語接在前面或後面的詞彙。

　　複合語：指的是如「見る+送る→見送る」、「薄い+暗い→薄暗い」一般，由兩
　　　　　　個詞彙組合而成的詞彙。

問題3 （　　　）に入れるのに最もよいものを、1・2・3・4から一つ選びなさい。

11　名前を呼ばれたので、診察（　　　）に入った。
　　1　室　　　　　　　2　間　　　　　　　3　所　　　　　　4　屋

12　伊藤さんと鈴木さんは高校時代からの（　　　）合いです。
　　1　慣れ　　　　　　2　知り　　　　　　3　組み　　　　　4　仲

13　宇宙に行って（　　　）重力を体験してみたい。
　　1　非　　　　　　　2　反　　　　　　　3　無　　　　　　4　不

14　日本の工業（　　　）は、山間部よりも、交通の便が良い海沿いに多いです。
　　1　地帯　　　　　　2　地方　　　　　　3　地質　　　　　4　地面

15　（　　　）半端な気持ちでやっても、いいものはできないですよ。
　　1　中途　　　　　　2　中間　　　　　　3　途中　　　　　4　最中

問題 4　選擇符合文脈的詞彙問題 應試訣竅

　　這道題型要考的是選擇符合文脈的詞彙問題。這是延續舊制的出題方式，問題預估為7題。

　　這道題主要測試考生是否能正確把握詞義，如類義詞的區別運用能力，及能否掌握日語的獨特用法或固定搭配等等。預測名詞、動詞、形容詞、副詞的出題數都有一定的配分。另外，外來語也估計會出一題，要多注意。

　　由於我們的國字跟日本的漢字之間，同形同義字占有相當的比率，這是我們得天獨厚的地方。但相對的也存在不少的同形不同義的字，這時候就要注意，不要太拘泥於國字的含義，而混淆詞義。應該多從像「自覚が足りない」（覺悟不夠）、「絶対安静」（得多靜養）、「口が堅い」（口風很緊）等日語固定的搭配，或獨特的用法來做練習才是。這樣才能加深對詞義的理解、並達到豐富詞彙量的目的。

問題4 （　　　）に入れるのに最もよいものを、1・2・3・4から一つ選びなさい。

16 彼女とは幼稚園以来の付き合いですから、（　　　）姉妹のようなものです。
1　いよいよ　　　　2　せめて　　　　3　言わば　　　　4　あるいは

17 体を壊して入院してから、二度とお酒を飲まないと固く（　　　）しました。
1　決定　　　　2　警告　　　　3　決心　　　　4　決行

18 一人暮らしをしている若者の多くは、食事に偏りがあり、（　　　）が足りていません。
1　リットル　　　　2　パンク　　　　3　クリーニング　4　ビタミン

19 統計によると、漁業に関心を抱く人が増加する（　　　）にあるそうだ。
1　計画　　　　2　見解　　　　3　傾向　　　　4　方向

20 暑い日が何日も続いて、庭の花や木がほとんど（　　　）しまった。
1　乾いて　　　　2　乾かして　　　　3　枯れて　　　　4　欠けて

21 会社に100万円出せと（　　　）電話がかかってきたそうです。
1　脅かす　　　　2　恐れる　　　　3　恐怖する　　　　4　攻撃する

22 家族で海に行く約束だったのに、急にお父さんの都合が悪くなって、（　　　）した。
1　がっかり　　　　2　びっくり　　　　3　てっきり　　　　4　はっきり

問題5 替換同義詞 應試訣竅

　　這道題型要考的是替換同義詞的問題，這是延續舊制的出題方式，問題預估為5題。

　　這道題的題目會給一個較難的詞彙，請考生從四個選項中，選出意思相近的詞彙來。選項中的詞彙一般比較簡單。也就是把難度較高的詞彙，改成較簡單的詞彙。

　　預測名詞、動詞、形容詞、副詞的出題數都有一定的配分。另外，外來語估計也會出一題，要多注意。

　　針對這道題，準備的方式是，將詞義相近的字一起記起來。這樣，透過聯想記憶來豐富詞彙量，並提高答題速度。

問題5 ＿＿＿＿の言葉に最も近いものを、1・2・3・4から一つ選びなさい。

23 期待通りの成果を上げられなかったことを、この場を借りてお詫びします。
　1　褒めます　　　　2　喜びます　　　　3　謝ります　　　4　許します

24 20歳なのに、彼女はずいぶん幼い顔をしていますね。
　1　子どもっぽい　　2　大人っぽい　　3　頼もしい　　　4　末っ子らしい

25 もしチャンスがあれば、自分であの女優さんにインタビューしてみたいです。
　1　場合　　　　　　2　計画　　　　　　3　機会　　　　　4　能

26 再三訴えたにもかかわらず、我々の要望は全く聞き入れてもらえなかった。
　1　一度　　　　　　2　終始　　　　　　3　再び　　　　　4　何度も

27 電車が止まったせいで遅刻したのなら、まあしようがないですね。
　1　やむを得ない　　2　許せない　　　3　なんともない　4　だらしない

問題6　判斷詞彙正確的用法 應試訣竅

這道題型要考的是判斷詞彙正確用法的問題，這是延續舊制的出題方式，問題預估為6題。

詞彙在句子中怎樣使用才是正確的，是這道題主要的考點。預測名詞、動詞、形容詞、副詞的出題數都有一定的配分。名詞以2個漢字組成的詞彙為主，動詞有漢字跟純粹假名的，副詞就舊制的出題形式來看，也有一定的比重。

針對這一題型，該怎麼準備呢？方法是，平常背詞彙的時候，多看例句，多唸幾遍例句，最好是把單字跟例句一起背起來。這樣，透過仔細觀察單字在句中的用法與搭配的形容詞、動詞、副詞…等，可以有效增加自己的「日語語感」。而該詞彙是否適合在該句子出現，很容易就能感覺出來了。

問題6　次の言葉の使い方として最もよいものを、1・2・3・4から一つ選びなさい。

28 うんと
1 うんと健康に気をつけているのに、どうしてこんな病気になったんだろう。
2 手術は2時間余りでうんと終了したものの、回復には時間がかかる。
3 気に入らないことがあるからと言って、うんと怒らないの。
4 何か新たな情報を得たら、うんと通知してください。

29 はめる
1 太ったせいで、結婚指輪がはめられなくなってしまいました。
2 可哀そうなことに、子犬が溝にはめっています。
3 この仕事の条件は、私にぴったりはめります。
4 娘は新しいカバンをはめて、嬉しそうに登校しました。

30 相続

1 時速80キロを相続すると、東京まで何時間で行けるか計算しなさい。

2 仕事を始めても、サッカーやテニスを相続して楽しむつもりです。

3 二国間の良好な関係は20世紀の後半まで相続されました。

4 この土地は長男である私が相続することになりました。

31 しきりに

1 こちらが明日みんなに配布する予定の書類です。しきりに目を通して下さいませんか。

2 たまにイタリア料理が食べたくなると、しきりにあのレストランに行きます。

3 試合に参加する選手たちがしきりに会場に入ってきた。

4 早く終わってほしいと思うとき、しきりに時計を見てしまいます。

32 欲張る

1 平凡な生活を欲張る権利は、世界中の誰にでもあります。

2 問題が平和的に解決されることを、誰もが心から欲張っています。

3 欲張ってケーキを５つも食べたせいで、おなかが痛くなってきました。

4 みんながチームの活躍を欲張っているので、頑張らないわけにはいきません。

問題1　＿＿＿＿＿の言葉の読み方として最もよいものを１・２・３・４から　一つ選びなさい。

1 まだ30代なのに、白髪が多くて悩んでいる。
　1　しろかみ　　　　2　しらが　　　　3しらかみ　　　　4　しろが

2 彼のエッセーは抽象的な表現が多いので、話の重点が掴みにくい。
　1　ちゅうしょうてき　　　　　　　2　しょうちょうてき
　3　ちゅうしゅうてき　　　　　　　4　じょうちょてき

3 彼の文章に登場する人物や会社はすべて架空のもので、実在しません。
　1　かそら　　　　　2　かくう　　　　3　きそら　　　　4　きくう

4 和服を着ていくつもりなら、扇子や帯、草履もそろえなければなりません。
　1　せんこ　　　　　2　さんす　　　　3　せんす　　　　4　さんこ

5 この辺りには、明治・大正時代の家屋が多く残っています。
　1　いえや　　　　　2　おたく　　　　3　かおく　　　　4　おくじょう

問題2 _____の言葉を漢字で書くとき、最もよいものを1・2・3・4
から一つ選びなさい。

6 敷地内の<u>ものおき</u>には、使わなくなった物がたくさん入っています。
1 物奥　　　　　2 物箱　　　　　3 物置　　　　　4 物於

7 機械を分解して、壊れた部品を<u>ふぞく</u>の部品と取り換えます。
1 付禹　　　　　2 付属　　　　　3 符属　　　　　4 府属

8 社長から<u>ちょうだい</u>したお土産のケーキを、社員で等分して頂きました。
1 頂載　　　　　2 頂截　　　　　3 頂戴　　　　　4 頂裁

9 スチュワーデスに<u>あこがれて</u>いますので、航空会社に就職したいです。
1 仰れて　　　　2 懐れて　　　　3 憧れて　　　　4 思れて

10 元々生まれ持ったものが違うのだから、他人を<u>うらやん</u>でばかりいても、ど
うにもならない。
1 羨んで　　　　2 妬んで　　　　3 恨んで　　　　4 望んで

問題3 （　　　）に入れるのに最もよいものを、1・2・3・4から一つ選びなさい。

11 この辺の道は子供が飛び（　　　）くる可能性がありますから、気をつけて運転して下さい。

1 上がって　　　2 入って　　　3 出して　　　4 去って

12 入学式（　　　）日の朝、熱を出して行けなくなった。

1 今　　　　　2 本　　　　　3 近　　　　　4 当

13 金融（　　　）とおっしゃいますと、銀行にお勤めですか。

1 界　　　　　2 部　　　　　3 省　　　　　4 業

14 飛行機の中で携帯電話を使うと、機械が（　　　）動作する恐れがある。

1 乱　　　　　2 違　　　　　3 誤　　　　　4 錯

15 この映画は、幼い子供が飢えて死んでしまい、実に悲劇（　　　）だ。

1 化　　　　　2 性　　　　　3 様　　　　　4 的

問題4 （　　　）に入れるのに最もよいものを、1・2・3・4から一つ
　　　　選びなさい。

16 借金したお金は、いずれ（　　　）なければなりません。
1　返さ　　　　　　2　貸さ　　　　　　3　回復し　　　　4　返ら

17 遠くから（　　　）の音が聞こえてきます。どこかで火事が発生したんでしょ
うね。
1　サイレン　　　　2　ラジオ　　　　　3　レンズ　　　　4　パンク

18 お時間があるときに、（　　　）お越しくださればと存じます。
1　どうも　　　　　2　ぜひとも　　　　3　ばったり　　　4　やがて

19 誰にでも（　　　）はあるし、完璧な人なんていないよ。
1　けっかん　　　　2　けってん　　　　3　くじょう　　　4　げひん

20 「日本」と聞いて、（　　　）するものを一つ挙げなさい。
1　構想　　　　　　2　連想　　　　　　3　予想　　　　　4　思想

21 スケジュールが合わないので、残念ながら旅行は（　　　）ことになりました。
1　消す　　　　　　2　取り消す　　　　3　消える　　　　4　消耗する

22 母の日に娘から（　　　）プレゼントをもらい、思わず涙がこぼれました。
1　かわいそうな　　2　当たり前の　　　3　惜しい　　　　4　思いがけない

問題5 _____の言葉に最も近いものを、1・2・3・4から一つ選びなさい。

23 年を取るに連れて、油で揚げた食べ物がしつこいと感じるようになった。
1 たまらない 2 みっともない 3 くどい 4 ずるい

24 何かきっかけがあれば、忘れていた記憶が蘇るかもしれません。
1 回復する 2 実現する 3 更新する 4 活動する

25 話が長く、上手くまとめて話せないことが私の短所です。
1 下品 2 欠点 3 欠陥 4 不足

26 間もなく本日の主役が登場しますので、みなさん大きな拍手でお迎えください。
1 いつの間にか 2 しばらく 3 もうすぐ 4 久しく

27 当ホテルのメンバーになられますと、5％オフでご宿泊いただけます。
1 会員 2 客 3 委員 4 モデル

問題6 次の言葉の使い方として最もよいものを、1・2・3・4から一つ
選びなさい。

28 目下

1 彼は目下の者に対して、どうも冷たい態度を取りがちです。

2 小さくて着れなくなった服は、たいてい親戚の子ら目下にあげています。

3 自分の方が目下だからと言って、威張ってばかりいると嫌われるよ。

4 入社20年目の目下から、いろいろな仕事を教えてもらっています。

29 とっくに

1 彼は早く借金を返すために、朝から夜までとっくに働いています。

2 夏休みの宿題はとっくに終わらせました。

3 社長がとっくに事務所に入ってきたので、なんだか緊張しました。

4 お風呂に入ってホッとすると、1日の疲れがとっくに出る気がします。

30 偶然

1 会社の帰り、偶然大学時代の知り合いに会った。

2 お酒は偶然飲むだけです。

3 アイスを10個も食べたら、おなかを壊すのも偶然だよ。

4 妻とは出会ったその日に恋に落ち、結婚したのは偶然でした。

31　ボーナス

1　ボーナスを申請したところ、幸いにも月20万円もらえることになりました。

2　中学生の息子には1週間1000円のボーナスをあげています。

3　夏のボーナスが出たら、家族で海外旅行に行くつもりです。

4　20年間、毎月少しずつ貯めたボーナスで、ついに家を買うことになりました。

32　雑じる

1　バターが溶けて柔らかくなってきたら、砂糖を加えて雑じってください。

2　この中に一つだけものすごく酸っぱい飴が雑じっています。

3　白い服と色のついている服を雑じらないように洗濯します。

4　この製品の原料には、体に悪いものを一切雑じっていません。

問題1　＿＿＿＿＿の言葉の読み方として最もよいものを１・２・３・４から一つ選びなさい。

1 電柱にデパートから飛んできた風船が引っ掛かっています。
1　ひっかかって　　　　　　　　2　ひっくかって
3　ひっかけかって　　　　　　　4　ひっがかって

2 あのおじいさんは地元の工芸品を作る名人です。
1　こうげい　　　2　くげい　　　3　こうげえ　　　4　くげえ

3 あんまり悪口ばかり言っていると、友達に嫌われちゃうから、もうそろそろ止めなさい。
1　あくこう　　　2　わるくち　　　3　あくくち　　　4　あくぐち

4 トンネルのてまえで機関車が脱線して、先頭の車両が木にぶつかったそうです。
1　だせん　　　2　たせん　　　3　だっせん　　　4　たっせん

5 明日は屋外での活動がありますから、私にとってはこのクリームが必需品です。
1　ひつじゅしな　　2　ひつじゅぴん　　3　ひつじゅひん　　4　ひっじゅひん

問題2 ＿＿＿＿＿の言葉を漢字で書くとき、最もよいものを1・2・3・4から一つ選びなさい。

6 総理大臣になるには、どのようなそしつを具えていなければなりませんか。
1 素質　　　　　　2 気質　　　　　　3 性質　　　　　　4 体質

7 なみき道をまっすぐ行ったところに、全面に芝生が植えられたきれいな公園があります。
1 波木　　　　　　2 並木　　　　　　3 並樹　　　　　　4 波樹

8 会社に到着したら、まず机の周りをせいそうするようにしています。
1 清掃　　　　　　2 掃除　　　　　　3 清除　　　　　　4 清衛

9 子供のころ見ていたテレビアニメを最近またやっている。なつかしい。
1 壊かしい　　　　2 懐かしい　　　　3 夏かしい　　　　4 憶かしい

10 ものすごい物音に驚いて、外に飛び出すと、大きなほのおが上がっていました。
1 炎　　　　　　　2 火　　　　　　　3 災　　　　　　　4 灰

問題3 （　　　）に入れるのに最もよいものを、1・2・3・4から一つ
　　　　選びなさい。

11 私の学校では1年生から3年生まで、同じ先生がクラスを受け（　　　）こと
　　になっています。
　　1　持つ　　　　　　2　付けする　　　3　入る　　　　　4　取る

12 友達のお父さんが亡くなったので、（　　　）葬式に行った。
　　1　お　　　　　　　2　ご　　　　　　3　御　　　　　　4　大

13 彼がどうしてそんなに勝ち（　　　）に執着するのか理解できません。
　　1　下ろし　　　　　2　落ち　　　　　3　破り　　　　　4　負け

14 あの感動の（　　　）シーンをもう一度見たいですね。
　　1　御　　　　　　　2　高　　　　　　3　名　　　　　　4　大

15 日本も、孔子、孟子など中国の思想（　　　）に多大な影響を受けた。
　　1　家　　　　　　　2　人　　　　　　3　者　　　　　　4　師

問題4　（　　　）に入れるのに最もよいものを、1・2・3・4から一つ
　　　選びなさい。

16 壁にはったシールをきれいに（　　　）にはどうしたらいいですか。
　1　省く　　　　　　　2　減らす　　　　　3　外す　　　　　4　剥がす

17 このケーキは本当に（　　　）だ。
　1　ふかふか　　　　　2　さくさく　　　　3　ふわふわ　　　4　ぱりぱり

18 仕事なら、（　　　）思い通りにいかないことがあって当然です。
　1　左右　　　　　　　2　加減　　　　　　3　上下　　　　　4　多少

19 事情をよく知らないなら、（　　　）口をはさまない方がいいんじゃないで
すか。
　1　ついでに　　　　　2　いたずらに　　　3　ほぼ　　　　　4　何とも

20 年明けから株が上がるだろうという（　　　）が、見事に当たって大儲けし
ました。
　1　勘　　　　　　　　2　心当たり　　　　3　物語　　　　　4　でたらめ

21 一時間も畳に座っていたので足が（　　　）。
　1　縛れた　　　　　　2　潤んだ　　　　　3　絞れた　　　　4　痺れた

22 この写真が事態の深刻さを（　　　）います。
　1　基づいて　　　　　2　計って　　　　　3　物語って　　　4　例えて

問題5 _____の言葉に最も近いものを、1・2・3・4から一つ選びなさい。

24 お隣さんの犬はとても<u>利口</u>で、ご主人の言うことをよく聞きます。
1 かしこくて　　　2 謙虚で　　　　3 上品で　　　　4 親しくて

24 皆さんもそろそろ疲れてきたでしょうから、どこか<u>腰掛ける</u>ところを探しましょうよ。
1 食べる　　　　2 泊まる　　　　3 座る　　　　　4 休憩する

25 <u>係り</u>の者が席をはずしておりますので、もう少々お待ちいただけますでしょうか。
1 各々　　　　　2 会員　　　　　3 組合　　　　　4 担当

26 お陰様で、団地の人たちとも<u>徐々</u>に親しくなってきました。
1 しだいに　　　2 せっせと　　　3 さっと　　　　4 しみじみと

27 六角形は<u>コンパス</u>を使えばきれいに作ることができます。
1 磁石　　　　　2 地球儀　　　　3 円規　　　　　4 物差し

問題6　次の言葉の使い方として最もよいものを、1・2・3・4から一つ
　　　　選びなさい。

28　もたれる
　1　スーツのボタンがいつのまにかもたれてしまったようです。
　2　農業関係の処理は、すべて伊藤さんにもたれることに決まりました。
　3　会場には、無料でインターネットができる場所をもたれてあります。
　4　危ないですから、電車やバスのドアにもたれてはいけません。

29　思いつく
　1　初めて会った時から、ずっと君のことを思いついています。
　2　週末のバスは30分おきにしか来ないということを今思いつきました。
　3　その小説の作者は村上春樹さんだとすっかり思いついていました。
　4　これが日記というよりも思いついたことをメモしているノートです。

30　何しろ
　1　徹夜したおかげで、何しろ締切までに完成できました。
　2　息子は何しろ文句を言っては、おじいちゃんやおばあちゃんを困らせます。
　3　何しろ急なことなので、まだ心の準備ができていません。
　4　今さらやり直したいと言われても、もう何しろ思っていないので、無理です。

31　献立
　1　恐れ入りますが、ただ今の時間は喫茶のみで、お食事の献立はございません。
　2　今日は買い物に行かず、冷蔵庫に残っているもので、夕食の献立を考えます。
　3　道路建設の献立は予定通りに進んでいますか。
　4　両親は50万円寄付したいと以前から献立しています。

32　粗末
　1　この野菜はまだ粗末なので、もう少し小さく切ってください。
　2　もうずいぶん粗末になったので、新しいソファーに買い替えるつもりです。
　3　食べ物を粗末に扱ってはいけません。
　4　あの警備員の男性は、背が高い上に、体が非常に粗末です。

第一回

問題1　$\boxed{1}$　2　　$\boxed{2}$　1　　$\boxed{3}$　1　　$\boxed{4}$　3　　$\boxed{5}$　3

問題2　$\boxed{6}$　1　　$\boxed{7}$　3　　$\boxed{8}$　2　　$\boxed{9}$　2　　$\boxed{10}$　2

問題3　$\boxed{11}$　1　　$\boxed{12}$　2　　$\boxed{13}$　3　　$\boxed{14}$　1　　$\boxed{15}$　1

問題4　$\boxed{16}$　3　　$\boxed{17}$　3　　$\boxed{18}$　4　　$\boxed{19}$　3　　$\boxed{20}$　3
　　　　$\boxed{21}$　1　　$\boxed{22}$　1

問題5　$\boxed{23}$　3　　$\boxed{24}$　1　　$\boxed{25}$　3　　$\boxed{26}$　4　　$\boxed{27}$　1

問題6　$\boxed{28}$　1　　$\boxed{29}$　1　　$\boxed{30}$　4　　$\boxed{31}$　4　　$\boxed{32}$　3

第二回

問題1　$\boxed{1}$　2　　$\boxed{2}$　1　　$\boxed{3}$　2　　$\boxed{4}$　3　　$\boxed{5}$　3

問題2　$\boxed{6}$　3　　$\boxed{7}$　2　　$\boxed{8}$　3　　$\boxed{9}$　3　　$\boxed{10}$　1

問題3　$\boxed{11}$　3　　$\boxed{12}$　4　　$\boxed{13}$　4　　$\boxed{14}$　3　　$\boxed{15}$　4

問題4　$\boxed{16}$　1　　$\boxed{17}$　1　　$\boxed{18}$　2　　$\boxed{19}$　2　　$\boxed{20}$　2
　　　　$\boxed{21}$　2　　$\boxed{22}$　4

問題5　$\boxed{23}$　3　　$\boxed{24}$　1　　$\boxed{25}$　2　　$\boxed{26}$　3　　$\boxed{27}$　1

問題6　$\boxed{28}$　1　　$\boxed{29}$　2　　$\boxed{30}$　1　　$\boxed{31}$　3　　$\boxed{32}$　2

第三回

問題1　 1 　1　　 2 　1　　 3 　2　　 4 　3　　 5 　3

問題2　 6 　1　　 7 　2　　 8 　1　　 9 　2　　 10 　1

問題3　 11 　1　　 12 　1　　 13 　4　　 14 　3　　 15 　1

問題4　 16 　4　　 17 　3　　 18 　4　　 19 　2　　 20 　1
　　　　 21 　4　　 22 　3

問題5　 23 　1　　 24 　3　　 25 　4　　 26 　1　　 27 　3

問題6　 28 　4　　 29 　4　　 30 　3　　 31 　2　　 32 　3

精修 重音版

新制對應 絕對合格！
日檢必背單字 [25K＋MP3]

【日檢智庫 24】

■ 發行人／**林德勝**

■ 著者／**吉松由美、西村惠子、山田社日檢題庫小組**

■ 出版發行／**山田社文化事業有限公司**
　臺北市大安區安和路一段112巷17號7樓
　電話　02-2755-7622
　傳真　02-2700-1887

■ 郵政劃撥／**19867160號　大原文化事業有限公司**

■ 總經銷／**聯合發行股份有限公司**
　新北市新店區寶橋路235巷6弄6號2樓
　電話　02-2917-8022
　傳真　02-2915-6275

■ 印刷／**上鎰數位科技印刷有限公司**

■ 法律顧問／**林長振法律事務所　林長振律師**

■ 書＋MP3／**定價　新台幣 429 元**

■ 初版／**2019年 06 月**